一片心

王庆玲歌词集

王庆玲 著

山西出版传媒集团
山西人民出版社

图书在版编目（CIP）数据

一片心：王庆玲歌词集/ 王庆玲著. – 太原：

山西人民出版社，2016.7

ISBN 978 – 7 – 203 – 09685 – 6

Ⅰ.①一…　　Ⅱ.①王…　　Ⅲ.①歌词集 – 中国 – 当代

Ⅳ.①I227.9

中国版本图书馆 CIP 数据核字（2016）第 177254 号

YIPIANXIN——WANGQINGLING GECI JI

一片心——王庆玲歌词集

著　　者：王庆玲
责任编辑：员荣亮
封面设计：谢成　魏丹

出 版 者：山西出版传媒集团·山西人民出版社
地　　址：太原市建设南路 21 号　邮　　编：030012
发行营销：0351 – 4922220　4955996　4956039　4922127（传真）
天猫官网：http://sxrmcbs.tmall.com　电话：0351-4922159
E – mail: sxskcb@163.com　发行部　sxskcb@126.com　总编室
网　　址：www.sxskcb.com

出 版 者：山西出版传媒集团·山西人民出版社
承 印 厂：山西雅美德印业有限公司

开　　本：890mm*1240mm　　1/16
印　　张：15
字　　数：260 千字
印　　数：1 – 1500 册
版　　次：2016 年 8 月 第 1 版
印　　次：2016 年 8 月 第 1 次
书　　号：ISBN 978 – 7 – 203 – 09685 – 6
定　　价：58.00 元

目　录

八 思念情歌词

一

强国富民要爱国爱民

中国，我永远地爱着你

一代代血脉延续
铭刻着神圣的名字中国人
亿万万华夏儿女
跳动着忠贞博大的中国心

每一个炎黄子孙
血液涌动着热烈的中国情
从古到今前进中
传承着刚毅坦荡的中国魂

中国，我的生命属于你
为了你的繁荣昌盛
为了你的发达复兴
我们奋发图强创造神奇

中国，我永远地爱着你
雄壮激昂国歌声中
冉冉升起五星红旗
中国像珠穆朗玛一样屹立

中国繁荣昌盛

中国是高飞巨龙
远见卓识励精图治
攻克艰险前程似锦
勇敢坚实踏进复兴

中国更繁荣昌盛
物产丰饶雄伟壮丽
传承创新璀璨文明
天地人和美好安逸

中国要富强和平
有容乃大勤劳英明
团结统一凝成钢筋
筑成巍然屹立长城

中国浩气贯长虹
如同日月星辰光明
生生不息努力奋进
日新月异创造神奇

永远爱中国

像万物依恋大地
像鱼儿热恋海洋
像动植物需要阳光
伟大的祖国生根的地方

像白云倚靠蓝天
像生灵感恩太阳
像星辰依偎着太空
永远爱中国神采在飞扬

伟大的祖国奋发向上
各民族团结雄心万丈
凝聚起磅礴力量
勇于开拓走向繁荣富强

永远爱中国正大光明
文明的创新源远流长
造福世界有声望
生生不息振兴昌盛兴旺

龙腾虎跃

顶天立地男子汉生龙活虎
叱咤风云冲破险阻
大是大非分清楚毫不含糊
光明磊落谁不叹服

气吞万里势如虎铮铮铁骨
雄韬伟略高瞻远瞩
如虎添翼飞更高大展宏图
开辟昌盛富强之路

龙腾虎跃重任担负
栉风沐雨艰难征途
经天纬地不怕辛苦
国泰民安祥和幸福

龙腾虎跃英明神武
英杰辈出伟绩卓著
恢宏气度江山永固
伟大中国光华永驻

巨龙高飞

蕴万古之灵气
集天地之精美
泱泱中华吉祥富贵
锦绣繁华威武雄伟

贼寇横行山河破碎
满目疮痍巨龙沉睡
血雨腥风伤痕累累
艰难反击奋斗可贵

黎明曙光驱散天黑
养精蓄锐潜能发挥
去除糟粕弘扬精髓
励精图治巨龙腾飞

风云变幻无惧无畏
信心百倍施展作为
有胆有识冲破壁垒
丰绩卓著造福人类

正大光明带来祥瑞
重振雄风吐气扬眉
巨龙腾飞荣耀回归
壮丽江山更加明媚

充满勇气智慧
巨龙展翅高飞
与天地共存
与日月齐辉

中国魂

孔夫子儒家圣贤
秦始皇统一河山
唐太宗开元盛世
铁木真宏图伟业

五十六个民族团结平安
五千年的文明代代相传
自强不息的中国魂
博大精深勤劳勇敢

郑成功收复台湾
林则徐虎门销烟
孙中山革命先驱
毛泽东力挽狂澜

多少仁人志士披肝沥胆
多少激昂壮举无私奉献
不屈不挠的中国魂
无限光明任重道远

祖国统一是神圣的使命
美好和平是永远的期盼
浩然正气的中国魂
民族复兴一往无前

对你的爱胜于一切

抛头颅洒热血
涌现多少志士豪杰
不屈奋战艰苦卓绝
千难万险都能逾越

国歌雄壮激越
五星红旗飘扬喜悦
伟大中国屹立世界
激动欢呼泪盈于睫

风雨兼程探索向前
历经曲折走向复兴和谐
五十六个民族同心团结
相亲相爱共建美好家园

对你的爱永在心间
高瞻远瞩雄韬伟略
坚韧开拓一次次飞跃
勤奋创新灿烂文明续写

对你的爱胜于一切
恢宏博大浩然气节
开创举世瞩目的伟业
永远繁荣昌盛造福世界

母亲的心（台湾回归）

曾经血雨腥风母子被分散
可浓浓的情割不断
血脉永相连痴痴的挂牵
一天又一天
儿啊儿娘早也盼晚也盼
你何日还何日还
你是娘太长久的惦念

曾经岁月匆匆娘望眼欲穿
心酸地一遍遍呼唤

你何日回还苦苦地期盼
一年又一年
儿啊儿娘左也盼右也盼
你何时还何时还
你是娘太多的挂牵

待到团圆幸福的那一天
母子露出欣慰笑脸
兄弟姐妹相亲相爱
从此合家欢
儿啊这是娘最大的心愿
你快回还快回还
快快回家大团圆大团圆

新年好福到了

新年好福到了
祝国强民富物产丰饶
桃花开春来到
祝国泰民安雨顺风调

放鞭炮鸿运到
祝年年吉祥如意围绕
挂红灯喜气照
祝岁岁平安招财进宝

锣鼓敲歌声飘
祝身体健康生活美妙
祝天天快乐喜上眉梢
祝真情真爱根深叶茂

新年好喜鹊叫
祝幸福相伴每时每秒
祝心想事成一切都好
祝合家团圆欢乐陶陶

送花篮

送花篮送花篮
送给祖国一个大花篮
有金鱼草风信子牡丹
祝祖国繁荣昌盛富强平安

送花篮送花篮
送给父母一个大花篮
有康乃馨长寿花剑兰
祝父母福如东海寿比南山

送花篮送花篮
送给爱人一个大花篮
有百合花马蹄莲水仙
祝夫妻百年好合幸福美满

送花篮送花篮
送给孩子一个大花篮
有满天星栀子花雪莲
祝孩子聪明健康快乐成长

送花篮送花篮
送给亲朋一个大花篮
有勿忘我常春藤杜鹃
祝亲朋吉祥如意笑口常开

送给你幸福和健康

新年新气象
家家都喜气洋洋
团团圆圆春联贴上
迎来了美好希望

喜鹊登枝唱
福到了新年吉祥
鞭炮噼噼啪啪地响
迎来了国富民强

花儿朵朵绽放
春来了遍地芬芳
红灯家家户户挂上
迎来了繁荣兴旺

送给你幸福和健康
老年人寿年长
送给你好运和快乐
孩子们健康成长

送给你幸福和健康
人们都欢畅
送给你甜蜜和快乐
爱处处飘荡

新年好春来到

新年好春来到
挂上红灯笼吉星高照
贴春联福到了
燃响花鞭炮招财进宝

花枝俏迎风笑
喜鹊飞旋着欢乐鸣叫
新年好新年好
温暖进万户喜上眉梢

锣鼓咚咚敲起舞欢跳
五十六个民族团结一条心
祝福祖国昌盛人人都欢笑
风调雨顺物产丰饶收成好

歌声处处飘快乐陶陶
祝福我们吉祥如意鸿运到
大吉大利健康富贵常围绕
岁岁平安幸福生活更美好

二 军歌嘹亮

和平扎根在心上

一场浩劫破坏伤亡
生灵涂炭无辜遭殃
不能这样不能这样
血泪教训不能忘

穷兵黩武好战猖狂
最后就是自取灭亡
不能这样不能这样
莫不如收起锋芒

珍惜和平扎根在心上
是幸福生活的保障
自我毁灭是好战下场
人类不该放纵贪婪嚣张

珍惜和平扎根在心上
才能有欢乐和兴旺
愿和平鸽自由地飞翔
愿处处飘着橄榄枝的芳香

中华军魂

军号嘹亮热血沸腾
火热军营豪迈的雄姿
负重拉练武装演习
艰苦锤炼毅力

默默奉献激昂青春
祖国需要时舍生忘死
奋战前线威猛刚毅
不愧威武橄榄绿

铁血丹心铸就中华军魂
用忠诚勇敢的血肉之躯
现代化的战略战备战术
捍卫祖国安宁统一

铁血丹心铸就中华军魂
危难时亮出利剑和雄心
守卫祖国和平不负使命
中华军魂巍然屹立

无声的誓言

擒拿格斗射击投弹攀岩
一腔热血融入艰苦训练
咬碎软弱将意志磨炼
激情在军营燃烧出火焰

抗洪水扑烈火哪有危险
哪里就是战斗的最前线
流过的血泪往心里咽
经受血的洗礼生死考验

我们是钢铁长城
守护着祖国平安
这就是我们的职责和使命
这就是我们无声的誓言

我们默默地奉献
只为了国泰民安
这就是我们的职责和使命
这就是我们无声的誓言

珍爱和平到永远

谁愿意导弹飞过战火惨烈
生存受到威胁
谁愿意无辜遭殃动荡不安
血染焦土生离死别

谁不想阳光普照每张笑脸
生活惬意平安
谁不想幸福团圆舒心和谐
友好宽容纷争化解

珍爱和平到永远
战争是场残酷浩劫
违反和平轻开战端
是可悲可恨的罪孽

珍爱和平到永远
地球是共同的家园
白鸽自由飞翔在蓝天
和平花盛开在心间代代传

地球本是个和美的家

世界成为一个国家
能永久平安就好了
没有你争我夺动武轰炸
没有战争毁灭残杀

武器越是先进强大
离人类灭亡越近了
别把自己逼上绝路垮了
地球本就是一个家

人类智慧能力财富
都用于民生就好了
大量用于尖端武器研发
是最短视最蠢作法

地球本是个和美的家
不是某国吞并称霸
而是各国统一成一个国家
才是地球终极发展的办法

地球本是个和美的家
人类有智慧见识不差
趋利避害不再反目开打
人们相处融洽地球更繁华

三 博爱永恒

蜡 烛

蜡烛闪耀光明
散发心中热忱
汗水流淌勤奋
烛光照耀出真诚

蜡烛闪耀光明
让夜色变温馨
温暖每个灵魂
照亮路途往前行

只要一息尚存
就像蜡烛亮如星辰
照亮自己也照亮别人
无愧短暂生命

直到气力用尽
微笑坦然迎接死神
死去的是身化为灰烬
永生的是灵魂

大爱无声

不知道你的模样你的姓名
却感受你带来的光明
用爱托起生命的希望
助我走出辛酸无奈的困境

你是我没见过的亲切恩人
默默地援助善良的爱心
像熊熊燃烧的火炬
从你手里传到我的中

至仁至善在你我心中
像无数闪闪发光的星星
帮别人也是在帮助自己
人间是畅快祥和的大家庭

大爱无声插上了翅膀
如春风传送暖暖的温情
博爱和互助一代代传下去
每个人露出笑容多美丽

我就是你的亲人

青翠的小树遭霜打
幼小的燕子失了群
无助惊扰你的心灵
忧伤充满你的眼睛
弱小的身躯
承受凄风苦雨的无情

冰冻的心灵盼暖春
稚嫩的生命要亲情

援助的手给你扶持
爱护的心给你光明
热诚的关怀
给你温暖如春的真情

我就是你的亲人
风雨无情人有情
不会看你夜色中哭泣
敞开胸怀温暖你
爱是人间不灭的明灯
照亮每一个人

我就是你的亲人
苦难无情人有情
不会让你流浪在风中
伸出双手接纳你
爱是心中美丽的纽带
连接每一个人

吃亏是福

当别人需要帮助
不要装作视若无睹
谁也会有难处
就应该互相援助

遇到别人的求助
不要轻易地就说不
谁也会有难处
助人不要有所图

吃亏是福吃亏是福
有时就该难得糊涂
人间才会笑多于哭
让爱走进千家万户

吃亏是福吃亏是福
乐于助人互帮互助
人间才会甜多于苦
让爱走进千家万户

有爱就有家的温暖

泪滑过你的脸
我也一样心痛泪流满面
握紧你伸出的手
抹掉泪我们抗击灾难

满目荒凉凄惨
再多的苦我们一起承担
挽救生命共渡难关
有爱就会有家的温暖

一方遭受灾难
四面八方扶助接济支援
冲破千难万险
让一切恢复祥和平安

有爱就有温暖
可歌可泣的爱在蔓延
齐心协力重建家园
终迎来幸福美好明天

祝福你的生日

我们欢聚在一起
祝福你的生日
祝你健康平安
把长寿快乐送给你

我们为你高歌一曲
庆祝你的生日
祝你幸福甜蜜
把吉祥如意送给你

我们给你弹曲吟诗
祝贺你的生日
祝你年轻美丽
把真挚情意送给你

亲爱的祝福你
祝福你的生日
你就是我们的神奇
从此又是新的开始

美丽景色在哪里

雾霾的天空
风卷沙尘酸涩的雨
清新空气在哪里
心黯然地寻觅

湛蓝的天空
清爽的风洁净的雨
美丽景色在哪里
能够舒心恬适

忧愁的眼睛
喜欢碧水盎然绿意
真实的心灵
追求自由公平正义

苍茫的大地
殷切渴盼勃勃生机
纷扰的尘世
向往憧憬爱的温馨

快把爱心打开

每棵小树都需要阳光
每个生命都需要关怀
人人献出真诚的爱
就多点欢乐少点悲哀
就多点理解少点狭隘
生活才越过越精彩

每株小草都需要雨露
每个生命都需要关爱
人人伸出互助的手
就多点温暖少点伤害
就多点祥和少点无奈
人世才会绽放光彩

快，快把爱心打开
请给生命以关怀
如明媚阳光洒满人海
每张脸都笑得幸福自在

快，快把爱心打开
请给生命以关怀
携起手来大步向前迈
共同创造繁荣的美好未来

美 梦

月亮照耀夜空
月光伴我入梦
夜深寂静无声
做个幸福美梦

梦见绝妙佳境
没有邪恶战争
没有烦恼病痛
没有伤害欺凌

鲜花姹紫嫣红
蜂飞蝶舞鸟鸣
青山绿水竹林
陶醉美丽风景

青春不会凋零
人人笑意盈盈
真善美多温馨
生活其乐融融

希望美梦成真
佳境早日来临

爱在心中闪亮

乌云有时会遮住阳光
航船有时会遇到风浪
不要害怕惊慌
不要沉沦迷茫
有我有你坚实的臂膀
重新托起生命的希望

人生难免会遭遇风霜
生命难免会经历悲伤
关爱化解凄凉
互助抹去泪光
有我有你真诚的爱心
呵护生命之花绽放

爱在心中闪亮
照亮每个亲切的脸庞
温暖每颗善良的心房
赠人玫瑰手有余香

爱在心中闪亮
再次插上腾飞的翅膀
自由地飞欢快地歌唱
人间就是最美天堂

美丽世界

万里无云碧空如洗
清新怡人的空气
花团锦簇绿草如茵
动物们悠闲地嬉戏

山清水秀树林茂密
万物生长地繁盛

心与心很友好坦诚
你扶持我我帮助你

安详世界平和美丽
快乐生活如一曲
美妙欢畅温柔琴声
心与心爱护地跳动

美丽世界在心中
天地人和谐统一
善良纯净的心灵
装点五彩缤纷的尘世

美丽世界在心中
天地人和谐统一
满怀热情和爱心
融入惬意灿烂的风景

感 谢

感谢太阳
给予我温暖的阳光
感谢大地
给予我充足的能量

感谢江河
给予我细腻的滋养
感谢父母
哺育我健康地成长

感谢朋友
困难时热情来帮忙
感谢生活
教会我努力和坚强

感谢太阳感谢大地
让我们神采飞扬
感谢江河感谢父母
让生命扬帆起航
感谢朋友感谢生活
让爱心千古流芳

大爱如影随形

像寒冬里的暖阳
像黑夜中的明灯
像春天里的甘霖
像夏日里的清风

大爱会如影随形
茫茫人海芸芸众生
处处弥漫温情
幸福充溢生命的旅程

别怕暴雨和狂风
患难之时见真情
大爱会如影随形
终究会雨过天晴

大爱会如影随形
心里盛满畅快感动
互助出于真诚
就是人间最美的风景
大爱如影随形
到处其乐融融

爱多么美

暗夜里送你一盏灯
驱散沉郁心情
雨天里送你一把伞
撑起一片晴空

心与心贴近温暖彼此
手拉手帮扶齐心协力
有我有你献出爱意
风风雨雨无所畏惧

爱多么美连接我和你
让笑容开心甜蜜
爱多么美连接我和你
让世界祥和亮丽

四 感恩亲情

老 家

老家是陈酿的酒
老家是忘不掉的乡音
老家是深扎的根
老家是剪不断的情丝

老屋在陈旧的小院里
藏着我甜美的儿时梦
院里有老枣树和一群鸡
还有陪我长大的毛驴

经常梦里回到老家
小黄狗摇着尾巴迎进门
妈妈烙了最爱吃的葱花饼
那香味让我哭着梦醒

老家的山水田地
老家的情景与往事
老家的花草香气
老家的父母姐妹兄弟

深深镌刻在生命里
是我最难忘的记忆
不论走到哪里
永远牵挂着我的老家

亲爱的老婆

手轻柔地抚摸
温暖传到心窝
抱着你很快乐
有你真好亲切地诉说

你不是最好的
却是我最爱的
心心相印胜过
那些甜言蜜语的承诺

体贴入微你知冷知热
浓情蜜意缠绕着我
习惯被你的温柔包裹
嘴上不说心里偷着乐

风霜雪雨没让你退缩
感激你默默地劳作
温馨的家心有所托
彼此拥有知足常乐

亲爱的老婆
我用所有给你幸福快乐
一辈子的依托
禁得住匆匆时光的打磨

亲爱的老婆
相伴走过人生起起落落
耐得住寂寞
因为我心里只有你一个

亲爱的老婆
有你的爱支撑是幸福的
我会努力的
想给你更美好富足生活

最爱我的人

晚风吹拂夜色已深
街上的喧嚣已褪尽
远走他乡独影孤身
情思满怀心境郁闷

想起双亲眼已湿润
听不到你们唠叨声
也看不到关切眼神
才懂你们良苦用心

最爱我的人对我最好的人
是生我养我的父母亲
你们的嘱咐我谨记在心

最爱我的人我最愧对的人
是任劳任怨的父母亲
是我生命中最重要的人

祝福我最爱的父母亲
安康长寿幸福开心

想 家

我赤手空拳离家出发
一直游离于城市繁华
漂泊的我要努力闯天下
要让梦想在这里开花

艰辛中忍受孤单疲乏
月亮像妈妈慈祥的脸
背井离乡的我很想回家
想得揪心疼暗把泪洒

多少次梦里回到了家
泪眼中满是爸妈的牵挂
多少次想放弃打拼回家
最终又咬着牙重新挣扎

我想家过年我就回家
带着收获和希望回家
和爸妈姐弟说说贴心话
饱餐爸爸种的甜甜地瓜

相爱的老公老婆

莫名吃醋真哭笑不得
欢喜冤家老公和老婆
闹别扭斗气时常走火
忍让总能化干戈为玉帛

辛勤地操劳四处奔波
相扶相携老公和老婆
体贴关心像一团烈火
感受暖暖的幸福偷着乐

相爱的老公老婆
习惯同床共枕卿卿我我
甜言蜜语说的不多
过着实实在在的生活

相爱的老公老婆
习惯嬉笑怒骂耳鬓厮磨
虽然不是完美的人
却是很般配的结合

老公老婆亲亲热热
鸡毛蒜皮别计较不值得
一路磕磕绊绊走过
慢慢磨合修成正果

老公老婆长相厮守
衣食住行融入情深意厚
互相依靠彼此拥有
相伴相随甜蜜快乐

永远相伴

我走时朝阳刚升起
你送了一程又一程
你嘱咐一遍又一遍
我连连点头牢记心间

是你坚毅辛苦的脚步
被劳作压弯的腰杆
支撑我求学走出了
祖祖辈辈生活的大山

你弥留时将我呼唤
低语着思念和挂牵
我留下了终身遗憾
没能见你最后一面

在你墓前焚香烧纸钱
你满是皱纹的脸
在缕缕青烟中闪现
你爱喝的酒洒在坟前

阿爸儿子来看你了
一阵心酸泪水涌出双眼
阿爸你可以放心了
儿子有了自己的一片天

阿爸儿子感谢你啊
你的爱永远给儿子温暖
阿爸儿子很想你啊
你在天之灵永远和我相伴

心肝宝贝

一声啼哭世上最美声音
带给我们震撼和惊喜
感谢上天赐给的小精灵
将我们的血脉延续

我们最爱的心肝宝贝
粉嘟嘟小脸蛋小身体
看不够摸不够抱着亲亲
幸福和甜蜜溢满心里

看着你会翻身会坐会爬
扶着你走路咿呀学语
听不够可爱的咯咯笑声
你带给我们多少欢喜

最爱的心肝宝贝
你是爸妈爱情结晶
像一轮旭日在心中升起
爸妈是你的守护神

最爱的心肝宝贝
你让爸妈自豪感动
精心养育你爱无止无尽
看你健康成长最开心

最爱的心肝宝贝
教你好好做人做事
培养你长出腾飞的翅膀
飞向更高更广的天空

你依然是我的最爱

时而温柔可爱
时而撒娇嗔怪
老婆你心直口快
总是对我坦诚相待

操劳家里家外
为人处事实在
老婆你善良勤快
让我依靠最为信赖

亲爱的老婆
你依然是我的最爱
即便暂离也会挂怀
红尘岁月没有带走爱
因为生命早已连接起来

亲爱的老婆
你依然是我的最爱
即使激情平息下来
漫长岁月没有带走爱
因为已修炼地默契合拍

恩爱夫妻

走到一起是缘分撮合
快乐痴恋浓情似火
如胶似漆卿卿我我
出双入对伴随日出日落

轻怜蜜爱多温馨暖和
耳鬓厮磨相濡以沫
体贴入微情投意合
一个眼神就能洞悉心窝

白头偕老是爱的结果
人生际遇变化莫测
甘苦与共相扶走过
心心相印总能默契配合

没有信誓旦旦的承诺
却有真心实意的生活
锅碗瓢盆勺吟唱着
温暖依恋的永恒情歌

多少春夏秋冬共度过
夫妻恩恩爱爱的生活

油盐酱醋茶包含着
有滋有味的情深意厚

你就是我的幸福

朝夕相伴恩爱如初
我生病时你细心照顾
你跌倒了我来搀扶
生活的苦难一起担负

我们是最和谐夫妇
虽然住着不大的房屋
生活过得节省俭朴
可我们感觉很幸福

一日三餐经常你下厨
衣被都是你洗洗补补
你的操劳我历历在目
你就是我心底耀眼的明珠

我快乐地忙进忙出
有你的爱就不觉辛苦
有了矛盾就难得糊涂
爱情树经常浇灌就不干枯

你就是我的幸福
你就是我温馨的乐土
彼此真诚忘我的付出
让爱情树根深蒂固

你就是我的幸福
你就是我依恋的全部
体贴疼惜发自内心深处
手牵手走未来的路

魂之所牵心之所系

彼此迷恋是造化恩赐
耳鬓厮磨相伴朝夕
真情一日浓似一日
一心一意始终如一

美好生活靠爱来维系
如影随形亦步亦趋
历久弥坚珍惜默契
魂之所牵心之所系

从天各一方到相知相依
并肩穿过多少凄风苦雨
贫困时互相扶持
富贵后此情不移

踏实又惬意
奏出锅碗瓢盆交响曲
幸福又温馨
融在油盐酱醋滋味里

无尽的爱意
挥洒忙忙碌碌琐碎里
两人的身心
合二为一相融一辈子

恩爱夫妇

相伴朝暮同吃同住
轮番下厨煎炒烹煮
油盐酱醋酸甜辣苦
多少感触溢满幸福

忙忙碌碌亲切关注
体谅让步化解冲突
争吵适度怨气消除
相处感悟难得糊涂

彼此很爱心中有数
打情骂俏眷恋如初
欢歌唱出痴狂热度
尽情投入甜蜜流露

爱的城堡精心修筑
恩爱夫妇相携相扶
温柔呵护心满意足
美好情愫一生永驻

爱的城堡精心修筑
风雪雨雾同甘共苦
全心付出情深意笃
快乐到老共走旅途

亲爱的爸妈

亲爱的爸妈我知道
你们一心为我好
为了我默默辛劳
呵护我细心周到

亲爱的爸妈我知道
你们温暖的怀抱
散发出幸福味道
带来了开心欢笑

亲爱的爸妈我知道
唠叨也是为我好
不让你们泪水掉
我努力做到更好

亲爱的爸妈我知道
你们对我多么重要
扶持我给予我坚实依靠
包容我不求回报

亲爱的爸妈我也要
对你们好感恩图报
祈求天地护佑一切都好
福寿安康乐陶陶

很爱你,我的好老婆

很爱你,我的好老婆
习惯朝夕相伴卿卿我我
习惯你的柔情很暖和
几天不见就魂不守舍

谢谢你,我的好老婆
默默为家操劳知冷知热
受苦受累深深感动我
想给你更多幸福快乐

对不起,我的好老婆
有时斗气冷战让你难过
我行我素忽视你感受
亏欠你很多我要改过

辛苦了,我的好老婆
揽你入怀想说很多
你是我的另一半不能割舍
爱如佳酿越久越醇醉心窝

很爱你,我的好老婆
耳鬓厮磨温馨快活
锅碗瓢盆奏出欢畅的恋歌
来生还要一起生活一起过

回家乡

伫立家乡的山头
橘林掩映水田小楼
泛黄橘子挂满了枝头
幽幽清香中画眉嗝啾

往事涌上了心头
儿时溪流中摸泥鳅
还有陪我长大的水牛
收稻谷我送饭到地头

情窦初开的时候
月光下繁茂橘树后
青涩初吻甜蜜害羞
现在青梅竹马已远走

爸妈年年春种秋收
养我长大闯荡游走
我多少报答都不够
祈求天地和佛祖保佑
爸妈家人都安康福寿

幸福眷侣

温柔地呵护备至
爱是付出不是索取
不愿争执很珍惜情意
鸡毛蒜皮不值一提

绝不会感情走私
真心真意始终如一
一晃而过的恩爱往事
在生命中留下痕迹

两心交融乐此不疲
成为托付一生的伴侣

一对幸福眷侣
无话不谈形成默契
相扶相携穿过风雨
历经坎坷形影不离

一对幸福眷侣
以目示意无须解释
斗转星移每个晨曦
映衬两人的笑容更亮丽

老婆，我对你心存感谢

老婆，我对你心存感谢
你照顾孩子处理生活琐屑
贤惠能干打点妥妥帖帖
让我安心闯荡事业

老婆，我对你心存感谢
无论多晚无论秋雨冬雪
总有盏灯光等我在深夜
有你就有家的感觉

老婆，我对你心存感谢
互相体谅深爱才包容妥协
听着锅碗瓢盆交响乐
乐于享受温馨感觉

老婆，我对你心存感谢
你对我细心体贴
悲欢心情有你来领略
无须多言眷恋真切

老婆，我对你心存感谢
我会坚守誓约
和你一生相依相随相偕
和和美美多么愉悦

父亲，我最爱的人

您辛勤操劳
脸上留下沧桑的皱纹
宽厚的语调
抚慰着我内心很平静

您温暖胸怀
为我抵御风雪的寒冷
粗糙的大脚
脚印蕴涵浓浓的深情

您坚强臂膀
扶助着我努力地攀登
挺直的腰杆
陪我走过曲折的人生

您考虑周到
操碎一颗沉稳的爱心
开心地微笑
营造舒适家庭的温馨

亲爱的父亲，我最爱的人
您的爱如大地深沉厚重
亲爱的父亲，我最爱的人
您的爱如天空无私永恒

乡 路

祖祖辈辈往返的脚步
走过蜿蜒的乡路
从太阳升起到落下夜幕
从青春年少到白发垂暮

子子孙孙勤劳的脚步
穿梭弯曲的乡路
匆匆的身影在奔波忙碌
用辛苦劳作打造出幸福

有过笑声也洒过泪珠
见证聚散的乡路
有多少游子在辞别父母
从故土走出去开创前途

每逢过年回家的脚步
高兴奔走在乡路
鼓鼓的行囊装满了收获
都迫不及待要看望父母

一草一木亲切的故土
踏上熟悉的乡路
慈爱的父母喜悦的双目
忙嘘寒问暖团圆最幸福

做个好丈夫

早出晚归忙忙碌碌
虽然劳累辛苦
我们能在一起双飞双宿
也觉得很幸福

米面菜蔬油盐酱醋
用心煎炒烹煮
你说这是最美味的食物
因为爱意倾注

做个好丈夫
我对你体贴照顾
你对我关心温柔呵护
就是我修来的福

做个好丈夫
我不会花心相负
两情久长在心中存储
让我觉得很富足

魂灵同在

万木肃杀的严冬
两行松树挺立风中
触景生情将回忆唤醒
曾在这里送你最后一程

搀着你脚步沉重
听着你的唠叨叮咛
看着你苍老憔悴面容
心里很痛难留你的生命

再看不到你的身影
再听不到你的笑声
可我感应你的魂灵
在关注我活在我梦中

你看得到我的人生
你听得到我的心声
填补我情感的空洞
一路鼓励护佑我前行

好夫妻

你像孙悟空有七十二变
我是猪八戒怎么也变不过你
你忽而东忽而西指挥混乱
说我这不对那不对你很不满
同样的争吵没完没了地演
只因为鸡毛蒜皮锅碗瓢盆

你老是发威下跳上蹿
好像在你面前我总是理短
你的耳朵很灵眼睛更尖
我的小把戏都被你一眼看穿
唠唠叨叨又将我来埋怨
有时真觉得你好烦好烦

你总有太多想法让我实现
看惯你阴晴不定多变的脸
弄得我不知所措心茫然
我们艰辛地活在苦乐人间

既然有缘分相依相守相伴
就该多理解包容才快乐点
家和万事兴我努力苦干
还不是为你和孩子过好点

你的关心嘱咐我记在心间
知道你为了家操劳团团转
所以我忍让不和你舌战
也因为我珍惜深厚的情感

结婚纪念日一起逛游乐园
等孩子大点有时间有余钱
我带你旅行看看名山大川
这辈子不离不弃携手百年

你笑起来像
夏花灿烂甜蜜我的心房
你哭起来像
绵绵秋雨浇我个透心凉

你凶起来像
寒冬风雪像要把我冻僵
你好起来像
暖暖春光让我心情明朗

最亲爱的父亲

突然下起瓢泼大雨
你冒雨骑车前行
雨线中急匆匆的样子
谱出爱的交响曲

当你被淋成落汤鸡
出现在我眼里
我的心飘起漫天大雨
你支撑我不倒下去

最亲爱的父亲
你含辛茹苦爱得无私
扶助我坚强走出逆境
是我生命的保护神

最亲爱的父亲
你的脚走过多少荆棘
当风霜染白你的发丝
我会作你的守护神

我的好老婆

老婆大人啊昨夜我喝多了
回到家你和我大吵一架
数落我饭来张口衣来伸手
只顾自己逍遥不顾家

老婆大人啊我不想喝多啊
只是遇见多年前的好兄弟
一高兴就把你的戒条忘了
以后我会少喝事先请假

你不听我的解释怒气大发
说我心里没有你太狡猾
一意孤行地跑回了娘家
害得我接连给你打电话

老婆你有时对我态度很差
总是鸡蛋里挑骨头找茬
而且还对我的行踪追查
有时不留面子让我尴尬

我不宠你你能称王称霸
你趾高气扬妄自尊大
好像十全十美的牡丹花
有时真想把你的威风杀

婚前你小鸟依人很乖啊
婚后成了母老虎母夜叉
我不予理睬装聋作哑
知道你全心为了这个家

你是我的好老婆顶呱呱
我牵肠挂肚怎么也放不下
我一天到晚在外奔波忙碌
还不是想多挣些钱给你花

你是我的好老婆顶呱呱
好夫妻没有解不开的疙瘩
我已做好了饭沏好了茶
专等你的大驾快回来吧

你是我的好老婆顶呱呱
你听窗外鸟儿也叫喳喳
在说快回来吧快回来吧
终于我接好老婆回了家

五志存高远而风雨无阻

骆驼行者

一只敦厚的骆驼
行走在干旱广阔的沙漠
寒冷酷热饥渴算什么？
驼铃声声吟唱着生命之歌

一只辛劳的骆驼
白天顶烈日夜晚伴月色
飞沙漫天负重地奔波
昂首阔步承受着疲惫苦涩

一个孤独拓荒者
不会被海市蜃楼迷惑
淡定从容心灵的跋涉者
在痛苦中学会达观快乐

一个顽强的智者
高昂着头颅坚韧求索
稳健脚印被风沙吞没
但是吞没不了信念执着
从荒漠走向生机盎然绿洲

成功要靠努力奋发

在艰辛生存挤压下
奔波闯荡浪迹天涯
天为帐幕地为床榻
走到哪儿哪儿就是家

期望高失望就更大
无奈的泪爬满脸颊
当挫折霉运频发
也不能被羁绊住步伐

遭遇到戏剧性变化
人生并不遵从计划
痛苦挣扎摸爬滚打
放大心胸福气才会大

成功要靠努力奋发
挑战自我不惧怕
不能被风雨击垮
逆境才知自己多强大

成功要靠努力奋发
挑战自我不惧怕
尝尽了酸甜苦辣
修炼内心豁达更强大

我知道我的心在飞

花叶上滚落露水
是我忧愁的眼泪
自我宽慰别气馁
屡次挫败也不能颓废

我知道我的心在飞
心灵成长如蝉蜕
痛苦的破壳才能高飞
自由地飞信心百倍

北极星闪耀光辉
我心向着光明飞
坚持地飞不后退
为了理想尽力而为

我知道我的心在飞
向着光明努力飞
勤奋可贵不怕苦累
终有一天大志得遂

为了活着的价值

谁没挨过生活的鞭子
谁没经过凄风和苦雨
谁能摆脱命运的牵制
但也不能卑贱迷失自己

偏差的是想象和现实
改变人生轨迹靠自己
希望像暗夜里的火炬
照亮前方也要勇敢飞去

为了活着的价值
最重要的是坚持努力
眼光放长远别短视
别梦想一劳永逸
即使是连绵阴雨
也终会拨云见日

为了活着的价值
最重要的是坚持努力
为理想矢志不渝
才不会前功尽弃
艰苦能磨炼心智
才会迎来胜利

小 草

沃土养育着草根
春雨浇灌着生命
春风吹出了绿意
阳光照耀草青青

没有受宠的培植
没有高大的身影
没有浓郁的香味
没有蝴蝶来垂青

绿意盎然的小草
生之渺小磨炼地不屈不挠
也要给世界带来美好

柔韧顽强的小草
生长丰茂绿茵铺满了大地
就是活着的快乐自豪

人生是没有回程的旅行

人生是没有回程的旅行
有美景也有困境
由原先的单纯懵懂
变得成熟从容

一路艰辛曲折一路风尘
在世俗中修行
擦亮蒙上灰尘的心灵
贪欲和真实孰重孰轻
做对的看得透分得清
修炼得豁达坦诚

在喧嚣纷繁中保持清醒
不断的感悟来指点迷津

人生是没有回程的旅行
别埋怨上天不公
放飞思绪特立独行
哪怕做苦行僧

走过沧桑变得睿智淡定
不相信命中注定
谁都可以努力就行
与命运抗争重塑人生
总有希望会柳暗花明
开启崭新旅程

像红烛流尽汗滴燃烧生命
只为了无悔此生点亮光明

怎样将人生书写

努力打造想要的情节
却被残酷现实改写
苦闷忧愁无法排解
谁能把握风云变幻的世界

尊重内心真实的感觉
不向虚伪势利妥协
只要信念希望不灭
从头再来意志坚如钢铁

怎样将人生书写
勤奋是最为珍贵岁月
即使独行在寒夜
心也明亮如皓月

怎样将人生书写
成功由太多艰辛凝结
即使梅花被裹冰雪
也要绽放得热烈

我会有所作为

流年似水一去不回
挫败感让我伤悲
遥想梦里的美
禁不住潸然落泪

最没用的就是眼泪
别心灰不要颓废
别让梦想沉睡
要冲破磨难包围

我会有所作为
信心百倍才无畏
何惧风雨如晦
雨后就是阳光明媚

我会有所作为
就像红烛闪光辉
燃尽生命成灰
受苦受累心也无悔

所思所想

像独行在荒漠
何处有美丽的绿洲
心灵的流浪者
寻找归宿寄托

沧桑变幻几多
唯一没变的是寂寞
不想麻木地活
未来际遇难测

对爱渴望又充满疑惑
得到时也许即化为泡沫
怕真爱是无法泅渡的河
无福拥有纯情的快乐

如果人生能重新来过
肯定不会是这个样子的
若更努力若更懂得取舍
心灵就没遗憾和悔过

人为什么而活着
道路怎么这样坎坷
许多人都想过问过
想要弄清理解透彻

最高境界是无我
像太阳发出光和热
如果都能做到了
就是美好幸福生活

一片心

一棵弱小的野草在山顶
片片云彩头上飘
心里的热情将苦难燃烧
说出来天地听不到

一棵寂寞的野草随风摇
片刻安宁被雨浇
心中的勇气忍受着煎熬
好想飞啊飞上云霄

一片心对青天
以苦为乐自逍遥
笑中有泪泪中有笑
冰清玉洁走一遭

一片心对明月
满腹辛酸尝寂寥
笑亦是哭哭亦是笑
飞到尽头红尘抛

追 梦

望着父母送行的身影
怕看那蓄满泪水的眼睛
止不住我眼里泪水翻涌
毅然离别故土踏上旅程

人潮涌动车水马龙
在陌生城市寻梦打拼
孤零零流浪就像浮萍
尝尽人情冷暖苦乐悲喜

才明白最爱我的是父母亲
想念那牵挂的眼睛
温和亲切的面容
和那关心的唠叨声

追求那绚丽多彩的美梦
却还是下落不明
不信所谓的宿命
再接再厉继续打拼

一定能成功努力就行
前行中会有美丽风景

自 由

夜色很深的时候
我漫无目的游走
不想希望只是虚构
眼含忧愁不想随波逐流

想挣脱命运魔咒
不想做被摆布木偶
出演荒唐厌恶小丑
脸上在笑可心里泪水流

我要自救……

飞飞飞 飞向自由
让我梦寐以求
人生由我掌握
是我永远的追求

飞飞飞 飞向自由
展现心灵感受
活出自我自由
我一定会拥有

心安比名利宝贵

人生路有去无回
尝尽苦乐喜悲
有得有失有错有对
总之别被贪欲所累

错误已无法挽回
承受良心责备
只怪贪心愚蠢作祟
时时忏悔行善赎罪

人生有道道难题
如何解答得对
即使不能做到完美
也别践踏良知而后悔

将清静灵魂找回
心安比名利宝贵
仁者无敌勇者无畏
努力地飞尽力就无愧

夜雨吟

窗外的雨声淅沥
搅浑了纷乱的愁绪
窗外的雨丝如泣
像心中辛酸的泪滴

夜雨啊尽情挥洒
抛弃惆怅将我激励
夜雨啊高奏一曲
打破平庸催我奋起
夜雨啊洗涤尘垢
心灵变得清新纯净

夜雨啊深沉淋漓
激起绵绵悠长情思
夜雨啊恬静惬意
陪我进入甜蜜梦里

精神乐土

一直在苦海沉浮
一路与艰辛为伍
痛苦折磨都忍受得住
用心火照亮前路

别怕险阻总会有出路
遇到难处也不要发怵
想办法总有破解之术
夜色褪尽就是晨曦微露

名利是身外之物
不出卖良知屈服
大是大非能分得清楚
不能将灵魂玷污

不惜福者便无福
对人生感恩知足
努力过就不算虚度
别在意得失荣辱

拥有丰富的精神乐土
就是心里最大的满足
心是自由的不被束缚
真诚勤奋就是心魂所属

未来会变好的

走在朦胧的昏黑夜色
很伤心梦想未果
苦难的枷锁难以挣脱
人生怎么是这样的

不管脚下的路会如何
不坚强就没法活
一路行走着一路求索
没有迈不过的坎坷

未来会变好的
过想要的美好生活
就要努力拼搏
坚持到底必有收获

未来会变好的
承受折磨也要快乐
别怕风霜雨雪
过后就是阳光暖和

我的人生自己主宰

拥挤喧闹的站台
我满怀着激情豪迈
兴冲冲踏上远去的列车
美好的希望在眼前展开

疯狂的冷风吹来
失望的双眼满是无奈
咬着牙抖掉一身的尘埃
疲惫的脚步决不停下来

我的人生自己主宰
生命不允许懈怠
自由的心汹涌如海
我拼命地闯永不言败

我的人生自己主宰
时光不允许等待
面对艰辛充满气概
我要用双手开创未来

问 心

路走了一程又一程
韶华易逝人生太匆匆
想要活得不空洞
想要天地任我驰骋
可世事却让我心灰意冷
心陷入忧郁迷蒙

什么是我追求的梦
最需要最适合的人生
仰望深邃的苍穹
一遍遍地扪心自问
星星眨着亮闪闪的眼睛
风儿轻轻地低吟

却不能给我回应
只能拷问自己的心灵
渴望心胸像天空
感情就如大海深沉

坚强面对霜雪暴雨狂风
生命如松树常青

让心清静光明
真诚执着地写意人生
只求内心的无愧无悔

让心清静光明
依然不停地攀登高峰
总想留点生命的印记

心自由地飞翔

笑容背后藏着忧伤
人生遭遇到重创
挫折逼得我成长
不得不学会坚强

依靠内心强大力量
使低落情绪高涨
与命运魔手较量
黑夜尽头是曙光

心自由地飞翔
向着光明飞翔
享受拼搏的怒放
不辜负大好时光

心自由地飞翔
向着光明飞翔
克服失败的魔障
道路越走越宽广

永不沉没的旱舟

忍受着烈日炎炎的酷热
一队负重行进的骆驼
穿行在一望无际的沙漠
一串驼铃声一首希望的歌

经得住海市蜃楼的诱惑
不在虚幻美丽中沦落
倔强地走向繁荣的绿洲
风沙狂飞中从来不曾退缩

耐得住孤独寂寞
不怕严寒暴晒饥渴
年复一年沙漠的拓荒者
红日驼影永不沉没的旱舟

坚毅的脚步执着
在沙海中辛苦奔波
向着绮丽远方长途跋涉
坦然迈进生机勃勃的绿色

自 勉

世界不是想象的样子
人生也不尽如心意
笑容也要灿烂美丽
自尊自爱做个正直的人

脚下的路会走到哪里
过往的痕迹已淡去
不经受霜雪冰冻侵袭
怎得梅花傲放清香四溢

希望如阳光普照心里
即使在变化无常的风雨里
变得更加坚定和清晰
再多的艰难也不曾放弃

纵然努力没得到回报
也不能辜负每一轮旭日
凄风苦雨终会过去
有毅力打拼就会有奇迹

天高地阔任我飞翔

和大雁一起欢唱
歌声伴长发飞扬
素面朝天温柔大方
率真的笑神清气爽

让大爱充满心房
崇尚自由奔放
善解人意心境敞亮
就像太阳散发光芒

天高地阔任我飞翔
穿破迷茫朝对的方向
向着理想飞很倔强
在风霜雪雨中成长

天高地阔任我飞翔
飞越苦难磨炼了翅膀
努力向上做到最棒
让金色年华灿烂绽放

命运不由人心情却由人

不见月影夜色深沉
一路流浪一路风尘
摆不脱坎坷命运
一直生活窘迫艰辛

命运不由人心情却由人
没用的是怨天尤人
不能消沉萎靡不振
困境中将出路找寻

磨难修炼强大内心
笑像阳光穿透乌云
很努力勤奋打拼
就有可能梦想成真

命运不由人心情却由人
怀着感恩乐观的心
坦然面对人生浮沉
总会云开月明温馨

成功来自坚持到最后

时光在足迹中溜走
打拼几年生活还照旧
仰望满天星斗泪湿眼眸
该怎么走心中满是忧愁

人生总是难免摔跟头
在最低落失望的时候
也别放弃对理想的追求
痛哭一场爬起来继续走

掌握不了命运的魔手
物欲横流也别被引诱
困境中靠谁不如靠自救
辛勤努力幸运才会临头

不受苦不受累不奋斗
怎么会有成就
别向磨难低头
成功来自坚持到最后

不被世俗牵着鼻子走
心灵向往自由
走过冬天之后
就是春暖花开的时候

好兄弟铁哥们

好兄弟志趣相投
不用孤军奋斗
铁哥们是好帮手
一起努力成气候

好兄弟情深意厚
一起干了这杯酒
铁哥们最可信赖
同甘共苦暖心头

好兄弟铁哥们
最知心的好朋友
亲如手足一起人间游
并肩闯荡往前走

好兄弟铁哥们
无话不谈好朋友
有难同当有福同享受
真情随岁月恒久

自己可以改变命运

踏踏实实站稳脚跟
不轻浮不虚伪诚实做人
一步一个脚印前进
为理想全力打拼

失败也别怨天尤人
别放弃别灰心要更勤奋
哪怕再多苦难艰辛
也不能丧失信心

自己可以改变命运
即使失意生活贫困
也要保留善良的本真
坚持努力天道酬勤

自己可以改变命运
纵然身被逆境所困
也挡不住心灵的追寻
愈挫愈奋枯木逢春

人生翻开新的一页

曾厌倦这虚伪世界
心里想要自由纯洁

却无力改变一切
美梦一个个破灭

曾逃不掉厄运劫难
心如死灰悲伤欲绝
真想去见阎王爷
向痛苦生命话别

大哭一场会好受些
朵朵鲜花终会凋谢
命如微尘终完结
别着急自我毁灭

人生翻开新的一页
有命在希望就不灭
不懦弱摆脱幻灭感觉
责任岂可推卸

人生翻开新的一页
心里装进美的世界
不悲观要将自我超越
活得洒脱阳光些

时光会证明生命之花可以
开得更灿烂美丽

会越来越好的

想人生之舟由我掌舵
却被命运摆布不由我
像无根浮萍漂泊
随波逐流得过且过

当陷入悲伤无助旋涡
困境缠绕怎样能冲破
最难熬心灵折磨
太多的苦不如不说

会越来越好的
我知道我拥有什么
虽然我失去很多
奋斗锲而不舍

会越来越好的
只要努力就敢预设
我有必胜的把握
从厄运中挣脱

好书能让思想飞跃

阅读好书一页页
开阔崭新的视野
领略人世风云变幻
探究未知的世界

阅读好书一页页
学做好人不作孽
对错善恶真假明辨
心境豁达安然

好书能让思想飞跃
能将感情陶冶
是增长智慧的阶梯
能将自我超越

好书能让思想飞跃
能将烦闷纾解
是见识广博的阶梯
能将命运改写

破茧成蝶展翅高飞

我想要飞啊飞想远远地飞
可力不从心很疲惫
好像一直在沉睡
困在厚茧里独自伤悲
何时天空任我飞

我想要飞啊飞想高高地飞
我慢慢地养精蓄锐
一点点挣扎突围
只要努力的方向对
我绝不半途而废

破茧成蝶我展翅远飞
追着风沐浴春晖
徜徉芳菲闻着香味
在美妙风光中陶醉

破茧成蝶我展翅高飞
飞过那千山万水
千难万险百折不回
追寻心中向往的美

破茧成蝶我展翅高飞
飞过了年年岁岁

不惧惊雷不怕天黑
自由地飞就是最美

活着应该快乐

有阳光暖和有风霜难躲
有坦途顺畅有陡坡要过
往复交错起起落落
战胜挫折坚毅跋涉

有幸运如意有霉运困厄
有欢喜愉快有伤痛苦涩
有过多少喜怒哀乐
学会达观心胸开阔

活着应该快乐
悲凄泪水救不了自我
顽强勇者能打败折磨
拨云见日天高地阔

活着应该快乐
没回头路走好好把握
苦难是财富历练自我
让生命之树结出硕果

傲骨梅

空旷街巷夜色很黑
我独行像孤魂野鬼
泪涌出如漫过堤岸洪水
我流浪街头无家可归

纵然活得又苦又累
很悲哀我伤心欲碎
也不会向权贵阿谀谄媚
不做哈巴狗乞怜摇尾

即使寒风劲吹
即使暴雪狂飞
也要心怀朝晖
作盛开的傲骨梅

磨难就像魔鬼
我不会被吓退
努力大战一回
这样胜利才更美

强大的心是自由的

一路奔波一路跋涉
承受苦难折磨
孤独的流浪者
寻找心灵寄托

哭过笑过痛过伤过
纵然活得落魄
也不能失去自我
不能违心地活

不做小丑阿谀附和
不愿见风使舵
努力修炼自我
比谄媚重要得多

强大的心是自由的
经过磨炼不断求索
虽没安逸生活
却有拼搏的快乐

强大的心是自由的
所有的苦能熬得过
保留善良本色
相信会好起来的

一朵花儿鲜

一朵花儿鲜
引得蝴蝶舞翩跹
围着团团转忙把殷勤献

任你嘴儿甜
任你舞得眼花缭乱
仍神定心安依然很恬淡

淡雅的花瓣
柔嫩花蕊芬芳香甜
很美丽娇艳但是不轻贱

不左顾右盼
阳光明媚照得灿烂
有绿叶相伴从不觉孤单

不怕暗淡也不贪婪
丹心傲骨依然

一颗心只为真情献
此生不留遗憾

灰 鹤

都市的夜晚华灯闪烁
我像一只孤零的灰鹤
在人流车流中穿梭
熙熙攘攘中倍感落寞

漫天的雪花纷纷飘落
看见大雪中梅花朵朵
傲立枝头花红似火
阵阵梅花香沉醉着我

灿烂的红梅花啊
你的生机盎然让我振作
都市的霜雪啊
我用热情融化你的冷漠

顽强执着奋斗啊
心有梅花就不觉得难过
艰辛地成长啊
还有希望让我努力拼搏

快乐一起分享

心中的梦想
是五彩灿烂星光
幸福地歌唱
青春的激情飞扬

梦醒后的惆怅
我的舞台在何方
轻柔的月光
抚慰浓浓的忧伤
让我斗志昂扬

舞台的中央
无数次心驰神往
爱上了歌唱
就不怕打击失望

甩掉了彷徨
一步步走向希望
心灵的翅膀
坚强地飞越阻挡
我要做到最棒

快乐一起分享
歌声在大地飞扬
这样豪情万丈
迸发出耀眼光芒

快乐一起分享
歌声在人海飘荡
热泪涌出眼眶
欢笑荡漾在脸上

强者智者

这是为什么
身陷困境折磨
再难熬也要过
不得不坚强地活

其实最难的
是要抵住诱惑
别将尊严失落
才是活出了自我

顶天立地的强者
心胸开阔的智者
再多的坎坷
也不能退缩
人生本就际遇难测
即使厄运也要快乐

顶天立地的强者
心胸开阔的智者
辛劳算什么
艰苦算什么
为了理想坚持拼搏
耗尽心血也值得

努力只为大展宏图

一路磨难一路孤独
尝尽漂泊异乡的凄苦
从向往的喜悦到无望酸楚
现状与想象落差悬殊

想哭一场都没处哭
满脸抑郁愁绪遮不住
就像在森林迷路前途未卜
脚下的路该走向何处

努力只为大展宏图
朝着希望大胆迈步
带着信心勇气上路
踏上坎坷艰辛长途

努力只为大展宏图
生命短暂怎能虚度
奔向那重生的旅途
困难险阻都能克服

只要乐观生命就有光彩

走进雨中悲从中来
苦难如飓风袭击心海
彻底失败忧愁未来
泪如雨下情绪很坏

点点雨水拂去尘埃
别轻弃应将生命珍爱
命在还能从头再来
因为幸福无所不在

只要乐观生命就有光彩
不怕艰辛因希望满怀
天高地阔还有美好未来
努力就能苦尽甘来

只要乐观生命就有光彩
坎坷也要走出条路来
磨炼心态散发自信光彩
峰回路转否极泰来

飞向地阔天高

越过人生一个个路标
有过多少眼泪欢笑
被现实磨光棱角
心境被俗事搅得浮躁

人生之舟应该把握好
辛劳不一定有回报
但贪玩好逸恶劳
必一事无成白活一遭

发奋努力别自甘渺小
苦累只有自己知道
狂风暴雨意志不倒
风雨后就是艳阳高照

飞向地阔天高
别怕受伤的煎熬
坚持奋斗是制胜法宝
等到死去也会含笑

飞向地阔天高
心底的渴望在燃烧
别等芳华逝去容颜老
勤奋让一切变美好

因 为……

因为阳光的沐浴
还有和风细雨
才有花开草绿
才有丰衣足食

因为岁月的流逝
以及斗转星移
才有繁衍生息
才有万物更新

因为辛苦和努力
积累渊博学识
才有探索动力
才有发展前进

因为真诚的心灵
传递无私爱意
才有温暖幸福
才有人间美丽

生死之间

感觉痛得太深
像背负一座沉重的大山
感觉活得太苦
厌倦了命运诡异的摧残

感觉无助可怜
不得已赖在残酷的人间
感觉迷茫孤单
何处是心灵停泊的港湾

消亡在转瞬间
生存千难万难
是生存还是消亡？
怎奈何天地无言

人活在天地间
万念存乎一心
挺立着能改造世界
倒下了只是微尘

存在哪怕心痛
存在哪怕艰难
只要活着就有希望
努力往好的转变

希望引领路程

辛劳以失败告终
沉入悲伤阴影中
放不下负重前行
又怎能越过困难重重

奔走在风雨旅程
信念如高山坚定
不会听天由命
不灰心气馁越挫越勇

希望引领路程
越高越美越难攀登
一步一个踏实脚印
知道没有捷径

希望引领路程
收获感悟充实心灵
既然不想甘于平庸
就得历经苦痛

活出真正的自我

悲伤的泪水谁也曾流过
磨难和痛苦谁也逃不脱
迎着风雨顽强地活着
走过艰辛和坎坷

伤心的情感谁也曾难过
无情的打击谁也会失落
跌倒爬起来学会超脱
走出围困的沼泽

失败过消沉过也挣扎过
别绝望别软弱坚持拼搏
坦荡快乐好好地活着
经住挫折和诱惑

活出真正的自我
一份努力一份成果
付出血汗辛勤劳作
人生是一首执着奋进的歌

活出真正的自我
一分耕耘一分收获
人生匆匆岁月如梭
也要燃烧出灿烂耀眼的火

梦 圆

谁能捡回逝去的青春
不做得过且过的人
不想后悔虚度光阴
所以奋发努力不能灰心

世事功利拷问心魂
坚守正直独善其身
微笑的脸洋溢自信
豁达的心承载命运浮沉

梦想很美梦圆不容易
但更坚定了追寻
想成有作为的人
相信那一天会来临

梦想很美梦圆不容易
但有坚持的决心
与苦难艰辛抗争
活出精彩美梦成真

无愧活一遭

置身俗世的喧嚣
人生无常难以预料
心胸开阔笑对煎熬
乐观是战胜失败的法宝

不能被困难击倒
困难像座山即使很高
也要坚持勇攀高峰
把它踩在脚下一览众山小

无愧活一遭努力要趁早
放下没有必要的烦恼
何必庸人自扰

抵制诱惑毫不动摇
没有什么比自由尊严更重要

无愧活一遭努力要趁早
学会忍耐勤奋很重要
积累要靠辛劳
历经挫折不屈不挠
黑夜的尽头就是东方初晓

努 力

虽然倒春寒来袭
但挡不住勃勃生机
我有勇气有毅力肯努力
经得住风霜雪雨

被贬低视为激励
境遇坎坷视为动力
我不泄气不放弃要坚持
磨炼顽强的耐受力

甘苦冷暖唯有自知
潜心实干在这浮躁尘世
力量一点点积蓄
闯出一片自己的天地

漫长黑夜终会过去
天亮迎来暖暖阳光沐浴
摒弃掉虚荣势利
洁身自好心安走下去

像飞鸟一样活着

像飞鸟一样活着
飞过山海江河
飞上蓝天云朵
志向比山高胸怀比海阔

正义真理在心窝
保持良知本色
飞到雪山荒漠
再多的磨难也泰然自若

像飞鸟一样活着
活得诚实快乐
即使风雨大作
也要纵情飞回应着高歌

像飞鸟一样活着
活得率真洒脱
即使忍受饥渴
也要坚持飞自由才快活

笨 鸟

笨鸟笨鸟我是笨鸟
摇摇摆摆呆头呆脑
你们讽刺我的渺小
有时真觉得懊恼

笨鸟笨鸟我是笨鸟
叽叽喳喳不停地叫
远方的美景将我邀
此生的路我要自己描

笨鸟笨鸟我是笨鸟
飞向远方不惧辛劳
路途遥远前程缥缈
忍受煎熬我不动摇

笨鸟笨鸟我是笨鸟
几多寂寥几多潦倒
没有温馨的怀抱
我不是你们的眼中宝

笨鸟笨鸟我是笨鸟
也曾快乐也曾悲号
我总想着飞入云霄
自豪地露出舒心的笑

单身贵族

清晨走在人群中行色匆匆
地铁里拥挤像一窝蜜蜂
独来独往我为生计打拼
忙碌日子有得意有伤心

夜晚拖着疲惫的身躯前行
压力使神经高度地紧绷
看过各种脸色阅尽人心
饱尝人情冷暖苦乐艰辛

沉寂午夜头脑却愈发清醒
网上谈空中楼阁的爱情
寻觅一个真心相爱的人
孤独惆怅伴着未来的梦

我淹没在人海中
微风吹不去烦闷
想挣脱现实束缚奔前程
挫折教会了我忍耐坚韧

走过了风雨人生
依然保留一份真
想成为展翅飞翔的雄鹰
开创出自己的一片天空

修炼地成熟沉稳
还有希望和憧憬
想有所作为让父母舒心
所以坚持努力更加勤奋

向着光明飞

经受烈日晒暴风吹
尝尽太多的意冷心灰
不停地走好累好累
艰难人生欲哭无泪

历经折磨百炼千锤
辛苦挣扎地心力交瘁
左冲右突努力突围
不会后退不会崩溃

勇往直前向着光明飞
为了人生能有所作为
狠狠面对困境和伤悲
坚定信念我不会违背

勇往直前向着光明飞
心中一直闪烁着光辉
摆脱痛苦就得要无畏
赶走颓废将梦想追随

单身女郎

轻盈的脚步匆匆
淡雅靓丽的倩影
奔走在滚滚红尘
历练得成熟稳重

虽也有伤痛失意
但仍会努力攀登
希望牵引着前行
追寻着绚丽的美景

红酒像片刻激情
清茶是芬芳爱情
洁身自好为寻觅
醇香的清茶来细品

有时体味孤独宁静
有时旅行放松心情
走过一个个春夏秋冬
浑身洋溢活力聪颖

再苦也有雨过天晴
活得潇洒笑得从容
很想遇到个知心爱人
一起享受人生旅程

如果有一天我去了天堂

如果有一天我要去天堂
我会插上幸福的翅膀
带走所有的苦难和悲伤
只把爱留在你们心上

如果有一天我要去天堂
我会含笑飞向那个地方
请一定微笑着为我送行
我不想看到你们的泪光

如果有一天我去了天堂
不要再把我伤心回想
我已安心地进入梦乡
天天祈祷你们幸福安康

如果有一天我去了天堂
会有许多好朋友来往
他们是无数星星和月亮
我们一起在无边宇宙飞翔

醉了醒了

我醉了醉得几次跌倒
为何得到又失去抓不牢
所有的苦一饮而尽多好
从此不再有失意和烦恼

失败的滋味尝了多少
累了倦了我蜷缩在街角
一个醉汉在黑夜里狂叫
行人看我疯我看他们笑

醉了醒了冲破悲伤的牢
不在心里留下记号
满怀豪情重新再来
我要拼命把美好未来找到

醉了醒了坦然露出微笑
不好的统统都忘掉
勇敢地闯不怕辛劳
我要努力把心中梦想打造

想哭就哭吧

满怀壮志心高气傲
背起简单的行李包
走出封闭的城堡
奔向地阔天高

秋风凄凉遍地荒草
希望的路找不到
一切都不再美好
心情跌入泥沼

举步维艰失意苦恼
就像受伤的翠鸟
貌似坚强的外表
心挨了多少刀

想哭就哭吧
谁也曾一次次的跌倒
这没什么大不了
哭过了爬起来迎接风暴

想哭就哭吧
谁也曾忍受磨难煎熬
这没什么大不了
要奋斗走出条阳关大道

我是蓝天我是松树

有人向往鲜花的艳丽
我只想是一棵松树
根扎得深深地顶天立地
从不奢求众人的爱护

有人渴望云朵的安逸
我只想是蓝蓝的天空
心胸广阔地包容万物
从不为了享受而轻浮

我是蓝天我是松树
多少凄风苦雨都经过
更明朗更高大质朴
丢下昨日的忧伤和痛苦
带着暖暖的阳光又上路

我是蓝天我是松树
沧桑苦难教会我成熟
更透亮更青翠坚固
年年寒来暑往也不干枯
怀揣着新的希望再上路

流 浪

夜晚的街头冷冷清清
点点的灯光透着温馨
我裹着一路风尘独行
哪盏是为我点亮的灯

汽车从身旁卷尘而去
落叶孤寂地飞舞飘动
在寒风里无助地悲鸣
找不到归宿来栖身

流浪流浪啊流浪
背负着沧桑和彷徨
凄风苦雨奋力抵挡
苦苦追寻光明的方向

流浪流浪啊流浪
艰辛的岁月太漫长
排遣不去忧伤惆怅
但还要坚持追逐梦想

我是最美的凤凰

迎着清晨的阳光
长发随风飘扬
和鸟儿一起欢唱
魅力尽情地绽放

欢快的倩影匆忙
失意忧伤都遗忘
真情在心中荡漾
勤奋向上做最棒

我是最美的凤凰
努力地飞不迷茫
坚定的心热情奔放
感动的泪水心中藏

我是最美的凤凰
前进的路任我闯
心儿热就不怕寒风凉
追寻心中美丽向往

痛着笑

我深陷不幸泥沼
你承受风雨冰雹
我们一起痛着笑
欢声笑语将哀伤裹牢

我有悲苦的忧愁
你有压抑的烦恼
我们一起痛着笑
眉飞色舞将辛酸缠绕

踏着火跳着舞蹈
抚着伤唱着歌谣
快乐地忍受煎熬
吞咽泪水逗笑得美好

如浮萍水面漂
一直在苦海中浸泡
心如刀绞痛着笑
迟早苦尽甘来我知道

很渺小如野草
苦难的折磨抛不掉
心被火烤痛着笑
迟早否极泰来我知道

让人生再次起飞

宁静的夜清醒的思维
空荡荡的心和孤寂约会
付出的爱永远收不回
所以也不必去后悔

活得真实不要虚伪
轻轻地一点点打开心扉
将满腹的忧愁放飞
变得平静柔和似水

让人生再次起飞
勇于面对所有伤悲
承受苦难用心地体会
渐渐变得无惧无畏

让人生再次起飞
不为感情的事崩溃
放手也是给自己机会
重新寻找相爱的美

人生的财富来自锤炼

谁能一直稳操胜券
失意的现状围困眼前
尝尽世间人情冷暖
在跋涉中与困惑周旋

苦恼就像苔藓蔓延
自怜抱怨是卑微表现
让心强大卸下负担
迎接风刀霜剑的挑战

人生的财富来自锤炼
饱经磨难屡败屡战
辛苦努力从不间断
实现心愿就会不再遥远

人生的财富来自锤炼
甩掉自暴自弃的杂念
勤奋岁月酿出甘甜
严冬过去就是明媚春天

斗志给人生插上翅膀

没想到奋飞的鹰折了翅膀
没想到傲立的树遇到寒霜
瞬间一切黯淡无光
失去前进的力量

没想到强健身体受了病伤
没想到满腔热情遇当头棒
突然眼里闪过泪光
淹没绚烂的希望

夜里泪水流也流不尽彷徨
无助的眼露出悲凄和绝望
心空荡荡煎熬忧伤
若不奋起只会消亡

斗志给人生插上翅膀
所有的苦独自去扛
奋力抗争不再迷茫
给心打开一扇窗

斗志给人生插上翅膀
无惧无畏坚持去闯
奋力拼搏乐观刚强
让梦想绽放光芒

孙悟空

你是白骨精
喝血吸髓的妖魔
一会变美女
一会变老婆婆

我是孙悟空
火眼金睛辨善恶
一眼就识破
一棒打掉魂魄

师傅不要再念紧箍咒
不要被她千变万化迷惑
师傅口口声声埋怨我
真可气赤胆忠心受折磨

黑白清浊终究分明
看你还往哪里躲
金箍棒专门除妖魔
人间享太平百姓安乐

善有善报恶有恶果
害人恶魔难逃脱
一个不留我都要捉
人间享太平百姓安乐

一生的知音

迷茫纷乱一片混沌
惆怅的心抑郁烦闷
身陷于浮躁红尘
被现实所困随即沉沦

梦醒时分对月悲吟
扪心自问还在追寻
那潇洒自在率真
清新的知音牵着心魂

被知音深深吸引
与生俱来源本本能
憧憬着美景降临
享受那无比欢欣

闪亮如日月星辰
原来一直伴随晨昏
崇尚那美妙绝伦
向往着情不自禁

一生迷恋的知音
放弃怎么能甘心
执着的热忱的心
探索着更加勤奋

希望无处不在

天黑了街灯亮起来
霓虹绽放异彩
看惯了人生百态
远离喧嚣静下心来

霉运缠身推不开
谁能一直随心自在
春去还会再来
花败又会再开
即使风雨如晦
终究会雾散云开

荡涤心灵的尘埃
难以预测未来
那么远想不明白
不如好好把握现在

审视生命凝视星海
日月轮回转换太快
希望无影无踪
但却无处不在
不要荒废懈怠
努力就有美好未来

精彩靠自己实现

现实没有想象美好灿烂
一蹴而就只在梦里面
深深挫败感煎熬心间
哀怨无用将泪水擦干

道路荆棘密布很是艰难
一路风尘一路的辛酸
希望不灭生机会重现
不屈不挠将厄运逆转

精彩靠自己实现
收获来自勤奋努力实干
昂首朝天风雨一肩担
在折磨中修炼能力内涵

精彩靠自己实现
越过困境历经喜怒悲欢
否极泰来先苦后甜
谁也能了不起得到赞叹

达成愿望

小鸟渐渐地成长
终有一天自由飞翔
高山挡不住江河
蜿蜒曲折流向前方

乌云终究会散去
太阳出来光芒万丈
厚厚沙土掩不掉
明珠迟早闪闪发光

只要斗志昂扬
只要乐观向上
只要努力去闯
一定会迎来曙光

酸甜苦辣都要尝
在伤痛中坚韧成长
不惧风雨和寒霜
奋力抵抗走出凄凉

只要满怀希望
只要毅力刚强
只要胸怀宽广
就能够达成愿望

生命之花只开一次

当你饱受命运的捉弄
当你痛心疾首失去爱情
当你悲观失望心灰意冷
也不能轻易放弃生命

没有越不过的江河山峰
还会找到爱恋感受真情
活着就有希望就是幸福
努力地拼搏雨过天晴

生命之花只开一次
活着很幸运可以重新开始
看淡荣辱得失珍爱生命
乐观坚韧地走过创伤逆境

生命之花只开一次
阳光多明媚世界绚丽多姿
珍惜美好时光善待生命
真诚从容地走出不屈人生

修 行

求真知不造假的
做对的不做错的
积善行不作恶
修行只求心安理得

释放心灵美丽的
摒弃心里丑陋的
做好人不学坏
觉悟能将烦恼解脱

播种什么就收获什么
努力勤奋锲而不舍
身可灭志不可夺
返璞归真而自得其乐

天理昭彰有因必有果
活出价值知足常乐
戒贪欲果行育德
心胸宽厚仁慈福气多

我依然保留真诚

起起伏伏的路程
跌跌撞撞往前行
心里有团不息的火种
点亮灰暗的人生
泪水洗去失意和悲恸
脚步踏过坎坷奋力去拼

坦坦荡荡的心胸
欢欢喜喜的梦境
面对多少失败和伤痛
泪在心里已流尽
眼里满含坚韧和憧憬
拂去尘埃让心安宁清净

任风云变幻
我依然保留真诚
用满腔热忱
融化严冬的寒冰

任电闪雷鸣
我依然保留真诚
用辛勤脚印
走出希望的天地

游 走

人生无常悲欢离合
历经多少苦乐哀愁
一饮而尽杯中烈酒
何时才能拥有自由

四季轮回日月穿梭
大千世界令人担忧
世态炎凉真爱难求
蔑视命运自我拯救

不让心灵蒙上尘垢
漫天飞雪狂风怒吼
忍痛坚持直到最后
洁白瑞雪掩埋风流

一个人孤独地走走走
走到心碎不回头
前途莫测谁又能看透
谁能够心灵长相守

寂寞地在人间游游游
游走岁月白了头
泪在心底如洪水奔流
欲说还休欲说还休

坚持飞翔

走在深夜寂静的小路上
哪里是我容身的地方
脚步彷徨未来渺茫
忧愁的心像已被冻僵

走在车来人往的大街上
流光溢彩音乐在飘荡
一脸沧桑还在流浪
悲凉的心更疲惫惆怅

一个声音在脑中回响
放弃努力就没有希望
逆境伤痛让我更加坚强
不会闪泪光笑容坦荡

难得到这世上来一趟
谁都要经历苦乐忧伤
笑迎风霜雪雨坚持闯荡
前进的脚步不能阻挡

像鸟一样飞

像鸟一样飞
远远地飞高高地飞
纵然不能一直顺遂
理想也不会违背

像鸟一样飞
心有朝辉抛掉伤悲
不惧困厄运气太背
冲出磨难的包围

像鸟一样飞
高高地飞远远地飞
不怕酷晒雨雪风吹
不屈不挠坚持飞

像鸟一样飞
化成灰飞也不后退
不怕辛劳受苦受累
活得真诚不虚伪

像鸟一样飞
寄情山水风景好美
只为心愿志向得遂
此生无悔很欣慰

柳树的重生

雪下了一天一夜到天亮时
依然很大纷扬密集
一片白茫茫朦胧美丽
忽见柳树倾斜了身子
枝杈上覆盖积雪足有一尺
银白地面赫然露出根须

几天前还曾为它感到欣喜
在这萧瑟寒冷冬季
依然挂满干枯的叶子
谁知一场大雪压下去
柳树却濒临生存的危机
随时可能轰然倒下去

天放晴阳光温暖冰消雪融
柳树竟然挺直身躯
依然挂满枯萎的叶子
只是折断一根粗树枝
间或有鸟儿飞落在树枝
它又傲然挺立重现生机

柳树起死回生揭示生命真谛
只要一息尚存不能泄气
不能丧失希望和信心
坚忍拼搏可以逆转厄运
穿越苦难冬去就是春

心 路

宁静深夜扪心自问
思绪翻滚冲击着灵魂
如何把握自己的命运
才不会徒劳无功大海捞针

心要学会去伪存真
才有慧眼真假分得清
不违背内心自欺欺人
人无完人还得要修身养性

人有旦夕祸福天有不测风云
人生之舟谁能保证一帆风顺
风大浪高不能一蹶不振
搏击滚滚浪潮才能前进

内敛稳健沉默是金
随心路历程的延伸

艰辛苦难教会我奋斗坚忍
美玉经打磨才光泽温润

脸上逐渐有了皱纹
是岁月磨砺的刻痕
但心始终像太阳灿烂热忱
面对生活永远乐观感恩

怎样也不能泯灭希望

几度寒来暑往
怀揣着梦想流浪
风刀霜剑奋力抵挡
放弃就是不战而降

现实超乎想象
失望远大于期望
心被冻僵彻骨冰凉
流失纯真满身沧桑

怎样也不能泯灭希望
眼含泪水也要坚强
告别痛苦走出绝望
要像梅花凌寒怒放

怎样也不能泯灭希望
静静疗伤积蓄力量
扔掉惆怅走出迷茫
迎来明亮灿烂阳光

柳暗花明

朝九晚五单调地周而复始
烦闷和挫败感充斥在心里
面对不确定的未知
多少美好还在想象里

听天由命活着有什么意思
什么都不会有如果不努力
本性倔强潜意识里
理想从来不曾舍弃

天空飘起零星小雨
走进细雨中透透气
奋斗不息心就插上了双翅
能飞很高很远要相信自己

时阴时晴的天气
生活亦是如此
不消极别和自己过不去
机遇是给有准备的人

时光如白驹过隙
更该好好珍惜
不争取怎么知道不行
柳暗花明会有新天地

将人生善待

遭受一次次失败
泪流成河成功也求不来
得失成败命运在作怪
见怪不怪其怪自败

天高地阔脚步勇敢迈
自卑真不应该
心念所至无所不在
要将人生善待

信心不能被破坏
梳理来龙去脉知错能改
只要美好希望还在
就不怕从头再来

走出阴霾忧虑都抛开
热情经久不衰
生命之花好好珍爱
炫出灿烂风采
坦然直率真诚情怀
闯出光明未来

我一定闯出名堂

华灯初上人来车往
我黯然站在熙攘街上
灯光将孤影拉长
心里掠过一阵凄凉

很想家乡很想爹娘
想起离别泪洒乡土上
爹叮咛语重心长
娘话未出口泪两行

奔波赢来满身沧桑
闯荡着历经世态炎凉

不怕受挫有胆量
因希望一直在闪光

我一定闯出名堂
为自己也为爹娘
与苦难艰辛较量
坚持迈向心中向往

我一定闯出名堂
不辜负爹娘期望
等我荣归故乡
孝敬爹娘都喜洋洋

心灵强大的智者

想挣脱厄运折磨
冲破逆境战胜挫折
努力跋涉执着求索
再多的苦不说

心灵强大的智者
不畏艰难穷迫
何惧大雨滂沱
过后就是阳光照射

想好好把握生活
特立独行展示真我
过自己的诚实生活
管别人怎么说

心灵强大的智者
美好的都记得
伤心的全都忘了
懂得感恩知足常乐

心灵强大的智者
不再抱怨什么
即使生命将陨落
也要灿烂释放自我

向日葵

纷乱的心越思量越惆怅
纵然单纯被红尘埋葬
也抗拒陷入诱惑的网
不能利欲熏心将良知沦丧

活在浮躁冷漠的尘世上
失意映在憔悴的脸上
想痛痛快快大哭一场
发泄心中沉积的苦闷悲伤

如向日葵心向太阳
有容乃大无欲则刚
心变强大更具能量
定能经住风雪雨霜

如向日葵心向太阳
即使不幸人生无常
也要坦荡心亮堂堂
至少还有美好希望

成功之路

梦想夭折遭受变故
禁不住失声痛哭
太多压抑悲苦和无助
心情随眼泪跌入低谷

不能颓废庸庸碌碌
失败是成功之母
尽管未来还很模糊
经过坎坷变得成熟

谁甘心任命运摆布
逆境中寻找出路
不懈探索舍得下辛苦
就离成功更进一步

岂能消磨光阴人生虚度
改变现状要靠勤奋付出
苦难辛劳是受用不尽财富
历练过程能脱胎换骨

太阳冲出乌云照耀万物
感悟快乐找到心的归属
诠释活着的价值历经沉浮
可贵的是傲骨豁达大度

自 强

昏黄灯光一片迷茫
我走着踉踉跄跄
人影摇摇晃晃
大醉一场掩盖沮丧

我像孤魂流浪游荡
打拼多年还老样
点点温馨灯光
没有一盏为我点亮

太失败真想大哭一场
雨雪风霜世事无常
关乎存亡不得不坚强
活在尘世上谁不曾受伤

一息尚存不能绝望
也不能够贪欲膨胀
在堕落中将善良沦丧
我坚信云开雾散见阳光

靠谁也不如靠自我

继续苟活得过且过
还是拼搏活出自我
人生轨迹是自己走的
努力变好活得洒脱

别想懒惰不劳而获
那样注定就是弱者
成功不可能一蹴而就
不奋斗怎知不行呢

靠谁也不如靠自我
放大自己拥有的擅长的
缩小那些失去的忧愁的
不去想难过的才会快乐

靠谁也不如靠自我
就是石头有天也会唱歌
原是磐石被泥土所包裹
终会展露才能也是美的

求　索

人人都有生老病死
生是受恩惠的际遇
死是必然要到的末日
别将短暂年华虚掷

最大的病源自心里
将美好快乐的铭记
痛苦伤心的全都忘记
心变强大永怀希冀

锦上添花者比比皆是
雪中送炭的寥寥无几
人不自救孰能救之
幸福只能依靠自己

别被歪风邪气污染心里
看淡名利得失一笑了之
宽容别人就是善待自己
真诚坦荡的心重情重义

探索生命真谛磨炼自己
努力实干靠的是真本事
拨云见日才知阳光美丽
历经辛劳才懂珍惜果实

生命之花明媚绽放

圆如银盘皎洁月亮
洒下轻柔如水月光
独在月下思故乡
满脸落寞难掩惆怅

告别爹娘独闯异乡
要耐得住清贫凄凉
最不能贪欲膨胀
顶住诱惑不能投降

生命之花明媚绽放
灯红酒绿中迷失方向
只会弄得身心受伤
绝不能沦落欢场

生命之花明媚绽放
命运无常不得不坚强
捍卫自尊就该倔强
做真我坚守坦荡

生命之花明媚绽放
心境敞亮释放出能量
生机勃勃满怀希望
迎接每一轮朝阳

不倒翁

时常期望落空
沉寂是调试心情
远离邪思邪行
艰辛是人生的修行

不管幸与不幸
还是要做个好人

不管成与不成
还有希望在支撑
重整旗鼓打拼
乐观淡定笑对人生
走过坎坷历程
真善美积淀在心中

一次次努力还是两手空空
也不让霉运得逞
作个生活中的不倒翁
心正跌倒能爬起
暴风骤雨中脚步不能停
成功之路没有捷径

谁能够一直胜券在握总赢
不要幻想一帆风顺
作个生活中的不倒翁
心正跌倒能爬起
以强者的姿态承受抗衡
给自己开路柳暗花明

人

最难写的字是人字
谁都在写自己写好不容易
作好人才能做好事
像警示牌提醒勉励自己

现实怎会尽如人意
天大的倒霉事也不能泄气
不爬起只能倒下去
自暴自弃何谈东山再起

挫折是人生小插曲
坚持奋斗是主旋律
发现潜能激发动力
风雨终有消散的日子

阳光草木江海空气
最珍贵的最无私
保留良知表里如一
友爱和善人心换人心

自尊自强做人顶天立地
走出正大光明人生轨迹

扬帆远航

一只行驶的帆船
停靠在小岛风光无限
却不是归宿的港湾
游历过走而无憾

勇闯风口浪尖
即使有倾覆翻船危险
也不改前进的信念
激荡起浪花飞溅

无论是风平浪静
还是狂涛冲天
航行没有终点
只为践行美丽的梦幻

听大海的交响乐
震撼心魄惊叹
心怀碧海蓝天
扬帆驶向海的世界

自己才能救自己

命途多舛以致身临绝境
为何磨难一次次纠缠自己
陷入痛苦中悲伤如影随形
沉寂日子是在心理调适

死都不怕还有什么可怕的
天无绝人之路总会有转机
顽强奋斗有莫大的承受力
哪怕再多艰辛不能自弃

最大敌人是自己
命运既然如此
豁达乐观也是抗争的方式
不会认命信念从不曾消失

求人不如求己
自己才能救自己
成功往往需要足够的坚持
努力从未停止拼就拼到底

开创光明前途

喧嚣掩盖着孤独
世事总想看得清楚
感觉活得郁闷活得苦
漂泊的心哪里是归宿

使出浑身的解数
成功还是充满变数
泪水要怎么才忍得住
听到失落无助在哭

天无绝人之路
莫将有限生命辜负
虽然以后还是未知数
拿出勇气再次上路

谁没尝过疾苦
谁没遇到难处
梦想和事实总有出入
流泪生气于事无补

挣脱霉运摆布
就要辛苦付出
扬长避短少走弯路
努力开创光明前途

绝处逢生

繁星点点闪闪烁烁
纷乱的心起起落落
最需要的最重要的是什么
什么是最适合自己的

跌跌撞撞的流浪者
不知道未来会如何
越来越觉得世事变幻莫测
道路不如想象般铺设

心被好多刀插过
再多一把又如何
悲伤苦衷埋在心里不想说
没有什么是注定的

即使身处茫茫夜色
还是会有光明的
有火炬一直在心里点亮着
有希望在支撑着我

被暴雪压倾斜的柳树
曾以为它活不成了
来春又枝繁叶茂绿荫荫的
柳树能起死回生何况是我

所有阻碍都会被攻克
绝处逢生死而复活
不受厄运摆布奋力挣脱
把失败变为成功的转折

谁不曾走过弯路出过错
难免有缺憾和悔过
不能成为包袱压垮自我
未来的路更应该好好把握

努力总会有收获
会有美好在等着

明日航线

梦想牢牢据守在心底
只是不愿提起而已
有时搅得心情压抑
何时能生出双翼飞起

麻木的生活消磨自己
怎能美好光阴虚掷
偏差的是理想与现实
明日航线只在美梦里

自由是永生追求的宗旨
即使活在无奈羁绊里
执着地感悟人生真谛
明日航线出现在眼里

虽然未来都还是谜
却足以吸引我砥砺前行
为美梦成为现实
奋起而飞证明自己

坚持到底矢志不渝
飞吧不遗余力努力进取
是最自豪的展示
向着明日航线飞去

突 破

黄叶被瑟瑟秋风卷落
忍不住泪珠潸然而落
沧桑的心用洒脱外表包裹
一路走来时常伴随苦涩

日月轮回苦中作乐
真爱的滋味早淡忘了
寻觅不到知心人抚慰寂寞
什么能让垂死的心复活

想起情窦初开的羞怯无措
为何没直截了当先说
犹豫不决地错过了
没有缘法让我难过

路人行色匆匆穿梭而过
想找个恋人用心爱着
可会有吗在哪里呢
共浴爱河求之不得

厌倦一成不变的烦琐生活
这样没意思应该振作
解除心灵的枷锁
突破牵制的旧壳

过有意义的生活
人生有很多选择

我才是我的救世主

世事几多变数
人生几多沉浮
磨掉愤世嫉俗
心情悲喜起伏

花样年华虚度
前途未知飘忽
很想要哭一哭
哭尽茫然无助

想走好人生路
心里充实满足
再劳碌不说苦
磨砺得越成熟

我才是我的救世主
像夜里的月亮和火烛
像寒冬的梅花和翠竹
信念像北极星在指路

我才是我的救世主
只为成就心中的蓝图
洒下辛苦勤奋的汗珠
认对方向走出成功路

朋友珍重

漫天雪花飞舞飘落
再见该走了你这样说
望着你眼底的忧愁
知道你背负痛苦落寞

我说心里有不息的火
就不怕任何折磨困厄
你会走出不幸的旋涡
总会迎来秋天的收获

你说为了美好生活
明知道前路艰难坎坷
仍然要奋力地拼搏
在逆境中顽强地求索

雪花中你远去的孤单背影
一点点缩小走出眼窝
泪水不由自主潸然滑落
朋友珍重我一遍遍地说

我知道你会迎来灿烂生活
纷扬的雪花一朵朵
盛开在天地间熠熠闪烁
给你带来纯洁美好快乐

自强自信

际遇总是不顺
还在为生存打拼
接纳艰辛的命运
至少还有追梦的可能

不能一蹶不振
不能被苦难所困
阳光总会冲破云层
要有坚持奋斗的耐心

自强自信与厄运抗争
磨炼不屈灵魂
笑容像暖阳热忱
做好人会修来福分

勤劳实干不枉费光阴
久经人生浮沉
心变得豁达沉稳
终有回报大器晚成

这就是我

我很平凡一没有权二不低贱
堂堂正正的男子汉
饱尝忧患历经磨难从不抱怨
就如青松不惧严寒

我不贪婪心宽体健亲切友善
热爱生活心似蓝天
稳如泰山努力苦干有所奉献
绽放出生命的火焰

这就是我磊磊落落在人间
知足常乐不慕仙

阳春白雪

下了近一天
飘舞很大的飞雪
积雪覆盖枝条被压弯
青翠变成梨花初绽

太阳露笑脸
树上掉落大雪团
绿叶葱翠枝条又伸展
鸟儿栖息春意盎然

美丽寒冷阳春白雪
嫩叶新蕊经过磨难
柳叶繁茂花朵吐艳
生机勃发活力无限

经受考验阳春白雪
春天还是战胜冬天
自然规律不会改变
顺其自然终是内涵

我就是个大呆瓜

想分手就走吧
一路顺风请走吧
别再像老鸹叽叽喳喳
总以为自己是朵喇叭花
不过是狗尾巴花
我从此自由了

我像孤魂野鬼
走在昏黄路灯下
人们像冰雕冷漠虚假
我觉得又饿又烦又疲乏
对着夜空笑哈哈
很怪异的呆瓜

一条狗狂吼着
扑上来张着嘴巴
也看我落魄把我欺压
真想一脚踢进老虎嘴巴
只是怕我赔不起
它昂贵的身价

我就是个大呆瓜
堂堂男子汉做人也不算差
怎么还混得没钱花
也没有属于我的温暖的家

我就是个大呆瓜
浪迹到天涯拼命闯荡挣扎
承受无情的风吹雨打
脸上还要笑得灿烂像朵花

哎呀哎呀哎呀
谁叫我不懂得圆滑
怎么办我心乱如麻
哎呀哎呀哎呀
牙痛的我说不出话
站直了我不能倒下

六幸福开心温暖情歌词

雪中情

就像梅花映入视野
你睫毛如扑扇的蝴蝶

水灵灵眼睛投影我的喜悦
情如火燎原蔓延着热烈

爱慕的心冲破胆怯
心的牵挂眼中的关切
化作无微不至的呵护体贴
用火热温暖你内心世界

纷纷扬扬雪花摇曳
堆俩雪人俏皮相贴
两颗心狂跳异样的感觉
满怀的爱意纯洁如雪

雪人融化情也会终结
你秀眼闪过一丝伤感
那是因为雪人跑进我心间
安了家与生命牢牢连接

以为读懂你的一切
却仅仅是细细看过几页
我愿意用一生去了解
一起书写到生命完结

你拉着我欢跳雀跃
脸笑成红梅花疑虑化解
紧紧拥吻激情宣泄
漫天飘飞祝福的瑞雪

执着情怀

你是风深情唱白
无论追逐或期待
拂过我心海激情澎湃
痴迷地应和唱起来

你是河流淌着爱
无论悲吟或欢快
流入我心海浪花绽开
很高兴融合你情怀

你是鱼千姿百态
无论精怪或可爱
游在我心海快乐自在
眷恋着缠绵着欢爱

你是岸信守着爱
无论黑夜或白昼
依偎我心海永不分开

真情真意恒久存在

生生世世情不改
执着恩爱最精彩

天地之恋

太阳是天的心灿烂炙热
光芒如火激情迸射
大地被温暖普照
天与地兴致勃勃

隆冬的天洁白雪花飘落
纷纷扬扬轻柔触摸
大地被纯美包裹
天与地情深意厚

天地一色大雨淋漓飞落
好似天在抚琴鼓瑟
大地唱情歌应和
天与地含泪笑了

天地相爱痴迷入魔
感受心灵的契合
分享着悲喜苦乐
虽只能遥望也值得

天地相恋爱得洒脱
虽然被现实阻隔
不能够依偎厮守
但真情会天长地久

美景中游

蝶飞花摇风轻柔
漫步林中手牵手
歌声飘飞爱悠悠
深情像叮咚泉水流

花容绽放娇羞羞
对视眼眸心交流
甜蜜亲吻香悠悠
沉醉美景中尽兴游

芳草茂盛绿油油
互戴草戒结佳偶
打起秋千荡悠悠
一起飞喜悦绕心头

湖上泛舟乐悠悠
鸳鸯嬉戏水中游
情趣相投长久久
珍惜这缘分永相守

爱你铁了心

你迎合我关切眼神
我有特异功能
能看透你驿动的心
霎时你脸红到耳根

呆望着你玲珑腰身
摇曳俏丽风韵
回眸一笑飘溢纯真
那魅力牵着我心魂

爱你铁了心
说掏心话给你听
呵护你周到细心
打开你爱情闸门

爱你铁了心
感情一天天升温
拥吻着缠绵销魂
痴迷才珍惜缘分
只和你偕老终身

拥有你的真情人生好欣慰

闯进我禁闭多年的心扉
是那双明亮的眼清澈如水
柳暗花明我闻到玫瑰香味
娉婷丽影有我的目光追随

魅力在吸引别怪我冒昧
坚冰已经融化温柔似水
顾盼生辉你含情脉脉意会
娇羞欲语涨红的脸更妩媚

夜幕低垂繁星闪亮点缀
我搂着你欢声笑语飘飞
声声激荡我心里快乐甜美
眼前盛开鲜艳欲滴的花蕾

拥有你的真情人生好欣慰
心无旁骛只有你最美

毫无保留把一切全都给
无论酸甜苦辣都弥足珍贵

拥有你的真情人生好欣慰
爱像晶莹剔透的翡翠
精心呵护就不会打碎
无论世事变迁相依偎就是美

感谢你爱我不离左右

笑意盈盈眼神交流
热吻印上你的额头
花容妩媚你不胜娇羞
秀丽的模样让我爱不够

缠缠绵绵最美的享受
迷恋的快乐前所未有
一日不见就如隔三秋
牵起你的手从此永相守

感谢你爱我不离左右
花开花落真情不朽
即使风狂雨骤不放手
痴心眷恋依然恒久

感谢你爱我不离左右
美色引诱我不上钩
分享快乐也分担忧愁
此生有你相陪足够

冬瓜羊肉一锅烩

听你倾诉心中的苦水
柔声细语来抚慰
亲爱的别把我往困惑里推
太苛求错过了会后悔

我不出众你也不算美
凡夫俗女是一对
我是冬瓜你是羊肉一锅烩
有营养又美味还暖胃

曲折迂回仍坚不可摧
锁头钥匙很登对
只有你能打开我心扉
迷恋着相守着过一辈

眼神交汇就能够意会
如鱼得水最般配
轻怜蜜爱快乐地依偎
幸福地心贴心已陶醉

为你再苦再累愿意背
呵护远胜于玫瑰
相伴到老疼惜更加倍
携手于夕阳中很甜美

爱你远胜过爱我

春风轻柔艳阳暖和
对我撒娇你魅力四射
美过那鲜花朵朵
迷得我真想一亲芳泽

轻吻在你脸上飘过
吻出微笑含羞酒窝
甜醉了两个心窝
眼神流露出情投意合

爱你远胜过爱我
为你敢赴汤蹈火
因为真挚因为懂得
才体贴相濡以沫

爱你远胜过爱我
很亲密身心契合
相守相伴牢不可破
你幸福我就快乐

恋人树

根须缠绕土地里
两心交融在一起
枝叶缠绵微风里
吟唱甜美心曲

相拥相抱顶天立地
灿烂美景尽享甜蜜
脉脉对视传递爱意
情深意浓傲霜斗雨

两棵树翠绿欲滴
焕发勃勃的生机
鲜花朵朵真绚丽
风情快乐之极

果实满枝弥漫欢喜
馨香馥郁如醉如痴
道道年轮爱的痕迹
生死相许真挚不渝

送走星月迎来旭日
幸福相伴称心如意

美人鱼爱大海

美人鱼在大海的怀抱
游来游去畅快地舞蹈
激情澎湃大海绽放出欢笑
翻滚起了阵阵浪涛

海的爱将美人鱼缠绕
彼此感受气息和心跳
意醉情迷甜蜜温存乐陶陶
如旭日的金光闪耀

浪花朵朵波光笼罩
美人鱼嬉笑意会明了
最懂浩瀚大海心曲的深奥
两心交融多么美妙

美人鱼驱散大海的寂寥
不怕暴雨猛烈狂风呼啸
有安乐窝就是海的怀抱
幸福地依偎百媚千娇

美人鱼眷恋大海离不了
两情相悦缠绵共度良宵
海浪声声奔放地飘啊飘
是深情吟唱的激越歌谣

欢喜冤家

谁是你最爱的真命天子
谁是我的梦中天使
红尘中找来找去
还是那个冤家撞在了一起

不打不相识不闹不相知
蓦然回首你才是
我今生要找的人
一对欢喜冤家走在了一起

一心一意爱着你
别说不在意
点滴柔情汇成河
流呀流到你心里

一颗真心打动你
只要你愿意
幸福就在眼前
永永远远伴随你

只要爱我就够了

为何呆住了为何凝神了
因你的眼睛亮如清澈的湖泊
四目相对含情脉脉
我飞进你心窝

为何脸红了为何心醉了
因你的笑容露出迷人红酒窝
清纯可爱溢满温柔
让我痴迷着魔

只要爱我就够了
很高兴付出得到认可
潜移默化走进你的生活
两手紧握暖和心窝

只要爱我就够了
你情感专一知冷知热
相依相随很幸福很快乐
爱如朝阳蓬蓬勃勃

让我爱到极致的女人

你杏眼生辉酒窝醉人
爱你真诚灵秀的心
是我等了好久的梦中人
吸引我迷恋的目光探询

你梨花带雨楚楚动人
看你垂泪我更伤心
给你温暖安慰逗你开心
为你分忧解困舍命都肯

让我觉得最美的女人
让我热血沸腾的女人
揽你入怀抱紧
欢天喜地赢得芳心

让我珍惜牵挂的女人
让我有归属感的女人
感受你的温馨
美好依恋与日俱增

让我爱到极致的女人
让我想要成家的女人
三世修来的福分
两情相悦定下终身

春雪桃花

牵手走在这条老街
满街的桃花朵朵洋溢喜悦
恍然如昨美好的一切
有种时光倒流的错觉

天空悄然飘下春雪
雪花伴桃花飞舞美妙感觉
你知道吗爱像这春雪
从未改变依然冰清玉洁

桃花粉红比朝霞绚烂
柔嫩的花瓣吐蕊层层叠叠
鲜艳妩媚笑迎着春雪
春雪亲吻桃花相拥摇曳

你是桃花我是春雪
晶莹的春雪爱娇羞的桃花
一直信守着往日的誓约
相依陶醉情意绵绵的世界

你是桃花我是春雪
芳香的桃花爱洁白的春雪
雪飞桃花开的初春三月
一生情缘良辰美景中缔结

相依相偎心灵伴侣

目光相触锁定你
和你相处很有趣
爱是自然而然的事
绝不是一时兴起

只想和你在一起
生死相许爱到底
来自心里的潜意识
真爱是天经地义

相依相偎心灵伴侣
用我宽大胸怀宠溺
包容疼惜呵护着你
爱你就是爱我自己

相依相偎心灵伴侣
一路走来一路甜蜜
欢声笑语柔情传递
留下愉快温暖回忆

这是发自心灵的爱

你灼热目光投射过来
眼神表露无声的道白
我对视一下又羞怯闪开
脸倏得红了发烫起来

你哑然失笑露出憨态
表情故意搞怪超可爱
我很窘又被逗得笑起来
刹那明白了情窦初开

这是发自心灵的爱
好感吸引相处愉快
越来越觉开心自在
两双手牵起来喜笑颜开

这是发自心灵的爱
迷恋很深坦诚相待
最美妙纯真的情怀
绽放出光彩像鲜花盛开

爱上你好幸福

青青的树林碧绿的湖
并肩走在开满鲜花的小路
你深情款款温柔的话语
像绵绵甘霖流入我心深处

紧紧拉着手相依漫步
美丽蝴蝶围绕快乐地起舞
你轻柔抚慰抚去了愁苦
让我心潮涌动波澜起伏

你的爱让我脱胎换骨
流浪的心不再茫然漂浮
香甜的笑像玫瑰花怒放
风轻轻吹过也在偷偷羡慕

爱上你好幸福
你是我心中的明珠
闪闪发光照亮未来的路
真心实意的爱根深蒂固

爱上你好幸福
我愿为你作只蜡烛
心中的爱化为一滴滴汗珠
装扮我们美丽的人生旅途

两只相爱的喜鹊

动人的笑容照亮昏暗的夜
热辣辣的目光对接
碰撞出火花情真意切
香甜的吻美妙的感觉

爱恋如鲜红的玫瑰花摇曳
心中溢满浪漫的喜悦
光彩四射的二人世界
真情就如珍珠般纯洁

两只相爱的喜鹊
偶尔不和谐都微笑着忽略
共奏着甜蜜欢畅的音乐
彼此忍让就是幸福的妙诀

两只相爱的喜鹊
温柔又体贴感情炽热浓烈
闪耀着灿烂夺目的火焰
彼此珍惜就永远不会熄灭

董永配七仙女

月亮知道我有多想你
风儿知道我有多爱你
深情厚谊却不敢表示
只怕你跟着我受委屈

你说我是董永你是七仙女
不嫌我穷貌不出众
爱我的善良勤劳诚实
只愿一辈子厮守在一起

你温柔的话吹散我的忧虑
我激动地难以言语

你粉面含羞笑容美丽
温暖我孤寂的心爱到底

董永配七仙女
爱从此不再朦胧
插上腾飞翅膀
伴我们飞向无边天际

董永配七仙女
哪怕是玉皇大帝
还是王母娘娘
谁也不能把我们分离

董永配七仙女
你亲我我疼惜你
真爱感动天地
两心相依多快乐甜蜜

恋 歌

爱是雾爱是云
时浓时淡时远时近
看不透若即若离的心
梦幻的绚丽有几分真

爱是电爱是火
炽热闪烁在生命里
照亮了孤单忧郁的心
暖暖的幸福让人痴迷

爱是雨爱是风
时而轻柔时而迅猛
沉浸于波澜起伏的情
喜悦的笑声好似风铃

爱是山爱是海
坚韧不拔浩瀚深沉
一年年白头偕老的情
吟唱了一曲海誓山盟

爱是一曲动人的恋歌
唱出万紫千红的风情
共偕连理心心相印
一世的缘分意笃情深

爱是一曲永恒的恋歌
唱出绵绵不绝的情丝
比翼齐飞鸾凤和鸣
一世的知音美丽永存

相爱一生乐悠悠

谁贴心呵护热烈追求
谁脸泛红晕微笑含羞
谁欣然拉起谁的玉手
谁眉目传情欲走还留

谁亲吻着谁爱抚不够
谁深爱着谁毫无保留
谁拥抱着谁尽情享受
谁紧贴着谁缠绵温柔

谁心疼谁苦累承受
谁拥有谁安枕无忧
心心相印牵紧手
相依相伴一起走

谁眷恋谁共度春秋
谁珍惜谁情意相投
甜蜜幸福的感受
相爱一生乐悠悠

你的爱住进我心房

装作不经意触及你目光
感受到热切的凝望
我春心萌动无处可藏
脸红了灼烧地发烫

你的爱来得理直气壮
笼罩着亲切的气场
吻一闪而过你太狂放
我又羞又笑又慌张

你的爱住进我心房
每当我悲苦忧伤
你温柔抚慰像冬日暖阳
喜欢你体贴有担当

你的爱住进我心房
想做你美丽新娘
生活的酸甜苦辣一起尝
想陪你到白发苍苍

你是我命中注定爱的人

你没有娇美出众的面容
也没有袅娜娉婷的身姿
却是最让我心动的人
一颦一笑都让我着迷

你拥有率真可爱的个性
也拥有善解人意的内心
是我命中注定爱的人
一言一行印在我脑中

万语千言化作眼中的情意
细心呵护流露澎湃的心声
给我一个深情的眼神
我就是最幸福的人

你是我命中注定爱的人
句句话语穿透我的心
陷入你的一片柔情中
激动的心海波涛汹涌

你是我命中注定爱的人
是我心中最美的精灵
就让似水流年见证
我们信守的爱情真谛

蝶恋花情真意切

柳絮飞满天的五月
手牵手漫步田野
心跳动剧烈
像沉醉花香般愉悦

眼含秋水眉如柳叶
脸如花娇羞美艳
你柔情流泻
让我的爱破茧成蝶

蝶恋花情真意切
因为痴迷因为理解
愿陪你日日夜夜
甘愿奉献一切

蝶恋花情真意切
因为爱慕因为体贴
将两个生命连接
一生相依相携

女儿红和倔牛

你说真是冤家来碰头
说我又慢又犟像倔牛
叫我往左我偏往右
我全当耳旁风不还口

不和你顶牛没啥吵头
烦恼不快都抛在脑后
鸡毛蒜皮何必追究
只当遭遇寒流赶快溜

疼惜你呵护你都还不够
怎舍得你难受我会内疚
委屈苦累默默地承受
因为我是勤恳的倔牛

灯红花艳我不会上钩
你的蜜意温柔我常拥有
是我离不了的女儿红
很对我的味口感情笃厚

你是女儿红我是倔牛
我为你分忧你为我解愁
最喜欢和你意合情投
幸福相守恩爱到永久
再干一杯女儿红一醉方休

爱召唤着我们

情意相投却相见恨晚
爱没来由地在心里升腾
不管不问现实的阻力
跟着快乐的感觉走下去

有个中意的人不容易
时时刻刻想念牵挂着你
轻轻的吻如醉如痴
返璞归真的情打动心底

执着的心从不会放弃
情越陷越深越加地珍惜
有勇气冲破一切阻力
无论生死都要在一起

爱召唤着我们
放下世俗的困扰顾虑

满怀惊喜向你奔去
迷恋将我们紧紧系在一起

爱召唤着我们
美妙生活从现在开始
用心酿造幸福甜蜜
沉醉在爱的花丛相伴一生

下雪了

雪花纷纷扬扬飘落
银色世界里我们打雪仗
笑语欢歌打破山林的寂寞
彤红的笑脸温柔的眼波
深沉浓烈的爱光芒四射

下雪了下雪了下雪了
片片雪花写满了洁白的爱
这是最美丽纯真的承诺
飘在我们身上心心相印

雪花飞舞柔美婀娜
银色世界里我们堆雪人
我堆一个你你堆一个我
并肩拉手将依恋诉说
深情拥抱的吻心儿发热

下雪了下雪了下雪了
朵朵雪花撒满了真情的爱
这是最温馨美好的时刻
带来我们快乐幸福生活

只因为爱你

你的心是封闭的城
布满千奇百怪的阵式
有时还冷言冷语
伤了我也不会逃离

你诱惑我越来越深
我是越战越勇的骑士
为了攻克这座城池
赴汤蹈火万死不辞

我使尽了千般武艺
用尽万种真挚的柔情
打开了你的心门
我沦为你忠诚的骑士

只因为爱你
我愿意尽心保护你
宁可伤害我自己
也不忍心伤害你

只因为爱你
我愿意付出不计得失
宁可劳累苦自己
只要你天天都开心

青梅竹马

一起读书一起玩耍
一对青梅竹马
一起玩过家家
两小无猜渐渐地长大

一起捉鱼一起摸虾
一对欢喜冤家
一起说知心话
爱的种子悄悄地萌芽

我不再是小青蛙
你不再是丑小鸭
我亲了你的脸颊
你的笑脸飞红霞

我戴上了大红花
你穿嫁衣羞答答
鞭炮响鼓乐吹打
欢天喜地娶回家

一起走过坑坑洼洼
一起营建幸福的家
我们有了可爱的小娃娃
美满快乐一家人乐哈哈

夫妻树

这雄树挺拔高大伟岸壮实
雌树亭亭玉立绰约的风姿
夫妻树相拥抱昂然地挺立
相知相伴朝夕意醉情迷

根紧密交缠在深深土地里
感受心跳气息已融为一体

繁花枝亲昵地温存在一起
灿烂激情肆意绽放绚丽

淅沥沥雨顺着叶子滑下去
那是共经风雨感动的泪滴
沙沙响风舞动芬芳的花枝
那是轻怜蜜爱吟唱欢喜

果实累累溢满甜蜜
快乐和幸福引来黄鹂欢鸣
雪花飞舞晶莹飘逸
夫妻树冰清玉洁此情不移

淡雅幽香温暖彼此
没山盟海誓却有生死相依
日月交替眷恋不已
年轮将甘苦与共深深铭记

最爱的非你不可

勾走魂的是温柔眼波
如水清澈含情脉脉
抓住心的是爱意执着
善解人意知冷知热

最美妙的是身心契合
亲吻痴狂激情如火
最幸福的是你最懂我
心心相印有所依托

最爱的非你不可
欢迎走进我的生活
这才是珠联璧合
心贴心多快乐

最爱的非你不可
始终如一心无旁骛
依偎着相濡以沫
在一起很快活

美人鱼

我是大海你是美人鱼
喜欢你在我怀里
舒畅地游来游去
享受醉人的甜蜜快乐无比

我是大海你是美人鱼
无论是电闪雷鸣
还是狂风骤雨
我的胸怀都为你遮风挡雨

我是大海你是美人鱼
我宠爱着你娇媚又惬意
最怕你长久地远离
没有我你怎么活下去

我是大海你是美人鱼
你能解读我深藏的心声
安慰我孤寂的灵魂
因为你我更浩瀚壮丽

美人鱼恋着大海
大海爱着美人鱼
蓬勃而出的红日
照耀幸福的笑容

情投意合让爱圆满

熟悉到心照不宣
习惯到相拥而眠
依赖到抱团取暖
生命融合息息相关

疼惜到两心挂牵
呵护到患难同担
甜美到笑容灿烂
相伴相守爱到永远

情投意合让爱圆满
月亮见证欢乐缠绵
如醉如痴的迷恋
幸福眷侣不慕仙

情投意合让爱圆满
心停泊在温馨港湾
始终坦诚相见
亲密无间一年年

爱 你

你有时霸道任性
我随机应变足以抗衡
见招拆招能搞定

你其实可爱聪明
眼神和言行巧妙回应
让我触电般心动

你有时乖巧娴静
那古灵精怪没了踪影
娇羞恬美情意浓

草绿花红蝶飞鸟鸣
花丛中映出你笑容
浮现妩媚的红晕
依恋在你眼里无所遁形

歌声响起以示回应
唱出我深深地痴情
想要亲吻一下你
你躲闪开飘出串串笑声
将你紧拥怀中
挚爱伴随一生

我爱你你爱我

本以为只是路过
却动了心不攻自破
是因你含情目光直射
一直关心我呵护我

甜蜜相拥那一刻
一往情深共浴爱河
有月光夜色才会柔和
有你才觉得很快乐

我爱你你爱我情投意合
同喜同苦同悲同乐
相濡以沫不分你我
给予温暖那么多

我懂你你懂我不可分割
心心相印有所依托
彼此珍惜爱是真的
爱得很幸福很执着

爱来了就抓住吧

每天都想陪伴啊
听着你发自肺腑的话
激动的心要跳出来了
真想不顾一切在你心里融化

可我很忧虑害怕
害怕爱像一场烟花
一见钟情不过是刹那
还是保持蒙着面纱的感觉吧

你亲吻我彤红面颊
听着你热烈的情话
温柔的心被你感化
痴狂真挚的爱在生根发芽

爱来了就抓住吧
岁月匆匆短暂的年华
更该珍惜难得的爱之花
让它灿烂地怒放吧

爱来了就抓住吧
旭日东升如火的朝霞
点燃两颗滚烫贴近的心
飞入云霄燃烧吧

我是你的另一半

你的泪水惊动我视线
触碰我心底的柔软
很疼惜我见犹怜
不辞辛劳为你解难

转忧为喜你笑得灿烂
笼罩玫瑰色光环
我的爱一目了然
深藏心事被你看穿

我是你的另一半
是你安心停泊的永久港湾
一句安慰拂去你愁怨
一个拥抱给你温暖

我是你的另一半
结成百年好合的美满良缘
一片痴心能让你依恋
一个微笑就觉甘甜

你是我最爱的人

你含羞的微笑
猛然打动我的心
那种奇妙感应
流泻着浪漫风情

玫瑰花巧克力
还有我的心给你
朝思暮想都是你

田野五彩缤纷
相依相拥的身影
飘出喜悦笑声
诉不尽柔情蜜意
爱在眼中传递
你是最美的风景
比花更娇艳欲滴

你是我最爱的人
见到你那一瞬间
迷恋你善解人意
深深地爱上了你

你是我最爱的人
喜欢你甜美的笑容
阳光照耀着两颗心
陶醉在幸福中

春夏秋冬

春风吹细雨吻花草
好感顿生是机缘凑巧
爱意复苏绽放出欢笑
情丝缠绕灿烂地闪耀

夏花开艳丽又娇娆
枝繁叶茂风情最美妙
倾心热恋如鲜花美好
依偎缠绵圆月当头照

秋叶黄秋果随风摇
甘甜如蜜浓郁果香飘
瓜熟蒂落结百年之好
两心相融相系乐陶陶

冬雪飘北风在呼啸
天寒地冻梅花迎风笑
如梅傲雪眷恋更牢靠
历久弥新相伴到终老

你是我想爱的人

你爱得深他却很残忍
把你推入痛苦深渊太绝情

你的泪水打湿我的心
因为我比他更爱你

他狠狠地伤了你的心
搂紧你在温暖怀中呵护你
我用真诚火热的心
融化你心上的寒冰

你是我想爱的人
直视你温柔的眼神
看你露出微笑多迷人
我会比你更开心

你是我想爱的人
深深地迷恋上了瘾
每个清晨给你一个吻
就是最幸福的人

修来福分

羞羞答答你款款走来
眼神接触就慌忙闪开
娇美的笑清纯可爱
瞬间我明白什么是爱

心已打开邀请你进来
轻轻拥着你芳香盈怀
吻毫不犹豫落下来
激情在心海汹涌澎湃

很庆幸拥有你的爱
深情不说也明白
默契无处不在很合拍
生活绽放浪漫色彩

分忧帮衬责无旁贷
最值得依靠信赖
沧海桑田仍经久不衰
沉醉温柔如水情怀

因为相爱的人明白
福分要靠自己修来

想爱就爱吧

想亲就亲一下吧
想爱就爱吧

你眼里燃烧的火花
一点点地把我融化

干脆利落地亲吻
刻骨铭心啊
两颗心快速地跳动
深沉的爱热烈地表达

轻柔地抚摸面颊
喃喃着情话
掀去朦胧的薄纱
爱火闪烁灿烂的光华

想爱就爱吧
心中疑虑的水坝
被你的情深意切击垮
就让爱河流进心田吧

想爱就爱吧
温暖柔和的灯光下
风情流泻着动人魔力
心中盛开快乐的花

月老成全

美丽倩影飘到眼前
艳如桃花红嫩笑脸
娇媚含羞让我惊艳
心中涌起了爱恋

顾盼生辉你的双眼
就如清澈春水两潭
透露对我也有好感
柔情把我魂儿牵

月老成全如花美眷
激情如洪水漫过堤岸
一路欢歌奔涌狂澜
快乐地拥有尽兴缠绵

月老成全如花美眷
甜蜜恩爱的灿烂情缘
生死不渝天地可鉴
相伴到老幸福美满

做你最后爱的人

感谢你为我劳力费神
你的鼓励唤起我自信
你的热情愉悦我心
对你的好感倍增

彼此的习惯烂熟于心
对视眼神能洞悉内心
配合默契天衣无缝
你值得托付终身

做你最后爱的人
过去情事不过问
只想珍惜现在的缘分
庆幸遇上合适的人

做你最后爱的人
与你相伴很安心
愿作一心给予的情圣
亲近温存成一家人

我爱你天地知道

我的暗示隐约巧妙
云淡风轻你莞尔一笑
若即若离感情在雾里缥缈
我的心莫名地被你牵跑

抛掉矜持互动微妙
柔情蜜意随笑声缭绕
登高远眺灯光温馨美好
对视的眼闪烁爱的火苗

我爱你天地知道
星星探头笑驱散长夜寂寥
伸出手臂我狂乱心跳
你投入我怀抱像乖巧小鸟

我爱你天地知道
目光交会就明了激情燃烧
相拥缠绵着到天破晓
找到此生的爱再也跑不掉

对你的爱一丝不苟

在你最绝望的时候
我不会甩开你的手
怎忍心怎舍得怎能够
丢下你在凄风苦雨中走

关照你心灵的感受
当仁不让伸出援手
不怕苦不怕累同忍受
让你破涕为笑舒展眉头

对你的爱一丝不苟
我会陪在你左右
赶走你的悲愁
在我怀里你安枕无忧

对你的爱一丝不苟
命运好坏都接受
你能幸福快乐
我就快乐甜蜜在心头

真爱无尽

你不算漂亮艳丽
却是温柔可爱的女人
明媚动人的笑容
清澈如水的眼睛
流泻出绵绵情丝
紧紧缠住两颗心

你不算绰约多姿
却是韵味十足的女人
相亲相爱的欢喜
浪漫缠绵的甜蜜
暖流涌遍了全身
燃烧火热的激情

相逢是缘相交是情
千年修来的福分
用情很深很珍惜
我们是永远的伴侣

牵手同行真爱无尽
相依相伴每个晨昏
沉醉幸福的花丛
恒久的是眷恋温情

爱情小说

经常偶遇好像是巧合
洞穿我的心你眼神羞涩
莞尔一笑漾出红酒窝
让我目光灼热闪烁如火

调皮香吻多动人心魄
轻怜蜜爱好似走火入魔
出双入对游玩唱情歌
热恋如花绽放兴致勃勃

情路磕磕绊绊迂回曲折
不尽如人意困扰很多
争执哭泣疼惜悔过
可以写成爱情小说

岁月如梭几度分分合合
你走后就像丢了魂魄
苦恼自责悲伤失落
像主人公缺了一个

爱的故事可以写成小说
我俩都是主要角色
悲喜苦乐穿插而过
故事的结尾会是什么

爱的故事可以写成小说
感人情节记得深刻
幸福快乐用心掌握
用真爱书写甜美结果

身心依恋感谢缘分撮合
春花秋月相伴度过
可以写成爱情小说
书名是你在我的心窝

真爱无敌

搂着你的脖子
在你额头脸颊红唇
印下绵密的甜吻
两心紧贴欢跳在一起

犹如电光火石
眼神交织传递爱意
心灵相通的感应
彼此深深吸引在一起

爱不够的宠溺
享受不尽缠绵温存
抱着你在我怀里
喜悦笑声飘飞在屋里

真爱无敌谢谢你
全心呵护来之不易的恋情
两心坚定相互扶持
能越过一切风霜雪雨

真爱无敌谢谢你
合奏同甘共苦爱的交响曲
用心酿造幸福甜蜜
快乐地共度美好光阴

雨中情

喜欢与你漫步下雨天
清新湿润香气弥漫
雨丝中草更茂花更艳
心绪也被美景感染

越下越大雨珠连成线
似在奏乐触动心弦
我们共撑一把透明伞
听着雨声激扬情感

透过密集的雨帘
看相随低飞的双燕
你搂紧我的肩
幸福的爱洋溢甘甜

雨水淋漓着浪漫
眼神交流释放依恋
谈笑亲密愉悦
如这喜雨畅快缠绵

给你个机会

一见钟情是机缘巧合
当你闯进我心里那一刻
变得脆弱患失患得
爱没有把握未来难预测

爱魅惑着我不知所措
别烦恼该干什么干什么
貌似不在意故作洒脱
顺其自然在情海漂泊

靠着你的怀抱被柔情包裹
我说人本是这世界匆匆过客
更何况萍水相逢泛起的爱波
新鲜感一过变的厌倦冷落
就像绸缎亮丽却不经磨
红尘的爱情都逃不脱

吻开我的愁眉你眼神执着
你说给你个机会证明我错了
在心里迷恋的人只有我一个
漫长岁月爱闪耀纯净光泽
就像铂金永不磨损褪色
我们会获得美满结果

真爱难得遇上

雪花纷纷扬扬
我们在梅树林里徜徉
你红彤彤笑脸庞
就像红梅花傲雪绽放

万物披上银装
笑声随雪球飞打雪仗
你眼波传情闪亮
让我更痴狂心花怒放

真爱难得遇上
让两心贴紧有股力量
经得住冰冻风霜
就像红梅花凌寒飘香

真爱难得遇上
就像红梅花开在心房
结伴走情深意长
就像梅花树挺拔茁壮

找到真爱很幸运

夜幕降临灯光温馨
一丝感动一丝兴奋
拥抱着取暖的两颗心
在眼神交汇中沉沦

粉面红唇美丽清纯
印下蜻蜓点水香吻
流泻着美妙的热忱
点燃爱火爆发地迅猛

找到真爱很幸运
如得异宝奇珍
好好珍惜甘愿收心
让感情回归本真

找到真爱很幸运
如得异宝奇珍
放在心中好好保存
长相守眷恋无尽

红花绿叶

溪水轻吟叮咚的音乐
花草绚烂的芬芳田野
两张笑脸笑语声多甜
温暖如春的情感任意宣泄

枝头栖息两只喜鹊
叽叽喳喳欢叫声不绝
恍若梦中美好的一切
铭心刻骨的亲吻滚烫热烈

夜空高悬明亮的圆月
皎洁如水的月光倾泻
照着一对相拥的身影
含情脉脉的眼神闪着喜悦

你是红花我就是护卫的绿叶
你的爱已融入我的血液
相扶相携走过每个季节
情深意长绵绵不绝

你是红花我就是护卫的绿叶
你的真爱照耀我的世界
美丽故事我们一同书写
此情不移琴瑟和谐

想做你中意的恋人

是什么让我一见倾心
是你的脸娇羞粉嫩
泛出红晕透着清纯
一颦一笑将我牵引

是什么让我付出真心
是你的眼亮如星辰
善解人意温柔眼神
洞察我心迷住我魂

想做你中意的恋人
讨好你煞费苦心
呵护你百般殷勤
相信我意笃情深

想做你中意的恋人
想把你的手握紧
想给你热烈的吻
想两心越贴越近
只和你偕老终身

很爱你这朵红莲

满塘莲花婀娜初绽
清风吹过荷香飘散
你那红润秀丽圆脸
娇羞带笑恰似红莲

大荷叶上蛙鼓宣天
水鸟双双嬉戏流连
谈笑风生心手相牵
亲密依偎投影水面

很爱你这朵红莲
打情骂俏笑作一团
你欢跳的小辫
撩拨得心情意绵绵

很爱你这朵红莲
心灵呼应妙不可言
一生相惜相伴
爱如莲花纤尘不染

心有灵犀一点通

不能靠太近保持距离
不受伤就要小心翼翼
怕沉溺进去迷失自己
不能让你沾沾自喜忘乎所以

灵敏的身影闪来闪去
牵引你的眼转来转去
你关注眼神暴露无遗
让我陷进两潭满溢的柔情里

为何你变得爱理不理
让我倒吸一口凉气
我像无所谓泪却泄了底
忧虑重重期盼爱再眷顾自己

多愁善感似暗揣心事
脑子里总是不期而遇
浮现你的影子躲不及
无所适从悲戚藏在我的眼里

演了一出善意的小把戏
就揭穿我心里的秘密
你扮着鬼脸得胜的语气
面红耳赤我羞怯地离去

你忙拉住我伸开手掌心
里面画着一颗大红心
心里是你和我的名字
真是心有灵犀一点通

美丽的岁月

大胆表白坚定直接
梦寐以求的爱破茧成蝶
涨红了脸心旌摇曳
欣喜的笑带着羞怯

鲜花盛开地绚丽热烈
蝴蝶翩然轻舞着喜悦
忧愁都被妙语化解
亲密无间情深意切

两心缠绕始终连接
柔滑热吻雨点般倾泻
紧紧相拥两心相贴
展翅欲飞迷醉的感觉

走过变换的季节
春风夏阳秋雨冬雪
爱的感觉绵绵不绝
融入彼此内心世界

走过美丽的岁月
三生有幸相伴日夜
真爱纯洁不会磨灭
开花结果甜美永远

自从爱上你

花天酒地随心所欲
荒唐轻狂迷乱自己
鱼和水中月嬉戏
戏里戏外都是空欢喜

戴着面具自我蒙蔽
虚情假意了无痕迹
惊喜跳跃在眼底
渴慕的缘欣然而至

迎着你清纯的笑意
灵魂深处震动不已
激起久违的爱意
心里荡起幸福涟漪

自从爱上你
生活变得愉悦美丽
返璞归真可贵情意
甜蜜温馨迷醉心里

自从爱上你
心有所属身有所依
对缘分心存感激
相知相惜独一无二

真爱才无怨无悔

你红扑扑面容很美
俏丽妩媚顾盼生辉
一颦一笑让我心醉
我闻到玫瑰绽放的香味

你的体贴荡涤疲惫
日久生情感觉到位
爱得火热缠绵依偎
很感谢上天给予的恩惠

真爱才无怨无悔
同患难共富贵
信守诺言决不违背
再苦再累无所谓

真爱才无怨无悔
有你陪很快慰
配合默契心领神会
痴情相随相伴飞

迷 情

有时很亲切心心相印
就像阳光散发温情
有时又默然难以靠近
就像冰河觉得寒冷

爱躲进迷雾忽现忽隐
缠绕乱麻难以理清
谁冷傲矜持波澜不惊
谁也匹敌以退为进

爱似彩虹桥连接两心
闪耀光华五彩绚丽
被无形魔力深深吸引
越走越近意醉情迷

两颗驿动渴慕的心
难以自持情不自禁
碰撞出爱火熊熊
炽热燃烧出炫目的光芒

情意无尽缠绵温存
心灵交融快乐无比
还好没错过彼此
月光轻抚着欢喜的笑容

淘尽芥蒂

望着潮水拥吻着白沙
我们却隔开着不说话
看海鸥飞掠过浪花
浪声将两人的幽怨表达

阵阵海风吹起你长发
丝丝缕缕撩拨我面颊
你意会我眼波的密码
脚印被潮水冲刷又印下

朝阳彤红跃出海面了
海天一色笼罩着彩霞
看我送你的美丽婚纱
白头偕老的爱不曾变化

往昔种种像浪花涌起落下
如果爱能轻易地变卦
分手能将感情抹杀
怎么会哭得稀里哗啦……

蓝莹莹的海软绵绵的白沙
海纳百川才壮丽博大
我们也应该包容豁达
珍惜缘分才能长久啊……

白浪滔滔淘尽芥蒂摩擦
解开困扰两心的疙瘩
相拥着笑看大海多美啊
潮声回应缠绵歌谣哗啦啦……

找回幸福

多会变得热情所剩无几
少了谅解多了怨气
争持不下势均力敌
人在一起却爱答不理

难道爱真的被岁月侵蚀
好景不长只是一时
变得怠慢倍感委屈
皱眉轻叹心绪很压抑

如果和好是自讨没趣
如果真想放弃走到结局
又怎会伤心得泪水满溢
痛苦更加剧不言而喻

在回忆里找寻欢愉甜蜜
说好百年之约永远相依
只要还把彼此放在心里
冰释前嫌瑕不掩瑜

无足轻重的分歧何必在意
情缘难遇为何不去珍惜
温暖相拥找回幸福天地
心跳到一起笑看一轮旭日

天赐良缘

你眼里闪烁着火焰
当目光碰撞一触即燃
热情如星火燎原
温暖在心里蔓延

我手臂拥住你的肩
你笑靥如花桃红浸染

含羞的清眸流盼
真想亲亲你的脸

我们是天赐良缘
听你呢喃情意绵绵
有了最知心的美眷
幸福感觉没有极限

我们是天赐良缘
只爱你无私心杂念
疼惜到老快乐相伴
尽享爱的美好甘甜

对得起爱

穿过绿荫下姹紫嫣红的花
用爱火将你的冰冷烤化
不是沉醉芳香的鲜花
而是你笑盈盈粉嫩脸颊

你的冷与热我都情愿接纳
宁可付出所有不计代价
宁可装傻被当作笑话
只为你说爱我就值得了

梦寐以求已无法自拔
即使灿烂被岁月风化
即使不能将终点抵达
对得起爱莫辜负韶华

对得起爱就足够了
世事纷杂是千变万化
因果难猜不如把握当下
尽情绽放心里的玫瑰花

对得起爱就足够了
相拥亲吻在星空下
月有盈亏但温柔不曾变化
意会眼神是无声回答

最真的爱给你

淡然面对你温柔攻势
心门却已悄然开启
挡不住你眼神摄魂的魅力
让我毫无招架之力

轻盈一握暖流传递
美妙的感觉心中升起
落在唇上的吻毫不迟疑
乱了心神渴望又抗拒

最真的爱给你
一触即发的电光火石
突如其来的温馨甜蜜
聆听情感撞击的心曲

最真的爱给你
走进彼此的内心禁地
感谢缘分没有失之交臂
爱缘于本能陶醉情痴

情花应时而发

心底的呼唤太久的积压
隐藏的感情早被你觉察
两颗心看得清楚却没有对答
没有说出想听的话

你破译我眼波的密码
一刹那羞红了两人脸颊
你浅笑盈盈吹开我脸上的花
奇异感觉是天大造化

情花应时而发
花前月下笑声恣意洒
爱不可抑制如被施魔法
情窦初开在最美年华

情花应时而发
煞费苦心痴情近乎傻
我不由自主说出心里话
爱你爱你惜缘中长大

男人就是要有担当

大眼睛像深潭波光闪亮
长睫毛像蝴蝶飞舞翅膀
轻盈飘过留下清香
让我眼前一亮心驰神往

红嘴唇像花蕾悠然绽放
笑脸庞像苹果鲜嫩芬芳
吸引着我亲吻幽香
一目了然爱融进了心房

心在渴盼中激荡
夜来香纵情绽放
情肆意地流淌
梦寐以求的欢畅

自负争强都相仿
喜怒哀乐写在脸上
放弃抗衡不倔强
是爱让我缴械投降

男人就要有担当
呵护像缕缕阳光
温暖照耀你心房
让爱更深情更久长

纯美的爱

一阵清香扑面而来
你像桃花盛开娇艳可爱
绯红柔嫩香腮
眼神隐含着期待

破壳而出的真情告白
让我欣喜若狂笑逐颜开
穿过重重阻碍
拥在一起乐开怀

纯美的爱经久不衰
这是我梦寐以求等待
软玉温香依偎在胸怀
一阵长吻热烈缠绵欢爱

纯美的爱经久不衰
磨合到亲密无间状态
享受体贴入微的关怀
温暖从心底弥漫开来

谁叫我很爱你

你任性撒娇耍小脾气
我曲意逢迎玩小把戏
你来我往斗勇斗智
棋逢对手相匹敌

玩浪漫是你拿手好戏
挡风雨我懂怜香惜玉
打情骂俏嬉笑亲昵
上演一出肥皂剧

爱是舒畅的主旋律
忽略不和谐小插曲

谁叫我很爱你
痛苦时我安慰你
无助时我扶持你
一生相随相依

谁叫我很爱你
争执时不会置气
需要时我给予你
始终专情对你

爱从心里飞出

喜欢你掩饰不住
你像美丽的白鹭
在我心湖凌波起舞
撩拨我萌动情愫

爱慕却不敢倾吐
痴迷在心底潜伏
总是默默将你关注
很想你抑制不住

爱从心里飞出
像旭日破云而出
绵绵情意透露
想要把你的心抓住

爱从心里飞出
对你好百般呵护
关心不由自主
不怕笑我过度投入

爱又起飞

隔三岔五又吵嘴
多了火药味令人反胃
争执不下是非错对
不过是琐碎求全责备

连拥抱也懒得给
暖意渐少夜凄清幽黑
面对的是冰冷的背
埋在心里的是伤悲

原来是两情相悦体贴入微
出双入对的欢喜画鹛
为何变成互不相让针锋相对
扎得心疼的刺猬

只怪太熟悉竟会腻烦疲惫
平淡如水爱还有没
百年之约真的要任性地违背
真忍心半途而废

为什么两败俱伤才知后悔
为什么更加痛彻心扉
眼泪摇摇欲坠不想草率收尾
人生路不能没你陪

生活是酸甜苦辣咸的杂烩
有缺陷没有尽善尽美
裂隙用心补缀幸福依偎回归
为重修旧好干杯爱又起飞

恋 爱

谁率性洒脱谁温柔随和
谁浑厚高歌谁笑如花朵
谁的眼爱意闪烁
谁的脸羞红窘迫

谁不想错过谁不知所措
谁热情如火谁矜持迷惑
谁执着紧追不舍
谁动情乐在心窝

谁是护花使者
倾注爱那么多
谁被柔情俘获
一起卿卿我我

两心情投意合
并肩走手紧握
两个人的恋歌
越唱越觉快活

有爱的归宿真好

深冬寒风料峭
梅花盛开迎风笑
快乐洋溢在眉梢
梅花丛里玩耍嬉闹

淡淡清香萦绕
你灿烂的笑多娇娆
动了真情脸红烧
我心扑腾扑腾欢跳

有爱的归宿真好
舍不得放开你的拥抱
倾尽心思让你痴迷我的好
为你担当绝不会逃跑

有爱的归宿真好
梅花树见证爱的宣告
大雪压不弯狂风吹不倒
情如梅坚相伴到终老

亲爱的最珍惜最先善意妥协

春花秋月风霜雨雪
阴晴不定感情冷热更迭
日日夜夜红尘琐屑
缠绕一团乱麻难分难解

又闹别扭淡漠感觉
倔强较量是纠葛的症结
安慰变得轻描淡写
怒火被你委屈的泪浇灭

呵护的感动都被忽略
却抱着幽怨互不谅解
为什么泪像绵长的雨倾泻
紧绷的情弦真的忍心断裂

亲爱的最珍惜最先善意妥协
月有圆缺爱岂能完美无缺
摩擦争执刻意忽略
包容退让煞费苦心取悦

亲爱的最珍惜最先善意妥协
打开心结困扰迎刃而解
灿烂的笑映亮月夜
温柔依偎心贴心更紧些

非你莫属

喜欢你傻乎乎
隐藏的心思一清二楚
搞定你使出招数
几个回合就让你诚服

像受惊梅花鹿
你心无城府眼神凄楚
我认输做出让步
偃旗息鼓很兴味十足

目光毫无保留宣泄出
我心里积蓄已久的情愫
谁也看得出我的倾慕
只差爱脱口而出

不施粉黛你秀美纯朴
露笑脸红扑扑不再拘束
我内心世界非你莫属
别怪我情绪突兀

明显的温柔关心流露
荣幸得到满意的答复
舒心的笑洋溢着幸福

有幸成为牵手的人

一路找寻一路打问
爱神姗姗降临
遇到触动心灵的人
感觉熟悉亲近

透过含情双眼聆听
心底爱的声音
紧紧相拥一阵热吻
激情冲破心门

有幸成为牵手的人
相依走在恋恋红尘
一夜夜同床共枕
是最信赖的贴心人

有幸成为牵手的人
相随走在恋恋红尘
这份情温馨完整
因相爱很深很认真

狂　野

冷淡中隐含着羞怯
紧闭心门你的邀请都回绝
尽管欣喜却不合时节
漫不经心反衬你恳切

手相牵心就无力拒绝
芳心萌动缘于体贴的细节
贪恋那温暖惬意感觉
击溃伪装的无知无觉

夜色渐浓梦幻般摇曳
冒失地跌进爱的世界
激起心里的狂野将尘俗超越
体味从未有过的热烈

想要了解你更多一些
叶欲眷恋风却肆虐
万种风情如火红灿烂的枫叶
绚丽燃烧到飘零终结

难得有缘珍惜是报答

我们走在花丛绿荫下
看见一对黄鹂飞上树杈
欢唱着叽叽喳喳
搭建着幸福温暖的家

你说给我惊喜能否笑纳
我很好奇傻笑着没说话
你伸出手摊开了
掌心写着嫁给我吧

出其不意你的热吻落下
喜出望外染红我面颊
一直等你这句话
情花终结出甜果啦

难得有缘珍惜是报答
相处很默契融洽
相视能听到心灵的对话
在爱的鼓舞下意气风发

修成正果是天大造化
不管尘世多复杂
还有个温馨和美的家
相伴随共享着快乐年华

有你的爱此生足矣

敏锐温和的你幽默风趣
和我畅谈甚欢饶有兴致
遇到合心的不容易
想多了解你很有魅力

不可避免的争执
开始很不服气
过后想想是我不对你有道理
表面倔强心里却已举起降旗

出错只是小插曲
不要往心里去
其实你知道我早已芳心暗许
闹倔脾气适可而止别介意

深情对视荡起温柔笑意
三生有幸能够相知相惜
两心相吸陶醉痴迷
恣意享受着幸福甜蜜

很自然地走到一起
爱就是一心一意
追求者一概拒之千里
因为身心无法分离

很自然地走到一起
飘飞轻轻的笑语
弥漫温热的浪漫气息
有你的爱此生足矣

爱就包容一切

相知如春阳温暖灿烂
照耀两个心灵境界
相爱如夏花盛开热烈
如醉如痴两情相悦

相守如秋果芳香甘甜
佳偶天成良缘缔结
相惜如冬雪飘飞纯洁
白头偕老情真意切

爱就包容一切
春夏秋冬变换季节
始终如一温柔体贴
美好情节用心书写

爱就包容一切
春夏秋冬风雨霜雪
更加亲密共度岁月
情深不灭快乐和谐

雪花天使我最爱的人

雪花纷扬飘飞映衬
娇媚笑脸浮现羞涩红晕
闪动柔情的眼神
迷住我的眼牵引我的心

揽你入怀歌声阵阵
雪花天使我的爱神降临
轻轻飘进我的心
深深衷爱你在滚滚红尘

雪花天使我最爱的人
我爱你美丽清新
我爱你纯洁灵魂
陶醉你柔美的亲吻

雪花天使我最爱的人
手牵手心心相印
两串深深的脚印
飞雪中走向洁白无垠

雪花天使我最爱的人
浓情蜜意亮如星辰

一直寻找的是你

秋波盈盈灵动的眸子
素面朝天张扬柔美亮丽
清爽可爱尽收我眼底
奇妙的好感油然升起

翩翩蝶影优雅的风姿
牵引我的眼睛追随着你
接近似乎有意无意
微妙的情感心有灵犀

你的神情左右我的悲喜
不知何时身陷被动的境地
到处都是你的影子
不可遏制疯狂地想你

不可思议喜欢被你支使
走进我的生活是否乐意
拈花惹草比比皆是
独善其身因心里只有你

陶醉在你温柔目光里
亲爱的一直寻找的是你
爱你装在心里留在梦里
懂你映在眼里刻在魂里

你让我找到了爱

携手同游灿烂的花海
谁在我眼里放光彩
最美好的不是花朵儿盛开
而是你的娇羞神态

嬉戏芳香艳丽的花海
谁在我心里最可爱
陶醉我的不是蜂蝶翩翩来
而是你的温柔情怀

你让我找到了爱
我心立时雀跃起来
发自肺腑表白
热恋恣意荡漾开来

你让我找到了爱
很快乐笑出花来
对你敞开心怀
有你才相信有真爱

爱固若金汤

日月交替寒来暑往
我都守在你身旁
互相呵护体谅
柔情蜜意让心暖洋洋

天长日久爱如佳酿
散发甜醉的醇香
我把你放心上
你时时处处为我着想

我们的爱固若金汤
是一辈子的好搭档
苦乐悲喜共同分享
夜夜相拥共入梦乡

我们的爱固若金汤
到老了一起晒太阳
逗逗孙子唠唠家常
聊聊过往情深意长

爱火永不熄灭

红玫瑰开得热烈
带着爱你走进我视野
像心灵有约
妙不可言的感觉

欢笑声放飞喜悦
你总能解开我心结
很温柔体贴
浓情蜜意在流泻

爱火永不熄灭
很幸福能相伴相携
真情不怕检阅
将所有阻碍超越

爱火永不熄灭
心领神会只需一瞥
很合拍很了解
一起将美好书写

你不知道我有多爱你

夜夜梦里我们都在一起
很怕只是梦遥不可及
也许会有一个惊喜？
你看着我袒露心声

目光火热你在旁敲侧击
暗潮涌动我却羞于启齿
不敢直视你的眼睛
不知所措慌乱不已

其实我早已爱上了你
心里反复说却不曾表示
不冷不热像若无其事
作怪的是胆怯和矜持

我小心翼翼地刻意掩饰
都被看出心事

你妙语连珠点破玄机
揭示想要的谜底

女：其实我一直都懂你爱你
男：你不知道我有多爱你

风把你的告白吹进耳里
让我激动不已
禁不住笑得梨花带雨
温暖的感觉甜滋滋

女：爱像鲜花长在生命之旅
男：春风一吹尽情绽放美丽

爱是天意注定的

你的怀抱暖和
急促气息温热
亲吻点燃爱火
烧得我不攻自破

你很轻柔抚摸
含情眼神直射
热流漫过心窝
笑得我满脸羞涩

爱是天意注定的
天生就气场相合
只想和你好好过
一辈子一起生活

爱是天意注定的
从心里跳出来的
最爱的人最懂我
依恋着不可分割

如获至宝

搂你在我怀抱
风吹起你的发梢
俏皮地轻轻拂过我嘴角
逗得心扑通扑通直跳

明媚艳阳高照
心情比天气还好
一对黄鹂花枝间嬉闹
看多像我们一样欢好

得到你的爱如获至宝
喜欢你温柔乖巧
湖水映出我们甜甜的笑
快乐在心里萦绕

得到你的爱如获至宝
牵紧你的手抓牢
彼此依靠相扶相携到老
就觉最幸福美好

真爱无价

你挑逗的眼神迸火花
热情追求如脱缰野马
架不住你死缠烂打
不由自主被感化

你疼爱地亲吻我脸颊
尽情缠绵在花前月下
如鱼得水般融洽
甜醉快乐笑哈哈

春夏秋冬美丽年华
见证真爱无价
一句浪漫情话
就能容光焕发

坚贞不渝相随步伐
见证真爱无价
信赖足够强大
缔造幸福的家

男人女人

谁情意切切展开攻势
谁羞涩犹豫若即若离
调情是不变的主旋律
捉迷藏的感觉更有诱惑力

谁想要征服狂追不止
谁躲躲闪闪敬而远之
一场纠结困惑的博弈
唯有真情才能深入内心禁地

谁假意冷落刺探虚实
谁怅然若失芳心暗许
惊觉这是爱上的伏笔
挑明玄机欣喜涌出了眼底

在这浮躁纷扰的尘世
能走进心里的人寥寥无几
由对手转化为情侣
潜意识里牵手就是一生一世

萦绕蒸腾的温热气息
笑语似花开声音飘荡耳际
两团烈火燃烧在一起
心底涌起阵阵喜悦和甜蜜

谁怜香惜玉谁欲迎还拒
谁动了真心谁沦陷领地
谁冲破防线谁不留余地
谁心醉神迷谁爱得彻底

潜移默化中心有灵犀
只愿眷恋依偎一辈子

我最亲爱的宝贝

长长睫毛柳叶眉
秀眼如明月闪光辉
鲜艳欲滴樱桃嘴
止不住想亲很甜美

笑容就像红玫瑰
散发着幽幽清香味
旋转起舞像鸟飞
止不住抱紧心迷醉

我最亲爱的宝贝
月亮与夜空相依偎
你在我怀里多妩媚
柔情蜜意欢喜地陶醉

我最亲爱的宝贝
我们是最般配一对
干了交杯酒比翼飞
笑出幸福激动的泪水

宝贝我最亲爱的宝贝
谢天谢地让两心交汇
痴心相随一生很快慰

爱还在你知道吗

放纵矛盾激化
剑拔弩张争执吵架
明知是言不由衷气话
依然要争个高低上下

闹到身心俱乏
茫然愁苦思绪纷杂
大动干戈是因小失大
止不住忧伤潸然泪下

爱还在你知道吗
真的戒不掉牵挂
有心取悦放下身架
一句对不起灭火啦

爱还在你知道吗
示好是求和表达
不再斗气抱着笑了
悬起的心终于放下

爱还在你知道吗
我们别再吵架了

真情是打开心门的钥匙

恍若是戏其实未必
试探地说你旁敲侧击
若无其事我不露痕迹
虽心仪已久你的潇洒魅力

不远不近淡然处之
因不知真假难辨虚实
将信将疑还没看清晰
是否真心需要时间证实

真情是打开心门的钥匙
当身临困境你不顾自己
呵护着我还有什么可怀疑
难言的感动让我相拥而泣

真情是打开心门的钥匙
在潜意识在我内心深处里
早已经爱上你爱得很痴迷
作得到生死相依不离不弃

无愧月老结下的情缘

凝视你亮闪闪的眼
探究里面深藏的情感
你桃腮飞红眼波流转
让我心海涌起狂澜

两心相吸自然而然
揽你入怀笑容多灿烂
像出水芙蓉清纯美艳
让我迷恋痴狂缠绵

轻启红唇吐气如兰
柔软长发轻抚我耳畔
热烈地亲吻两情相悦
相拥而眠多么温暖

无愧月老结下的情缘
赤诚相待无私心杂念
真爱像经典唱片
历久不衰回旋心间

无愧月老结下的情缘
相扶相携到垂暮之年
真爱像恒星永远
熠熠闪亮不停旋转

情深意长

轻风和煦吹拂脸庞
并肩漫步林荫路上
你清纯可爱的模样
嫣然一笑如花绽放

你眼里释放奇特光芒
照进我心房喜洋洋
温柔亲吻陶醉清香
甜蜜爱恋迅速高涨

皎洁月光洒满窗
缠绵欢爱的晚上
翻滚阵阵热浪
激情淋漓酣畅

幸福的笑挂脸上
心里都装着对方
感情稳稳当当
相伴美好时光

很爱你是真心真意

美丽的不期而遇
感觉缘分飘然而至
打动我的是清纯的魅力
爱的种子萌芽在心里

原谅我一时情急
暗示你却浑然不知
你是怎样想的不得而知
扑朔迷离如坠五里雾中

对我淡然我不泄气
爱的感觉骗不了自己
看你流泪我疼在心里
抚慰你的忧伤呵护你

很爱你是真心真意
关注你的情绪小心翼翼
如果怪我自讨没趣
如果争取都无济于事
你流露的温柔情意
体贴信赖又作何解释

很爱你是真心真意
一生相随相依不离不弃
可不可以愿不愿意
你娇羞地说为何不愿意？
相视而笑溢满欣喜
迷醉深情依偎的甜蜜

用心呵护就好

漫天飞舞雪花飘
踏雪赏梅花枝俏
雪花陪着梅花舞蹈
目光交织深情缠绕

爱如幽香轻轻飘
妙不可言乐陶陶
雪花亲吻梅花多好
自然感应情调微妙

用心呵护就好
梅花让雪花倾倒
怎能不被美景醉倒
浮现甜蜜微笑

用心呵护就好
雪花让梅花自豪
两颗心激动地狂跳
来个紧紧拥抱

爱永在什么也不能抹杀

奇妙吸引在一刹那
竟然有说不完的话
你读懂我眼神的密码
羞红脸笑得像朵花

迷得我像被施了魔法
热爱如火山喷发
甜吻吻出美好合欢花
浓情蜜意尽兴散发

爱永在什么也不能抹杀
优点缺点都接纳
愿意付出一切代价
共建温暖幸福的家

爱永在什么也不能抹杀
当青丝变成白发
揽你在怀紧贴脸颊
一起追忆似水年华

我们可以写部言情剧

我们可以写部言情剧
主人公是我和你写一辈子
这样好吗愿不愿意
你的话让我半信半疑

只怕是你一时兴起
只是戏言我不能感情用事
在乎你的言谈举止
我虽心动却淡然处之

裹藏自己缩入硬壳里
好似若无其事要等看清晰
你有了她嬉笑亲昵
我脸上的忧郁显露无遗

猛然惊醒于压抑的梦呓
才惊觉到爱已深入心底
愁绪满怀形单影只
心神不宁感觉好委屈

手捧玫瑰你站在阳光里
别当真她只是客串演戏
就揭开我真实的心意
扮着鬼脸你调笑的样子

倏地羞红脸我无法言语
你说请接受真诚的爱意
玫瑰花塞在我手里
眉开眼笑我转忧为喜

总算心里有了底
深情对视不言而喻
玫瑰花香气四溢
散发爱的芬芳绚丽

百年好合

鼓声阵阵敲响了
喜结连理的美好时刻
鞭炮声声喜迎着
比翼齐飞的崭新生活

美丽新娘笑容娇羞
风姿婀娜光彩四射
新人双手紧握喜形于色
龙凤呈祥真爱永在心窝

大红喜字辉映着
终成眷属的天作之合
玫瑰花朵绽放着
情深意笃的挚爱如火

互戴婚戒百年好合
见证白头偕老承诺
喝交杯酒眼波含情脉脉
新人永结同心永浴爱河

春夏秋冬携手走过
相依相随卿卿我我
良缘佳偶一生甜美快乐
飘出鸾凤和鸣幸福欢歌

两心依恋很幸福

潇洒自如装得很酷
好感还是不经意间流露
眼神交汇灵魂共舞
情感世界互相阅读

谈笑风生眉飞色舞
那明媚笑容投影在心湖
爱的表白突兀飞出
迷住心窍不由自主

真的在乎也很关注
乐于分享欢喜分担愁苦
天经地义给予保护
做得到风雨无阻

两心依恋很幸福
绵密亲吻热烈爱抚
动人心魄的情愫
日日年年温暖常驻

两心依恋很幸福
相随脚步走过旅途
甜蜜笑声飘出
灿烂阳光洒满情路

眷恋的人有缘同行

从背后把我抱紧
能听到你心潮起伏声
我心中冻结的寒冰
在你温暖怀抱中消融

你热吻点燃激情
我的脸被灼烧地彤红
感受着心灵的呼应
缠绵飞腾妙趣横生

春光明媚去踏青
夏花芳菲去游泳
秋果飘香去旅行
冬雪飞扬赏美景

眷恋的人有缘同行
留下太多爱的见证
我的心事有你聆听
处处拍下幸福烙印

眷恋的人有缘同行
呵护信赖让我感动
相知相守甘苦与共
此情不渝携手今生

冤家对头

你聪明过度太自负
惯会耍酷笑我老土
我修炼招数就不服
唇枪舌剑互不让步

你小心潜伏演一出
斗智斗勇攻心之术
我陷入埋伏难应付
露出破绽相形见绌

你花样百出玩战术
我犯迷糊招架不住
杀伤力十足我发怵
猛然击到心底痛处

无辜泪水流出恼怒悲苦
你慌了神道歉脱口而出
安慰让心里热乎乎
破涕为笑我已折服

冤家对头转而亲如手足
无拘无束相处推心置腹
逗笑嬉闹赏心悦目
真情直达心灵深处

你是我最疼爱的人

梨花带雨你哭成泪人
点点泪水弄疼我的心
把你揽入怀中抱紧
抚慰你受伤的心

听你吐露隐藏的心声
我来给你指点迷津
吻干你脸上的泪痕
你欢笑我才安心

你是我最疼爱的人
给你信心走出消沉
为你付出竭尽所能
因眷恋你一往情深

你是我最疼爱的人
你听我心狂跳的声音
是因为你给的香吻
在我眼里你最迷人

你是我最疼爱的人
是我相伴到老的人

情深似海

海风清爽徐徐地吹拂
吹动我们的秀发起舞
浪花中嬉笑追逐
赤足感受潮水的爱抚

枕着涛声海面上漂浮
海的歌声悠扬起伏
也在为我们祝福
两心甜醉笑声飘出

并肩而行沙滩上漫步
海螺吹出了美妙情愫
喜悦从心间溢出
眼神交流心满意足

靠在肩头紧紧地搂住
两只海燕在浪尖飞舞
像我们亲密呵护
一生眷顾就很幸福

波光碎金般闪烁夺目
心海激荡地波澜起伏
寒来暑往情深意笃
如这大海永不干枯

真爱就在你眼前

我旁敲侧击委婉地试探
你的回应很平淡
莫非是我一厢情愿
难道只能把爱放心间

你的情若有若无看不穿
我焦虑的心很不安
起起落落如荡秋千
你别犹豫这不是冒险

真爱就在你眼前
赴汤蹈火让你刮目相看
但愿天意周全
成就美好良缘

真爱就在你眼前
为你再苦再累毫无怨言
将你心房攻陷
深情经得住考验

当生命之路走完
你会发现爱不变

谁愿中途放弃

爱的城池不是铜墙铁壁
吵吵闹闹埋怨斗气
冷战猜疑怎能不伤心
不理不睬情如何继续

光阴易逝情也被稀释
隔阂淡漠苦苦相逼
陷入危机该怎么收拾
真想远离隐遁而去

拿上行李转身背道而驰
情断却没这么容易
极力伪装泪还是露了底
心碎感觉骗不了自己

如果真能决绝断了联系
怎会忧虑若有所失
逞强的分手是一时气急
冲动的过错心生悔意

曾经形影相随不分彼此
生活早已融为一体
爱需要呵护最忌怄气
人无完人不能太挑剔

把爱坚持到底很不容易
谁又愿意中途放弃
谁能做得到心如风
飘来飘去了无痕迹

很想重获温情不妨一试
非要等到相拥而泣
哀愁才一股脑消失
雨收云散阳光和煦

为心爱的你唱首歌

相识相知实属巧合
用心灵感受触摸
激起热望浓情似火
拥有你的爱感觉最快乐

走到一起没费周折
为你什么都愿做
清晰可见爱的脉络
我心里有你你心里也有我

心领神会无须多说
言行都默契配合
生活过得有声有色
我离不开你你离不开我

一个人在寒冷夜色
想着你就很暖和
因你的爱始终陪着我
即使你不在身旁的时刻

为心爱的你唱首歌
亲爱的相守一生一起过
最珍惜也是最懂我的
温柔体贴就是动人的情歌

为心爱的你唱首歌
此生的恋人你是唯一的
第一个也是最后一个
真情如海永远不会干涸

爱你的心至死不渝

你笑容可掬谈吐风趣
热情似火让我避之不及
不迎合怕你得寸进尺
谁知你是真心还是假意

你对我宠爱无人能及
渐渐唤醒我绵绵情意
几天不见像过几世纪
才知我爱你越来越清晰

你温暖怀抱驱散寒意
体贴入微顾及我心思
给我插上腾飞的羽翼
两心相印结成美好眷侣

爱你的心至死不渝
喜欢你重情重义
不论有什么挫折风雨
一辈子生活在一起

爱你的心至死不渝
牵紧手相扶相惜
合奏出缠绵欢乐情曲
直到生命最后一息

我最心爱的人

望着你傻愣出神
引起你注意是情不自禁
羞涩地不敢靠近
偷偷爱你因我不够自信

我流露爱慕眼神
那浓浓深情你了然于心
一直等你的回音
很想很想亲近你的灵魂

我最心爱的人
给个微笑就激动我心
情思在脑海翻滚
但愿真诚能打动你心

我最心爱的人
就让时间证明我真心
梦里我们手握紧
但愿好梦能预演成真

爱还在再爱吧

还能重聚缘深啊
你的爱蓄势勃发
我也想重寻往日情花
心心相印都笑啦

互问你还爱我吗
其实是多余的话
默契互动又擦出火花
一个吻就心醉啦

忧郁的心事一刹那
盛开出灿烂夺目的花

爱还在再爱吧
自从你浪迹天涯
思念如脱缰野马
始终放不下牵挂

爱还在再爱吧
你的情没有淡化
我也没水性杨花
因为你已在我心里安家

想守着你好好爱过

自从认识你的那一刻
花天酒地的日子结束了
你给我心里放了一把火
激起挑战欲扩大战果

憋在心里的爱大胆地说
热恋当主调紧追不舍
很执着想打开你的心锁
何时能依偎畅游爱河

你心里究竟在想什么
莫非有了变故出了差错
浓烈的情被误解阻塞
你惯会吃醋我哭笑不得

想守着你好好爱过
太戏剧化好事多磨
全怪误会惹的祸
闷气消散变得喜形于色

想守着你好好爱过
你是我一生的选择
拨云见日笑出酒窝
拥有真爱还有什么不知足的

陪你纠缠一辈子

有时欢笑宠溺逗趣
两个人恩爱体贴甜蜜
有时吵得昏天黑地
家无宁日才后悔莫及

有时吃醋恼怒生气
爱很深很难一走了之
有时哭泣满眼委屈
过后两人又身心合一

陪你纠缠一辈子
你的冷暖我知
我的心思你知
相互扶持不离不弃

陪你纠缠一辈子
是心爱的唯一
早已连成一体
日月交替相随相依

很爱你说不清缘由

鲜花飘香微风轻柔
黄鹂双飞唧啾
牵紧你软绵的手
歌声飘飞爱意浓厚

并肩走过青青杨柳
对视含笑眼眸
你的脸如花娇羞
印上我的亲吻红透

很爱你说不清缘由
你的全部都欣然接受
像两条交汇的河流
融在一起往前走

很爱你说不清缘由
激动快乐奇妙的感受
两颗心默契地交流
相伴一生就足够

陪伴我的人非你莫属

亲切风趣的谈吐
热烈执着的追逐
对我细心呵护潇洒大度
沉醉你的怀抱倍感幸福

不同寻常的礼物
戒指的光芒炫目
感动的泪水奔涌而出
缔结良缘有情人成眷属

陪伴我的人非你莫属
幸福暖流从心间溢出

义无反顾奔向爱的归宿
直到垂暮之年同甘共苦

陪伴我的人非你莫属
山花遍野中并肩漫步
你就是我最爱看的好书
愿用一生光阴去品读

一生只爱这一遭

你秀丽如花长发飘飘
温柔可爱地撒娇
打情骂俏生涩而美妙
迷得我为你倾倒

你桃腮飞红含羞微笑
紧紧环住你的蛮腰
眼神缠绕热切地拥抱
心如触电般狂跳

一生只爱这一遭
带给我家的味道
习惯抱着你才睡得着
岁岁有今宵一直到老

一生只爱这一遭
拥有你如获至宝
为你什么都愿意做到
让你永远感受我的好

你是我永远的爱人

我们由吸引到熟悉
由熟悉到亲近欢喜
两颗心越贴越紧
畅游在幸福的爱河里

我们由相识到相知
由相知到相守相依
如胶似漆形影不离
陶醉在美妙的热吻中

没有海枯石烂的誓言
只有殷切关怀的深情
没有惊天动地的故事
只有白头偕老的日子

你是我永远的爱人
一个眼神就能互相感应

风雨同行早已不分彼此
点点滴滴满载快乐甜蜜

你是我永远的爱人
只有你能解读我的心语
漫长岁月痴守这份真情
卿卿我我绽出灿烂笑容

时世变迁爱不变

透过你温柔如水的双眼
我看到真挚纯美的情感
爱露出妩媚的笑脸
是种很亲切的归属感

心贴心如鱼得水般缠绵
你的脸娇羞红艳像牡丹
亲吻着你花开灿烂
喜悦的心曲共鸣回旋

时世变迁爱不变
千里姻缘月老牵
晨昏相伴体贴依恋
融在一起已休戚相关

时世变迁爱不变
幸福伴随到永远
相拥而眠亲密无间
直到垂暮那温暖依然

化险为夷

谁半信半疑刨根问底
少了默契变得不可理喻
谁倔强的脸心存芥蒂
沉默无言是刻意逃避

腻烦厌倦到懒得亲昵
一片狼藉相处怪异滑稽
暗自垂泪又怎会不知
心酸伤感都觉得委屈

忧愁显露在眉间眼底
真的把爱遗失已成定局
似是而非看不清晰
无所适从当局者迷

如果推翻爱轻而易举
如果绝然而去无所顾忌
怎么会心如刀割泪流不止
期盼出现转机化险为夷

求天求地不如求自己
多点沟通谅解重塑信任
心境变得透亮打开僵局
找回温馨听到久违的笑语

真爱在岁月中永存

你嫣然一笑浮现红晕
妩媚里透出清纯
眼眸灿若星辰
吸引我孤寂的心

沉沦你温柔含情眼神
难抑制狂热的心
越贴越近搂紧
亲吻你甜醉温馨

真爱在岁月中永存
此情不渝无杂念私心
习惯相伴相随的亲近
是生命中不可缺少的部分

真爱在岁月中永存
艰辛让两心贴得更紧
眼神碰触便了然于心
互相依赖信任一往情深

春 恋

萌芽吐绿春意盎然
花瓣初绽桃花红艳
你丽影如花朵风韵万千
歌声深情款款拨动我心弦

春风轻柔馨香弥漫
绿柳婆娑拂动水面
你闪亮秀眼如春水两潭
倒映我的笑脸笑语声多甜

紫燕双双飞舞翩翩
欢叫搭巢在翠林间
两心也感应相依偎温暖
相知相伴去飞快乐地缠绵

激情就像春光灿烂
红唇娇艳香吻浪漫
歌声飞云天唱不尽眷恋
休戚与共相携而行到永远

你是我的挚爱

对你没责怪全是怜爱
每每交手甘愿败下阵来
没有无缘无故的爱
不愿吵闹过火被淘汰

最怕你瞎猜把我错怪
只因珍惜缘分对你真爱
所以不把野花乱采
不辜负你的温柔情怀

你是我的挚爱
当你任性我很无奈
太宠爱把你惯坏
和我斗气心思让我猜真不乖

你是我的挚爱
清秀美丽的好女孩
爱撒娇粉面桃腮
就如鲜花盛开很可爱很可爱

你要不离我就不弃

情缘不期而遇
挖空心思取悦你
不许你逃避狂热爱你
为你效劳马不停蹄

对你倾心相许
包容你的小脾气
看你眼含笑柔情满溢
我就激动憨笑欢喜

你要不离我就不弃
只要你奉陪到底
我就会始终如一
呵护你疼惜你宠爱你

你要不离我就不弃
一辈子缠在一起
陪着你慢慢老去
亲吻你拥有你心相依

爱是最丰厚回报

争吵烦恼谁也免不了
幽默是制胜法宝
禁不住捧腹大笑
怨气雾时雪融冰消

给平淡加点情趣调料
变得可口有味道
爱是最丰厚回报
云开雾散情不再缥缈

爱是最丰厚回报
两心搭起彩虹桥
心有灵犀笑声飘
亲吻散发甜蜜味道

爱是最丰厚回报
肝胆相照呵护周到
永结秦晋之好
幸福偕老快乐萦绕

爱你用我的生命

想念你秀眼灵动
曼妙芳姿总摇曳梦中
你是我向往的美景
牵绊着我的心灵

你漂泊地一路风尘
坠落的泪让我很心疼
宽慰你忧郁的心灵
我愿照顾你一生

在情路上牵手同行
享受奇妙浪漫过程
抛个眼神一举一动
心领神会都能感应

爱你用我的生命
银杏树下热切相拥
湖水倒映依偎身影
荡漾出幸福的笑声

爱你用我的生命
两心紧贴暖意融融
千般爱怜万般浓情
在缠绵中激动地升腾

欢喜冤家

为何激情开始退潮
苛求没完没了
发脾气乱放火箭炮
吵吵闹闹不可开交

亲密感觉不见了
漫漫长夜寂寥
揪着错记得那么牢
那些好却注意不到

欢喜冤家有哭有笑
分分合合徒增苦恼
失去才明了幸福曾来到
其实都知道爱难割舍掉

欢喜冤家有哭有笑
尽善尽美谁能做到
分歧发牢骚只当作气泡
不该让时光流逝掉美好

对于最爱的人更要
宽容体谅不该计较
不好的不值得的全都忘了
珍惜缘分才能相守偕老

爱你专一

你像精灵飘然而至
笑容娇羞美丽
我抱一抱亲一亲你
情溢满眼里

人来车往川流不息
手牵手逛闹市
嘴角扬起甜甜笑意
爱不言而喻

我懂你爱你专一
你温柔善解人意
对我好让我感激
爱永驻在我心里

我宠你爱你专一
我是你心的归依
你是我的知己
只和你永结连理

爱你就给你幸福

奔跑而来长发飞舞
粉面桃花赏心悦目
目光碰撞出别样情愫
不约而同心灵共舞

牵手走出爱的脚步
无话不谈推心置腹
终于找到情感的归宿
激情燃烧如火如荼

爱你就给你幸福
你有难处受伤受苦
为你担当毫不含糊
让你开心全力以赴

爱你就给你幸福
你是我最宝贵财富
让我一心一意呵护
有你我就心满意足

做我女朋友好不好

你掩着嘴轻轻笑
脸红得像蔷薇花娇娆
撩拨我的心怦怦跳
被爱神之箭射中我神魂颠倒

我追求的心执拗
很怕你随时可能跑掉
这不是心血来潮
只因为迷恋的爱欣然来到

表白要趁早 胆小会丢掉

做我女朋友好不好
情有独钟溢于言表
你真的没感觉到
还是装不知道

做我女朋友好不好
我愿意做你的保镖
希望你慧眼闪耀
能发现我的好

做我女朋友好不好
但愿你像快乐小鸟

飞进我温暖怀抱
爱恋将两颗心紧密缠绕

请接纳我的爱

心被你勾走谁都明白
真心表白却遭到你抢白
一往情深何须再猜
心里盼望着并蒂莲开

美好缘分要靠自己修来
不怕再多付出让你明白
爱得执着痴痴期待
长相厮守看蝶飞花开

请接纳我的爱
爱敲开你心扉潜入进来
别再犹豫徘徊
我不会将诺言变改

请接纳我的爱
爱敲开你心扉潜入进来
只要情深似海
什么也不能够阻碍

爱你乐此不疲

冥冥中的缘分是不是
心有灵犀聊得投机
春风满面眼中荡着笑意
绵绵情意显露无遗

奇妙感觉来之不易
绯红花容醉在我心里
你的到来是造化恩赐
我的世界变了样子

温柔地将你揽在怀里
乖巧娇媚幸福的样子
就像欢乐可爱的美人鱼
忍不住轻轻地吻你

灿烂的火苗蹿起
释放爱的讯息
最懂怜香惜玉
从此不会孤寂

保护你天经地义
真情纯洁美丽

潜移默化中
爱你乐此不疲

只愿你做我的新娘

丹凤眼像新月清纯闪亮
长睫毛像蝴蝶扑扇翅膀
红嘴唇像玫瑰娇艳芳香
可爱的你让我倾心神往

你装淡漠逃不过我眼光
我虽不富有不风流倜傥
但我心善能力强有担当
爱上我决不会让你失望

你是我梦寐以求的向往
想象你在怀中陶醉模样
想要牵手一生情意绵长
所有重负有我肩膀来扛

只愿你做我的新娘
相知相守寒来暑往
草绿花开不负春光
让爱情树苗壮成长

只愿你做我的新娘
甜蜜亲吻心旌摇荡
拥你在怀欣喜若狂
相爱到老一如既往

对得起爱情

抱紧你满怀柔情
深深凝视你的眼睛
探寻你心灵的感应
一览无余你心心相印

我的心急骤跳动
亲吻点燃燎原火种
你脸颊一片羞红
带你去飞陶醉狂热中

对得起爱情
从心所欲释放天性
身心交融才过瘾
留下美好烙印回味无穷

对得起爱情
有缘人同游情路旅程
美景定格成永恒
真心爱过一回无憾此生

罚你爱我到永远

你目光释放出火焰
我心陡然一颤
眼神交会一触即燃
任由情火蔓延

被你一片痴心感染
尝到爱的甘甜
柔情蜜意我来体验
不能错过机缘

罚你爱我到永远
谁叫你忽视我情感
把我气得泪流满面
你才将功折过道歉

罚你爱我到永远
小吵怡情转怒为欢
你不背叛我也不随便
两心缠绕幸福温暖

点到为止最好

不要疑神疑鬼无理取闹
我没朝三暮四左拥右抱
在我心里你是无价宝
别人再妖娆也是草

别再拈酸吃醋没完没了
不要自寻烦恼好不好
真是冤枉我无奈告饶
总算没被你屈打成招

冲突闹别扭避免不了
争吵点到为止最好
千万别闹到燃响炸药包
无路可逃谁都受不了

如果你少点苛求唠叨
体谅我的忙碌辛劳
温柔如水协助我对我好
你就会更百媚千娇

对你好胜过我的生命

看着你弱不禁风
梨花带雨让我心疼
被你痴情的泪水感动
搂你入怀心心相印

你的心如水晶透明
思绪一眼就能看清
是我心事唯一听众
填补我情感的真空

对你好胜过我的生命
爱在心海升腾奔涌
你俏丽温婉可人
是我最爱看的美景

对你好胜过我的生命
幸福荡漾在两心中
沉醉在玫瑰花丛
亲密依偎笑盈盈

依 恋

不要让我勉为其难
你太热情还不习惯
心思逃不过你视线
我搞不清这是劫是缘

你简单的米菜油盐
却带给我欢乐温暖
被你的真情体贴浸染
渐渐地对你心生好感

摩擦争吵在所难免
你包容我委婉道歉
怒气顿时烟消云散
我转悲为喜尽释前嫌

情种已播进心田
不惧风刀霜剑
萌芽开花鲜艳
年复一年绽放灿烂

两颗心疼惜依恋
走过酷暑严寒
享受温存缠绵
携手一生甜蜜浪漫

别对爱失望

情事难测变幻无常
一会迷恋地火热疯狂
一会又恨得牙都痒痒
吵闹已经习以为常

你埋怨我鼠肚鸡肠
我就讥讽你狂妄嚣张
你来我往打一场嘴仗
旗鼓相当半斤八两

斗智斗勇互不相让
矛盾一箩筐都觉屈枉
针尖对麦芒一番较量
也争不出胜负短长

别对爱失望
别翻旧账揪着错不放
真忍心两败俱伤
妥协体谅又何妨

别对爱失望
其实心里都还有对方
适可而止别闹僵
别闹到不可收场

别对爱失望
嘴上逞强心里已投降
为当时固执懊丧
关照退让给纠结松绑

爱的战场没有赢家

闹别扭的一对冤家
怒火一触即发
争斗吵闹僵持不下
负气之下说分手吧

心情复杂一团乱麻
忧愁写满脸颊
真能离去了无牵挂
这是想要的结果吗

走到同一个屋檐下
避免不了摩擦
不要伤害留下伤疤
百年之约都忘了吗

爱的战场没有赢家
不该分强弱高下
包容妥协是爱的表达
是化干戈为玉帛妙法

爱的战场没有赢家
体贴将怨气虚化
打破沉默冷淡的尴尬
又笑逐颜开一对冤家

相伴走到生命的尽头

有时任性闹别扭
你是跟我顶牛的对手
有时温婉又娇柔
是我情投意合好帮手

包容对错不追究
对爱的人怎能不宽厚
拥你在我怀里头
是最快乐最美的享受

相伴走到生命的尽头
不是冤家不聚首
我会用无尽温柔
呵护你给予所有

相伴走到生命的尽头
红线牵紧你和我
在爱河尽情畅游
打趣嬉笑乐不休

爱源自本能

你调皮的话可爱率真
彻夜长谈我都不觉困
不经意邂逅爱神
情不自禁心被吸引

我独自度过每个黄昏
直到东方泛白的清晨
而不觉寂寞郁闷
因为期待不久重逢

爱源自本能
用情很深极为认真
你是我最中意的人
只为你打开心门

爱源自本能
月圆之夜多么温馨
热烈亲吻缠绵温存
心贴心甜醉欢欣

和你有缘有份
能够偕老终身
真是三生有幸

小辣椒和孺子牛

你抱怨责怪和我吵不休
小辣椒辣得人难伺候
又把我修理闹别扭
牛脾气上来和你顶牛

不和你争斗没啥吵头
把准火候赶快开溜
因为你是小牛犊的妈
我依靠的得力帮手

最喜欢你夸我能干真牛
乐呀美呀甜在心头
一切烦恼化为乌有
勤恳厚道愿为孺子牛

养成吃你烧的菜的胃口
习惯你的蜜意温柔
体贴疼惜彼此拥有
好像时间从不曾流走

幸福相守爱在心中留
为了你和小牛犊
我会努力坚持奋斗
再苦乐意去承受

共度春秋情意更深厚
逗趣嬉笑乐不休
追求美好爱没尽头
要爱就爱到永久

你是我挚爱的人

尽心尽力极尽所能
用诚恳打动你的心
为你献出生命都肯
因为你是我的意中人

两心吸引情不自禁
搂住你一阵狂吻
你涨红脸娇羞带嗔
酒窝含笑怎能不醉人

你是我挚爱的人
最适合我的人
我的心事有你倾听
相知相守不离分

你是我挚爱的人
我最懂你的心
和你在一起很开心
此生有你很幸运

让我在你心里飞

你笑容含羞睫毛低垂
像含苞待放的花蕾
难以抗拒你的柔美
我在玫瑰梦中陶醉

爱上就不能错过机会
像跑马拉松般追
乐意为你受苦受累
浓浓痴情你能领会

让我在你心里飞
痛苦时有我安慰
擦干你的泪水
有困难我帮你解围

让我在你心里飞
孤寂时有我相陪
爱已深入骨髓
我心里你弥足珍贵

爱返璞归真

如花似玉娇媚聪颖
可爱的你哼起歌声
就像细雨浅唱低吟
爱在我心萌发如雨后春笋

你的倩影时远时近
热情体贴忽现忽隐
越掌控不了越吸引人
勾起我越来越浓好奇心

我已入戏投入真心
让情在现实中延伸
要让不够爱我的人
变成最信任最爱我的人

我有足够耐心
发动热烈追求攻势
撞击你封闭的心门
真情实意征服你内心

搂抱着你亲吻
温柔缠绵倾吐心声
我是给你爱的情圣
担负责任能让你安心

感谢上天开恩
相知相守返璞归真
经得起磨难的拷问
意笃情深如磐石坚韧
甜醉幸福的我们
生活美好欢欣

一生的幸福已找到

你露出亲切的微笑
对我有好感溢于言表
温柔情意将我围绕
猝不及防心被你牵牢

我是快乐的飞鸟
你就是我喜爱的海岛
仰慕你睿智沉稳厚道
心甘情愿投入你怀抱

一生的幸福已找到
你是我最大的自豪
我愿和你一起经营操劳
浇灌爱情树根深叶茂

一生的幸福已找到
你让我放心地依靠
有你陪伴像在蜜罐浸泡
缠绵多美好相随到老

为爱不顾一切

逃不过你敏锐眼光
我眼神泄露心动感觉
闪过一丝慌乱羞怯
我涨红了脸心跳猛烈

你对我好隐隐约约
很怕只是美好幻觉
你的告白将疑虑化解
我欢快地抱着你跳跃

为爱不顾一切
感谢老天爷
让我们情路有约
迷恋奔放狂野

为爱不顾一切
感谢老天爷
如沐春光般愉悦
照亮情感世界

小镇恋情

游船上相识如故人
结伴同行赏美景谈心
壮胆给你个飞吻
两张脸上都笑出红云

手牵手逛幽静小镇
从交汇着热情的眼神
倾听心灵的声音
美妙感觉怎能不动心

快乐短如霞光彩云
江中月也为我伤神
荡漾破碎的光晕
拥吻道别真不想离分

自分别后像丢了魂
想你每时每分
才知爱已融进我的心
却只能隐秘地封存

不敢不能重游小镇
怕弄疼想你的心
梦中亲近我想爱的人
一个没说过爱的人

爱将心房点亮

你温柔目光轻抚我脸庞
我躲避着为什么会紧张
是因受过情伤加倍提防
怕这是游戏的罗网

你对我疼爱呵护很善良
我心中像照进暖暖阳光
点滴真情在岁月中酝酿
甜蜜芬芳治愈创伤

爱将心房点亮
一起对未来向往
拉着手走过风霜
痴情相待一如既往

爱将心房点亮
你让我心情欢畅
是我最爱的宝藏
快乐幸福一如想象

真挚不渝的心

我不顺心烦闷
你陪我出游散心
一路上体贴关心
你给的眷顾我心存感恩

爱火点燃两心
拥吻着甜醉温存
你是能交心的人
暂别不会打消爱的决心

真挚不渝的心
挂念远方的恋人
画个你温柔可亲
对你绵绵情话说不尽

真挚不渝的心
痴等爱我的恋人
信息传递着相思
你的回音让我很安心

爱的承诺坚不可摧

你眼中闪出奇妙光辉
笑脸羞红像盛开玫瑰

给我香吻如蜻蜓点水
萦绕柔美让我迷醉

爱的承诺坚不可摧
你的体贴让我欣慰
我的关心给你回馈
互相扶持真心相对

一路相伴随出双入对
一路有争吵有笑有泪
激情回归平淡如水
耐住琐碎才最可贵

爱的承诺坚不可摧
对爱的人心怀慈悲
不去在意对错是非
相拥而眠温暖梦寐

好好珍惜心上人

听着你熟悉的声音
沉醉你热切的亲吻
难抑制激动兴奋
久违的温存让双眼湿润

深藏的爱恋被拆封
美梦在现实中重温
情如火燃烧身心
甜蜜的沉沦都意犹未尽

好好珍惜心上人
失去爱情的滋味很痛心
我可不想后悔终身
谢天谢地成全我们

好好珍惜心上人
再苦再累的付出都甘心
爱惜失而复得的缘分
相伴同行再不离分

时间验证爱的真伪

你生气地皱紧眉
说我和她更像一对
明显带着不满意味
好像真是我不对

别听流言搬弄是非
真是牛头不对马嘴
她不是我喜欢的类型
你不要无事生非

时间验证爱的真伪
越闹越僵的误会
足以将美好摧毁
我可不想爱化成灰

时间验证爱的真伪
不会丢下你单飞
你嗔怪得笑弯嘴
给我个热吻算赔罪

只要你真心表白爱意

你花容娇美秀发飘逸
像出水芙蓉亭亭玉立
原先风风火火的悍女
摇身变成乖巧小淑女

视线紧随着轻盈芳姿
我凝视眼神在呼唤你
你的眼里射出惊喜
鼓起勇气我说很爱你

只要你真心表白爱意
我就抛开一切和你在一起
四季更替假以时日
你会明白我们最合适

只要你真心表白爱意
我就抛开一切和你在一起
你的情种扎根我心里
发芽开花结出最甜果实

爱很纯洁不可磨灭

湖水等来皎洁明月
美丽的你出现视野
娇羞含笑风姿绰约
跳起舞像开屏孔雀

无法回避爱的感觉
相依相偎不顾一切
浓情放飞激动热烈
合欢花盛开出喜悦

爱很纯洁不可磨灭
心里一直很感谢
在最美的青春岁月
我能与你真心相恋

爱很纯洁不可磨灭
随心房融入血液
流淌出情真意切
陶醉快乐甜蜜境界

感情世界不能太较真

孤影单身郁闷
找个恋人感觉温馨
相处久了闹心
渐渐多了分歧矛盾

拉锯战折磨人
争来斗去流泪伤心
裂痕忽现忽隐
幽怨苦恼越积越深

感情世界不能太较真
难道非要闹到离分
互相伤害才甘心
很想欢好还有可能

感情世界不能太较真
怎样弥补修复裂痕
体贴缓和冷漠气氛
其实爱还牵绊内心

摇摆的心用真情留住

有意无意套近乎
你也清楚我的企图
就是陪着你走情路
天天见到你就觉幸福

发出一封封情书
温柔倾诉发自肺腑
若不真爱怎会迷住
谁叫你让我心跳加速

一心只想付出
爱得深沉投入

摇摆的心用真情留住
月光洒进小屋
你羞涩眼神光彩流露
拥吻着你不由自主

摇摆的心用真情留住
感恩上天眷顾
你芳心有属名花有主
我就是你温暖归宿

雪梅恋

你的眼亮如弯月
温柔目光纯真羞怯
笑容如红梅冰清玉洁
我就是窗外的瑞雪

心狂跳沸腾血液
搂你在怀热吻急切
何惧那寒冷狂风凛冽
挡不住真爱的浓烈

瑞雪爱梅花梅花恋瑞雪
陪你温暖每个寒夜
萦绕甜美的感觉
相依相偎快乐情怀亲切

瑞雪爱梅花梅花恋瑞雪
我可以舍弃一切
只为和你的誓约
相守直到雪融梅花凋谢

爱是真的谁都明了

车流如织涌动人潮
闹市喧嚣灯光闪耀
为何不听我的不乖巧
不欢而散把你气跑

伤心只有自己知道
何时你才倦鸟归巢
往日欢好有说有笑
如今何苦又吵又闹

爱是真的谁都明了
如果还不和好不开窍
后悔药没处找
妥协让步言归于好

爱是真的谁都明了
换位思考你真的很好
绽开甜美微笑
多体谅爱才长青不老

时间会说明爱不变

你春风满面走进视野
诚意邀约幸好我没有拒绝
踏进前所未有境界
你的热情融化我心中冰雪

你点起爱火愈燃愈烈
逃避被你深深吸引的感觉
悬而未决怕是错觉
情到深处还是敞开心迎接

时间会说明爱不变
和你在一起心情愉悦
习惯了善意妥协谅解
不在意纷争都忽略

时间会说明爱不变
疼惜体贴是幸福妙决
永存美好甜蜜感觉
天生一对琴瑟和谐

渔夫爱美人鱼

风姿飘逸的美人鱼
像游动的花可爱艳丽
我的视线追随着你
爱意滋生在心里

痴痴守望着美人鱼
像善良渔夫呵护着你
多想你游到我怀里
永远相守在一起

渔夫爱美人鱼
爱你的心是鱼饵
真情实意是鱼竿
把你钓到我手里

渔夫爱美人鱼
抱紧你满是怜惜
眼醉心迷宠着你
多么快乐又甜蜜

我心中的玫瑰

如花盛开你绽放娇媚
柔情似水让我眼迷心醉
对你好我亲力亲为
因为我懂真心实意可贵

偶尔吃醋你噘起小嘴
别有趣味就像带刺玫瑰
真是让我啼笑皆非
不要误会不要把我怪罪

我心中的玫瑰
善解人意最登对
抛个眼神就心领神会
能双宿双飞很快乐欣慰

我心中的玫瑰
甘愿为你受苦累
因爱得深才无怨无悔
能依偎相守就感觉甜美

相爱的人不该置气

是你布的战局
又在挑毛拣刺
喋喋不休抱怨质疑
只能让我厌烦你

情事总有瑕疵
怒气极力压制
不要闹得反目分离
争执要适可而止

相爱的人不该置气
不能逞强算计
说狠话太有杀伤力
伤透心无药可治

相爱的人不该置气
别让冷战升级
孰是孰非何必介意
体谅能打破僵局

相爱的人不该置气
谁爱得更深
谁就包容先举降旗
又和好转忧为喜

爱你没够

很爱你爱你没够
你红彤彤的脸美丽娇羞
曼妙起舞如风摆杨柳
婀娜多姿清香悠悠

很爱你爱你没够
你会说话的眼明净灵秀
盈盈含笑闪烁出温柔
让我甜醉心灵交流

很爱你爱你没够
是对手也是帮手
分享喜悦共担忧愁
相知相恋情趣也相投

很爱你爱你没够
从快乐的小两口
变成幸福的老两口
一起经历相守到永久

每天让爱多一些

你的笑如花娇艳羞怯
我的爱似火燃烧热烈
你的眼溢满幸福喜悦
我的心相应欢跳雀跃

我给你唱歌浪漫激越
你陪我缠绵风花雪月
我伴你温暖每个昼夜
你和我合拍共奏情乐

每天让爱多一些
纵然是龙潭虎穴
也敢闯情真意切
有爱能担当一切

每天让爱多一些
一天天轮回日月
走过变换的季节
眷恋仍绵绵不绝

两人相伴很适合

谁全心全意势在必得
谁忽冷忽热模棱两可

被旧情伤过
不敢轻易涉足爱河

谁含情眼波将爱诉说
谁也动了情试图迎合
双手被紧握
眼神闪躲手没退缩

经过起起落落多波折
走到一起很难得
心被烤得炽热
情伤在爱里愈合

一路走来一路唱情歌
两人相伴很适合
拥有幸福很多
爱很美满很快乐

你幸福我就幸福

你痛苦时听你倾诉
你伤心时给你呵护
你受难时为你担负
深沉爱意一波波输出

你发愁时对你眷顾
你努力时给你帮助
你有成时为你欢呼
为你受苦也觉得幸福

你幸福我就幸福
左右我的喜乐悲苦
牵引我的温柔情愫
为你全身心投入

你幸福我就幸福
从不计较更多付出
年复一年草木荣枯
也不改痴恋如初

爱如荷花盛开

飘香荷塘鲜艳的花海
你嫣然一笑如荷花盛开
让我疼爱的好女孩
不施粉黛清爽自在

亭亭玉立率真的女孩
如幽雅荷花多娇羞可爱
温柔神态表露情怀
眼神触碰绽放异彩

爱如荷花盛开
秀美不染尘埃
迷恋在内心弥漫开来
抱紧你就不愿分开

爱如荷花盛开
绚丽永开不败
甜蜜从亲切笑语传来
一生一世唯一挚爱

爱就爱到底

在移动的时光里
相处太久了觉得腻
少了默契多了失意
少了谅解多了排斥

可有可无的亲昵
同床异梦冷夜孤寂
要不得的分歧猜忌
把两心拉开了距离

冷战是因为斗气
冲动过后懊悔不已
心神不定千头万绪
情何以堪真该反思

怎能够委屈心意
糊弄不了自己的感情
除非真想各自离去
不愿因负气放飞你

爱要对得起爱就爱到底
无所谓的过节不值一提
多沟通包容大智若愚
风吹草动自能不了了之

爱要对得起爱就爱到底
最熟悉的最容易被忽视
可却是最重要的人
感情不分输赢一笑了事

爱也有美中不足

风雪雨雾几度寒暑
悲欢离合循环往复
相处也需要艺术
磨合是必要的过渡

闻到酸味谁在吃醋
吵闹也要掌握尺度
真爱才做出让步
感情世界不分胜负

爱也有美中不足
需要养护才会牢固
情曲起伏张弛有度
细枝末节要难得糊涂

爱也有美中不足
只要能同甘苦共荣辱
互相扶助珍惜幸福
就能相伴到白发垂暮

爱看得见摸得着

一见倾心畅快地聊
会心一笑爱的前兆
被你需要真好
随时为你效劳

一起下厨烹煮佳肴
吃得开心爱的味道
被这甜蜜醉倒
脸红热心狂跳

爱看得见摸得着
依偎我怀里撒娇
渴慕已久的拥抱
打趣嬉闹开怀大笑

爱看得见摸得着
有异曲同工之妙
和美温柔的情调
在两人心里头环绕

被牵住的爱放出

天真的你心无城府
眼光含笑温柔倾注

爱的流露很醒目
不论怎样我安之若素

克制感情不敢表露
有意掩饰恰到好处
怕你的爱没力度
只是心血来潮的缘故

被牵住的爱放出
时光证明最真的情愫
你的体贴让我折服
结成好搭档最牢固

被牵住的爱放出
懂你的心才底气十足
让我信赖感觉幸福
让我甘心陪你走情路

哥的心给你好不好？

小草缠绵着大地
蜜蜂恋上了花儿
我心里可爱的天使
自从与你相识相知
快乐的心情弥漫心底
改变我今生的人是你

云朵依偎着天空
高山拥抱着森林
你的笑容让我甜蜜
不知道为什么爱上你
朝思暮想只为你痴迷
我期待已久的人是你

哥的心给你好不好？
爱上你就是一生一世
你给我插上双翅
让我有了飞翔的勇气

哥的心给你好不好？
有了爱支撑不惧风雨
携手相伴在一起
生命交融更美好绚丽

期盼的爱姗姗而来

我很痛苦被他甩
心灰意冷忧愁未来

你说他不会得到真爱
因为他不懂爱

感知你深情厚爱
满腹苦水一吐为快
扑进你温暖宽厚胸怀
一次哭个痛快

期盼的爱姗姗而来
不玩虚的实实在在
给我甜蜜欢乐情怀
有你陪伴很自在

期盼的爱姗姗而来
春去春来花谢花开
真爱永在不会变改
不会被现实打败

一生一世欢好

谁的悠扬歌声飘呀飘
万种柔情萦绕
谁露出会心微笑
心心相印多好

谁放烟花彩光照呀照
火热激情闪耀
谁手舞足蹈欢跳
喜爱溢于言表

明亮圆月瞧呀瞧
有对恋人乐陶陶
怎能不牵红线作月老
成全这对比翼鸟
一生一世欢好

锣鼓喧天敲呀敲
郎骑白马迎亲到
抱着俏丽新娘上花轿
甜蜜相伴鸳鸯鸟
一生一世欢好

相信能相伴永恒

大雪已停一片洁白真干净
红梅花盛开的美景
让我想起你芳姿倩影
爱意如暗香浮动

宁静夜空繁星点点亮晶晶
星光似你如水的柔情
抚慰着我处处随我行
牵挂你心绪难平

走在冰天雪地中
吻不到你的笑容
不能够与你相拥
怎能不触景伤情

相信能相伴永恒
相信你真诚的心灵
相信你纯洁的爱情
所以我还在苦等

还有爱怎能不知道

看得懂你的信号
还在对争吵计较
忽略彼此的好
不好的却记得那么牢

赌气着不依不饶
你生气我也苦恼
心里乱七八糟
很伤神又该如何是好

还有爱怎能不知道
虽然有时会动摇
是因伤痛很难熬
都在嫌爱的回报变少

还有爱怎能不知道
你的笑容看不到
你的声音听不到
可处处留下爱的记号

但愿过节云散雾消
还想重聚言归于好

情深意浓

开心畅聊海阔天空
表面风平浪静
其实受宠若惊
狂跳的心扑通扑通

本不相信一见钟情
可你让我心动

漂泊无根的惶恐
被你的关爱一扫而空

高山是你的忠诚
流水是我的柔情
高山流水交相辉映
眷恋相依倾吐心声

心如深海的包容
真如恒星的痴情
一个眼神就能读懂
你能融进我的生命
时间是最好的证明

还是你最好

屡次包容我的吵闹
宠爱才忍让告饶
将心比心换位思考
还是觉得你最好

细微变化也能捕捉到
一眼看透我烦恼
总能逗得我眉开眼笑
还是觉得你最好

还是你最好
你是我的无价宝
很珍爱引以为豪
也一心对你百般好

还是你最好
时光慢慢催人老
感情却越来越好
很快乐是爱的功效

愿和你钟爱一生

本以为可以从容淡定
那是没有真的动情
灼热对视两颗心相呼应
明显感到爱潮涌动

本以为从此不再谈情
因受过伤劫后余生
但在你的爱里我受娇宠
温柔呵护暖意融融

你说要相伴一生
等着一个肯定回应
不善表达积聚的浓情
你要我相信你的真诚

愿和你钟爱一生
我激动地热泪奔涌
笑泪盈盈扑进你怀中
美好眷恋在彼此心中

百合花

花红柳绿映着一身素雅
你闪亮眼眸射出光华
心却神秘似蒙着薄纱
吸引着我放不下

无论你对我冷热都笑纳
我要用燃烧的爱的火花
将你心上的寒冰烤化
相处久了感情深化

胸前写着爱我好吗
你看到后笑出红霞
说在我真情的狂轰乱炸下
心早已被我俘获了

终于说出我想听的话
两心融合绽出百合花
牢固的爱不会被风雨摧垮
我要给你温暖的家

情路上牵手同行

目光炙热让我动容
呵护有加让我动情
我关心体贴来回应
你坚决地闯进我的生命

心有灵犀美好呼应
尽享甜蜜欢乐痴情
像交织缠绵的花梗
一起沐浴阳光经受雨淋

情路上牵手同行
虽然时光匆匆
虽然苍老面容
却留下积淀的深情

情路上牵手同行
扶持甘苦与共
天地日月见证
两颗心眷恋到永恒

大路朝天各走半边

躲不开你的视线
红透脸坐立不安
凝视你柔情脉脉的眼
总觉得是前世有缘

被你紧揽在臂弯
就像被点燃火山
若不是打心眼里爱恋
激情怎会肆意扩散

大路朝天各走半边
才不会熟悉到生厌
留下美好想象空间
若即若离才能够保鲜

大路朝天各走半边
就只有牵连的好感
不用关照迁就缺点
情缘相伴到生命终点

因为爱很真很深

捕捉到喜悦腼腆眼神
聆听到让心欢跳声音
我的倾慕让你变拘谨
你娇羞笑容比花粉嫩

我要作对你最好的人
用真爱填满你的内心
让你信任我最为亲近
感情自然而然地升温

因为爱很真很深
所以不会恋第三人
呵护你的美丽清纯
让你天天都开心

因为爱很真很深
所以觉得我很幸运
遇到称心如意的人
积淀的柔情永存

修成正果是缘法

亲爱的好好等我吧
临别我紧搂着你贴着面颊
不忍分离互相把眼泪擦
相约等我回来就和你成家

亲爱的安心等我吧
每当旭日辉映彤红朝霞
就是我送你的华美婚纱
让你穿上的那天不会远了

亲爱的好好等我吧
无须多言就能默契融洽
我非你不娶你非我不嫁
天生一对最幸运奇妙造化

修成正果是缘法
电话倾诉思念牵挂
纵然相隔天涯
浓浓情意不曾变化

修成正果是缘法
抱着你绵密亲吻落下
我给你一个家
对视笑出感动的泪花

请你相信我的誓言

你满眼哀怨火往上蹿
我惶恐不安有口难辩
只是顾及她的颜面
我才没有走开地果断

我对你不会撒谎欺骗
我没有乱情没有背叛
你不要负气而去离散
不要留下怅然的遗憾

请你相信我的誓言
经得起一切考验
直到生命走完
爱你的心不会改变

请你相信我的誓言
爱你已养成习惯
和你一生相伴
是我此生最美夙愿

做我女友多好

一见钟情真是奇妙
我关心呵护主动示好
浅笑飞上你的嘴角
你像牡丹花香艳高傲

若隐若现暧昧情调
你的心意我不明了
时而拒我千里之遥
时而对我温柔撒娇

做我女友多好
如果没动心请直言相告
我也不便再打扰
以退为进我出绝招

做我女友多好
就等你点头能相恋多好
很想把你心套牢
爱得潇洒反而奏效

你是我的天仙我的爱恋

一抹惊艳映入眼帘
月色里你美若天仙
我很爱你很喜欢
情急下把心事说穿

鲜花丛里我编花环
戴在你头上手腕
打扮成美丽花仙
亲亲你爱如馨香弥漫

你是我的天仙我的爱恋
想要每天晨昏相伴
很珍惜美好姻缘
因为你永在我心间

你是我的天仙我的爱恋
明月高悬亮如银盘
甜蜜地温存缠绵
天从人愿绽出笑颜

一起比翼飞翔

你像出水芙蓉芬芳
让我动心眼前一亮

冷艳写在你脸上
我收敛直射的目光

我的一切主动奉上
谁都知道我情深意长
有胆量也有担当
帮你出面打圆场

一起比翼飞翔
击垮你高傲心墙
走进你温柔心房
宛如鸳鸯配成双

一起比翼飞翔
你笑得甜美欢畅
我就会心花怒放
相伴到老如愿以偿

缘分靠自己

你的神秘引来我好奇
对你一言一行很注意
越了解越有兴致
你却闪避说我难理喻

做你男友我会很称职
就怕你说我不自量力
如果你真不乐意
我也就不再打扰你

别等天意缘分靠自己
别让相恋遥遥无期
用行动说明我真心真意
打消你的怀疑顾虑

别等天意缘分靠自己
知冷知热疼惜着你
你温柔眼神流露出爱意
我原来已在你心里

其实知道你对我很重要

你要东我要西唱反调
又气又急火烧眉毛
争争吵吵鸡飞狗跳
闹到分手边缘才奏效

牵绊着这缘分解不掉
母老虎对花斑豹
又哭又笑又吵又闹
最后总能言归于好

爱能将过错忽略掉

其实知道你对我很重要
分歧没什么大不了
不过是浮云何必计较
不必介怀没完没了

其实知道你对我很重要
无须小心翼翼讨好
也不会认输举手求饶
但是心里念着你的好

爱要保养

月光如水洒在脸上
又是一遍遍回想
你的话语在耳畔回荡
你的笑脸在眼前回放

相爱还有没有希望
是情侣就别较量
忍受寂寞我独守空房
因为至今还心存念想

现在才明白爱要保养
若彼此体谅互相忍让
又怎会分离一脸沮丧
拥抱的只有凄凉

现在才明白爱要保养
如果你能回到我身旁
我会用加倍呵护补偿
但求爱来日方长

爱不曾熄灭复燃火花

逞强分手是在气急之下
眼中溢出伤心泪花
怎么走着走着散了
诺言怎么轻易变卦

后悔的泪如脱缰野马
想你怎么也放不下
才知爱是真不假
不该将矛盾扩大

爱不曾熄灭复燃火花
对你真的舍不下
夜夜难眠心乱如麻
和好吧我说出恳求的话

爱不曾熄灭复燃火花
情路上经过摔打
才知关照胜过自大
留下吧这不是玩过家家

本是情侣又不是敌人

曾经陪我游玩散心
曾经对我疼爱容忍
曾经共枕缠绵温存
曾经让我甜蜜开心

如今就像判若两人
现在对我漠不关心
让我生出幽怨苦闷
很怕关系变得紧绷

难以言说隐形的矛盾
不愿纷争动骨伤筋
让步是为息事宁人
是因珍惜缘分

本是情侣又不是敌人
将心比心何必较真
只要还有真爱幸存
就是最亲的人

有你陪伴是我最美的心愿

一个善解人意的顾盼
让我平静的心荡起波澜
你微笑酒窝像溢满了香甜
我情难自禁深深地渴盼

一个千载难逢的机缘
惊醒我沉睡多年的爱恋
你银铃笑声像乐曲在轻弹
温柔地拨动我的心弦

你的红唇像绽开花瓣
缠绵的吻两心相得甚欢
灯火阑珊涌动最美好情感
快乐的暖流恣意蔓延

有你陪伴是我最美的心愿
在微风轻拂的傍晚
牵着你的手走在河畔
看夕阳洒在河面五彩斑斓

有你陪伴是我最美的心愿
在姹紫嫣红的春天
营造我们的温馨家园
一辈子相亲相爱幸福圆满

一言情定终身

一次萍水相逢
一见如沐春风
一聊怦然心动
一笑喜不自胜

一对紫燕欢鸣
一眼心有感应
一个甜蜜相拥
一来乐在其中

一吻激荡柔情
一湖显出倒影
一道美丽风景
一瞬铸成永恒

一言情定终身
一起携手同行
一同甘苦与共
一心爱意浓浓

旧梦重温

摩擦冷战到心力交瘁
被纠葛纷扰包围
是太较真不忍让在作祟
无助双眼蓄满寒泪

失去呼应变得索然无味
才感到欢好的珍贵
感情世界没有十全十美
悲喜苦乐都要品味

都不好受怎么忍心分袂
爱岂能说没就没
彼此伤害内耗都不对
都很后悔不会单飞

凡尘琐事难免冲突斗嘴
何苦计较是非原委
忽略争斗无聊的琐碎
只当是庸人自扰的误会

尽力补救把柔情挽回
搂着失而复得的宝贝
喜极而泣笑出泪水
旧梦重温找回甜蜜滋味

你是我的贴心人

我有个难言之隐
飞蛾扑火奋不顾身
我爱上梦里的人
她和你像一个人

笑盈盈娇羞含嗔
你很欢欣不言而喻
我敞开你的心门
你和我一样情深

你是我的贴心人
如花似玉柔媚清纯
调逗的笑深情的吻
甜醉我的心奉你为女神

你是我的贴心人
有缘有份如意称心
只会钟爱你一个人
年华逝去但美好永存

你对我不可或缺

酸涩夹杂着喜悦
我对你爱得强烈
可相处你轻描淡写
不及我情深意切

是你太过于羞怯
还是总后知后觉

要透视你内心世界
要让你盛情难却

你对我不可或缺
冬天陪你走过暴风雪
呵护你很妥帖
爱火带来温暖感觉

你对我不可或缺
夏天搂你度过雷雨夜
我对你最了解
依恋连接两心世界

相处不容易

又唱对台戏很生气
埋怨种种不是
出乎意料的杀伤力
心痛不可回避

陷入进退两难境地
冷漠增添愁绪
感情已到了倦怠期
仅凑合过而已

相恋很美相处不容易
宽容通情达理
是修复的黏合剂
没有闹翻还心有余悸

相恋很美相处不容易
温柔别发脾气
小分歧都别介意
多想想很多好心好意

梅花鹿

在姹紫嫣红的田野追逐
你像只可爱的梅花鹿
银铃般笑声长发如瀑布
激荡我的心深切的感触

搂紧你在怀中呼吸急促
心里燃烧灼热的爱慕
想亲吻你你敏捷地逃出
欢笑着跑到花草深处

轻轻靠近你一把抱住
浓情蜜意在眼中流露
温柔地亲吻你娇羞面容
花草丛中跳美妙的舞

你是只善良的梅花鹿
我不由自主被你彻底俘虏
执着真挚的爱驱散了孤独
你就是我渴望已久的乐土

你是只可爱的梅花鹿
我漂泊的心找到爱的归宿
漫漫人生路不会把你辜负
相依相伴书写美好和幸福

爱发自内心

对视交流的眼神
洞悉心底的声音
脸上闪出红晕
热浪在心海翻滚

你是我爱慕的人
我能打动你的心
因我最知你心
像我生命的一部分

爱发自内心
雨后春笋般与日俱增
只和你缠绵亲近
对你百分百信任

爱发自内心
相伴晨昏生活多温馨
相扶持心存感恩
息息相关情无尽

痴心猫爱小老鼠

你是小老鼠我是痴心猫喵喵喵
心跳加速我被你迷倒
但我决不会把你吃掉
不要左躲右闪
害得我愁闷心焦

可爱的小老鼠你别跑
我是爱你的痴心猫喵喵喵
别拒我千里之外让我苦恼

日日夜夜为你魂牵梦绕
我想给你个火热拥抱
让你露出甜甜的笑

你是小老鼠我是痴心猫喵喵喵
你的魅力我抗拒不了
难得一见倾心爱上你
不要心高气傲
急得我火烧火燎

美丽的小老鼠你别跑
我是爱你的痴心猫喵喵喵喵
比我对你更好的你找不到
别犹豫把美好光阴空耗
喜欢你对着我撒娇
一起逍遥飞入云霄

你是小老鼠我是痴心猫喵喵喵
不由自主心被你牵跑
一往情深打动你的心
一起嬉笑打闹
手牵手打情骂俏

痴心猫爱小老鼠喵喵喵
最登对你就是我心中的宝
一心一意一辈子对你好
执子之手相依相伴到老

痴心猫爱小老鼠喵喵喵
很幸福甜蜜的感觉真美妙
眼神碰撞就能领会明了
体贴呵护一生快乐围绕

知道爱你不容易

你怪脾气我能理解不介意
不触碰你的伤痕不问过去
计较烟消云散的往事是多余
只珍惜当下两心相爱相依

火红朝阳升起温暖大地
用我的柔情驱散你的焦虑
给你更多快乐幸福的记忆
将你痛苦怨恨的记忆抹去

知道爱你不容易
接纳你我毫不迟疑

尊重你的意思
让你舒心安逸

知道爱你不容易
放心我会对你专一
紧紧环抱着你
当宝宠爱珍视

一唱一和

情到浓时两人手紧握
直视目光闪烁如火
心被烈焰烧得炽热
热吻点燃熊熊爱火

喜欢你心贴心抱紧我
一脸绯红笑容羞涩
有你相伴我很快乐
视为知己心灵依托

我们一唱一和
春夏秋冬日出日落
习惯和你的生活
耳鬓厮磨卿卿我我

我们一唱一和
眼神交会心灵契合
和设想如出一辙
坚守承诺爱得执着

来吧来吧爱我吧

甜甜的微笑俏丽的身姿
可爱的女孩让我意醉神迷
怒放的花我要呵护你
爱我吧你会懂得这痴心

洪亮的嗓音诉说着思绪
都是我写给你的火热情诗
柔美的歌唱出我心声
爱我吧你会明了这深情

你在我眼里清纯美丽
你在我心里洁白如玉

来吧来吧爱我吧
我要飞到你心里
不要不要徘徊躲避
爱来了就好好把握珍惜

来吧来吧爱我吧
我要飞到你心里
不要不要羞怯犹豫
爱来了使生活多彩多姿

龙凤呈祥

锣鼓敲欢歌唱
鞭炮声声震天响
新郎抱起新娘
一对新人都喜洋洋

一拜父母辛苦培养
二拜亲朋同喜安康
三夫妻对拜龙凤呈祥
永浴爱河比翼飞翔

红玫瑰多芬芳
交杯酒含着蜜糖
新郎亲吻新娘
幸福鸳鸯笑红脸庞

天生一对地造一双
百年好合龙凤呈祥
良缘佳偶永结同心
浓情蜜意地久天长

痛痛快快爱一场

夜色渐浓华灯初上
微风中飘来花草的清香
漫步在熟悉的老地方
想起那么多美好的过往

夜莺在婉转地歌唱
绚丽流星雨将我们照亮
你那调皮可爱的模样
欢笑着飞进我的心房

夜幕上挂着圆月亮
荡着小舟在美丽的湖上
温柔深情的对视目光
随着泛起的水波在荡漾

痛痛快快爱一场
我要带你展翅飞翔
给你一片更广阔天空
自由自在地追求梦想

痛痛快快爱一场
我会为你做到最棒
成为你永远的避风港
每个日子都有爱闪光

你是我最美好的奇遇

你水灵灵的眼睛
像天上的星星
闪烁着柔情蜜意
照亮我的心

陪着你去看大海
嬉戏在潮水中
偷偷给你一个吻
羞红你笑容

含情脉脉地对视
震荡两颗心灵
沉醉在爱的花丛
看红日东升

你是我最美好的奇遇
相知相随多么欢愉
感谢天地情有独钟
今生今世能在一起

你是我最美好的奇遇
相依相伴享受甜蜜
缠缠绵绵心灵交融
幸福相守爱到永恒

画眉鸟

你是画眉鸟叫喳喳
缠着我问爱你吗
我一本正经地回答
爱你不容易啊

你是带刺的玫瑰花
闹情绪就爱找茬
小脾气冲着我发
真想和你吵架

哈哈你又噘起嘴巴生气了

你是鲜艳的玫瑰花
喜欢看你绯红的脸颊
知道你真心为我好
我怎能不爱你啊

你是可爱的画眉鸟
我会高兴地吹吹打打
佳偶天成鸾凤和鸣
把你娶回家娶回家……

就这样爱你

我们情意相投
是结伴而飞的海鸥
是不离不弃的莲藕
今生只与你厮守到白头

天上下雨地上流
夫妻吵架不记仇
美好在记忆中保留
把失意痛苦抛在脑后

每天出门都吻你额头
时常牵挂你在我心头
当你劳累疲乏的时候
总有个结实的肩膀给你靠
当你伤心哭泣的时候
总有颗温暖爱心为你解忧

互相抚慰体贴再多也不够
随着相处的年深日久
感情忠贞恩爱依旧
像陈酿醇香更浓厚

去看风景穿过依依杨柳
湖光山色中携手畅游
回味美丽的邂逅
漫漫人生路一起走

就这样爱你就这样爱你
朝着同一个方向追求
缱绻呵护度春秋
相约来生还相依相守

今生只与你相依相伴

你水汪汪的眼
像星星亮闪闪
流露柔情款款
让我的心震颤

你红彤彤的脸
像熟透的苹果
飘散芬芳香甜
让我痴迷渴盼

你清脆的歌声
像流水潺潺
唱出挚爱无限
让我心醉喜欢

你就是灿烂的火焰
我的激情被你点燃

今生只与你相依相伴
我是一只漂流的船
你就是我向往的海岸
是我停泊的港湾

今生只与你相依相伴
一辈子我们手相牵
何惧经受艰辛磨难
因为我们心相连

你就是我幸福的源泉
一起享乐一起苦干
美好愿望都能实现
因为我们心相连

我的宝贝

你羞红的脸像玫瑰
纯真又娇美
笑得灿烂妩媚
哎呀哎呀我的宝贝
多么艳丽芬芳的花蕊
热爱着你我心儿醉

你噘起了樱桃小嘴
皱紧了细眉
眼里含着泪水
哎呀哎呀我的宝贝
我哪里又做得不对
猜来猜去我心儿累

哎呀哎呀我的宝贝
快快敞开你的心扉
让我在里面自由地飞
一颗心爱得纯粹
何必在乎是是非非
哎呀哎呀我的宝贝
你是我最爱的玫瑰
散发着诱人的香味
我要用爱将你包围
让生命闪烁出光辉

没有人比我更爱你

你的眼睛闪烁忧郁
像深潭隐藏着神秘
诱惑我不觉坠进去

你的嗓音像吹竹笛
流淌出美妙的乐曲
吸引得我如醉如痴

你的笑将我心撞击
是我眼中最美天使
我的爱慕无处躲避

你的心如深深海底
蕴含宝藏探寻不尽
我陷入再不愿离去

没有人比我更爱你
数不尽的亲昵
山花朵朵只爱你这枝
弱水三千只饮你这瓢
相识千万只对你着迷
月老红绳只与你相系

没有人比我更爱你
回味柔情蜜意
繁星点点只爱你这颗
鸟儿万千只抱你这只
相遇众多只与你相依
你是我此生最好伴侣

快把心敞开接受我的爱

低着头我走得飞快
竟与你撞个满怀
立时你脸上红霞飞
刹那你飞进我心海

假装巧遇不理不睬
却大声唱起歌来
让你关注我的存在
你知道我心潮澎湃

我有学识多艺多才
打篮球打得超帅
终于赢得你的青睐
心里真是乐开怀

快快把心敞开
接受我的爱
我是大地你是柔水
我的心等你来灌溉

快快把心敞开
接受我的爱
我是蜜蜂你是花儿
我想把甜甜香蜜采

我们是天生一对

你的神态很矜持
淡淡的笑很迷人
话却带着尖利的刺
刺得我意乱情迷

穷追不舍好爱你
刀山火海不畏惧
你来我往不打不相识
水滴石穿打动你

爱得执着疼惜你
惊涛骇浪不放弃
日渐熟悉心走到一起
情深似海伴随你

我们是天生的一对
让我轻轻地吻吻你
我激情多彩的生命里
不能没有可爱的你

我们是天生的一对
让我紧紧地抱抱你
一辈子恩爱相偎相依
走出人生最美的风景

我们是天生的一对
让我好好地亲亲你
爱像朝阳般火红绚丽
暖暖地照亮我们心里

两只恩爱的猪

两只顽皮的猪
都会点少林武术
打斗起来不认输
一会和好如初

两只聪明的猪
情投意合不孤独
有时难免会冲突
有时候爱吃醋

两只恩爱的猪
亲密无间的情愫
真心实意地倾注
就很快乐满足

送你两只幸福的猪
心已被俘虏
互相照顾互相扶助
全身心的爱投入

送你两只幸福的猪
心已被锁住
两情相悦互相呵护
相伴美丽人生路

真爱才不计得失

你温柔眼眸顾盼生姿
如花枝摇曳芳香四溢
迷醉我不由得显示
潜在心里的浓浓爱意

你冷傲艳丽若即若离
像五彩云霞飘来飘去
吸引我不住地探秘
即使你做戏我仍入戏

真爱才不计得失
不论你怀着何种目的
不管你是否别有动机
只要你需要我乐意给予

但愿真情打动你
爱绝非信口说说而已
我会对你一直好下去
即使只是好朋友也可以

等你的真心表白

情花为谁静静地盛开
心儿为谁悄悄地等待
你是否明白，明白我的爱
快点来快点来
我在等你的真心表白

情花等谁快乐地采摘
心儿为谁绽放出光彩
你是否明白，心扉已打开
别发呆别发呆
你就是我执着的最爱

我是最爱你的女孩
等你的真心表白
美景错过就不再来
我们好好珍惜热烈的爱

我是最爱你的女孩
等你的真心表白
世事变幻痴心不改
我们花好月圆激情澎湃

有情人最美

春风轻柔地吹
漫天柳絮纷飞
有情人来相会
一生一世追随

百花绽放嫩蕊
爱比清香迷醉
有情人是最美
一生相依相偎

凤尾竹青翠
阳光多明媚
碧波闪烁着光辉
鸳鸯对对戏水
有情人最美

大雁列队飞
有情人高飞
欢欢喜喜爱一回
相伴年年岁岁
两心多甜美

大智若愚

相爱轻而易举
相守风波四起
经受着岁月的侵蚀
热情变消极苦在心里

只怪互相赌气
动摇爱的根基
横眉怒目互不服气
针锋相对互相刺激

泪落如雨万分悲戚
前景堪忧如何收拾
难道忍心一走了之
这是想要的是不是

如果分手已成定局
怎么会哽咽难舍难离
才发现倔强不堪一击
惩罚你也是惩罚自己

千头万绪百感交集
忆起往昔多少甜蜜
生活早已融在一起
其实幸福靠我们自己

不再使性僵持下去
才懂什么叫大智若愚
恋人无须比试高低
宽容你也是宽容自己

十全十美并不现实
多点给予少点自私
多点体谅少点争执
才能拥有温馨惬意

爱上你，真好

当我生病时
你着急地给我买药
照顾细心周到爱上你真好

当我悲伤时
你将我的泪水吻掉
给我肩膀依靠爱上你真好

当我烦躁时
你抚慰着我不计较
宽厚怀抱可靠爱上你真好

当我高兴时
你露出开心的憨笑
给我唱起歌谣爱上你真好

爱上你，真好
有了你不怕风雨冰雹
你是我心中的骄傲
恩爱将我们紧紧缠绕

爱上你，真好
有了你就如阳光普照
我们一起登高远眺
幸福的前景多么美妙

我可爱的傻丫头金不换

我可爱的傻丫头
率真个性总变化万千
有时柔弱如丝绵
有时风风火火像闪电
有时英勇像弓箭
有时悲悲凄凄如雨点

田野里欢快地你追我赶
花枝乱颤让我神迷目眩
撩拨我的心弦情意缠绵
多么美好真诚的爱恋

秀美的大眼顾盼流转
傻丫头伶俐还很贪玩
经常使性和我对着干
像脱缰野马不受羁绊

困境时给我鼓励温暖
不惜一切帮我渡难关
爱燃烧出拼搏的火焰
你的真情真意让我震撼

我可爱的傻丫头金不换
莫名其妙你生气捣乱
我受委屈还不能喊冤
喜怒哀乐被你牢牢牵

我可爱的傻丫头金不换
为我扬起前进的风帆
一起享福一起患难
受尽辛苦我心甘情愿

爱就是这样的

美好的爱动人心魄
却逃不过日月如梭
撕扯的拉锯战较真的隔膜
吵闹斗气时常有的

任由伤害将爱消磨
心存芥蒂纠结过多
感情可有可无模棱两可
演变成无话可说

霓虹灯亮光彩闪烁
像回忆照亮了心窝
喜悦的往事像影片闪过
泪眼婆娑该怎么做

如果还爱着妥协会有效果
感情世界应该懂得示弱
一个温柔微笑一个吻火热
就能化解故装的冷漠

不再生气了不该小题大做
有过欢乐也有缠绵悱恻
有过争执失落也有过不舍
也许爱就是这样的

春 风

我是轻柔的春风
飞过山山水水
痴心不渝把你追随
亲吻你的脸颊弯弯眉

我是温柔的春风
吹开你娇羞花蕾
吹去你心底的伤悲
看你露出微笑多甜美

我是春风将你追
吹开你的心扉
多么洁净纯粹
爱恋着相依相偎

我是春风将你追
你对我最珍贵
多么芬芳妩媚
怎不让我心沉醉

懂得珍惜才会幸福

谁爱你发自肺腑
谁为你摸去泪珠
谁给你深情爱抚
谁无怨无悔付出

谁为你牵肠挂肚
谁帮你走出痛苦
谁对你细心照顾
谁为你受累受苦

谁为你洗衣下厨
谁伴你日落日出
谁和你相携相扶
谁给你快乐幸福

春回大地万物复苏
谁陪着你花丛漫步
风刀霜剑雪花乱舞
谁守着你温柔呵护

懂得珍惜才会幸福
春花秋月一起共度
铭心感触情深意笃
相依相偎就很知足

懂得珍惜才会幸福
漫漫旅途同甘共苦
爱得投入根深蒂固
如胶似漆如火如荼

送给你一双翅膀

送给你一双翅膀
陪着你飞向远方
很想成全你的梦想
只因你信任的目光

送给你一双翅膀
扶持你一如既往
再多的苦由我担当
只为你能如愿以偿

一直伴随你飞翔
爱你不想让你受伤
不愿让你独自忍受凄凉
因为你已扎根我心房

一直伴随你飞翔
每天都亲吻你脸庞
一起共度人生美好时光
因为我爱你更深更长

给爱生路

激情消退潦草应付
朝暮相处渐渐地疲倦麻木
才明白感情的事没有定数
心里不踏实未来好模糊

不愿谅解互不让步
钻心的疼还是掩饰不住
委屈地转过身伤心地哭
难道真的眼看爱遭倾覆

抵触越来越显著
两败俱伤都很痛苦
走到分手地步泪流不住
才后悔不该放大冲突

别倔强也别自负
既然有情别争赢输
不想让这真爱草草结束
缓冲期尽快弥补修复

怎么做心里有谱
深藏的话和盘托出
唤醒美好感触和好如初
给灿烂爱情一条生路

爱在歌声中

淡淡月光照着孤单身影
冷风吹着早已封闭的心
我受过情伤孤僻独行
直到你的出现带来笑声

温柔溢满你的清澈眼睛
你的抚慰驱散心中隐痛
牵着手爬山在美景中
处处留有甜蜜依偎合影

生活因你变得美丽温馨
炽热爱火燃烧着自己
很想一生一世永结同心
我心底的表白你能否答应

万语千言尽在这乐曲中
我很珍惜难得的钟情
痴心不渝蕴涵在歌声里
我很爱你心里印着你身影

一直等着你

与你重逢在春天
旧日的容颜未曾改变
还有那双像黑宝石的眼
闪烁出惊喜和期盼

还是那家老式茶馆
一切恍惚回到昨天
一起读书嬉笑略带腼腆
回忆清晰地呈现眼前

你离开了我的视线
却从没走出我的心间
夜夜梦里与你相依相恋
醒来你却不在身边

守着当初的诺言
等你盼你一天天一年年
有情人感动苍天
终于等来团圆
你的相片一直挂在胸前
激动的泪滑过微笑的脸

守着当初的诺言
等你盼你一天天一年年
有情人喜结良缘
感谢天意成全
两手紧握一生鱼水相欢
相伴永远真爱历久弥坚

我要说我好爱你

你对我是一心一意
可我不好爱乱发脾气
辜负你的一番好意
想要道歉放不下面子

紧紧搂你在我怀里
从没给过你什么保证
你点滴的温柔情意
早已感动我麻木的心

我要说我好爱你
你是我最适合的人
像你宠我一样宠着你
一起幸福快乐地过日子

我要说我好爱你
你是我最贴心的人
为你豁出性命也愿意
我会陪你好好过一辈子

认识你很高兴

小小的网络大大的世界
网住了我也网住了你
对视着聊天满怀惊喜
我们是网友陌生又熟悉

小小的屏幕大大的天地
包容了我也包容了你
娓娓而谈真心实意
都敞开心扉放飞着思绪

小小的窗口大大的时空
吸引了我也吸引了你
像插上双翅的飞鸟儿
成为好知音共享着欢娱

认识你很高兴
我给你解忧你为我宽心
飘溢暖暖的温情
我们相伴网上光阴

认识你很高兴
我知你柔情你懂得我心
飘飞想象的美丽
如梦如幻无尽遐思

七 伤感情歌词

我的爱不曾变化

感动心的是呵护有加
日久生情越来越融洽
开出美丽灿烂情花
却没经住风吹雨打

漫天的雨珠纷乱飞洒
难以割舍我求你留下
你很难过却没应答
只有暴雨声哗啦啦

可悲爱只有短暂芳华
我的泪水奔涌而下
被雨水肆意地冲刷
却冲不走留恋牵挂

我的爱不曾变化
明知不应该犯傻
却还是难作罢
还能见面吗

我的爱不曾变化
痴心眷念放不下
等到铁树开花
你会回来吗

最懂我的人伤我最深

为何最伤我的是枕边人
气急攻心哭成泪人
曾坚信你只爱我一人
曾坚信你爱我一样深

不堪情景摧毁美好信任
终躲不过恩怨纷争
还不是爱得真爱得深
才对入侵者无法容忍

你是最懂我的人
却狠心伤我最深
如果你真的没了情分
那为何不痛快地走人

你是最懂我的人
却狠心伤我最深
纠结抓狂刺痛我心
你对我好又和她温存

伤我你于心何忍
已习惯和你依存
难断情丝欲罢不能
怎么找回对爱的信心

爱已落幕

为了爱忘我地付出
小心翼翼把你呵护
不在意朝朝暮暮
只想牵手走未来的路

你和他相拥而出
如遭雷击我突然麻木
扭过头凌乱的脚步
泪水洗不去心头的愤怒

你的笑满不在乎
你的情随意散布
拨开迷幻的云雾
你不是我想要的幸福

我好像掉入冰窟
爱得深伤得刻骨
扔掉你给的羞辱
把你从我生活中排除

爱已落幕
你不再是我的关注
我宁可忍受孤独
也不再让心受苦

爱已落幕
我不再是你的赌注
以后各走各的路
我要寻找唯一的眷顾

爱来了又去了

爱像天上飘浮的云朵
变幻莫测谁又能把握
爱得火热经不起耳鬓厮磨
随时光流逝变得淡漠

爱像随波逐流的船舶
不会在一个港口停泊
平静坦然地面对分开的结果
不要让心难受失落

爱来了就爱得光彩四射
动情过欢喜过幸福过
爱走了就当美丽的梦醒了
不挽留不伤痛不哀愁

爱来了又去了这就是生活
人本是这世间的匆匆过客
更何况稍纵即逝的爱火
云淡风轻不把眼泪抹

爱来了又去了就得要洒脱
太勉强是对两个人的折磨
听其自然才不会太难过
岁月如歌让自己快乐

爱不在就忘了吧

别傻了过去是一场玩耍
以后别再找我了
你冷酷地丢下这句话
就像一阵风飘走了

孤零零呆立漆黑夜幕下
强忍的泪纷纷落下
手里捧着的玫瑰花
也在笑我是个傻瓜

你的温情已是明日黄花
如那些飘逝的情话
明知你不会再爱我了
我却还想你放不下

爱不在就忘了吧
你走得无牵无挂
一个人的爱好尴尬
我也要学会潇洒

爱不在就忘了吧
不给心留下伤疤
我像鸟儿飞出牢笼
也许遇到更好的她

谁是真爱我的人

难找懂我心的人
难觅亲密的恋人
爱神何时降临
能让我一生倾心

难觅有缘分的人
难寻缱绻的知音
谁会温暖我心
是我要呵护的人

谁是真爱我的人
谁能牵动我的心
想和谁缠绵温存
让我想给热吻

谁是真爱我的人
谁能走进我内心
值得我依赖信任
让我陪伴终身

谁是真爱我的人
谁是如意心上人
给予我体贴关心
让我一往情深

缘留不住

你对我断然说不
狠心切断退路
丢下伤心的我无助
我沦落到走投无路

我想留却留不住
眼中泪花绽出
你的背影绝情冷酷
全然不顾我的痛苦

阴沉沉乌云密布
雷鸣暴雨如注
一曲悲哀猛烈奏出
苍天也动情洒泪珠

在雨中久久驻足
看花瓣雨飞舞
满地落红无数
满心凄凉酸楚

花枯又花开往复
而缘尽成虚无
虽然爱还潜伏
在我心底深处

我的心要自由

怕看你悲戚泪流
我长叹仰起头
泪水隐含眼眸
想劝你说不出口

我留恋你的温柔
其实也想长留
可我还是要走
有使命让我追求

你心意我看得透
我的承诺没有
决定不了以后
不能让你空等候

我的心要自由
你对我情深意厚
我却给不了你所有
离开你我也很难受

我的心要自由
你的视线紧随身后
我狠下心不敢回头
怕没有勇气再远走

分手了这样也好

情感变化难以预料
你处处留情拈花惹草
我气得怒火中烧
爱上你这样的人谁受得了

说的总是比做的好
谁会为承诺负责到老
冷战是疲倦的征兆
激情已随着时光流逝掉

分手了这样也好
爱的意味已捕捉不到
我不做小丑没那喜好
丢掉苦恼赶紧出逃为妙

分手了这样也好
已没有再联络的必要
时光是治疗情伤的良药
学会善忘也是对自己好

爱以破碎收尾

你没隐藏好显山露水
还说我疑神疑鬼
看透你口是心非
梦幻随你乱情化成灰

当笑脸变成冰冷的背
你让我痛彻心扉
爱得虚伪我不会
我做不到像你无所谓

在街上独行幸亏天黑
能掩饰我的泪水
飞蛾绕着街灯乱飞
别做飞蛾那样太可悲

没想到爱以破碎收尾
情花在煎熬中枯萎
我还来得及抽身而退
忍着伤心成人之美

没想到爱以破碎收尾
别禁锢在失恋堡垒
丢掉受伤的压抑苦悲
不为过去的情流泪

没想到爱以破碎收尾
豁然开朗坦然面对
会有真爱我不要心灰
冬去就是春光明媚

爱 散 了

当发现你的情话半真半假
已陷入痴迷的魔爪不能自拔
你乍冷乍热我雾里看花
你来去自如我七上八下

若不是你温柔地亲吻撩拨
若不是我的双眼笑成弯月牙
又怎会茫然思绪纷杂
六神无主爱恋难作罢

凄凉的雨唰唰唰
雨线密密麻麻
没必要再见面了
你说出残忍的话

我泪如雨下哗哗哗
心顷刻间碎了
你冷漠地转身走了
爱就这样散了散了

雨下得再大些吧
把我的泪冲刷
风刮得再猛些吧
把悲伤痛苦吹走吧

对感情从不来假的

你会说话的眼清澈
红润的脸透着魅惑
温柔眼波摄人魂魄
情愫滋生蔓延着我不攻自破

你的香吻醉心窝
真爱终于光顾我
流浪的心有了着落
从未有过的快乐被狂喜淹没

时光会改变很多
结局会是怎样的
由你决定不由我
不了了之是不愿看到的结果

对感情从不来假的
美好憧憬没了下落
做不到如你断得洒脱
往事像电影在眼前重播
在梦里来回出没
梦寐以求能重新来过

对感情从不来假的
情无所依流离失所
听着一起对唱的欢歌
悲哀袭时让泪泛滥成河
歌里唱出爱的承诺
还在信守着的只有我

难得找到爱的感觉

为何变得疏远不再热切
你的影子淡出了视野
如坠云雾犹疑了直觉
不安的心在情海摇曳

回眸那些美丽快乐的情节
反反复复翻阅真费解
在渴望与彷徨间跳跃
源于你半开半闭的世界

情感呼应如变换的季节
捉摸不透冷热更迭
暧昧不清久拖着不决
拉锯战中精疲力竭

难得找到爱的感觉
不愿美好沉醉的一切
浮光掠影后空空如也
空谷幽兰坚决不妥协

难得找到爱的感觉
不愿情如火红的枫叶
凄美灿烂地走向终结
你可了解此情绵绵不绝

海月之恋

一轮皓月升起在夜空里
照耀着大海柔和神秘
皎洁月光飞吻着海的面容
无声的抚慰满是绵绵爱意

大海和月亮含情脉脉对视
似在眼前又遥不可及
银色月光洒下无尽的相思
大海波光粼粼回应相知

盈亏圆缺月亮孤单影子
被大海拥抱在怀里
做着甜美的梦温馨绮丽
大海最懂包容月亮的心

朵朵浪花陪着月影嬉戏
心心相印眷恋的知己
涛声吟唱永恒的爱的痴迷
月亮最懂心疼大海的情

海月之恋梦幻的美丽
月色下的海朦胧深沉
月光柔情似水无边无际
和大海交融浪漫的气息

海月之恋梦幻的美丽
月亮的影子映在海心里
月亮的心醉在大海怀里
海月依偎共缠绵在梦里

爱无法挽回

你对他媚眼乱飞
目光闪烁着暧昧
像当头挨了个炸雷
让我狼狈怎样捍卫

你的话冷如冰水
寒透我心掉眼泪
情太脆弱一击即溃
我落得一个人来回

爱陷入死局无法挽回
我借酒浇愁酩酊大醉
醉后更觉难受伤悲
对你我已意冷心灰

爱陷入死局无法挽回
我付出再多也是傀儡
心怀怨恨太苦太累
是非错对已无所谓

不值得再犯傻

两人搂腰说笑走出酒吧
我很惊讶竟是你和她
你收敛笑容表情尴尬
失态地说话都结巴

她有意亲吻你的脸颊
骄傲地证明是真不假
她讽刺目光像针扎
我发蒙样子好傻

原来只是玩耍竟从未觉察
戏演得不算差你很会说谎话
戳穿真相让我领教了
情被你踩在脚下爱瞬间崩塌

靠承诺能永久是幻想的神话
你的面具摘下虚伪地可怕
随心所欲地轻易变卦
我结束荒诞笑话缘分到头了

我怎么不争气地涌出泪花
真的伤惨了不值得再犯傻
情感的世界独立排他
经过你乱情敲打我明智了

伤痕不会在心里烙下
很庆幸把自己挽救了

爱曾来过

陷入你的温柔体贴
那种归属感很亲切
幸福的家的感觉
犹豫被瓦解甘愿缴械

同个屋檐下两情相悦
相伴多少美好岁月
阅尽了风花雪月
没留住热烈情渐渐冷却

你可疑行迹昭然若揭
刻意忽略我不会学
情何以堪愁肠百结
这不是暂且不再迟疑不决

风雨交加的凄凉秋夜
我去意已决痛快了结
辛酸泪光在眼中跳跃
劳燕分飞不需要道别

回忆重叠泪浸湿雨夜
爱曾经来过千真万确
爱被推卸雨淋漓不停歇
不要把情变当成死穴

离愁别怨全部抛却
时光如水会冲淡一切

其实怕永远失去你

眼神迷惑而忧郁
泪水将幽怨洗涤

你的情思映在我心里
悲从心起懊悔的泪滴出疼惜

伤你也在伤自己
是非曲直已过去
不能成为负担隔阂彼此
雨过天晴没有赌气把爱失去

其实怕永远失去你
阅读对方发现自己
恋情得之不易
早已你中有我我中有你

其实怕永远失去你
向我张开了双臂
就扑进你的怀里
泪雨纷飞中说对不起

成全负心人

你很冷漠像换了个人
明显疏远感觉变生分
预演爱的散场降临
突遇寒流冰冻我的心

劲风裹挟忧愁刮痛我心
浓浓夜色里泪雨纷纷
热情不敌现实的拷问
亲密飞走了无迹可寻

对你舍不得狠心
想恨又不愿意恨
最痛莫过于失去宽恕的心
慈悲才不会留伤痕

没有想不开的事
只有想不开的人
爱要对等幸福才有可能
断了念头成全负心人

如梦初觉

你心里想什么我不了解
蛛丝马迹却暴露一切
我躲不过劫如梦初觉
你在猎艳不再任你剥削

你轻而易举违背誓约
我爱得真切痛更剧烈
对你该轻蔑选择决裂
泪模糊了花开花谢的情节

我的梦彻底被你毁灭
爱已经残缺不是错觉
出走远离你的视野
也许冷酷到底会好受些

刺目裂痕断了心的连接
斩断纠结和过去永诀
爱如火树银花美丽热烈
璀璨过后灰飞烟灭

隆冬腊月心比寒风凛冽
漫天飘飞鹅毛大雪
梅花朵朵绽放冰清玉洁
会拥有真爱的感觉

各走各的

原来是开心的亲密的
现在是冷淡的疏远的
不怨你被花花世界诱惑
只怨热恋的新鲜期太短了

泪滑落那一刻我失望了
永远都回不到过去了
难受痛心但没有后悔过
爱就爱了没什么值不值得

到底抛弃了我
这也是我想要的
何必充当多余的角色
各走各的这样都好过

去掉最大心魔
离了你也未尝不可
人生不仅仅为恋情而活
还有比这更为重要的

一闪而过的美丽

深情目光无力回避
爱近在咫尺触手可及
一不小心陷入痴迷
虽然只是序曲没有或许

爱祈求不来啊

瑕不掩瑜冲破顾虑
积蓄的情爆发不能自持
合二为一痛快淋漓
只为一闪而过的美丽

伤感落在忧郁眼里
心如明镜开始意味着结局
痛接踵而至不想失去
情还在缘已尽难违天意

就像酣睡的样子
听着情人掩门而去
泪水汹涌将悲哀洗涤
未尝不是最好的别离

喃喃呓语难忘记
在旧梦里寻觅欢愉
真爱曾飘过生命里
虽然短暂如一抹晨曦

多少伴侣成了陌路

任我流泪不再安抚
你变得冷淡不知何故
没有关怀只有挖苦
在你眼里我变得一无是处

对我越来越不在乎
怀疑你的心另有所属
是不是该选择结束
既然你隐瞒我还怎么揣度

你的情人半路杀出
迫使你终于原形毕露
我留下很受伤痛苦
不堪被你摆布就只能退出

多少伴侣成了陌路
我播下情种精心培护
却没收获爱的幸福
最后在黑夜里享受孤独

多少伴侣成了陌路
我不会妥协不能受辱
不能让步三人共处
到底我最后会情归何处

在你狂热如火的攻势下
一丝惊慌染红我的双颊
被你的殷勤迷惑潜移默化
情感不经意间开了花

好景不长爱悄然变化
你朝秦暮楚我心被抽打
一往情深没有将你感化
心如明镜却难以作罢

一句玩耍就将我打发
出尔反尔破灭未来的筹划
涌出泪花我哭得稀里哗啦
于事无补又有什么办法

爱祈求不来啊
恋恋不舍白搭
别伤心别垮了
爱被瓜分丢失了也罢

爱祈求不来啊
我该悬崖勒马
拿得起放得下
情被抹杀分手是造化

造化弄人

美丽心动的不期而遇
好像冥冥中的约定
明眸呼应绵绵情意
惊喜表情不言而喻

不可思议的无形引力
情如潮水浇灭理智
陶醉在缱绻温情里
恣意地释放自己

爱源于本能无法抑制
一场梦灿烂而不真实
把爱全部给你不留余地
情到浓时竟然泪眼凄迷

造化弄人不能长相依
望着你眉宇间的忧郁
不再牵绊尊重你的意思
笑着转过身泪飞如雨

阴云遮天狂风乍起
雨解风情突然来袭
暴雨冲刷泪水砸乱心绪
最好的祭奠莫过如此

诀 别

一面和我立下百年之约
一面和她缠绵风月
在你身上虚伪得到最好注解
原来我坚守的一直是幻觉

曼舞花丛的蝴蝶
眠花宿柳贪享着愉悦
你太花心昭然若揭
让我愁肠百结

风雨唱着悲歌在这秋夜
卷落片片萧瑟黄叶
我压抑太久的伤感猛然发泄
苦泪伴着连阴雨绵绵不绝

爱像纷飞的花叶
不由自己凋谢空悲切
岁月带走美好感觉
红尘情最难解

和过去洒泪诀别
一走了之感情已磨灭
时光能风化掉一切
也让痛苦终结

真希望美梦别醒

抱着你温热气息蒸腾
忧伤的眼睛让我心疼
美好的真情让我感动
心潮激荡尽在不言中

虽知道不能托付终身
但爱的魔力将我吸引
狂热的激情来得迅猛
一场幻梦仍沉迷其中

真希望美梦别醒
你看大海里有月影

月亮的柔情大海能感应
相思的回味使心头颤动

真希望美梦别醒
一直牵念你的深情
一天又一天痴痴地苦等
从晨曦微露到出北斗星

情路走错了就要学会转弯

你们藕断丝连
埋下我痛苦的隐患
一想到就伤感心酸
舒不散深锁眉间的幽怨

幻想你会改变
可偷情像阴魂不散
你演绎一次次背叛
我悲伤的泪你视而不见

情路走错了就要学会转弯
望着你幽冷的眼
掐灭爱火当断则断
我离去另寻新欢

情路走错了就要学会转弯
既然我让你生厌
痴缠只会适得其反
我走了移情别恋

爱已成灰不值得挽回

没想到你口是心非
我不懂防备爱得太累
受到伤害才知后悔
用情太深就更加狼狈

好景不长由喜转悲
在你身上见识了虚伪
拈花惹草为所欲为
让我的泪珠悬悬欲坠

谁甘愿做爱的傀儡
谁甘心被随意支配
难堪境地不伦不类
看穿虚情我冷冷应对

爱已成灰不值得挽回
誓言不再打动我心扉
你故戏重演不觉得乏味?
我没有多余情感浪费

爱已成灰不值得挽回
乌云散尽天空更明媚
了断此情就像蝉蜕
遗弃旧怨我破茧而飞

爱与被爱都需要勇气

无法忽略的犹疑
忧伤的脸写满心事
眼神迷离若有所思
无须言语都肚明心知

梧桐花盛开地美丽
摇曳着柔媚的笑意
刺激得心越发悲戚
不想缘尽有没有也许

两只燕子飞来飞去
搭建爱巢鸣叫着欢喜
而我们却忍痛别离
情丝牵不住走远的影子

爱与被爱都需要勇气
如果抛开顾虑经住风雨
也许如这对相爱的燕子
快心遂意幸福相依

爱与被爱都需要勇气
如果感情坚定懂得疼惜
怎会有一双羡慕的眼睛
望着燕子洒下泪滴

我们该怎么办?

渐渐不再相谈甚欢
温柔少得可怜
争吵闹别扭不断
彼此心烦意乱

物是人非神情黯然
人虽还在身边
心却无奈地长叹
怎么如此孤单

往昔眷恋变得淡然
纠缠不清抱怨
缺点竟如此显眼
将两颗心拉远

我们该怎么办
相对无言泪在眼中打转
非要伤到分手边缘
痛难忍受才后悔泪水涟涟

我们该怎么办
真爱岂能推翻说变就变
多想还能甜蜜依恋
相随相伴曾说好此生不变

恩爱鸳鸯变成一对刺猬

原来心贴心相依相拥沉醉
情到浓时许诺一生相陪
现在背靠背同床异梦而睡
柔情蜜意变成冷眼相对

眼泪挽不回爱的芳菲甜美
形同陌路不再出双入对
就连抚慰也感觉做作虚伪
形式上的亲吻都懒得给

耿耿于怀纠缠曲直是非
难以忍受迁就伤得心碎
本该温馨的夜凄冷幽黑
多少爱被针锋相对摧毁

恩爱鸳鸯变成一对刺猬
深情化成灰谁能不伤悲
白头偕老的初衷泪水中违背
僵持着谁给谁机会两分飞

恩爱鸳鸯变成一对刺猬
爱半途而废情成为负累
好聚好散不必再拖泥带水
还会找到真爱的甜美滋味

爱不过是徒有虚名

你没了往日的体贴关心
热切怎么变冰冷
我心里堵得慌惨淡神情
不知该何去何从

美好的憧憬成了白日梦
愁绪沉入夜色中
你已分心我坚守有何用
止不住泪水狂涌

爱不过是徒有虚名
牵强的借口不想听
承诺已然下落不明
就当陌生人成全你的薄情

爱不过是徒有虚名
我从幻梦中觉醒
不再困于痛苦牢笼
离愁别恨渐渐尘埃落定

我该好好去爱

就这样不声不响地分开
还没来得及把爱表白
思念成灾才明白
有你的世界才精彩

就这样沉默不语地走开
还没有给你更多关怀
孤单旅程很难捱
没你的人生太苍白

我该好好去爱
请你原谅我的轻率
你的位置没人能替代
给我机会从头再来

我该好好去爱
请你原谅我的轻率
想起你就心潮澎湃
希望还能相伴未来

想好却难好

疯狂的迷恋渐渐退潮
争执吵闹纷纷扰扰
两心的交流越来越少
互相冷落寂寞躲不掉

承诺越来越不牢靠
悲伤的音乐飘啊飘
谁的泪水啪啪往下掉
爱到伤害谁也受不了

想好却难好想了又难了
欲舍还留忧愁笼罩
如果爱如花随时光谢掉
还值得真心实意爱一遭?

好又很难好散又散不了
爱扎根心里难拔掉
忘不了美好缠绵的拥抱
动过的情真能一笔勾销?

一只绵羊

一只天真的绵羊
激情的吻使心荡漾
不知不觉滑入情网
一片痴心爱得疯狂

一只温柔的绵羊
经受不了世事苍凉
缘来缘去梦幻一场
痛心的泪哗哗流淌

你已走向远方
却从没走出我心房
我站在高岗上
仰望着夜空圆月亮
一边难过地回想
一边还苦苦地守望

一只绵羊太善良
宁可自己舔舐情伤
也不去怨恨那负心狂
只怪自己不懂随意收放

一只绵羊很惆怅
茫茫原野疲惫游荡
一轮蓬勃升起的太阳
驱散阴郁带来万丈光芒

爱无影无踪

你别乱谈情我不得不提醒
冷淡的你不做回应
为什么你变得无动于衷
不由得我神色凝重

很张狂你竟用分手挑衅
不顾让我剜心地疼

我忍气吞声就是纵容
怎么还能不为所动

爱无影无踪
没了情投意合互动
强自按捺心中的伤痛
退避三舍我落得清静

剩我孤零零
独守夜色无所适从
告别往昔收拾好心情
忙起来就忘了悲痛
时光如水足以冲淡旧情

风流的黑蝴蝶

黑长发黑裙子
你像只飞舞的黑蝴蝶
妩媚动人还很妖冶
逗引得我就像中了邪

美丽的情人节
你投入我怀抱很热切
被爱河的巨浪裹挟
满怀喜悦我心跳猛烈

又是孤寂长夜
我听着忧伤悲凄的音乐
你又在谁的怀抱摇曳
毫不在乎我心痛的感觉

你是风流的黑蝴蝶
满脸泪水我悲哀欲绝
你却大声的笑淡漠不屑
我痛恨自己陷入
欲罢不能的情结

你是风流的黑蝴蝶
善变的面容心硬如铁
我的真情被你戏耍消遣
我不可自拔跌入
女巫魔法的世界

情缘本无常

陶醉你的呵护和玫瑰花香
欣喜不已我晕头转向
挽起你的臂膀走过大街小巷
爱恋在微风中荡漾

温情在热烈亲吻中释放
心跳耳热我脸红发烫
被你揽在怀中欢快笑声回荡
你是我美好的希望

灿烂的情缘来去太匆忙
爱变了样你冷若冰霜
我还沉迷想象成为幸福新娘
最后却是一枕黄粱

痛苦的泪水失望的目光
留不住你远去的心肠
悲哀思念让心更痴狂
爱得刻骨留下深深创伤

残梦中醒来情缘本无常
漫长岁月风化掉过往
将你淡忘来日方长
出笼的鸟展翅飞向前方

梦已醒

不问可知缠绕着相思
相依相偎充溢着甜蜜
一路走来视为知己
温柔爱恋滋生在心里

发现你带着迷幻面具
想象的美丽未必真实
不满爆发你傲慢自私
唇枪舌剑让爱戛然而止

领教你虚伪薄情的锋利
拂袖而去眼底一片潮湿
我不想再多说一句
看透本质其实不过如此

欢喜走近又伤心远离
最后连朋友都不是
那么多绵绵情意
原来都是自我蒙蔽

真心以对是爱的基石
你不配我眷恋珍惜
就当是南柯一梦
梦醒一切归于沉寂

失去你并不可惜
把你从心里抹去
漫长的人生之旅
会遇到真心知己

走出悲伤记忆

一直把你当作唯一寄托
你悄无声息地走了
凄冷的心突然流离失所
一场急风暴雨花瓣纷纷飘落

不堪一击的心变得脆弱
我忧愁的话向谁说
漆黑的夜尝尽痛苦折磨
噩梦反反复复眼泪无声滑落

明知道你一去不复返
明知道想你只会更难过
明知道你已不在乎我
明知道爱像飞走的黄鹤

你走地潇洒心安理得
我却被思念纠缠满腹苦涩
想躲开以前画面却躲不过
想摆脱回忆的悲伤却逃不脱

让狂风吹走我的懦弱
让雪花将往昔情事深深埋没
我要把自己拯救不再落寞
走出去阳光洒在脸上多暖和

如果不是很爱怎会卑微

你的眼里映着心碎
依偎我胸前痛哭流泪
他给的伤悲我来抚慰
我懂得感情落空的滋味

别再迷恋苦咖啡
来杯热茶更对口味
你看飞流的银河水
是我忧虑苦闷的相思泪

食不甘味夜不成寐
因我想珍惜你的美
所有不对我愿意背
得不到回应也无怨无悔

如果不是很爱怎会卑微
你要的我有的都会给
但愿你要我陪
我绝不会丢下你单飞

如果不是很爱怎会卑微
真的不想把痴情枉费
永远给你机会
但愿我们殊途同归

深爱过一次

爱谁能说得清道得明
不可思议的魔力深深吸引
情难自禁两颗心贴近
出乎本意偏离原有轨迹

销魂的亲吻欢愉温存
痛快淋漓地交融在一起
为了拥有过爱的证明
为了刻骨铭心的离分

花与叶相依偎爱恋深
芬芳柔情恣意迷醉心中
疾风变本加厉地捉弄
花被风吹去叶悲哭声声

心里乱纷纷苦笑着离去
泪水突然来袭万分悲戚
虽不舍但没有可能无能为力
见好就收留下最美影子

投入真心深爱过一次
情意无尽不需要相守朝夕
痴迷眷恋不必说山盟海誓
魂牵梦萦永远心心相依

好像中了你的邪

你狠心的话如此决绝
足以将爱顷刻间终结
泪光闪烁我幽怨的一瞥
转过身背影写着离别

相依相偎的美妙喜悦
转眼像风中花朵凋谢
满地残红映着心的碎裂
走出你的世界痛快了结

秋雨淋漓飘洒在枯萎季节
汹涌而至树的泪来得猛烈
失声痛哭恋恋不舍地告别
曾经沉醉过的花开的情节

我好像中了你的邪
矛盾冲突想当成错觉
可心的伤痛又如何忽略
无法弥补爱的残缺

现实无法和想象连接
乐悲都随缘起缘灭
爱来过柔情蜜意宣泄
爱走了心如空旷荒野

不可能兑现的承诺

当你和他卿卿我我
我还在信守承诺
陷入茫茫昏黑的夜色
和星光诉说寂寞

你冷冷眼神说明了
现实不会依照承诺
泪珠猝不及防地滑落
我很难过又能奈何

从始至终我是认真的
你却朝秦暮楚取乐
我接受不了改变的角色
只差将分手说破

你的爱像浪花起起落落没了
陪我相守到老成了
不可能兑现的承诺
不会有假设我别再矛盾困惑

我知道该解脱当你的爱沉没
离开是我痛苦的抉择
不得不将情割舍
放弃总好过忍受伤害的折磨

错爱了你

惊讶你盛气凌人的说辞
惊醒痴迷的梦心痛地战栗
不再多说连指责都显得多余
爱意被侵蚀顷刻消失

一声霹雳洒下瓢泼大雨
混着苦涩的泪流淌悲戚
强忍凄楚的哀伤我拂袖离去
爱半路夭折愤然终止

曾经两情相悦引为知己
美梦已碎再也捡拾不起
你让我感受虚伪薄情如利刃
捅伤我心的残忍锋利

是我太天真错爱了你
狂飞的雨也善解人意
吟唱苍凉激愤的悲曲
送别此情悄然逝去

幽怨思绪如雨慢慢平息
是你逼我彻底放弃
我该庆幸还未迷失
投入的情到此为止

爱你就舍得付出

一起游玩走在林荫小路
倾听你的烦恼痛苦
耐心地抚慰看你露出笑容
我就心花怒放感到很幸福

一起游泳在水中漂浮
火热的吻铭心刻骨
灿烂情愫绽放心海深处
欢快的笑声随浪花起伏

如果我不再是你的乐土
你有了更向往的爱慕
我会成人之美安静地退出
不让你看到伤心的泪珠

爱你就舍得付出
因为那美好奇妙的感触
对你的要求全力以赴
无怨无悔对你细心呵护

爱你就甘愿受苦
即使你对我满不在乎
即使丢下我空亭日暮
深深爱过我就很知足

初 恋

流露好感你目光炽热如火
心有灵犀我满脸羞涩
回应你的嘹亮欢歌
我眼波含情虽腼腆沉默

灿烂花季情窦初开的你我
不由地卷入幸福爱河
相知懂得甜丝丝的
奇妙地招引品味着快乐

世事变幻莫测情经不起波折
阴差阳错爱难以把握
不了了之虽难割舍
心被痛撕扯泪纷纷滑落

初恋如花娇艳光彩四射
却被风雨打落没有结果
美好情节永远记得
爱的纪念册珍藏在心窝

最初美如霞光吸引你我
渐渐犹如云朵聚散离合
爱到淡漠疏远冷落
如烟花闪过无奈地陨落

我眯起眼

你眼神游移明显心不在焉
我若无其事掩饰心烦意乱
忧郁目光泄露心中的伤感
未干的泪痕换来你的敷衍

你说忘了你刺得我心打颤
劝说只感化我自己泪湿双眼
乌云笼罩苍天你走出视线
你比云善变爱说完就完

你迷上新欢我以泪洗面
爱难舍萦绕心间我翘首期盼
声声的召唤不仅是留恋
也怕你步我后尘遭受突变

我眯起眼你来到面前
依偎我怀里深情款款
陶醉热吻欢喜涨满我心间
美梦易醒笑比哭难看

我眯起眼不听也不看
我们似从前欢爱缠绵
沉迷幻觉自我欺骗太心酸
泪水泛滥将悲伤戳穿

走吧就当我不认识你

滚落在地的戒指
像我被抛弃的心
呜咽都显得有气无力
留不住远去背影泪飞如雨

拾起可怜的戒指
泪珠一滴滴洒上去
怎么洗不掉你的影子
分离一幕反复重现痛彻心底

曾经相拥着兴奋地憧憬
被你绝情利刃斩成笑柄
落得人去楼空无所适从
好似丢了魂我萎靡不振

走吧就当我不认识你
失去的爱像星星遥不可及
再留恋显得可笑多余
追不回变了的心聚散随意

走吧就当我不认识你
过去的情景在悲泣中消失
爱怎会绝对始终如一
收拾好心情生活还要继续

谁也不会等待

不该让你留下来
不该太轻率
预感要受伤害
要来的却没避开

你的感情热得快
冷却也很快
对我冷漠倦怠
让我还怎么期待

没有期待的未来
终于想明白
痛苦弥漫开来
看透你虚伪内在

谁也不会等待
我能做到高姿态
成全你分开
不争气的泪掉下来

谁也不会等待
不要纠缠走出来
既然不合拍
从此老死不相往来

爱的结果不由我选择

你说我是你最爱的
才穷追不舍呵护我
被你体贴打动卿卿我我
可你的激情随岁月褪色

你给的快乐变泡沫
现在你的爱哪去了
对你再好也是冰山一座
热情暖化不了你的冷漠

爱的结果不由我选择
被你绝情推入痛苦沼泽
泪水滴答悲伤难过
怎么摆脱爱你的心魔

爱的结果不由我选择
别再幻想你会兑现承诺
将过去的爱再临摹
也不可能温馨如昨

爱的结果不由我选择
如果只记得美好幸福的
忘记折磨分离失落
这样失忆我会好过

痛爱一回知难而退

你的爱像即兴的蜻蜓点水
温柔的抚慰奇妙的美
难得动情我卸掉防备
敞开心扉爱得干脆

你吻不干我眼中流出的泪
是讨厌的不认输在作祟
编织的梦幻一下崩溃
最伤悲是爱被摧毁

后会有期不过是自我安慰
不再奢求甜蜜的滋味
修成正果的心意难遂
只能走开暗自垂泪

痛爱一回知难而退
飞蛾绕着灯光乱飞
被痛包围怎不狼狈
触景伤情辛酸翻倍

痛爱一回知难而退
空寂幽黑夜不能寐
坚强面具突然破碎
心事成灰泪如雨飞

了断一切

突然发现你和别人过夜
呆若木鸡没了知觉
真希望一切都是错觉
可难堪一幕还在眼前摇曳

血往上涌要把愤恨倾泻
残存的理智让我缴械
伤在一滴滴地流血
真心真意的爱顷刻间瓦解

我爱得火热轰轰烈烈
你的背叛让它瞬间冷却
心痛得仿佛被割裂
我喜欢的花已不再纯洁

我要和你了断一切
斩断这让我死去活来的情节
无法原谅你只有轻蔑
就让这份情感灰飞烟灭

我要和你了断一切
丢掉这让我深受耻辱的情节
把你逐出我的世界
用情专一才配我的爱恋

不被祝福的爱

看着你难过地离开
酸楚的泪流下来
真的很难舍心痛苦难耐
却不能喊你回来

我也渴望得到真爱
陶醉你的浪漫情怀
可我拿什么拥有你的爱
不要把我责怪

天意弄人错误的安排
有情人凄凉地分开
洁白的雪花纷纷飘下来
柔情蜜意被掩埋

不被祝福的爱
虽摄人心魄多姿多彩
却没有相伴的未来
只能在夜里心痛地缅怀

不被祝福的爱
带走了快乐留下悲哀
无奈让相思成灾
一生的遗憾无法释怀

爱还会再开花

还是没躲过残忍的话
隐忍的悲伤终没有爆发
演变成戏要何须再挣扎
忧虑到疲乏学会了豁达

分手并没想象的可怕
如释重负我欣然笑纳
故意表现得比你潇洒
如血的残阳缓缓地落下

转身离去迈着坚定步伐
辉映着瑰丽的红霞
你说过那是送我的婚纱
苦笑着泪已决堤而下

独自坚守是天真的犯傻
不如像朵朵的鲜花
顺其自然灿烂应时而发
含泪笑了爱还会再开花

缘像一阵风飘过

你面露憔悴忧郁的神色
只有温柔和以前一样的
好久不见过得如何
我的关心还是老样的

曾动了真心深深地爱过
却被残酷现实无情阻隔
忍受撕心裂肺折磨
还是分散各过各的

缘像一阵风飘过
很难舍可怎么对你说
没有假设别无选择
枉费了情投意合

缘像一阵风飘过
我知你外表冷心里热
旧情重燃已没资格
懂你才退避三舍

我比想象的更爱你

含情脉脉的眼洞察我思绪
面红耳赤迷失在你目光里
又回想起这如烟往事
又在旧梦里找寻慰藉

忍住泪水挤出悲凉的笑意
道别离去把祝福留给你
照片映出这前尘往事
泪水浸湿忧伤的回忆

我比想象的更爱你
天知道我多舍不得分离
你的一颦一笑一举一动
一言一行都留在心里

我比想象的更爱你
多想回到从前的日子
可是世事难料不由自己
泪眼蒙眬痛彻心底

岁月带走欢聚的美丽
却带不走永恒的情意

你真是铁石心肠

狂风呼啸树叶纷纷扬扬
飘落一地枯黄
不欢而散又闹得很僵
已经预见到结果会这样

夜色渐浓缤纷霓虹闪亮
感情起伏跌宕
眼角闪着冰凉的泪光
你的所作所为让我失望

虽然慌乱虽然焦虑抓狂
强忍住不投降
守住底线这不能退让
虽然满心惆怅难以言状

你真是铁石心肠
无奈地呼喊我情绪悲凉
心像狂风哭嚎凄惶
一片茫然找不到方向

你真是铁石心肠
我不再对承诺抱有幻想
不再被冰冷冻伤
窗外投射进黎明的曙光

爱像酒当滴入冰凉泪水

花有盛衰月有盈亏
争吵尖锐刺得意冷心灰
没有了安慰痛更加倍
暗自垂泪都已疲惫

孰是孰非互相推诿
就像生气刺猬扎得心碎
感情无可奈何走向濒危
爱火渐熄草草地收尾

泪珠滴落进酒杯
一半烈酒一半泪水
与往日道别干杯
一饮而尽所有伤悲

爱像酒当滴入冰凉泪水
由浓转淡变了滋味
劳燕分飞事与愿违
空的床哀叹风情难以追回

爱像酒当滴入冰凉泪水
谁又愿意吞咽苦水
只落得一个人来回
为何爱来去匆匆像阵风吹

幸福地作了一场美梦

爱在心中生了根
突然被连根拔起
留下巨大的黑洞
灵魂飞出了身体

呆立着迎风而泣
呼唤着你的名字
明知爱已回不去
美梦化为了泡影

斩断迷乱的情丝
带上坚硬的面具
痛心地告诉自己
不能再追寻过去

幸福地作了一场美梦
深深地爱一次
狂乱的心难以抚平
无眠的长夜苦苦追思

幸福地作了一场美梦
沉迷地醉一次
虽然只有瞬间的美丽
不灭的回忆无法忘记

执着换来背叛

当你的谎言被揭穿
我的信赖瞬间消散
预感应验你另结新欢
禁不住泪在眼中打转

你说从此毫不相关
一句话将爱毁于一旦
我装漠然心里却泛酸
越容易承诺越难兑现

执着换来背叛
一场由喜到悲的梦魇
柔情蜜意变得很遥远
远到再不会出现

执着换来背叛
对你而言消失的情感
怎么挽救也无力回天
我又何必再留恋

执着换来背叛
让我学会看破看淡
缘聚缘散听其自然
一切如过眼云烟

爱回不来我已看开

隐没的你像浪花又跑出来
依偎我怀里看波澜壮阔的海
潮水起起落落像我们的爱
你轻诉着过往还想再重来

海风吹起你秀发拂过我胸怀
如浪潮袭来汹涌我的心海
你的泪水从我手背滑下来
刺痛我深埋心底苦涩的爱

你扬起脸泪水直流眼含期待
我转过脸望向缥缈的大海
泪在眼眶打转不让它流下来
潮声似我痛哭掩藏的悲哀

夕阳坠落照耀浩瀚的大海
一片瑰丽迷幻绛红的色彩
映红沙滩上两个身影分开
无法将飘逝的爱挽救回来

爱回不来我已看开
我经不起你的伤害
我给过你最真最深的爱
在这里你把它丢进了大海

爱回不来我已看开
你随时在变不合拍
爱像朵朵浪花瞬间盛开
又沉没茫茫无际的大海

想重拾旧情

晚霞燃烧得火红
触动内心隐痛
想起霞光中
你的笑脸温柔生动

愧疚感油然而生
曾因爱有恃无恐
最深的痴情
却输给了捕风捉影

情债怎么能还清
夜迷蒙心空洞
风声别太猛
别把我的旧梦吹醒

想重拾旧情
却找不到你落寞身影
我陷入更深的痛苦中
夜夜你走入我的梦境

想重拾旧情
多少往事回味无穷
像在反复播放电影
多想再走进你的生命

爱情不同步

当你追逐新的爱慕
意味我们的缘在谢幕
漆黑的夜我偷偷地哭
泪水流不尽心酸痛楚

你说已陪我看惯日出
想要看更新鲜的节目
我依然执着的付出
挽留最后一点爱抚

我爱得痴狂有目共睹
你却反复无常装糊涂
不像你能进退自如
我很难过你不在乎

我们的爱情不同步
轻而易举被你俘虏
我真心的爱如火如荼
你却想冷淡地抽身退出

我们的爱情不同步
勉强的情惨不忍睹
这是一个天真的错误
一切短促地像一颗晨露

再见吧，心爱的花

我们真的好天真好傻
以为聚散可以很潇洒
到最后却难以放下
心痛如绞一团乱麻

忧郁的眼神伤感的面颊
送上最后一枝玫瑰花
四目相对扑闪着泪花
从此一别海角天涯

再见吧，心爱的花
谢谢你陪我走过美丽年华
沉甸甸的回忆在心中积压
一段段情节像电影留下

再见吧，心爱的花
我做不成你的护花使者了
但这份纯真的情意长存啊
成为心中永不凋谢的花

如果你不再爱我

你的关怀火焰般炽热
温暖我孤寂的心窝
我的漠然矜持被剥落
被你紧抱住激情四射

满心欢喜坠入畅快爱河
像着了魔迷失自我
可你的热情渐渐变淡薄
在你心里还有没有我

漆黑的夜你在哪里停泊
忧伤的泪扑簌簌滑落
空荡荡的心起伏颠簸
痛如刀割被夜色淹没

如果你不再爱我
绑在一起只能是悲苦落寞
把你心里的秘密告诉我
我会成全你的向往和快乐

如果你不再爱我
我不会把你拼命地拉扯
也不做被你支配的木偶
我会离开你过自由的生活

心被困住

酸楚隐藏在双目
纠结的情愫彼此怨怒
争执不下反反复复
都不愿退让一步

泪珠涌动着无助
冷战的孤独几多忧苦
非要把情逼入绝路
才内疚幡然悔悟

情感飘忽似有还无
假装镇定自如
心却被困住
找不到破解之术

赌气谁都受伤都输
心头笼罩愁雾
抹不掉最初
那美好铭心刻骨

爱的生死由你判定

你芳姿轻盈如翩翩蝶影
露出娇羞妩媚的神情
眼睛里倒映出我的笑容
对你的爱油然而生

面对意中人竟如此激动
一颦一笑牵动我的神经
我倾诉情有独钟的心声
倾囊而出有求必应

为你愿意背负劳累苦痛
只愿和你相依如影随形
搞不懂你为何忽热忽冷
期待你的真心回应

爱的生死由你判定
怕我是自作多情
怕你的言不由衷
别让我在虚幻中前行

爱的生死由你判定
怕你的情缥缈朦胧
怕我是痴人说梦
爱应是两心的情感呼应

爱飞了

曾经说好的天长地久
只有我真的想努力守候
你的爱却像条小舟
每处风景都是短期的逗留

你总有新的追求
决不愿安心地长相厮守

三年的爱走到了尽头
你丢下孤零零的我和他走
我心痛欲裂般难受
悲伤的泪像河水一样流
流走所有的哀愁
心变成又冷又硬的石头

爱飞了心伤了梦碎了
我像个被戏耍的小丑
被你迷惑倾尽了所有
你却毫不留情把我甩在脑后

情断了泪干了醒悟了
不能把痛延续到以后
我要摆脱记忆的引诱
才能邂逅痴情的人相伴永久

请你原谅我

当你痛心地走了
突然感觉空寂落寞
是我刺伤你离开的
你该多失望难过

你的爱我没把握
才会担忧引来疑惑
任性莽撞不计后果
闹过火铸成大错

对对情侣擦身而过
泪水止不住纷纷滑落
我发疯般满世界找你
可是却一无所获

当白云飘过是我对你说
对不起请你原谅我
我的心里全是你
没有你就没了快乐

当微风吹过是我对你说
对不起请你原谅我
你让我信得过
还想一起好好生活

花心女人

你的目光躲躲闪闪
你的行踪也遮遮掩掩
莫名其妙你时隐时现
原来你心里还藏着他

你打扮得花枝招展
穿梭在我和他之间
贪婪地享受两份情感
突然我好像中了炮弹

你说爱我都是谎言
多少的伪装与表演
我付出真情却被欺骗
你变得让我憎恶讨厌

花心女人不是我爱的人
我潇洒地走一切烟消云散
真爱不能与人分享
我只要属于自己的灿烂

花心女人不是我爱的人
我不懂游戏只想肝胆相见
真爱才会心甘情愿
赤诚的心只要唯一的答案

还会遇到爱

夕阳洒落下余晖
花朵凋零了娇美
秋风更猛烈地吹
吹落眼中苦涩的泪水

恋情已不再明媚
思绪被烈酒麻醉
却也赶不走伤悲
想忘忘不掉那些甜美

雪花轻轻地飘飞
没有谁能相依偎
苦笑面对着破碎
白雪埋葬伤心的回味

冬去春又回暖风徐徐吹
百花争奇斗艳竟芳菲
大雁双双对对往北飞

还会遇到爱玫瑰惹人醉
心像大鹏展翅往高飞
再来真心实意爱一回

爱不曾动摇

当你走后心情一直都很糟
盘踞脑中你时时萦绕
难排遣落寞和苦恼
思绪烦乱备受凄凉煎熬

当你走后生活陷入一团糟
爱怨交织笼罩着寂寥
回想着甜蜜和吵闹
我们做的没有说的好

不想断了爱的信号
倔强着也不肯告饶
又急又气不知如何是好
心酸困扰你不会比我少

爱不曾动摇彼此都明了
忧伤心焦相思如潮
却纠缠着痛不依不饶
泪水往下掉不该太过计较

爱难割舍掉想言归于好
别争输赢才能偕老
悲泣中怀念幸福的欢笑
别让爱溜掉互相都离不了

你像蝴蝶无奈地离去

你变换戏法暧昧地暗示
我假装懵懂刻意地闪避
你风流潇洒诱惑我的心
我克制不能投入你怀里

你热衷的是一时的刺激
沉迷征服的恋爱游戏
我渴望的却是一世真情
永结同心的相爱相知

你想要的是片刻的激情
午夜昙花的缠绵销魂
我追求的却是心灵默契
相扶到老的痴心不渝

你像蝴蝶无奈地离去
我突然感到落寞伤心
你的热烈曾让我开心欢喜
我却不能放纵自己亲近你

你像蝴蝶无奈地离去
我只能酸楚地安慰自己
你不爱我也不是我该爱的人
我爱的人要对我感情专一

戏里戏外都是苦

火辣辣的贴身热舞
被媚惑的眼波俘虏
缥缈情感将空虚填补
沉醉温柔乡忘了归路

随性尽兴不管不顾
虽然明知道不同路
不可思议还是中了情毒
终究演变成荒唐的错误

最后戏里戏外都是苦
沦落到被情束缚
才懊悔一时糊涂
早知今日何必当初

最后戏里戏外都是苦
想躲掉放浪轻浮
不能再执迷不悟
斩断情丝后如释重负

我去哪里找回快乐的心

躺在松软的草地
仰望着湛蓝的天空
眼角淌出悲伤的泪滴
酸楚的心儿空空荡荡
比云彩还轻灵

耳边刮过一阵风
像你绝情离去的背影
多想牢牢地将你抓紧
相偎相依再不要分离
你带走了我快乐的心

天啊天啊
我去哪里找回快乐的心
谁是让我不孤单的人
谁能温暖我受伤的心
你在哪里你在哪里……

昏昏沉沉地入梦
两只大雁在天空相遇
一见钟情结伴飞
梦醒天空飘下细雨
我孤寂的心在哭泣

天啊天啊
我去哪里找回快乐的心
谁会是情投意合的人
谁能和我牵手走一生
年年岁岁不离不弃

隔着爱河

温柔呵护甜蜜时刻
感情微妙隔着爱河
欲言又止爱意难点破
都明白给不了承诺

捉弄人的机缘巧合
泪水泄露忧愁苦涩
狂乱的心钟情难解脱
闪避遮盖不了落寞

不会有假设别再矛盾困惑
自我宽慰不是非你不可
但冷却不了心里的爱火
乱梦纷飞这到底是怎么了

不想要沉沦就别奢望太多
望着爱河无奈地后撤
虽相思难熬却只能沉默
总好过为爱所伤知错犯错
朋友都难做

忍痛将爱结束

以为美好生活拉开序幕
把你当成情感的归宿
你索求无度我尽力满足
成了你驱使的走卒

摘下面具你露出真面目
处处留情是你的长处
我深受打击现实太残酷
泪水禁不住夺眶而出

你不在乎依然我行我素
用心良苦却被你辜负
我心中掠过失落和酸楚
掉进沼泽如何登陆

忍痛将爱结束
不再迁就不再自取其辱
卸下忧虑的包袱
把你从我生活中排除

忍痛将爱结束
不再姑息忍受有限度
泪流无数又何苦
晨曦微露我终于醒悟

对不起爱情

不敢看你悲伤的表情
怕我无所适从心更痛
缘来缘去都是注定
阵阵狂野秋风中
花瓣飞舞凄然凋零
一场绚丽春梦成空

不敢看你忧郁的眼睛
怕我泪水难禁如泉涌
相爱却以分离告终
拾起花瓣一片片拼
已看不到摇曳芳影
只把怀念埋在心中

对不起爱情
快行的情感叫停
怨宿命怪我们无力抗衡
憧憬已化为泡影

对不起爱情
急促的暴风雨声
惊醒美梦突然情绪失控
泪如雨下到天明

为时已晚

淡淡问候隐着浓浓挂牵
光阴荏苒离别多年
眼眸清楚记录过去的悲欢
惋惜缠绕在我心间

枯叶在冷风中飞舞旋转
我牵强的笑苦涩不堪
并肩走在落叶上思绪万千
留恋不舍难以遮掩

结局不会因后悔而改变
两手难牵无法弥补缺憾
黯然心痛有口难言
挥泪看你越走越远

想重新捡起诺言
却为时已晚
事过境迁都已改变
虽然情未断逃不脱思念

想珍惜为时已晚
泪迷蒙双眼
平生夙愿难以实现
只能够祝愿你幸福平安

你把我当什么

你把我当什么
不期而遇的红尘过客
擦出爱火给不了承诺
我不把放纵当洒脱

你把我当什么
一时痛快地不计后果
难以挽回的铸成大错
我不做投火的飞蛾

我无法承受预见的苦涩
用理智遏止走火入魔
磨疼了心磨硬了躯壳
迷幻的爱搁浅沉没

受你的冷落是我的选择
被孤寂包裹泪珠洒落
很悲伤我们不适合
只作朋友最好不过

追回幸福

劲爆的音乐忧郁的双目
默默守护在你身旁狂舞
彩光闪过你的笑猛然僵住
背影冷酷无视我的痛苦

全力以赴要将误解消除
我的痴心你真不在乎？
往事片段回顾幸福太短促
别丢掉爱不要弃我不顾

失恋后才知我爱得刻骨
心里酸楚空虚没了归宿
柔情为你倾注从不怕辛苦
只怕你不理我怎么追逐

守望在你窗下风吹着无助
忧伤歌声飘荡凄迷情愫
漆黑夜空也感动流泪悲哭
情深意切只想追回幸福

昏黄窗内倩影晃动模糊
雨水混着泪水流止不住
多想将你变幻莫测的心留住
多想唤醒你记起铭心感触

海边缅怀

夕阳映红浩瀚的大海
闪烁绚丽梦幻般色彩
风卷浪花浩浩荡荡冲来
冲刷寂寞脚印忧愁难耐

这里铭刻着浪漫的爱
如今只能黯然地缅怀
泪一滴滴落入呜咽的大海
阵阵浪声唱出无言的悲哀

我的心像孤独深海
静等新月的到来
纵然只能遥望挂怀
只要你明白爱恋永在

缘像浪花迎风绽开
又凋落很无奈
多想浪花能够采摘
多想你就如海燕飞来

不要伤了爱你的心

你淡淡的笑不火不温
交往得体把握着分寸
好像我只是个陪衬
猜不透你的玲珑心

虽有解不开的疑问
却挡不住爱你的心
不知道是什么原因
吸引着我一往情深

让我暗自垂泪的女人
天晴日朗我心却乌云翻滚
感觉你对我漫不经心
望着天边火烧云心痛如焚

只想好好爱一个人
不要伤了爱你的心
打开尘封的心门
除了你容不下别人

只想好好爱一个人
不要伤了爱你的心
期盼枯木又逢春
温柔依偎在恋恋红尘

放下过去

柔情从你眼中流露
妩媚的笑脸红扑扑
一颦一笑举手投足
都让我心旌摇曳心生爱慕

你像一朵娇嫩荷花
盛开在我的心湖
沉醉你的温情眷顾
小心翼翼呵护你忘我付出

我为你牵肠挂肚
你却视我可有可无
我越在乎你越冷酷
时光流逝爱回不到原处

为情所伤的酸楚
难以割舍的倾诉
说不尽心中的苦
泪倾泻而出留不住你的脚步

情到深处的幸福
恨到极致的痛苦
学会对伤害宽恕
放下过去也是给自己出路

爱一如既往

枯叶在枝头摇晃
苦泪无声地流淌
我拉着你的手舍不得放
真想就这样站成雕像

很无奈好景不长
痛苦难当心抓狂
我真不愿分别天各一方
记住我一直在原地守望

心中的爱一如既往
孤灯一盏独守空房
纵然等待太漫长
也不会泯灭对爱的希望

心中的爱一如既往
多想你从天而降
夜夜共枕入梦乡
多想亲切相拥到天亮

不想离开还得离开

柔媚的嬉笑声传来
在谁胸怀你花枝摇摆
我大脑一片空白
你的偷情出乎意外

心痛得像要裂开
最真柔情瞬间被毁坏
我悄悄黯然走开
泪流满面被夜色掩盖

酣睡中你魅惑姿态
眼前摇晃缠绵和欢爱
我忧愁无助徘徊
余情难了泪涌出来

我迟早会被取代
心里明白不该再期待
该看开扔掉伤害
最后吻你转身离开

不想离开还得离开
爱已不在难以忍受悲哀
谁能掌控飘忽善变云彩
我很知趣让你自由自在

不想离开还得离开
爱已不在你的改变作怪
情花凋败梦境破碎深埋
挥泪告别从过去走出来

水中捞月

你宽慰的话投进我心湖
驱散压抑太久的悲苦
你对我宠爱热切追逐
让我心跳加速很幸福

以为你是我情感归宿
缠绵温存如火如荼
却像烟花一样短促
我只是你欲望的征服

好像你是我的救世主
我中了你诱惑的情毒
一头扎进去不管不顾
却掉进了苦海深处

你像风流多情的鹦鹉
不知飞到何处
我酸楚的泪水奔涌而出
冲不掉忧愁悔不当初

全身无力眼神无助
心灵一片荒芜
我爱得太盲目伤得刻骨
这是水中捞月的错误

想爱的得不到

怎么就迷了心窍
怎么会神魂颠倒
随时待命为你效劳
爱真是出乎意料

怎么就中了魔道
怎么会乱了阵脚
我像小丑滑稽可笑
而你却装不知道

来到的不想要
想爱的却得不到
怕小心翼翼百般讨好
被定义成骚扰

想爱的得不到
我等得心急火燎
你情多情少看不明了
却有暧昧味道

爱或不爱不由我左右

又到夏花灿烂最美的时候
你的心忽然捉摸不透
对视的眼眸少了温柔
我皱起眉头有点担忧

把握感情你向来得心应手
拥吻挑逗就让我晕头
无法分辨是真实拥有
还是虚幻的海市蜃楼

你们牵手游逛我顿生疑窦
我算什么很痛心疾首
难堪沉默你不置可否
我自取其辱还得忍受

不想退回到普通朋友
凄然地泪流该怎样拯救
一起唱过的情歌多温柔
反复回旋情深意厚到永久

爱或不爱不由我左右
如果真爱我就不会溜走
不是我的怎么也不会拥有
我该顺其自然虽然很难受

迷途知返为时未晚

你冷漠如石头一般
不再抵赖隐瞒
承认只是和我玩玩
击碎我幻想的美好画面

你想分手毫不遮掩
对我避而不见
原来是场虚构的情感
梦境里的真爱难以实现

迷途知返为时未晚
可不要泥足深陷
也不值得泪水涟涟
我该庆幸不再幽怨

迷途知返为时未晚
别悲伤顾影自怜
也不应该愁眉苦脸
我该释然随遇而安

伤心的情人节

去年的情人节
玫瑰花香飘满大街
巧克力红玫瑰音乐
幸福甜蜜情真意切
你撒娇地和我相约
要我陪你过每个情人节

今年的情人节
你莫名其妙地爽约
弯月牙霓虹灯长街
突然你和他相拥出现
亲昵缠绵像电影情节
我气愤悲伤地差点昏厥

多么伤心的情人节
那种真挚美丽的感觉
顷刻间灰飞烟灭
手里的红玫瑰慢慢地凋谢

多么伤心的情人节
泪水知道我的心在流血
对对恋人擦肩而过
也在讽刺今天是我的愚人节

别说这不是爱

哭着从噩梦中醒来
你抱紧我满眼的疼爱
绵密的吻席卷而来
柔情不可遏制蔓延开

冷风倾听我的无奈
一不留神滑入情海
浮光掠影般迟来的爱
心里明白不该再期待

别说这不是爱
缘分在作怪命运难猜
真是我的终不会分开
若不是我的强求不来

心里话在我喉间翻腾徘徊
却一句也说不出来
隐约泪花在你脸上绽开
我不敢回头怕没勇气离开

别说这不是爱
识趣地走开没有责怪
像雪花悄无声息飘来
又默然无怨无悔离开

心痛起来别说这不是爱
造化鬼使神差的安排
即使分隔在千里之外
我依然魂牵梦绕这份情怀

我的爱无法消除

你身上红唇印刺目
脑子一轰我惊呆住
忍着泪水把你抱住
怕拆穿断了情路

为什么最深的情愫
总伴随最大的羞辱
置身迷雾不想觉悟
怕真相惨不忍睹

想在你的世界停驻
幻想很美现实却残酷
烦恼堵在心中说不出
还爱我吗很模糊

不值得再犯糊涂
心里比谁都清楚
可我的爱无法消除
依然全心全意的付出

我的爱无法消除
泪涌出偷偷地哭
谁被辜负你很清楚
希望你能幡然悔悟

爱经不住折腾

躲不过恩怨纷争
逞强的结果逼走柔情
纠缠着苦痛击碎残梦
浪漫情怀消磨殆尽

心像掉进冰窟窿
彷徨无助疲惫的神情
默不作声足以说明
厌倦了懒得再较劲

爱经不住折腾
被我们亲手葬送
迷失曾经美好初衷
哀泣声中落入尾声

爱经不住折腾
缘已无踪痛定思痛
如果都能珍惜包容
也许会是另一番情形

悲 情

萍水相逢竟都有好感
压抑的情怀瞬间被点燃
以为漂流的心找到了岸
欣然醉倒于你的柔情款款

炽热甜吻让我窒息迷恋
信誓旦旦抵不过似水流年
以为能相依走到永远
却不过是缠缠绵绵的玩伴

爱是易碎的奢侈品
经过太多的离愁别怨
摔成一地触目惊心的碎片
我们背道而驰越走越远

无可救药的情感
受伤心痛都难以幸免
就像枯萎凋零的玫瑰花瓣
在悲泣声中随风飘散

悲与欢是冰河是火焰
爱与恨情已断成遗憾
苦与甜是泪水是笑颜
聚与散听天意都随缘

祭奠旧爱

你出走真的是大出意外
有了新欢就把我甩
脑子一轰我脸色煞白
天忽然就阴下来

冷的雨冷的心恍惚无奈
掉入沼泽爬不出来
耿耿于怀我痛苦难耐
泪水宣泄着悲哀

祭奠旧爱说不清这情债
我不该惆怅徘徊
痛定思痛后茅塞顿开
重新打算美好未来

祭奠旧爱原谅那些伤害
让心情平静下来
失去旧爱还有新的期待
就像鱼儿重回大海

你还爱我吗

你还爱我吗
花摇着头不回答
风还在肆虐地刮
悲凉的泪无声落下

挂钟滴滴答答
我的心七上八下
眼巴巴盼你回家
满是焦虑不安的牵挂

昏黄的灯光下
思绪如一团乱麻
原本快乐温馨的家
现在空荡寂静得可怕

你还爱我吗
往日浓情蜜意都忘了吗？
希望消除隔膜解开疙瘩
别把分歧闹大

你还爱我吗
不想听你言不由衷的话
我只要一个真实的回答
不要千变万化

放 逐

歌声飘进心灵深处
不知何故勾起忧愁情愫
扑在你怀里失声痛哭
将心中蓄积的苦水倾诉

深受感动难免唐突
晕晕乎乎只觉心跳加速
冲动会让我尝尽痛苦
隔着爱河不越雷池半步

浓情似火掩饰不住
不敢大胆表露谁都清楚
不能脑子一热为情所误
没有越陷越深及时收住

怕看你眼神无助
真的很爱心里有数
知己陷入相思折磨
心里有多凄楚深有感触

不忍看花落叶枯
谁也给不了谁幸福
泪珠从眼眶中溢出
冥冥中的定数将爱放逐

为什么

为什么变得不耐烦多了争吵
为什么亲吻拥抱徒有其表
为什么少了温暖变得苦恼
快乐哪里找心像雾缥缈

为什么少了知心话忧愁缠绕
为什么跌进纠缠不清泥沼
为什么有意淡漠感受寂寥
隐忍的悲伤一眼就知晓

为什么不愿再忍让那么执拗
为什么体贴变成热讽冷嘲
为什么沉默冷战隐没欢笑
情事难预料盼云散雾消

恩爱淡忘似微不足道
怨气责怪挂在嘴边像风暴
伤痛了心何苦不依不饶
开心的往昔真能一笔勾销

如果爱能一了百了
不像以前那么想白头偕老
为什么心一样痛得难熬
背地里泪往下掉不说也知道

我们都没有想象的好
不该分强弱不该计较回报
应该多体谅多疼惜才好
爱必不可少还想重修旧好

替代品

是爱让我有求必应
只要你高兴我一味顺从
是情让我忍气吞声
你不温不火我忧心忡忡

是爱让我对你娇宠
最怕你生气我无所适从
是情让我疲于奔命
你暧昧不清我心伤心痛

我想陪伴你一生
却逼你现出原形
你卖弄风骚处处留情
我不过是个替代品

我只能说多保重
走进茫茫夜色中
你只是路过的梦幻风景
我不会再自作多情

我的爱别走远

你的表白揭穿暗恋
我心灵深处激烈震颤
爱火一旦被点燃
燎原之势蔓延

温馨夜晚相拥而眠
快乐缠绵如飞云天
谁知道爱的答案
离愁难以幸免

勿忘我绽放得灿烂
你的情话回响在耳畔
想再吻你的笑脸
却如梦境般遥远

我的爱别走远
没你一切兴味索然
愁眉苦脸泪湿双眼
是否懂我深深的留恋

我的爱别走远
日日夜夜无尽的挂牵
真的不想鸳鸯梦断
不想留下永生的遗憾

忍痛分离

欢喜迷惑相互交织
因不合时宜爱上你
难抑制绵绵情思
春心荡漾不由自己

如胶似漆难舍难离
缘来去匆匆难继续
爱得痴就更焦虑
悲戚藏在忧郁眼里

迫不得已忍痛分离
脸挂泪滴无能为力
默默对视胜过千言万语
真心的爱永远伴随你

相爱的人无奈分离
浪漫情怀永难忘记
不能相守心还默契相知
我的牵挂永远伴随你

感情过期失效

离开后才明了
所说的离不了有时效
激情终会退潮
冷淡抹杀掉欢好

难逃审美疲劳
经不住虞美人一招摇
魂魄就被勾跑
出轨就像火箭炮

感情过期失效
互相打击一团糟
在水深火热中煎熬
不再感到彼此的好

感情过期失效
别在心上再捅刀
怨气伤痛一笔勾销
各自出逃各自安好

多想陪你每个日日夜夜

娇艳桃花盛开的时节
走在一片桃红的老街
一对忙着搭巢的喜鹊
在花枝间欢唱着跳跃

眼前浮现过去的情节
就在香气缭绕的老街
我们相爱地热烈真切
像朵朵桃花绽放着喜悦

当你走出了我的视野
心酸的泪瀑布般倾泻
万念俱灰悲伤欲绝
你成了我解不开的心结

多想陪你每个日日夜夜
怀念温暖美好的感觉
多想如这对恩爱的喜鹊
双栖双飞情意绵绵不绝

多想陪你每个日日夜夜
多想给你我所有的一切
多想对你很宠爱很体贴
多想相依相携践行誓约

哀缘分下落不明

曾说过的美丽憧憬
被你的冷漠化为泡影
我忍气吞声被你漠视
割舍做不到立竿见影

挣不脱眷恋的牢笼
最爱的身影徘徊梦境
心悬在半空无所适从
如何面对你变异感情

时光流逝冲淡激情
爱被抛向遥远的虚空
分手本在预料之中
不过谁也没有挑明

哀缘分下落不明
转身你一去无踪影
我却还陷在回忆中
心口撕裂般受伤疼痛

哀情缘下落不明
一闪而过爱像流星
我的泪如江河奔涌
电光火石后归于寂静

一场真爱一生思念

我羞红的脸你欣喜的眼
眼波交流妙不可言
莫名情愫萦绕在心间
热吻将爱火点燃

刺痛心的是那泪光闪闪
情深意浓如日中天
却挣不脱世俗的羁绊
缘太浅无福相伴

一场真爱一生思念
记住我如花的容颜
即使有幸再遇见
也不如现在娇艳

一场真爱一生思念
心相知相牵人遥远
现实阻隔在中间
隔不断痴情迷恋

永远退出是你逼我的

错把刹那烟火当爱火
被诱惑一点点沦落
为你活却没了我
习惯迁就不由自主附和

带给我快乐和更多寂寞
看你演戏终不堪负荷
反复被伤痛折磨
可还念念不忘相信承诺

与我无关你绝情地说
懊恼怨恨我奈何不得
显然期待的结合卡壳了
如果真爱肯给安稳早给了

心安理得让我吞苦果
你在理永远都是对的
我还能说什么做什么
去留难取舍矛盾挣扎着

离开伤心地竟舍不得
泪水滑进嘴里太苦涩
永远退出是你逼我的
离开谁都要好好地生活

冥顽不灵

云忽暗忽明
让天色忽阴忽晴
你忽热忽冷
让我心忽喜忽痛

看不透迷蒙
对感情冥顽不灵
痴迷不自省
囚禁在虚幻梦中

当我的身心都被掏空
你抽身而去毫不留情

在我心中神圣的爱情
对你只是一时的冲动
泪水滴落伤痛
你的承诺最后是空口无凭

我被辜负还不愿清醒
痛心疾首还沉迷旧情
回忆像过电影
幕幕场景总是在眼前晃动

只为再相见只为能相恋

单车上我们笑语欢颜
洒满爱意妙不可言
我又回想美好的从前
情意绵绵和你舞翩跹

手指轻抚你冰凉的脸
心里的痛湿润了双眼
泪水纷纷落在你相片
你温柔的眼却看不见

海边孤影缺了个陪伴
潮声悲吟我的伤感
热恋就像浪花闪现
别让甜美情缘成虚幻

梦萦魂牵无尽的思念
如能找回亲密无间
豁出一切也心甘情愿
只为再相见只为能相恋

空的床听我声声叹
温存缠绵如梦如幻
挥不去心中的挂念
和记忆的纠缠

想见面很想再相恋
可是无奈美梦难圆
失落让我柔肠寸断
怎么面对遗憾

走出心伤

城市陷入灯光的海洋
玫瑰散发着诱人的芳香
你咄咄逼人的目光
穿透我柔软的心房

爱恋闪着迷幻的七彩光
你的热吻使我心激荡
沉醉在欢畅的温柔乡
成了你手中的绵羊

玫瑰不会永远的绽放
爱经不住时间的较量
不过是空欢喜一场
留下徒劳后的失望

我茫然地站在大街上
看着喧闹的人来车往
不知该走向何方
酸楚的泪默默流淌

漫长岁月会抚平创伤
心酸的往事全都埋葬
向前走不再回头望
相信美好就在前方

缘起缘灭不由自己

从欢喜到无趣
从缠绵到闪避
柔情蜜意消失
忧愁却扰乱心底

从给予到算计
从喜剧到悲剧
打碎山盟海誓
伤心地透不过气

缘起缘灭不由自己
日渐反感两心疏离
也许太熟悉失去吸引力
不愿勉强维系下去

从热恋到漠视
从相遇到分离
走到破碎残局
痛苦地洒下泪滴

缘起缘灭不由自己
事已至此只能放弃
封存这恩怨爱恨的记忆
关于你都成为过去

斩断记忆的纠结

深秋苍凉枯萎季节
狂风中摇摇欲坠黄叶
你冷酷的话无情决绝
足以让爱走向完结

雨中飘落片片枯叶
树痛哭流泪不忍分别
你头也不回走得坚决
我的泪水狂涌悲切

斩断记忆的纠结
那些欢好温存喜悦
那些忧伤美梦幻灭
都成不堪回首情节

斩断记忆的纠结
跟这破碎情感道别
既然你能音讯断绝
我就将你彻底忘却

我只想要爱得纯粹

别说你和她只是玩暧昧
别说爱我要一生相陪
别说你的承诺不作废
我不要虚伪的安慰

我只想要爱得纯粹
你却对美色挑逗献媚
对我说的所谓的爱
不过是把我当傀儡

你的爱敌不过厌倦作祟
我找不回原先的甜美
眼泪奔涌而出如潮水
是你让我的情破碎

我只想要爱得纯粹
你却不收敛死不改悔
我何苦爱得悲爱得累
忍着伤心我独自飞

有一天我会和你聚首

我伴奏你唱歌
甜美的歌声如爱河奔流
欢畅地萦绕在心头
流泻着花好月圆情意相投

我寂寞地独奏
唱歌的人已随风飞走
阴阳两界不能相守
悲凄的音乐诉不尽心中哀愁

冲天大声狂吼
为什么狠心把她带走
留下我绝望的泪流
红尘牵不到那双温暖的手

有一天我会和你聚首
你一直活在我心头
深夜里和你的灵魂交流
似乎又见你含情眼眸

有一天我会和你聚首
为你弹最美的伴奏
你深情的歌声飘飞天尽头
快乐爱恋陪伴到永久

不想将就过下去

不再如胶似漆情依依
爱变成虚幻的影子
各怀心事貌合神离
沉默足以说明问题

日久生厌提不起兴致
不再勉强维持而演戏
任由感情不了了之
都不想困在围城里

不想将就过下去
矛盾激化到不可收拾
不被牵制转身而去
干脆分开了事

不想将就过下去
各有所爱终止了也许
再也没有回旋余地
别人已填补空虚

苦 恋

你和我一直相爱甚欢
却又在她的身边往复流连
一个人同时和两个人相恋
才发现我和她被你随意替换

你很逍遥脚踩两只船
静静地看着你熟睡的侧脸
很爱你却如何正视这难堪
我辗转难眠苦泪流你没看见

装糊涂强装笑语欢颜
可又能忍受多少委屈心酸
一个人感觉被遗弃的夜晚
像有毒蛇噬咬我心柔肠寸断

我已深陷于这场苦恋
整日心神不安有苦难言
多少日积月累的灿烂情感
忽然若隐若现变得暗淡

我已深陷于这场苦恋
你是我的太阳我的蓝天
现在面目全非仍爱你未变
渴望你能回头一如从前

爱应是平等的

谁挖苦谁嘲讽平分秋色
若不爱又何必牵扯
若很爱又争个强弱
温情夹杂着酸涩

谁责怪谁数落怒气发作
若分离又泪流成河
若相守又吵闹折磨
激情消磨地淡漠

爱应是平等的
不该非得听谁的
谁也不能强迫
不然是逼着逃脱

爱应是平等的
不该计较小过错
包容未尝不可
会觉得幸福很多

你对我是怎样感情

忽然哪里不对劲
不知怎么你变陌生
笼罩迷雾中疑云重重
心慌意乱没了心灵感应

朝三暮四你不定性
我被触痛忧虑震惊
你显而易见的处处留情
让我情绪失控眼圈发红

你对我是怎样感情
我难忘缠绵的火热情形
迷恋狂野的曾经
缥缈美梦做到何时才醒

你对我是怎样感情
对我的爱真的一点不剩
怕你有意地挑衅
也许我该像鸟飞出牢笼

不是我的断念要趁早

刺骨冷风呼啸
你冷酷的话如连珠炮
击碎我打好的腹稿
我踉跄地要被风吹倒

我看透了开窍
你不是爱我而是需要
设下圈套让我中招
用不到就埋怨我不好

伤心一声苦笑
没你会演戏施展高招
责怪我不依不饶
无非找借口想要逃跑

不是我的断念要趁早
要分手随你不求饶
想开别被情伤困扰
一切由天意定分晓

不是我的断念要趁早
虚伪的问候不需要
不被玩情游戏打扰
老死不相往来才好

你不过是朵交际花

逗笑着你暗送秋波
脸上溢出可爱红酒窝
娇滴滴像天使诱惑我
如中了魔法我魂不守舍

掏空自己让你享乐
你亲吻着我喜形于色
钻入我怀抱妖冶撒娇
爱如潮水将我彻底淹没

梦中你叫着他亲爱的
惊醒沉醉幸福中的我
只是你逢场作戏的一个
我还做梦想陪你到永久

你说永远专一地爱我
只是为冠冕堂皇的掠夺
真心以对换来这结果
我突然冷得直打哆嗦

你的爱像五彩的泡沫
轻易地破灭什么都没了
你不过是朵交际花
再傻傻地爱你不值得

爱如残花凋零

一刹那似听觉失灵
也不相信自己的眼睛
可你们抱地那么紧
暴露你的地下恋情

突如其来愤怒悲痛
猛烈袭击我笃信的心
失望透顶情绪失控
我绝不想沦为附庸

爱如残花凋零
你对感情不忠
让她成扰乱的幽灵
我们连朋友也做不成

爱如残花凋零
你的挽留无用
我放手去意已定
只想尽快忘得一干二净

爱的裂变

暧昧的年代感情很随便
爱不知不觉发生了裂变
享受今天谁还管明天
及时行乐旅途的玩伴

滚滚红尘瞬息万变
像五彩云霞眼花缭乱
假戏真做你情我愿
以爱的名义欢爱缠绵

一切都变得越来越简单
爱与不爱只在唇齿之间
浮光掠影的信誓旦旦
眨眼就被一阵风吹散

风过不留痕的情感
夜半梦醒一去不复返
聚散匆匆谁还记得谁的容颜
寂寞难耐又开始左顾右盼

在雾中行走的情感
空虚缥缈过往如云烟
爱是玩具太容易乏味厌倦
霓虹闪烁又接着寻找新欢

只要爱得真切

没打动你仍是冷淡感觉
你漠然眼神作了注解
我不想加深误解
不想任由感情破裂

伤你是无心的后悔不迭
别拒我千里之外丢却
不要将爱火掐灭
很怕你会一口回绝

只要爱得真切
就别在意细枝末节
别给情打上死结
别让美好土崩瓦解

只要爱得真切
慢慢磨合请多谅解
别较真摧毁一切
我还等着把你迎接

爱的感觉依然存在

情事如电影由精彩
到争执伤害无奈
反复回忆每一句对白
泪流满腮心痛难耐

曾经快乐的恋爱
如今美丽不复存在
是否倒带一切能重来
冥冥中仍在默默期待

爱的感觉依然存在
心被撕开泪流下来
如果我们能包容忍耐
就不会冲动地分开

爱的感觉依然存在
秋风挟着寒意袭来
想念你温暖如春情怀
还想拥有和你的未来

爱的感觉依然存在
看了你的眼再难忘怀
扑入你胸怀不愿分开
但愿梦里的你飞出来
让我喜出望外

倾心之恋

越聊就越心生好感
虽然未曾见过面
细细端详屏幕上你的照片
喜欢你俊秀的脸清澈的双眼

你风趣真诚又浪漫
善解人意有内涵
两心相连如相通着的网线
传递着绵绵柔情痴迷的挂念

习惯你的陪伴
像星光闪耀无眠夜晚
看不到你上线
我相思难耐心神不安

你说以后不再见
泪水迷蒙了我的双眼
早知道有这一天
可依然伤心地肝肠寸断

美丽的倾心之恋
我的心思被你牢牢牵
让我品尝甜蜜魅力无限
最好知音却如过眼云烟

悲哀的倾心之恋
消失在网海情深缘浅
心痛欲裂泪水爬满了脸
幸福地牵手只能在梦里圆

爱只是临时寄托

谁动了心主动招惹
谁也不想擦肩而过
爱很近伸手可得
如艳阳暖心窝

谁倾诉着示爱诱惑
谁中了魔飞蛾扑火

能不能修成正果
想不了那么多

爱只是临时寄托
享受一时快乐
热火朝天相恋着
甜醉着拥有过足够了

爱只是临时寄托
微笑掩藏苦涩
分离终究绕不过
心很痛为什么没假设

弃你而走我做不到

我们断不了小打小闹
矛盾常提起像冰雹
明知这样不好
仍然倔强着计较

慢慢冷淡了感觉不妙
伤痛谁也不比谁少
为什么做不到
像从前一样欢好

弃你而走我做不到
愁容满面不知如何是好
情事尚未揭开分晓
何必泪流着急去凭吊

弃你而走我做不到
两心已被拴牢互为依靠
斗气牢骚只会变糟
互相包容爱才长久美好

情缘成空

相恋不全都是甜美
突然生气拌嘴
倾泻而出泪水
尝到苦涩滋味

两军对垒大战几回
总是吵闹责备
忍住要落的泪
互相伤得心碎

频发争斗将爱摧毁
到最后冷漠疲惫
真是欲哭无泪
就像一潭死水

情缘成空有去无回
纠缠不清孰是孰非
由最初的温柔迷醉
变得越来越乏味

情缘成空有去无回
苦酒祭奠失去的美
心痛伤悲多少回
为分手干一杯

你是罂粟花

你又诱惑勾引他
我从白马王子变成癞蛤蟆
以为你是纯洁的雪莲花
中了毒才知你是罂粟花
让我变成痴情的傻瓜
掏空我心留下刺目伤疤

罂粟花罂粟花
娇媚妖娆艳丽的花
有毒啊有毒啊
爱上她就不可自拔

你的目标换成他
一句不爱了就把我打发
你贪婪心机重太复杂
喜欢招蜂引蝶水性杨花
我学不会你千变万化
钟情的爱怎能随便丢下

你走吧你走吧
我不会把你紧紧地拉
爱没了爱没了
痛苦的泪在心里抛洒

爱失去了还有另一个

别伤心地借酒浇愁
你这样我会很难受
既然他不懂珍惜把你丢
何必在苦海独自忍受

就让眼泪静静地流
流走所有的苦与忧
爱失去了还有另一个
我用温柔驱散你的哀愁

别灰心希望还会有
只要你轻轻点点头
我会一辈子陪着你走
细心呵护你长相厮守

爱失去了还有另一个
时间会证明我痴情不朽
毫不吝惜付出所有
治愈你流血的伤口

爱失去了还有另一个
我们紧紧拉着手到永久
风花雪月共度春秋
一起在情海畅游

恋曲终了空空如也

你的眼底升起不悦
我的问候都被忽略
妥协得不到谅解
心痛像被忧伤撕裂

情感宛如月光皎洁
却被你视如草芥
难道你全没了感觉
忘了那些甜美的细节

冷风袭击得我猛烈
颤抖如坠落的枫叶
月亮抚慰寂寥长夜
照着影子孤零地摇曳

恋曲终了空空如也
解不开纠结叫苦不迭
不再牵绊别久拖不决
已习惯没你陪伴的一切

恋曲终了空空如也
时光流走了爱的愉悦
热情像片片枫叶凋谢
红雨纷飞悲泣着完结

很爱你怎舍得放弃

真相尽收我眼底
你搂着她嬉笑亲昵
我一味装傻回避
悲伤泪水吞咽在心里

讨厌卑微的自己
愁容满面沉默无语
怪我在情海迷失
记得你说过不离不弃

你对我的情意
忽热忽冷扑朔迷离
我倾尽所有爱你
被掠夺地彻底越珍惜

很爱你怎舍得放弃
你谎称是逢场作戏
不过是花心的托词
可我只能由你演绎

很爱你怎舍得放弃
你偶尔偏离感情轨迹
玩累会返回原地
我在等你回心转意

很爱却不能爱

情花绚丽盛开
绽放出奇妙光彩
吸引我很想采摘
可却有太多障碍

感情汹涌澎湃
魔力般震荡心怀
其实很渴望期待
能相陪伴在未来

该怎么去表白
我的思念已成灾
爱似乎与生俱来
可却在心中深埋

很爱却不能爱
忧愁失落伤怀
泪水流淌悲哀
叹息多么无奈

可爱经久不衰
始终舍不掉放不开

很爱却不能爱
心对天意嗔怪
痛苦说不出来
多想随性自在
能相爱地爽快
却徒留遗憾难释怀

三角恋我宁愿不要

你本以为掩藏得很好
还是露出马脚
紧搂着她亲密说笑
让我看到真是碰巧

昭然若揭不忠的征兆
让我心痛如绞
怒火中烧又哭又闹
受不了你情变风暴

三角恋我宁愿不要
讨厌你阴魂不散环绕
对负心的人还爱得执拗
伤痛煎熬是自找

三角恋我宁愿不要
你的承诺像肥皂泡
我倾注感情再多是徒劳
尽快舍掉你才好

爱难有天长地久

你有了更爱的人
我该知趣地走
轻轻地来轻轻地松手
虽然难舍却有自由

我不会纠缠不休
也不让泪再流
你的心早已经飞走
同床异梦会很别扭

没必要再空守候
我离开了以后
你少抽点烟少喝点酒
身体健康才快乐无忧

爱难有天长地久
有花开就有花落
我不再心酸难受
曾经拥有就足够

爱难有天长地久
有潮起就有潮落
跟着心的感觉走
向逝去的爱潇洒地挥挥手

中了你的毒如何戒

光怪陆离的雨夜
你像娇弱的花可怜地摇曳
迷乱了我的视野
当你拉住我有触电感觉

听着轻柔的音乐
任由你的泪在我胸口宣泄
你闯入我的世界
依偎着我温存难分难解

无情的风太狂野
卷落一片片红艳艳的枫叶
我竭力把你取悦
你却莫名其妙不辞而别

中了你的毒如何戒
雪花纷飞的午夜
你是否也会想念
那温暖如春的感觉

中了你的毒如何戒
勿忘我盛开的季节
心里更落寞悲切
牵挂着你更加强烈

爱没走到永远

当伤害一次次上演
当没有了亲密无间
当厌倦到懒得敷衍
两颗心越离越远

当凄惶惶泪流满面
当一夜夜孤枕难眠
当诺言被风雨吹散
丢了爱无力回天

爱没走到永远
迷恋走向了结怨
直到分手就此毫不相干
伤痛失望如坠深渊

爱没走到永远
割断记忆的牵绊
是非恩怨全当过眼云烟
泪已流干一切随缘

就此还清

你关照让我受用
是你有意设下陷阱
被你虚情蒙上眼睛
我被戏耍玩弄

就当前世欠的就此还清
你不见了人影
无缘无故闹失踪
甩掉我和她旅行

被情伤败局已定
泪水翻涌恨你滥情
怎么苦等也是无用
饮恨喝下苦痛

就当前世欠的就此还清
绝口不提曾经
尘封荒唐的感情
守口如瓶我独行

爱过就是美

一朵盛开的花鲜艳妖媚
一只蜜蜂迷恋它的娇美
一往情深打动它的心扉
品尝了芳香甜蜜的花蕊

柔嫩的花瓣上滴落露水
这是花儿流下晶莹眼泪
虽然恋恋不舍痛到心碎
却还让蜜蜂自由地高飞

爱过就是美
尽情享受缠绵沉醉
纵然离别蜜蜂一去不回
缘尽了也无怨无悔

爱过就是美
情意纯粹才更珍贵
虽然只是短暂地快乐依偎
留存心里一生回味

爱走了回不来

你偶尔的使坏
别出心裁的故意搞怪
让我觉得你好酷好可爱
逗得我笑逐颜开

你像蝴蝶飞过来
大胆地追求热烈直白
我陷入情网如鬼使神差
过得很愉快精彩

如火山喷发太快
滚滚的热浪袭来
爱上你出乎意外
沉迷喜悦中心潮澎湃

彩云般飘忽的爱
心却已收不回来
泪水流淌着悲哀
缘起缘灭不由我主宰

花落花还会盛开
爱走了却回不来
岁月带走了往事
却带不走那浪漫情怀

怎忍心情感破裂

生活不只是风花雪月
经年累月花开花谢
情感开始松懈
对彼此需求忽略

都计较纠结细枝末节
不再让步没了谅解
一触即发口角
又吵吵闹闹对决

眼看着情感破裂
埋怨斗气愈演愈烈
激情消退是症结
泪水肆意宣泄悲切

怎忍心情感破裂
怎么找回两情相悦
怎么将矛盾缓解
忧愁苦闷怎么排解

如果都体谅妥协
包容能将纷争化解
如果都惜缘体贴
爱才长久不会残缺

我错了

秋雨淋漓飞落
或急或缓缠绵悱恻
吟唱一曲忧伤情歌
浇得心境更难过

初恋像青苹果
酸酸甜甜纯美青涩
打情骂俏平分秋色
卿卿我我很快乐

曾经涉足爱河
你的深情被我挥霍
怪我随性而为风格
当失去你已晚了

我错了确实犯了错
苦闷躲不过摆不脱
深深地内疚自责
时常折磨我

我错了确实犯了错
一定会改过相信我
我想重拾承诺
很想再复合

爱像纷飞的花瓣雨

狂风刮过飘落花瓣雨
惊醒桃花的美梦
满地残红呜咽悲戚
梦已碎再也捡拾不起

以为花还盛开地绚丽
以为爱不会远去
却迎来伤心的花瓣雨
你眼里没有温柔情意

牵手又放开你要离去
很冷漠没挽回余地
像花瓣雨刺痛我的心
片片飞红似浸染血滴

爱像纷飞的花瓣雨
看着缤纷凄凉的落英
脸上滑下悲苦的泪滴
灿烂被风吹落不由自己

爱像凋零的花瓣雨
陪着我忧伤地哀泣
虽然你的身影已消失
但情如花香飘在我心里

情弦被你扯断

我的感情和你无关
当听到你口吐真言
泪流刺痛了双眼
一句话让爱变遥远

从前疼惜我到心坎
如今冷酷得让我心寒
撕心裂肺地哭喊
挡不住你狠心走远

情弦被你扯断
无力回天虽心有不甘
对于冰山何必痴缠
不再打扰不想讨人嫌

情弦被你扯断
你的新鲜感有期限
我的爱长你的情短
怎么走出记忆的牵绊

情弦被你扯断
恋恋红尘过眼云烟
伤心情感留给昨天
万事皆缘随遇而安

怎样做才最正确

突然冒出个配角
爱猝不及防遭劫
血往上涌气得我几乎晕厥
深深的伤痛迅猛狰狞

你忙不迭地道歉
内疚自责言辞恳切
舍不得我无微不至的体贴
心未变还想相依相偕

冷风凄烈地奏乐
配合着我的呜咽
恨你中招被美色诱惑缴械
谁能容忍恋人被偷窃

怎样做才最正确
恋曲偶尔不和谐
只要尽力弥补残缺
危机化解威胁会退却

怎样做才最正确
爱岂能轻易推卸
感情世界不能太倔
原谅是解开心结的秘诀

陷得太深

滚滚红尘都是俗人
信不得诺言留点戒心
除非自己愿意相信
我竟然还是掉以轻心

冲我飞媚眼抛香吻
被你的妖娆韵味吸引
情不自禁激发好奇心
你的狂热让我很欢欣

美丽的夜缠绵共枕
甜蜜亲近迷恋温存
才发现心门早已拆封
觉得你和我一样爱得真

冷如冰你前后判若两人
你避而不谈我怎好多问
我的心蒙上浓浓愁云
笑得是新欢哭得是旧人

留住人留不住心
怨自己陷得太深
理智情感较量胜负难分
为何还在期盼而忧虑苦闷

你伤得我好狠
让我为情所困
走了人却还放不下你
为何还爱负心人不要愚蠢

我对你好可你呢

相处越久你情越淡薄
比我善于转换角色
最初是护花使者
最后是冰山一座

我陷入为情所困漩涡
悲伤化成泪雨滂沱
曾经你那么爱我
现在冷落忽视我

我对你好可你呢
许诺变成空中楼阁
你可知我心多苦涩
泪水滑落我奈何不得

该走该留该怎么做
分手很难过很难舍
而不分手又不快乐
无助身影被夜色吞没

你要复合我只有一个字不

一天一封情书
你向我诉相思苦
说很想我牵肠挂肚
失去我才幡然悔悟

看清你真面目
你说过的爱无数
表演好假靠不住
受过伤害我才顿悟

无须谈及宽恕
因为我的恨已无
没了情没了痛苦
我可不想再背包袱

你要复合我只有一个字不
曾经迫不及待扶正替补
现又回头找我是贪图好处
千变万化也终会原形毕露

你要复合我只有一个字不
曾经被你贬得一无是处
现又把我当宝玩讨好战术
你让我厌恶只有不屑一顾

妥协体谅是爱的表示

剑拔弩张闹别扭斗气
胡乱猜疑蛮不讲理
美好快乐戛然而止
同床异梦始料不及

纠缠不清的是非分歧
同个屋檐心渐渐疏离
彼此轻视反唇相讥
误解矛盾越积越深

两败俱伤地经常争执
习以为常的冷漠孤寂
情分似乎不值一提
心受伤了如何救治

妥协体谅是爱的表示
有意示好却偏偏不理
用心良苦却佯装不知
都有对错不该寻根究底

妥协体谅是爱的表示
琐事磕碰只是小插曲
别影响温情的主旋律
真希望再次飞到你梦里

心给了又收回

为何所作所为变得隐晦
你怪异神色耐人寻味
由真切转变到虚伪
直觉告诉我激情消退

你的冷淡让情不再明媚
我梦中滑落冰凉的泪
忧愁弥漫不再依偎
心神不定你的爱还有没

你的爱偏离方位惯于换口味
心给了又收回承诺已无所谓
我曾经考察细微会一生相陪
还是踩了地雷说不出的伤悲

不再委曲求全太过卑微
美梦破碎被你残忍摧毁
伤得太久已心如止水
逼自己学会从容进退

不再犹豫不决拖泥带水
擦干眼泪不再受苦受罪
既然情消散有去无回
那就再无交集各自飞

没了爱又何谈恨

你疼爱的眼神温暖如春
我避之不及乱了方寸
脸上涨满羞涩的红晕
因你洞穿我已动摇的心

我沉醉不是因红酒甘醇
而是你霸道炙热的吻
你激情如火点燃我身心
缠绵温存疯狂地沉沦

没有你的消息心急如焚
胡思乱想缠绕着疑问
揭穿真相我只是调味品
没法自欺很受伤悲愤

你的誓言化为灰烬
我不该掉以轻心
丢掉你最后余温
怎么我越哭越伤心

我不再惊扰了内心
不再混混沌沌
没了爱又何谈恨
天已破晓照亮心情

永 诀

为何你的感情不再热烈
我的眼神疑惑不解
莫非两情相悦
是你有意附和的错觉

主角不知不觉沦为配角
爱火越炙热越易熄灭
我的泪水肆虐
激情经不住岁月琐屑

初冬苍凉季节冷风猛烈
忧伤侵袭我心寒感觉
叶落花谢缘灭
怨当初我昏了头中了邪

你喜好随心所欲地打猎
我只想一生相携
对于生活的理解
竟然有着天渊之别

蹩脚表演让我大开眼界
柔情被你花心瓦解
心如荒芜的原野
不辞而别对你是永诀

街灯如雪照亮暗夜
还有一轮温柔皓月

走 了

不问怕伤更疼痛
不听只当你还钟情
不看眼不见为净
我无奈被你操控

爱你很怕失去你
难舍放不下这份情
可你却冷如寒冰
我还怎么装不知情

我一再委屈自己
迁就退让忍气吞声
再小心翼翼包容
你也淡漠无动于衷

吹来清冷的风
吹醒混沌的梦
脚步已然沉重
明知道如履薄冰

似是而非的恋情
没了爱的呼应
留下又有何用
孑然一身走进风中

不要两败俱伤

唇枪舌剑争执较量
刺伤了心都觉屈枉
疼惜的情景好像淡忘
愁苦怨痛却念念不忘

怎么变得孤寂忧伤
还是两个人一张床
熟悉的气息陪在身旁
心灰意懒却都挂在脸上

夜色里弥漫着惆怅
亲吻拥抱似走过场
沉默何时习以为常
难以排解的隐痛都一样

为什么变得不再忍让
斗来斗去两败俱伤
要是爱随便能收能放
又为何泪水盈满眼眶

为什么感到无助彷徨
爱要包容互相体谅
曾相许爱到两鬓苍苍
真希望还能如愿以偿

重感情的人

不由分说你一阵长吻
眼波含情我羞涩沉沦
着了魔般迷醉欢欣
怎么会动了心
怎么会失了魂
一步步溃不成军

匆匆闪过你冷淡冰吻
你说都有尽头说不准
听出了你的弦外之音
怎么会伤了心
怎么会爱错人
滚滚泪水印出伤痕

重感情的人伤得很深
柔情蜜意荡然无存
你突变的心真难以置信
悲怨像飓风席卷我心

重感情的人不会心狠
伤来伤去于心何忍
难忘记过去的情景重温
不去恨曾经爱过的人

有颗宽容的心
才能抚平伤痕
花谢花又开枯木逢春
会有珍惜我爱我的人

感情充满变数

从相爱的甜蜜呵护
到情淡了格格不入
由快乐演变成痛苦
只怪不忍让放任自负

花草枯萎又会复苏
而爱没了怎么救赎
抹掉泪珠望而却步
很清楚心经不起细读

感情充满变数
一旦变了态度
相伴气恼相处不幸福
就只想挣脱束缚

感情充满变数
不愿求和让步
已不可能再走回头路
就只能各找出路

似戏非戏

原先饶有乐趣现在话不投机
意兴阑珊激情退去
貌合神离敷衍了事
风波不断致使心存芥蒂

初冬冷冷寒意悄悄袭来之时
你不安的神色怪异
静观其变顺从你意
心冷了如同外面的天气

既然终要离去何必知道谜底
不要闹到伤得彻底
给情留下一席之地
至少爱过不要反目为敌

走近又远离似戏非戏
流着苦泪劝慰自己
只恋一朵花并不现实
一辆车不会一直开下去

被往事牵扯悲痛侵袭
柔情似水已成记忆
爱没承受住时光淘洗
若只如初见多好多美丽

与此情作别

谁火热激情慢慢冷却
让谁压抑忧虑无处发泄
谁花心放纵游戏风月
让谁流泪却浇不灭悲切

谁花言巧语一味剥削
让谁犹豫不决退让妥协
谁山盟海誓灰飞烟灭
让谁爱的决心土崩瓦解

谁薄情变得冷血
让谁的心被冻结
不再梦想逆转一切
不得不与此情作别

谁像戏花的彩蝶
让谁受伤被忽略
不再纠结情断义绝
爱凄然地走向终结

明白只是路过

你含情眼波像能看透我
爱呼之欲出却没说破
我不能够一亲芳泽
不敢品尝禁果

我心里有你你心里有我
却只能扮演朋友角色
不能失控发生瓜葛
那样没好结果

明白只是路过
有些情招惹不得
眼中闪过忧伤苦涩
看月亮也黯然失色

明白只是路过
不这样又能奈何
当你走了当缘遗落
我突然地失魂落魄

别挑战我的耐心

不期而遇变成恋人
合奏情感起伏交响乐曲
凌乱的不和谐的噪音
并没在意置若罔闻

明显说谎又怎么相信
附和着不戳穿不再深问
夜深人静我的眼湿润
心痛难忍五味杂陈

灰蒙蒙的天空沉闷的阴云
真情还是假意不能不当心

谁能够一味地容忍
别把我的宠爱和良苦用心
当成索求无度的资本
别挑战我的尊严和耐心

因为你是我爱的人
所以不愿意弄出丝毫裂痕
别辜负伤害爱你的心
幸福属于真心相爱的人

天色渐晴

因为理解投缘心生爱意
因为太过熟悉狂热淡去
争端风起云涌始料未及
阻挡不了一路下滑的情意

能感觉到疏离有了排斥
寒意浸透心底痛接踵而至
眼神游离隐含许多问题
闻到异乎寻常的可疑气息

你说这样还有什么意思
大彻大悟我明白了这句
是你预先暗示的伏笔
不详预兆分手是迟早的事

真是屋漏偏逢连阴雨
蛛丝马迹显露情感转移
你们暧昧不清一览无余
很明白我已被取而代之

阴雨绵绵淅沥着忧郁
不会默认你的无所顾忌
不爱了纠缠下去毫无意义
我该离开了仅此而已

感情的轨迹不遵循设计
越没有爱越要珍惜自己
天色渐晴透过稀薄云层
太阳露出昏黄的影子

相伴之舟颠覆

不再来电怎会断路
如坐针毡我按捺不住
盘根问底水落石出
你落泪悲哭演绎无辜
无非想要投靠暴发户
我已多余挡你的路

推我陷入愤怒痛苦
泪眼模糊我不想认输
费尽口舌用心劝阻
我也追不回你的脚步
感情走到了穷途末路
我强压下羞辱酸楚

相伴之舟颠覆
大风大浪经不住
世态炎凉引发的变故
检验出爱没力度

相伴之舟颠覆
我刻意尝试不在乎
挣脱不堪记忆的束缚
也许会因祸得福

入戏太深

调情像美酒充满诱惑
排遣寂寞的时候想喝
喝醉之后为何更寂寞
原来我不知不觉着了魔

疏忽了放浪最不好惹
幻想的美好无法把握
厮守终生只能想想罢了
是不是我太执着也是错

为了虚无缥缈的承诺
迎上去竟成飞蛾扑火
发现我更主要的角色
只是床上玩物供你取乐

当流星闪过我心很失落
忍不住泪水无声滑落
可以自由选择你没错
入戏太深更觉苦涩

听着我们最爱唱的情歌
对唱的那个人走了
只剩我在自唱自和
一个人的爱好难过

尽随你意

面对你如火攻势难以防御
沉迷其中不能自持
转换角色变卑微不由自己
听之任之因为爱你

没感觉了你说得振振有词
无懈可击开脱有理
倒不如说你另结新欢真实
一个变色龙尽收眼底

在你的眼里我痴心的爱意
比她的妖媚不值一提
伤心哭泣我受了莫大打击
沦落于此拜你所赐

一切尽随你意
我虽重情但不勉强你
想要分手也可以
善待你也是善待自己

一切尽随你意
其实想我原谅也容易
只要你感情专一
我还会陪你继续走下去

未必不是福

火热变冰冷降温迅速
你决绝的话太冷酷
猝不及防我霎时呆住
还没开口掉下泪珠

你强词夺理借口充足
很逼真蛮横的演出
我很笨拙相形见绌
苦笑自己才刚醒悟

忽视我眼中的痛苦
不是疏忽是不在乎

诺言作废不算数
最需要时你弃我不顾
爱的假面具摘除
玩情真相暴露

哭吧哭吧尽情地哭
释放我心中的愁怨无助
哭掉所有的痛楚
脸上笑容露出

被抛弃未必不是福
也许真爱等在前路

有个傻瓜很爱你

你追逐着他我迷恋着你
我们都在单相思
难解的情难理的思绪
悲从心起怅然若失

你因他伤心我为你疼惜
阴差阳错的情意
你像个失宠的孩子
在我肩头哭得好委屈

其实有个傻瓜很爱你
忘掉痛楚的过去
让我照顾你愿做任何事
只要你需要我不遗余力

其实有个傻瓜很爱你
只有你浑然不知
也有可能假装不明就里
我痛苦表情隐藏夜色里

其实有个傻瓜很爱你
喃喃呓语都是你
不敢挑明怕得到的是逃避
美好的相恋只在想象里

他不把你当回事
可在我的心里
你占据重要位置
能否等来惊喜

爱能否长久不由我左右

看你们亲昵十指相扣
如晴天霹雳击中我胸口
痛心疾首气得浑身发抖
泪如泉涌汨汨流

你脚踩两船放纵享受
我内心抓狂很受伤担忧
抱怨折腾我不肯罢休
只想让浪子回头

你谈情说爱得心应手
承诺的美好未来成虚构
我还拼命想把爱拯救
还执着舍不得分手

爱能否长久不由我左右
纠结恩怨我悲愁
是分是合是走是留
你喜新厌旧而我却很恋旧

爱能否长久不由我左右
酸楚侵扰我心头
不做小丑不做木偶
别哭泣哀求该收手就收手

真想能欢好如初

桐花仍旧盛开一簇簇
娇嫩艳丽随风轻舞
阵阵幽香萦绕飘浮
熟悉景物激起感触

曾在花树下相拥曼舞
摇曳踏出美好情愫
谈笑风生妙语连珠
目光对视温柔专注

真想能欢好如初
花木荣枯循环往复
我依然情深意笃
可你又在何处

真想能欢好如初
难忘热恋如火如荼
我还在梦想眷顾
可去哪儿找幸福

忘不掉的爱恋

数着日子盼着佳期
只盼来失望的袭击
你许下的承诺言犹在耳
难道只是即兴的戏言而已

既然要分手随你意
说理由是多此一举
笑容给你泪水留给自己
总好过柔情转化为敌意

让你困扰非我本意
自动消失我隐遁而去
你会心安理得我很知趣
大不了依靠回忆找寻慰藉

如烟往事放飞沉寂夜里
晃来晃去模糊的影子
飘来又荡去的情意
回味着禁不住泪眼凄迷

出尔反尔让我望尘莫及
心里的阵痛拜你所赐
为什么我做不到像你
转身后遗忘地不留痕迹

谁会和我真心相爱

挑逗释放异彩
一不留神暧昧起来
冲动欲望呼啸而来
多情来得快消散地也快

走马观花的恋爱
一次比一次失败
寻花问柳放浪形骸
丁香花败了又是桂花开

惆怅悄然袭来
乱情即寡情没真爱
越得不到越渴望爱
越想要爱越怕受伤害

谁会和我真心相爱
带我走出阴霾
每天的太阳走得太快
百无聊赖寂寞难耐

谁会和我真心相爱
不敢设想未来
想要的缘分迟迟不来
是否会让我喜出望外

感同身受

梨花带雨你悲伤娇柔
任你在我怀里哭个够
你痴迷他我一眼看透
他却把你当朋友

眼含泪水我满腹忧愁
你的痛苦我感同身受
因为我爱你梦寐以求
可我只能做好友

你很可爱我心仪已久
关切的问候我呵护温柔
痴情守候陪伴在你左右
只要你快乐我愿做小丑

你要开心别让我担忧
所有的苦累有我来承受
即使不会有相爱的以后
我也愿付出也甘愿领受

一走了之

你的隐秘我不曾在意
等明白时原来如此
莺莺燕燕你来者不拒
贪图一时欢愉

夜色越浓我心越焦虑
屈辱痛楚压在心里
爱你上了瘾般沉溺
戒除谈何容易

放任自己你随心所欲
爱是你演戏的道具
好想落场清爽的雨
浇走我错的恋曲

让你专情是奢望而已
向往的梦碎得彻底
悲哀只能伤我自己
不要再受委屈

被记忆牵扯泪已决堤
不要所谓的承诺已没有意义
铁定了心再无回旋余地
了却一桩心事伤痛到此为止

我一走了之销声匿迹
因为有情而相依又因怨而去
其实也好就这样失之交臂
出局未必不是好运气的开始

分手了就别来烦我

很碰巧我撞破
你和她纵情享乐
我的梦想被怒涛淹没
你就是这样爱我的

你说闹着玩的
不过是借口推脱
猎艳比旧爱有趣的多
我没有力气再发火

爱已黯然失色
只是情路上过客
我不牵绊你退避三舍
懒得和你浪费唇舌

分手了就别来烦我
后悔了又来找我
我不听你的自责
谁叫你辜负我

分手了就别来烦我
既然敢花心贪色
就别怕承担后果
我不想有纠葛

分手了就别来烦我
谁叫你不珍惜我
我不会重蹈覆辙
不可能再复合

望穿秋水

柳丝随风飞
彩蝶亲吻着花蕊
美丽如镜的湖水
倒映我们的吻别凄美

你含泪相对
我也止不住落泪
将伪装的无所谓
击得粉碎真的很伤悲

真不想让你单飞
日复一日年年岁岁
我会一直等你回
再续前缘相依相随

一行大雁往北飞
你在他乡何时回归
我望穿秋水掉眼泪
思念萦绕百转千回

爱没了结束吧

秋雨下唰唰唰
爱如枝头残花
因看到你和他勾勾搭搭
才知你很复杂

爱只是场戏耍
亏我相信你不曾觉察

雨点密密麻麻
漫天淋漓飞洒
伤心的我对你爱恨交加
明知你说谎话
为何还放不下
堕入情网我难以自拔

爱没了结束吧
我声泪俱下你还说风凉话
你花言巧语千变万化
我落入圈套当了傻瓜

爱没了结束吧
诺言如手中花风一吹散了
不让泪流下可怜巴巴
痛苦随岁月流逝淡化

爱如浮光掠影

因为那满含柔情
似曾相识的眼睛
还有体贴怎能无动于衷
心潮在翻涌我为情所动

我以为共度今生
其实走进了幻境
我不是唯一你另有隐情
真是煞风景我失望透顶

爱如浮光掠影
噩梦惊醒憧憬
不对的就不听
我不会乖乖从命

爱如浮光掠影
不想暧昧不清
焦虑一扫而空
告别你后又起程

对你的爱折磨着我

你闪着柔情似水的眼波
欢声笑语率性而洒脱
感染着我驱散了落寞
情不自禁我心里燃起了爱火

你淡淡微笑漾起红酒窝
娇艳欲滴充满了诱惑
我像喝了芳香的红酒
如醉如痴好想和你共入爱河

对你的爱折磨着我
你像雪花晶莹闪烁
时而妩媚多情时而冷漠
我从云端跌入冰河

对你的爱折磨着我
你像小精灵神秘莫测
时而温柔可人时而闪躲
我的心被愁绪吞没

溜之大吉

寻欢作乐花天酒地
任性而为忘乎所以
你江山易改禀性难移
毫不避讳搂抱调戏

我事不关己的样子
木然不动站在原地
你继续不要有所顾忌
大可不必委屈自己

我很客气彬彬有礼
故意的生分拉远距离
因为我和你不会再有交际
有些人不想再联系

想象的美好戛然而止
所谓的爱原来是痴迷
美丽面具表演的魔幻情意
就算分手我不哭泣

自动出局后会无期
不奉陪你虚情假意
不再往来只当从不认识
走为上策溜之大吉

挽不回的爱不得不放开

有了新欢忘了旧爱
已不顾忌我的存在
我会不理不睬
不再对你妨碍

过去我朦胧不明白
此时终于茅塞顿开
噩梦醒了过来
死心塌地离开

挽不回的爱不得不放开
鲜花不能常开不败
心酸泪珠挂在两腮
怪感情消耗太快

挽不回的爱不得不放开
忧伤抛到九霄云外
从痛苦中解脱出来
学会对自己关爱

不曾忘记

套近乎你不失时机
揣摩出了你的心思
克制不能草率行事
我虽闪避心向往之

对爱的信号抗拒
才不会得不偿失
我将萌生的爱隐匿
不露痕迹暗揣心事

很想轻轻地靠近你
给你个热烈的吻
依偎在你温暖怀里
喃喃地说一直都懂你

梦华美而不现实
人有情天却无意
知道不能在一起
只得辜负委屈爱意

造化捉弄无能为力
只怪擦肩时撞疼了彼此
看似戏实非戏
牵强的笑掩饰着失意

虚无结局遗憾不已
惊鸿掠影般转瞬即逝
不再提起你
但在心里从不曾忘记

你走了

落叶纷飞的深秋
你潇洒地吻别后要走
说怕辜负我的等候
所以让我情感自由

别费心我来善后
不需要无足轻重理由
挽留隐藏在泪水背后
压制着我没说出口

你走了都没了问候
我还一厢情愿守候
你懂得见好就收
我却难以接受

你走了彻底地分手
我还想念频频回首
你早把我忘脑后
我为何还怀旧

猎 物

你殷勤恰到好处
我们快乐地翩翩起舞
预见到不同路
驿动的心却不由自主

我错了错得离谱
你没有持久似火热度
心却被你迷住
成了掉入情网的猎物

我做不到超凡脱俗
不像你能收放自如
不安的心起起伏伏
情到深处泪流无数

用情的深度悬殊
所以博弈注定会输
去留但凭你做主
苦着自己伤痛背负

你的张狂不配我真心付出
痛苦的舞蹈也许早该结束

我还在不在你心里久居

种种迹象令人生疑
这不是神经过敏
两处周旋你乐此不疲
惊慌失措我不寒而栗

太多委屈窝在心里
还要装作没注意
用心良苦我体贴备至
期盼感化你始终如一

虽然对我有所顾忌
还和她私会不收心
背地里还缠在一起
伤害了我的真心爱意

我还在不在你心里久居
当局者迷是否变得多余
卑微的爱束缚了自己
痛苦偷袭暗自哭泣

我还在不在你心里久居
习惯了你的柔情蜜意
毫无保留爱你成癖
想抽身又谈何容易

我还在不在你心里久居
失去自我的爱没价值
不珍惜自己谁会珍惜
也许分离是最好结局

爱像一条河

变得和原来不一样了
我心绪不宁胡乱猜测
是分歧真变得不可调和
还是你的心变了

又一次负我心安理得
想象的美好成了虚设
我望着乌云遮天眼湿润了
狂乱的心如此脆弱

谁让我太留恋太爱了
才不忍分手一拖再拖
说好的缘分还是夭折了
缥缈的情感没得选择

你的身影渐渐隐没
沉沉夜色笼罩我的落寞
悲喜片段像电影闪过
伤心的泪水奔涌太苦涩

对你来说爱像一首歌
唱得多了厌倦了麻木了
对我来说爱像一条河
碧波荡漾永远地流淌着

真爱的人该去哪里找

无微不至呵护周到
真爱不会被时光消耗
像无话不谈莫逆之交
又身心契合情调美妙

甜蜜幸福相伴到老
这是爱最高境界写照
可许多人没福气得到
就怀疑真爱虚无缥缈

真爱的人该去哪里找
怕美丽誓言徒有其表
所谓的爱是因没得到
一遇风雨就出逃

真爱的人该去哪里找
能包容所有好与不好
宁缺毋滥真爱得不到
那宁可孤独终老

早该忘了你

太相信你表露的绵绵情意
自信满满我也在你心里
以为爱一样不差毫厘
所以情有独钟放任痴迷

自圆其说掩饰你出尔反尔
好像很有理推翻了过去
你逼真表演无懈可击
我被伤痛围困悲从心起

一次一次伤得我泪飞如雨
我还不死心不愿别离
还幻想你能回心转意
是心有不甘还是难舍情丝

早该忘了你
不想再揭起悲苦的往事
其实恨只能累自己
别再困扰于爱恨的博弈

早该忘了你
被抛弃不必绝望哭泣
要懂得自己爱自己
结束意味着崭新的开始

情路坎坷

不知你在想什么
越琢磨越迷惑
你在干什么神出鬼没
让我猜不透看不破

真相还是被撞破
你喜欢另一个
躲着我是为陪她玩乐
泪水涌出我的苦涩

你连掩饰都懒得
我气得眼冒火
愤而指责你为何耍我
将我所有肆意掠夺

我不是你最爱的
你不过是为了
新鲜刺激打发掉寂寞
怪我轻信你的许诺

你说别管别干涉
一点情分都没了
也预示着你放弃我了
也是我期待的

不过是情路坎坷
我就当风雨飘过
结束旧情开始新生活
顿感轻松很多

爱就是这样莫名其妙

明知你喜欢左拥右抱
我不动声色假装不知道
鞍前马后随叫随到
默默辛劳只因爱重要

难让你陪我专情到老
你心血来潮的守护关照
就能让我破涕为笑
是爱美化放大你的好

爱就是这样莫名其妙
我用情多你用情少
让我低到尘埃变渺小
苦恋着你难以放掉

爱就是这样莫名其妙
明知不该投怀送抱
不该讨好为博你一笑
应该分手赶快跑掉

让我又伤又痛又哭又笑
又气又怨的爱如何是好

聚散悲喜到此为止

傻瓜才会相信你
似是而非你开脱像有理
你讨厌虚情假意
而你身上却再现这个影子

海市蜃楼般美丽
也许太朦胧才有吸引力
摘去诱惑的面具
却暴露刻意隐藏的失实

幸亏我没做蠢事
对你的好感顷刻间消失
不曾沦陷保全自己
尚有回旋余地抽身而去

恼羞成怒你斗气
足以让我痛下决心放弃
浪花一样的情意
刹那盛开转眼就无踪迹

聚散悲喜到此为止
什么都成习惯包括不理你
最难熬的日子已过去
从此毫不相干不再想你

聚散悲喜到此为止
何必折磨自己对不愉快的事
最好的方式就是忘记
舍旧才能迎来崭新日子

应该结束了

媚眼一眨勾魂摄魄
浓香袭来迷醉着我
火烫的吻灼烧着我
像蛇一样缠绕着我
我被滚滚情感的热浪吞没
爱莽撞地闯进生活

当你和他寻欢作乐
我心里窝火却没发作
感情浅薄你才表现得
随意风骚模棱两可

我很配合知趣地退避三舍
后悔的绝不会是我

应该结束了解释是多余的
宁可痛苦埋在我心窝
那些快活说忘记是假的
纵然舍不得也无可奈何
虚幻的梦无法寄托

应该结束了解释是多余的
不再任你把感情掠夺
早看清比晚知道要强太多
似是而非不能还原如昨
除了走人别无选择

做知己足矣就此打住

柳丝飘飞花草曼舞
你可爱像精灵映入双目
温柔眼眸深情专注
一股脑把爱放出

笑语阵阵真心倾诉
你勇气十足我自叹不如
有苦难言我说不出
只能傻笑装糊涂

做知己足矣就此打住
也曾动情内心踌躇
也曾魂不守舍思绪恍惚
可我不想带给你痛苦

做知己足矣就此打住
既然不能给你幸福
既然已没资格对你眷顾
就只能将爱深藏不露

很相爱却离开

应该走却脚步难迈
痴迷过火终失态
一把搂你入怀
玩命的爱死去活来

想永远抱着不分开
想就这样留下来
却终忍痛割爱
泪水滴出不舍无奈

很相爱却离开
阵阵酸楚涌上来
怎能不明白
思念如海淹没期待

很相爱却离开
很伤心没有将来
可热烈欢爱
不是分开就能忘怀

说服自己忘记你

打扮得光鲜亮丽
请你欣赏我诱惑的魔力
没经历过的总想要尝试
好奇的女孩渴望恋爱的美丽

我心萌动主动出击
你的眼深邃地无法见底
对我是怎样感情绝口不提
如坠云雾里我忧虑不知就里

你很冷漠明显疏离
不得不承认梦遥不可及
发现我像小丑般可笑滑稽
太过离谱只能怪我自以为是

说服自己忘记你
虚幻的感情转瞬即逝
泪顺着眼角滑下去
痛快地哭哭累了为止

说服自己忘记你
想象的美是自我蒙蔽
受了委屈是自讨没趣
不过是自导自演独角戏

忘记你也不是不可以
不开心的过去都忘记
就像风吹过不留痕迹

爱不是这样的

苦乐忧思往来穿梭
我珍惜而你挥霍
感情任由你消磨
不曾想你日久情薄

你轻视我还说爱我
给我甜言蜜语承诺
我又难留又难舍
分与合都是折磨

我的心意是真实的
你的诺言却是假的
如果已经不爱我
为何还要来招惹

爱不是这样的
不想看你脸色过活
不想扮演可悲角色
不想愁苦地拖着

爱不是这样的
为什么你神出鬼没
明显推脱说明什么
还不散伙等什么

爱与不爱在转念之间

你的情时热时冷时浓时淡
我的心忽喜忽忧忽明忽暗
爱变模糊陷入谜团
我郁郁寡欢怕情生变

你小心掩饰还是露出破绽
刻意的谎言预示确实背叛
泪水涨满我的双眼
隐忍的悲伤一目了然

爱与不爱在转念之间
显而易见你移情别恋
我从温泉掉入寒潭
你的承诺终究失言

爱与不爱在转念之间
事已至此破灭梦幻
我怎么做都是枉然
缘来缘去烟消云散

怎么忍心

天微亮雨纷纷
一个孤寂悲凉清晨
明明很牵挂担心
却不肯退让将你找寻

一时乱了方寸
想象太过美好天真
现实更令人伤心
弄到这一步都有原因

霞光万道斜阳西沉
还不见你人影
还放不下悬起的心
难道非要留下伤痕

孰重孰轻该有分寸
还相爱没变心
不在乎是自欺欺人
还要争斗怎么忍心

追问你的音讯
找回你多欢欣

不管多舍不得

满腹苦水轻轻地诉说
你一直聆听着柔声安慰我
给我心里燃起一把火
我眼里闪出一抹亮色

情意切切你笑容温和
直勾勾的眼神意味着什么
猛然将我的双手紧握
浑身散发敢爱的狂热

我很纠结这是怎么了
中规中矩不是你的风格
但我却不能这样做
表面平静心里很难过

动了情却被现实阻隔
太多的牵绊无可奈何
最悲伤的时刻
莫过于爱你却不能说破

似笑非笑泪无声滑落
告别时终究什么都没说
不管多舍不得
擦肩而过是最好选择

你要结束就结束

你说爱莫能助
就丢下我弃而不顾

足以说明不在乎
你开始打退堂鼓

狠狠把泪止住
不需要你勉强应付
美好消失成虚无
我满心忧伤痛楚

相爱回天乏术
像丢了魂六神无主
我置身缥缈浓雾
辨不清方向迷路

你要结束就结束
和你分手并没难度
纠结是给自己添堵
我成全你收放自如

你要结束就结束
我想得开也有好处
走出迷雾阳光夺目
转向才有温馨情路

赶走魔鬼

与之前的欢好迥然不同
你的情变来势汹汹
我怎么挽回都徒劳无功
爱被伤害得千疮百孔

你在我的眼里消失无踪
我留下被抛弃的心病
想厮守一生是痴人说梦
情花凋零了无果而终

从恐惧的噩梦中惊醒
触及伤痛我泣不成声
午夜的寂静冰冷
让思维渐渐清醒

哀愁似魔鬼如影随形
纠结在过往的阴影中
就耽误了当前风景
赶走魔鬼重获新生
我走出了噩梦

爱该怎么续演

吵闹拌嘴不可避免
马勺碰锅沿争执抱怨
怒火瞬间被点燃
就像引爆了炸弹

怎么缓和冲突真犯难
伤害非我所愿愁眉苦脸
最怕冷战对着干
原本已休戚相关

不想情感呼应中断
不想爱被撕扯成两半
不想甜蜜变心酸
想和好心照不宣

爱该怎么续演
少点任性与埋怨
多点体谅与眷恋
能化解矛盾尽释前嫌

爱该怎么续演
给予呵护别责难
抱团才感觉温暖
愿情缘美好圆圆满满

莫问因果

就像春天鲜艳的花朵
最初的爱光彩四射
就像夏日骄阳般火热
情益浓烈卿卿我我

就像秋雨淅沥着落寞
出现隔阂泪水洒落
就像冬雪冰冷融化了
几度离合情磨没了

跃跃欲试畅游爱河
以为一切都尽在掌握
时光如水匆匆流过
却落得无话可说各走各的

随遇而安莫问因果
所谓奢望多失望就多
过往尘封在岁月长河
一个人也要活得有声有色

有缘还会再见到

晚风吹动花枝清香飘
夕阳余晖里双燕归巢
而相爱的人却要
各奔前程分道扬镳

躲在密匝树叶里的知了
仍在不知疲倦地欢叫
焦灼的心火烧火燎
还在留恋爱的味道

有缘还会再见到
勉强露出悲凄的苦笑
最后紧紧地拥抱
心里永留爱的美好

预见到却躲不了
只能宽慰纵然泪水掉
什么也没自由重要
即使跌入相思泥沼

对不起爱

没想到与爱撞个满怀
理不清来龙去脉
情缘来得奇奇怪怪
莫名其妙像与生俱来

喜忧参半的胶着状态
序幕才刚刚拉开
相爱却不得不分开
落幕太早缘去得太快

泪流下来对不起爱
悲伤是因无奈
错过的人已不在
错失的爱回不来

泪流下来对不起爱
痛苦是因等待
想念的人不再来
想念的爱最伤怀

丁香花开时

情花初绽的前尘往事
刻下岁月无法抹去的记忆
曾一起登上山顶看红日升起
搂着你在风中大喊我爱你

现实击碎了美好的心意
世事多变本想暂时搁置
最后还是各奔前程不了了之
风流云散寻不见飘然而去

想象不同于事实
纯真的情没有雕琢粉饰
却像流星稍纵即逝
只能在回忆里找到爱的印迹

簇簇丁香花绚丽
香气馥郁让我想起了你
你说过丁香花开时
我们还会再相聚再不分离

在这分别时刻

你笑得哭了唱情歌
本想快乐心却更难过
望着你红肿的眼我泪水落
虽舍不得却别无选择

横着无形的天河
只能望而止步没有假设
如果你怨我也许我会好过
给不起承诺无可奈何

想起那些美好时刻
你像温柔春风轻轻抚摸
我的心海荡起阵阵浪波
感情浓烈目光炽热

在这分别的时刻
走吧你违心地说
挂着泪花的睫毛抖动着
我紧紧搂着你泪水灼痛心窝

在这分别的时刻
太多眷恋没法说
心照不宣还深深地爱着
忘了我吧你要活得幸福快乐

相思却不能相守

你对我好我欣然接受
就好像认识你很久
感受灵魂深处的交流
悄然泛起对爱的渴求

有幸感受你的温柔
酒逢知己一醉方休
不敢对视灼热的眼眸
心底潜藏迷情的暗流

悲凉情绪弥漫心头
想挽留却开不了口
怕放任陷进去没得救
眼含泪水目送你远走

相恋却无法牵手
相爱却不能拥有
像太阳和月球
擦肩而过不停留

相知却无法聚首
相思却不能相守
唯有挂念长久
驱不散也赶不走

爱没了我有什么办法

在你狂热追求攻势下
潜移默化情种开了花
忽感到你细微变化
怨你口是心非说假话

没想到爱只是刹那芳华
你薄幸毁灭美好筹划
我在痛苦中挣扎
你对我的爱掺杂多少假

爱没了我有什么办法
一句分手无情把我打发
泪水不争气地哗哗流下
如何解释这戏剧化

爱没了我有什么办法
付出再多代价也是白搭
省得耗费掉最美年华
悲伤会在岁月中淡化

大海是我月亮是你

大海是我月亮是你
虽然不能相聚在一起
隔着很遥远的距离
但我的心始终陪着你
久久地遥望注视
无论圆缺亏盈都恋着你

大海是我月亮是你
皎洁月光柔和美丽
是你洒下绵绵情思
轻轻地抚摸亲吻着我
涛声唱出我心曲
波光粼粼闪烁拥抱着你

大海是我月亮是你
我不会感到苦闷孤寂
是你给了我慰藉
因为你一直在我心里
躺在我宽广的胸怀里
飘在我甜美的梦境里

大海是我月亮是你
浪花围绕着月亮的影子
嬉戏着饶有情趣
看着你笑盈盈的样子
即使沉默不语也甜蜜
两颗心交融如醉如痴

叉路怎么选择

你遮遮掩掩神不守舍
我的预感是对的
旧爱新欢左右迎合
你的心出轨了

爱充满变数太脆弱
阳光照耀着我
心却冷得直打哆嗦
叉路怎么选择

放弃吧心有不甘舍不得
动了真情岂能轻易挣脱
继续吧觉得无路可走了
你的爱没有想象的深刻

虚幻的承诺太难以掌握
沦为牺牲品不情愿又如何
不肯放下受害者的角色
只会让自己更难过

想让自己快乐不受折磨
苦涩的泪水却涌出了眼窝
从煎熬的情感旋涡里挣脱
还记那些哀怨做什么

一走了之从此毫无瓜葛
也许会有意外的爱等着

一成不变的心愿

你假意抚慰刻意敷衍
我知道是善意谎言
不愿将你拆穿
怕我尴尬怕你难堪

我不要同情不要可怜
明知道你移情别恋
还把你拴在身边
我做不到处之泰然

爱本应该是两相情愿
既然相恋变成失恋
可惜爱不能圆满
悲苦只能独自承担

让你快乐美满
是我一成不变的心愿
所以放你另结新欢
对我只是黎明前的黑暗

让你幸福圆满
是我一成不变的心愿
所以莫如随遇而安
乌云散风雨后就是艳阳天

桃花劫

迎着你热辣辣的目光
你勾魂笑容在荡漾
迷得我心花怒放
桃花运被我给撞上

舍得一切让你喜洋洋
你何尝把我放心上
我真是大失所望
你又勾引谁的目光

爱没生长在适宜土壤
桃花劫让我透心凉
思绪烦乱堵得慌
很受伤泪水涌出眼眶

爱没生长在适宜土壤
想结果是梦幻空想
我出走一声不响
不会让心里留下内伤

再相爱也没有出路

一股霸气流露
你坦白单刀直入
许久的想法和盘托出
我很慌乱如何对付

矛盾挣扎反复
被爱的气场罩住
其实我早已暗生情愫
可却不能亲密相处

只能望而却步
若不管不顾坠入
纵然享受着体贴呵护
也是痛苦多于幸福

再委婉地说不
也掩盖不了酸楚
我淡淡一笑像不在乎
痛却藏在心底深处

再相爱也没有出路
做知己的好处
胜过见不得光的残酷
心里清楚回天乏术

再相爱也没有出路
还可全身退出
没法奢望能同甘共苦
转身就是陌路殊途

情缘真是不可思议

暗送秋波你荡起温柔笑意
像摇曳生姿的美人鱼
搂你在我怀里如醉如痴
迷恋欣喜溢满心底

为何渐渐地你变得漠然疏离
像沉默冰冷的冻鱼
好像我们不曾依恋相知
甜蜜被伤痛取而代之

梦中送别你模糊的影子远去
留不住爱情的美丽
突然我压抑地低声饮泣
一阵阵彻骨寒意侵袭

情缘真是不可思议
承诺似乎已经忘记不再提起
你的决绝击毁了也许
出乎意外空虚了结局

情缘真是不可思议
以为情是玉石却不过是瓦砾
被岁月侵蚀了无痕迹
过往已经无法寻觅

亲爱的原谅我

知道你想要的是什么
我却装糊涂一直都没说
世事如戏阴差阳错
散漫松懈终致错过

怎么可能你会等着我
何况都不曾给过你承诺
漫漫长夜放任难过
才后悔我丢了最好的

不知你最近过得如何
我没了你就像丢了魂魄
背负着歉疚和自责
苦苦寻找却一无所获

亲爱的原谅我
你对我的好永远记得
泪水无声的倾泻爱得深刻
希望你能再接受我

亲爱的原谅我
期盼你的爱失而复得
给我机会弥补以往的过错
有你陪伴才会快乐

对你一直爱得强烈

热情讨好取悦
得到的是拒绝
看不见你的热烈
我的心凉了半截

百思不得其解
怪我粗枝大叶
惹你生气误解
真叫我焦虑急切

对你一直爱得强烈
没有你快乐将枯竭
望你将我谅解
还想续演美丽情节

对你一直爱得强烈
没有你快乐将枯竭
磨合需要挖掘
还想依偎共度岁月

真爱能否拨动你心弦

明月照无眠的夜晚
想起眼神交会的瞬间
我的目光腾起火焰
而你羞涩慌乱

因一见倾心搭讪
被我温柔的情意感染
你很热烈又渐冷淡
缺憾难以幸免

面对你游移的情感
偷偷抹泪心神不安
想两颗心交融相伴
不要轻易走散

真爱能否拨动你心弦
没有你的陪伴
干什么都意兴阑珊
思念纠缠如何躲闪

真爱能否拨动你心弦
除了你别无所恋
无尽的挂牵望眼欲穿
只盼着能达成心愿

还不是太爱了

你眼中射出奇异的春色
我怦然心动因那惊艳魅惑
鼓起勇气将你的手紧握
嫣然一笑你靠在我肩头

柔情流露你不攻自破
相拥缠绵欢跳的两心融合
灼热似火温暖了心窝
风花雪月一起快乐地度过

爱能走多久不依赖承诺
不像过去亲密你渐渐变了
美好被冲得七零八落
不愿相信你们扯不清瓜葛

还不是太爱了才会不舍
只要今后一心一意爱我
无论以前如何都忘了
就当从来都没有发生过

还不是太爱了才会不舍
以泪洗面品尝尽了苦涩
不愿看到这样的结果
艳阳高照着我们却散了

爱过就好

夕阳在海面上飘
粼粼金光闪耀
海风吹着我的烦恼
你想逃跑我知道

不怨你临阵脱逃
只怪爱情迟到
虽然不想却还是要
忍痛离开我怀抱

一切随缘爱过就好
爱稀缺太难找
找到就不想放掉
哪怕爱一天也好

一切随缘爱过就好
记住所有的好
不好的统统忘掉
只祈求各自安好

很爱却无法爱

雪花纷纷扬扬飘下来
像从天而降的真爱
落在手心晶莹洁白
忽然化成泪水很悲哀

痛快地爱我痴心不改
却避免不了被破坏
心被掏空伤被撕开
相思苦泪泛滥成灾

嘴上不说我心里明白
从来没停止过期待
还留恋你温柔情怀
还放不开难以忘怀

很爱却无法爱
习惯亲密依赖
如今失落伤怀
怎么才能追你回来

很爱却无法爱
梦想拥你入怀
愿爱还有未来
希望不是异想天开

还是没逃过情劫

对我呵护周到很妥帖
日久生情两心愉悦
可现实无法逾越
你不能给我戴婚戒

很想保持距离不越界
想刻意将爱火扑灭
虽一直委婉拒绝
可心动感觉越强烈

虽然警醒着自我告诫
表面上冷如冰雪
可还是想去赴约
内心纠结斗争激烈

还是没逃过情劫
没把持住激情浓烈
身心相贴难分难解
快乐夹杂忧愁的感觉

还是没逃过情劫
只是配角每次相约
都有可能就是离别
苦泪倾泻悲伤的感觉

有效期已过

还记得缠绵情事清晰如昨
现在是镜花水月触摸不得
你的承诺竟如此轻飘虚弱
爱我吗不再提起已不见得

一夜之间全都变了
主角易人那我算什么
懊恼痛苦又能奈何
你不在乎我泪光闪烁

太阳火辣辣炙烤着
心比天气更加焦灼
独自承受宁愿沉默
什么都不想再说了

等得太久有效期已过
爱不能施舍也没有假设
不了了之情磨没了
思念耐不住太久的失落

等得太久有效期已过
爱患了沉疴无法再救活
摆脱无形折磨的枷锁
遗忘也许是无奈的结果

别再故步自封

因为爱因为深信
你的承诺还记忆犹新
所以我一天天苦等
等你回来旧梦重温

你对我不再关心
我敏感的心密布疑云
忍不住打听追问
真相是你情感走神

别再为情所困故步自封
也许早已埋下破裂祸根
你对我是假意不是真心
所以不在乎我难受痛心

别再为情所困故步自封
不再怨恨我曾牵挂的人
我也该洒脱闪身走人
因为他对我更好更殷勤

放手也许好过一些

对我没了往日热烈
有时态度恶劣
却对她关怀很殷切
你的心飞走昭然若揭

我止不住泪水飞泻
忧愁迫在眉睫
你突然变得很冷血
逼着我想和你决裂

放手也许好过一些
最初的美梦幻灭
毫不留情你就毁约
我别犯傻水中捞月

放手也许好过一些
不做多余的配角
纵然难舍还是了结
不再联系恩断情绝

别再指望了

自重才回避爱的炽热
不是我真情不够多
而是顾忌你对他还恋恋不舍
不得不有所保留以备不测

不迎合才不品尝苦果
你反戈一击让我难过
对你而言面子比真诚重要
还好及时看清面具后的做作

出尔反尔你自圆其说
怨我自作多情是我错
如果我做小丑你会好过
我会默认尽量地配合

但是事实是怎样的
你心里比我清楚的多
是你翻脸将美好残忍割舍
除了沉默我还能说什么

不再纠结别再指望了
未尝不好断得干净利索
我虽心痛但必须这样做
放弃才能开始崭新的

分手速战速决

你的情让我迷惑不解
忽而虚幻忽而真切
我时而忧愁时而喜悦
不知这是缘是劫

你媚眼乱抛招蜂引蝶
常玩乐于风流世界
我的痛你竟浑然不觉
也不听我的劝诫

分手速战速决
何必越争吵越激烈
不再拖泥带水任你剥削
快刀斩乱麻情断义绝

分手速战速决
爱被你的花心瓦解
悲伤的眼映出心的碎裂
我对你死心彻底诀别

你情感飘忽像浮萍

为何变得难以靠近
你对我的情蒙上阴云
冷酷的话如利刃
深深刺伤我的心

我的泪水印下伤痕
你太花心新人换旧人
美好承诺不可信
不算数就别当真

你情感飘忽像浮萍
我痛苦难忍磨损了情分
你曾对我好海誓山盟
不过是为得到我身心

你情感飘忽像浮萍
我昏昏沉沉乱了心神
对喜欢朝秦暮楚的人
不该留恋别心存侥幸

你会懂得

怪我看到了不该看的
你和他怪模怪样使眼色
暧昧神情再明了不过
一股失望在我心底掠过

别过脸去我不露声色
敏感的神经不安地揣测
你心里是怎么想的
难以捉摸像隔着什么

平静生活被你打破
责问自己哪儿做错了
风云变幻笑变哭了
陷入欲罢不能的漩涡

如果不爱怎会不舍
真的忍心落空了许诺
条条河流迂回曲折
感情之路也是如此的

你会迷途知返的
我泪流不住伤心没法说
迟早你会懂得
最爱你的人是我

你会迷途知返的
不能因他的介入而散了
因为你也懂得
你最爱的人是我

真爱永不会结束

天边红日喷薄而出
照耀海棠花红艳凝露
熟悉的一景一物
亲爱的你在心里呼之欲出

甜蜜情节一幕一幕
清晰如昨在脑中播出
温馨历历在目
那调皮亲吻使得心跳加速

缘如云彩漂浮
充满许多变数
快乐的感觉太短促
幻想的美好被放逐

点点繁星挂满夜幕
风吹着凄凉孤独
哭得一塌糊涂
失恋才懂爱的心酸痛楚

你总是在梦里出入
渴望你温柔眷顾
真爱永不会结束
始终等你在未来的路

放下，伤口会结痂

我说很想和你有个家
凝视揣度你的想法
一丝犹疑被洞察
你闪烁其词话中有话

真是计划赶不上变化
你突然人间蒸发
像夕阳隐没不见了
爱情演变成一场笑话

放下，伤口会结痂
明知是错还不作罢
执迷其间不可自拔
才是个大傻瓜

放下，伤口会结痂
泪水忍着没有落下
怨你也好恨你也罢
反正是不爱了

假如还有可能

你意味深长的眼神
豪放的歌声震荡我心
把你冲动的誓言当真
对你的追求欣然应允

你飘忽迷离的眼神
漠然的表情让我忧心
由近变远你厌倦温存
又迷上新欢伤透我心

假如还有可能
一定对感情谨慎
决不会再轻信
落入诱惑的陷阱

假如还有可能
辨明情有几分真
不再轻易委身
沦落被遗弃困境

和你已没可能
也不要落寞失魂
泪水洗去伤痕
活着应该开心

选修课

红彤彤的脸颊火热
心跳慌乱我魂不守舍
羞怯闪避被热切目光吞没
怎么忍心拒绝你温情脉脉

太冲动不假思索
稀里糊涂地交出自我
还没等洞察看清你的心窝
没料到激情短如火花闪过

余温还在情却淡了
觉察出异样我不知所措
你移情别恋让我惊讶难过
人在眼前心却似天涯远隔

透支玩乐越快烧完烈火
透支情戏就难有真爱了
不能把受伤当理由堕落
千万不能葬送自己的生活

将痛悔折磨摆脱放下了
当成人生经历的选修课
吃一堑长一智爱惜自我
自尊自重地活对自己负责

想走就走吧

近来你总责备找茬
使我忧伤一触即发
以为你说分手是一时气话
没想到情势急转直下

真情被你踩在脚下
我的泪如洪水暴发
你竟然将往日的爱全抹杀
痛恨你推翻承诺变卦

想走就走吧
也省得没完没了吵架
我累了不再挣扎
要开始新生活就得放下

想走就走吧
我独自坚守爱是白搭
不值得再犯傻
别因为你的错将我惩罚

不再相信你的爱

佩服你圆谎的口才
糊弄我总有借口耍赖
说逢场作戏躲不开
好像我心胸狭隘

有了新欢不放旧爱
你朝秦暮楚不断往来
又为什么让我期待
说给我幸福未来

不再相信你的爱
当我泪流被拖入苦海
陷得太深更受伤害
我从纠缠中解脱出来

不再相信你的爱
你若珍惜怎会被破坏
我将旧情彻底掩埋
才会开始新的恋爱

过家家怎能久长

缤纷霓虹次第开放
你主演的寻欢戏粉墨登场
我爱越深越抓狂越受伤
学不会你对感情随意收放

夜夜等你灯一直亮
你还爱我吗真像捉迷藏
我悲伤泪水飘落你手掌
感动不了你收敛花花心肠

过家家怎能久长
别迷信诺言心存幻想
对情场浪子爱是奢望
你漫不经心足以说明情况

过家家怎能久长
怪我太轻率不曾设防
变成苦情戏草草收场
我告别哀愁摆脱难堪境况

连你也走了

很欣慰我很快乐
你对我好宠着我
包容我的古怪傲慢奚落
我重视你却不够多

怎么不见你出没
没人和我调侃了
来来去去多少匆匆过客
至少还有你陪着我

看见你面露难色
因他对你太好了
乱了心神我束手无策
说什么都是多余的

不由得泪光闪烁
我想挽回却没辙
也许他能给你幸福生活
我自作自受错在我

连你也走了
最爱我的那一个
风声凄厉夜色四合
我心底涌起内疚自责

连你也走了
我错失最宝贵的
一遍遍地对自己说
没你也要活得快乐

可心里从未放下过
记忆在无休止地拉扯
怎样挣扎也不能挣脱
还在期盼重回你心窝

爱上和我演戏的人

你笑容妖娆粉嫩
冲我撒娇扭动腰身
花朵般红嘴唇
给我妩媚香吻

被魅惑眼神电晕
我被逗引欲火焚身
理智溃不成军
身心交融才过瘾

你的爱半假半真
而我对你绝无二心
以为交桃花运
却是引火烧身

心苦闷泪雨纷纷
爱上水性杨花女人
对你只有怨愤
却舍不得怀恨

爱上和我演戏的人
一往情深迷恋倍增
明知虚伪誓言不足信
不值当用真心

爱上和我演戏的人
缠绵销魂刻骨铭心
等你有新欢抛弃旧人
也许我才死心

你爱我是真是假

你妩媚的笑容像朵花
勾魂的眼会说话
撩拨得我心猿意马
情愿被你一举拿下

我总感觉像雾里看花
痴情给予近乎傻
你对我好与坏都接纳
忍受你千变万化

你爱我是真是假
怕你对我的情有意美化
怕你虚荣水性杨花
怕你和别人上演暧昧戏码

你爱我是真是假
当你在我怀里撒娇发嗲
我愿做贴身保镖护驾
随你吧结果怎样任凭造化

再深的情没了去处

春日柳絮漫天飞舞
沉睡的记忆复苏
如保存完好的旧书
细细阅读依旧涌动情愫

心情随之波澜起伏
美玉你送的定情物
成了我的幸运符
戴在胸前日夜把我守护

难忘美好快乐感触
多想和你牵手曼舞
多想再共度寒暑
多想前缘再续你在何处

再深的情没了去处
爱不到的痛楚说不出
再没人听我把心中密语倾诉
想你更觉孤独

再深的情没了去处
不可遏制泪汹涌而出
知道吗我还在情路原地踏步
等着梦想的幸福

及早抽身走人

我为你扛起责任
你却滥情不安分
露出马脚你变心
我惊醒很痛苦愤恨

情越重伤就越深
面对可怕的裂痕
糊弄不了我的心
容不下闯入第三人

及早抽身走人
只觉你面目可憎
无法同眠共枕
不愿意再靠近

及早抽身走人
我献出真情真心
但却不够幸运
没给了对的人

及早抽身走人
没必要怀恨在心
从此是陌路人
这样都能安心

爱回不来了

巧遇在这样的场合
你和他在拾彩贝找海螺
海螺声吹出我思恋深刻
你懂得这曾是你送我的

好久不见近况如何
客套的寒暄你笑容淡漠
我一时语塞不知怎么说
潮声如鸣咽听着好落寞

海面闪动点点金波
很想说你还在我心窝
是不是大煞风景呢
我已没有资格再说什么

心像船在浪中颠簸
看谢了又开浪花朵朵
可我的爱回不来了
浪打过来尝尽海水的苦涩

你很好我就放心了
海螺还给你给适合的
不敢逗留怕泪光闪烁
转身走开泪水被大海吞没

美丽夕阳从海面隐没
那魂牵梦绕的爱失去了

别丢下我一个人离去

太爱反而更介意分歧
恩怨和伤痛生出芥蒂
过火的刺激加剧侵蚀
破碎结局与初衷背离

忘了自己也忘不了你
眼前又涌现这些往事
像你的影子不曾离去
磨灭不了这深深痴迷

拥有你有多快乐惊喜
失去你就多绝望悲戚
真希望还能相守相依
煞费苦心也求不回你

别丢下我一个人离去
倍感孤寂压抑地哭泣
没有了至亲至爱的你
欢笑愉悦也从此失去

别丢下我一个人离去
不要拒绝别不留余地
举降旗我甘愿输给你
以和为贵何况最爱你

该怎么做才好

你行踪成谜心思猜不到
身上有别人的味道
带来恐慌的不祥信号
惊得我心里发毛

不得不生疑说不出苦恼
曾激情如滚滚热潮
可是如今陷入低潮
我还要强颜欢笑

该怎么做才好
怕啥来啥我预感不妙
你渐渐偏离预设轨道
还空谈白头偕老

该怎么做才好
像中毒药我鬼迷心窍
明知分手是必杀绝招
却不想陪你过招

怀念过往的美好
又怎么能割舍掉

学会拐弯为时不晚

爱不遵从打算
我本要一生相伴
却遭遇情变
反感升级到冷战

无法接受背叛
泪水涌出我双眼
不由得心寒
绝望可怕的蔓延

丢失亲密无间
如相隔万水千山
心越离越远
爱只停留在昨天

学会拐弯为时不晚
幸好有他真心相劝
愁绪被安慰拂散
才发现他更值得依恋

学会拐弯为时不晚
若不迷途知返更凄惨
他走进我的心间
将熄灭的爱火又点燃

当不爱了

你在外风流快活
却用应酬搪塞我
你对我厌倦了冷淡了
我还有什么可说的

察觉她取代了我
事实证明没错
你却还想开脱耍弄我
可惜不是道听途说

我强压住怒火
很伤心该怎么做
我敌不过不愁了
甘拜下风退避三舍

爱情不能强迫
也不能随便施舍
当不快乐不爱了
我会很洒脱放你走

我错过最爱的人

你的眼泪让我很痛心
扑进你怀抱却不可能
月亮也于心不忍
悄悄隐身夜色深沉

从心而言想让爱完整
却难留我不得不转身
眼湿润泪雨纷纷
寒风阵阵奏出悲音

我错过最爱的人
忘不了你印下的热吻
曾迷醉我心温暖我身
现在只能在梦乡和你亲近

我错过最爱的人
心里话还能说给谁听
谁最知我心懂我灵魂
为何知音不能相守永恒

我错过最爱的人
怪只怪天意捉弄人
我落寞的心冰冷的城
住着一个不能见面的人

心在爱河里沉浮

时而温柔的夜缠绵共舞
你如花盛开赏心悦目
时而无动于衷冷漠态度
你不理不睬视若无睹

为你不辞辛苦把爱倾注
很想在未来相伴朝暮
为你倾囊而出全力以赴
怕你不关注满不在乎

你总给我这种奇怪感触
爱半真半假似有似无
我也只能默默吞咽苦楚
禁不住折腾六神无主

心在爱河里沉浮
越想看清楚越迷迷糊糊
如果你只是在应付
那我不再盲目地去追逐

心在爱河里沉浮
越想要抓住越缥缈如雾
如果我是你爱的归宿
那你义无反顾尽情投入

你对我变了模样

你火热追求来得疯狂
我被引诱心旌摇荡
猎物掉进你罗网
预感要受伤却不曾设防

我独守空房泪流两行
无奈幻灭美好设想
你玩情很在行
爱不过是你伪装的假象

你对我变了模样
得不到抓狂紧追不放
得到后渐渐冷若冰霜
我伤透心将爱埋葬

你对我变了模样
这样也好我断了念想
你放浪不配我再痴狂
终于走出迷雾茫茫

相爱不一定能拥有

其实我懂你在追求
喜忧参半笼罩心头
躲避你温柔眼眸
终究我不敢接受

爱来得真不是时候
千言万语欲诉还休
怎耐何木已成舟
我们只能做朋友

相爱不一定能拥有
看你恋恋不舍频频回头
我也很揪心难受
心里狂吼别走却说不出口

相爱不一定能拥有
再深的情也不得不罢手
你消失在街的尽头
我忍了很久的泪开始狂流

你伤透我的心

眼前情景难以置信
你和他紧搂着拥吻
我头脑轰的一声
怒火攻心泪纷纷

不守本分你已变心
我真希望是神经过敏
事实是预感很准
心情悲苦乱纷纷

你伤透我的心
甜蜜爱恋荡然无存
捧在手心疼惜的人
真狠心对我残忍

你伤透我的心
我成全你和我离分
泪水冲掉最后余温
被抛弃也是万幸

如释重负

你在夜色阑珊处
来了又去匆匆的脚步
缠绵炽热的温度
不敢在阳光下暴露

怪我没有把持住
纵容感性作茧自缚
泪水喷涌而出
惹上烦恼不幸福

你的承诺不算数
只是你空虚的填补
我在自取其辱
后悔已于事无补

你不是我人生的全部
擦干泪痕我不再哭
只当命里一个劫数
荒唐的感情结束

戒掉受伤害的情毒
也是给自己一条出路
走出痛苦不再回顾
放下了如释重负

我没机会挽回

是我的错让你流泪
让你心碎还不理会
看你飞走飞得凄美
才感到内疚后悔

如梨花开瑞雪纷飞
你像冰雪里的春梅
才发现你的内在美
真的是弥足珍贵

我没机会挽回
对我的鲁莽行为
很惭愧用尽心思赎罪
你却只是沉默应对

我没机会挽回
在漆黑夜里流泪
泪水流不尽思念苦悲
只能年年踏雪寻梅

爱太沉重说不清

不是你自作多情
不是我冷酷绝情
因为我有自知之明
不敢回应虽心潮涌动

不是你纠缠不清
不是我不解风情
只能怪造化捉弄
你说难道这就是宿命

爱太沉重说不清
太阳在云层中穿行
心像天一样灰蒙蒙
突然就泪眼蒙眬

爱太沉重说不清
真不忍心扼杀爱情
可也不能随心放纵
就只能朦朦胧胧

痛苦终会结束

我语无伦次地哭诉
善变的你却不屑一顾
我逃不过情感的劫数
用心挽回也不复如初

你不再爱我很清楚
联系变得越来越稀疏
我逃不过被抛弃的冷酷
忧愁无助该情归何处

再多付出也留不住
诺言成空丢失在旅途
如果失忆能解掉情毒
我愿遗忘那喜乐哀怒

最后陌路殊途
奔涌凄楚泪珠
不过是情伤愈合的过度
缠绕的彷徨悲伤终会结束

痛苦终会结束
真心被你辜负
我已多余不会让你背包袱
相信我还会遇到爱的幸福

还想盼来爱的回音

想起在你怀中安寝
很亲密很快乐很温馨
又为何你的感情降温
冰冷残忍就像变了个人

悲伤难忍我下决心
不再爱不再想不再问
可涌出的泪却不信
点点滴滴划出自欺欺人

还想盼来爱的回音
如果没交心如果没亲近
又怎会忧心如焚
还想火热激情重温

还想盼来爱的回音
如果心不真如果情不深
又怎会痛苦缠身
还想唤回远去的心

爱或不爱听凭你抉择

你含笑眼眸如水温柔
亲密香吻是鼓励的甜酒
我架不住风情万种挑逗
醉晕了头幻想着以后

我的钟情能一眼看透
百般呵护你付出所有
没料到你的心思开溜
你们暧昧我顿生疑窦

爱或不爱全凭你抉择
还爱就要专一对我
不爱我也可以分手
别想我做被戏耍的木偶

是去是留听凭你抉择
你要留下我就相守
你要出走我不挽留
只要你快乐我能够接受

爱岂能说没就没

像鲜艳飘香的玫瑰
你在灯光下绽放娇媚
我狂热亲吻眼神迷醉
相拥入眠多么甜美

心疼你离别的眼泪
我也很难舍泪花纷飞
你说就当作从没相会
凄凉的安慰爱多可悲

爱岂能说没就没
夜夜乱梦纷飞
禁锢在回忆的堡垒
我伤心欲碎流不尽相思泪

爱岂能说没就没
虽然心愿难遂
冲不破现实的壁垒
但你一直是我心爱的玫瑰

爱不到的苦楚

过去恋情如火如荼
现在冷漠布满迷雾
你的情剩多少成未知数
我越想看清楚越模糊

久久驻足守望你窗户
我舍不得挪动脚步
歌声飘出我的凄迷悲苦
你真的没感触不在乎

夜空也感动流泪恸哭
泪雨说不尽的痛苦
一片痴情能否唤回最初
你真忍心弃我于不顾

我做不到坦然面对变故
不愿爱被逼到末路
不信你能忘记那甜蜜幸福
还想一辈子陪你走情路

你不懂爱不到的苦楚
还是假装熟视无睹
如果我的爱成为你的禁锢
我宁愿退出只要你幸福

丢了梦中人

猛烈北风阵阵
要把树叶脱尽
枯叶在风中呻吟
如我悲伤的心

寒冷冬季来临
说要等候我的人
给我期待的恋人
没有料到变心

梦里沉醉热吻
依偎缠绵多亲近
夜夜挂念的梦中人
却已爱上别人

从前有多温馨
现在就有多痛心
原来你没我爱得深
只能祝你好运

旧爱已不复存在

你冷若冰霜对待
给我感觉你一反常态
感情急转直下大出我意外
疼痛像滚滚潮水袭来

我哭得死去活来
满脸泪痕依然痴迷爱
怪我被你的柔情蜜意打败
可恨情毒已浸染心海

美梦如鲜花盛开
又悄无声息衰败

旧爱已不复存在
放不下耿耿于怀
加重自我的伤害
莫如彻底想开释怀

旧爱已不复存在
与其落寞悲哀
抱着过去徘徊
不如好好打算未来

坚信还会有真爱
值得我向往期待

当你有了更爱的

梦里你和谁诉说
你说的越亲密我越窝火
你和我同床而卧
心里却想着另一个

气急下冲你发火
你借口普通朋友推脱
谎言我一眼识破
和你吵架却不配合

不想再和你牵扯
我由主角变成旁观者
分手不见得好过
不分手更受伤难过

当你有了更爱的
那我的爱也终结了
是我不要你了
不是你舍弃我

当你有了更爱的
那我的爱也终结了
没什么可说的
分开未尝不可

爱半途而废不得不收尾

你话语尖锐不屑地挑眉
向我示威有股火药味
心里窝火把我气炸肺
有意怪罪好像都是我不对

把过错全往我身上推诿
为你开脱把真情摧毁
顾全面子却揭穿虚伪
你不懂得诚实比面子可贵

我欲语还休唯幽怨作陪
曾将情花精心地栽培
却还是枯萎凋落秀美
事与愿违流下泪伤得心碎

很失落哪怕吞咽着苦水
情愿告吹关闭我心扉
我的爱你已经无所谓
那就让它化成灰不再宝贵

爱半途而废不得不收尾
你不是太阳我也不是向日葵
爱得卑微作傀偏我学不会
怪缘分不到位我们不般配

爱半途而废不得不收尾
毅然分袂温柔没必要再给
遗憾无用不自馁不会颓废
不再流泪没有你我也要飞

一个人的爱怎么支撑

是谁由随从到主人
脾气与日俱增
是谁由公主变佣人
日益百依百顺

是谁的情薄如浮云
呵护荡然无存
是谁在隐忍很苦闷
只为爱能完整

是谁说绝没有二心
却和别人温存
是谁煎熬折磨身心
泪水印出伤痕

一个人的爱怎么支撑
是留是舍是合是分
其实心里早有结论
眼不见为净转身走人

一个人的爱怎么支撑
真心换来的是负心
不再做被伤害的人
不得不承认情缘已尽

爱的救赎

你是最爱我的人心中有数
关注你一颦一笑一嗔一怒
心里总涌动莫名情愫
向往修成正果又怕被束缚

想不到发生变故你音信全无
慌了神才发觉我错得离谱
怪我漫不经心的耽误
让你受伤不声不响地退出

早已经习惯和你甜蜜相处
惆怅落寞当爱不复如初
愁苦深刻地长久停驻
默默流泪在宣泄我不幸福

怀念那日久生情美好的最初
愧对你的真心付出
心存懊悔过错怎么弥补
情切切想唤回梦中人眷顾

只要你回来我愿同甘共苦
你的要求我都满足
给你实实在在家的幸福
你就是我情感最好的归宿

不该让往昔干扰现在

前情旧恨一幕幕展开
冥冥之中被命运主宰
如果能回到当初重来
我不会犯傻轻信草率

情缘多变离奇古怪
你的柔情如石沉大海
纠结刺心我耿耿于怀
怎么脱离这茫茫苦海

好想有个宽大的胸怀
让我尽情哭个痛快
哭掉不幸情感的无奈
哭尽心酸痛苦的伤害

不该让往昔干扰现在
朝三暮四你不知好歹
为何过了很久我还放不开
是不甘心在作怪

不该让往昔干扰现在
擦干泪水多想想未来
和爱我的人谈场新的恋爱
治疗心碎的悲哀

一见钟情不牢靠

本该漠视你的示好
我不能自乱阵脚
出乎意料着了你的道
在劫难逃一眼就知道

逃不过你对我的好
攻破我心的城堡
鬼迷心窍我不可救药
其实一见钟情不牢靠

越得不到的越想得到
得到了就不那么重要
在一起宝就变成草
你转身搂她入怀抱

我受到伤害还不甩掉
自找苦吃怎能不知道
斩断情丝忘掉苦恼
时光是遗忘的法宝

谁离开谁都心碎

打情骂俏抬杠斗嘴
我在你笑容里沉醉
一日不见难以入睡
爱的感觉在飞

时乐时怨忽喜忽悲
造化并不钟情完美
分分合合来来回回
甜中带苦的滋味

谁离开谁都心碎
你坠落的泪水
让我很后悔伤悲
不该较真曲直是非

谁离开谁都心碎
舍不得真告吹
不想爱功亏一篑
呵护情花才不枯萎

若不珍惜爱

不再心贴心将我搂紧
你热情降温判若两人
摸不透你飘忽的心
酸楚悲伤在我心里翻滚

你分心走神像局外人
我满脸愁云预感成真
默默吞咽泪水隐忍
宽容你只想留住你的心

别得到女人心
又伤害女人心
我忘不了海誓山盟
如何找回从前的认真

别得到女人心
又伤害女人心
你不珍惜做太过分
再浓的情也会被磨损

别得到女人心
又伤害女人心
若真的丢掉了信任
再深的爱还怎么幸存

请你原谅我的错误

对艳遇谁能熟视无睹
变得耐不住孤独
喜欢新鲜刺激事物
随性我不愿受约束

勾起你争风吃醋
突变态度天翻地覆
斗气又给我添堵
只能让我厌烦抵触
恼羞成怒吵到反目
冲动分手切断退路

一句话没留你走得仓促
忽略不是一时疏忽
而是心里已不在乎
留下我突感失落无助

难言心中的痛楚
难忘那些美好情愫
现在流尽后悔泪珠
没了你情归何处
怨我贪玩朝秦暮楚
请你原谅我的错误

不再甘心被套牢

竟然被爱冲昏头脑
好像喝了迷魂药
逃不开你的好
身心交融甜醉美妙

爱挂在嘴边太轻飘
承诺终究不可靠
当你和他欢好
我心痛如发生海啸

不再甘心被套牢
泪珠不停地掉
翻来覆去悲伤难熬
不能与人分享怀抱

不再甘心被套牢
做梦也没想到
情缘辜负想象的好
我松开手落荒而逃

我还想捡回爱

酒吧里我目瞪口呆
你小鸟依人在他胸怀
他已得逞横刀夺爱
我僵在原地愤怒难耐

水性杨花你不自爱
痛苦像万丈冰山压来
我装潇洒被泪水出卖
爱瞬间改变就像云彩

该等待还是离开
爱看不清楚理不明白
恨你随便放浪形骸
让我挣扎于伤心悲哀

你丢弃了爱
我还想捡回来
也许嫉妒在作怪
也难舍这份爱

你丢弃了爱
我还想捡回来
他只想玩没有爱
不要被他伤害

残梦成空

你说闭住嘴话语冷如寒冰
将我火热的心冰冻
不交流不沟通
我在你面前像隐形

怎么做才能留住你的爱情
不想美好期望落空
一直忍气吞声
笑容难掩心事重重

是厌倦让你去意渐生
还是天性本就薄幸
决然离去你空留背影
击碎我忧伤残梦

过往情景来回地播映
泪水就像涨潮奔涌
痛彻心扉爱未能善终
我留恋又有何用

放 手

常常在外留宿
鬼鬼祟祟破绽百出
你在上演陈舱暗渡
很不幸我遇人不淑

宁可从没醒悟
小心翼翼忘我付出
也没得到专一情愫
真可恨我执迷不悟

我已误入歧途
嬗变的心如何留住
散漫脚步怎么追逐
未来谁能事先预卜

弥漫着愁云惨雾
谁能忍受这欺侮
号啕大哭有苦无处倾诉
满心的幽怨委屈和恼怒

我没你乱情的天赋
甩掉难堪的羞辱
挣脱束缚伤害从此结束
走吧我还有放手的气度

不敢招惹

我懂你你也懂我
心照不宣看得透彻
渴望爱却只是过客
惆怅袭击心窝

怪只怪阴差阳错
相识恨晚又能奈何
我们对唱伤感情歌
苦笑掩饰失落

爱在我心里来回出没
想说的话没法说
虽然心动却不能点破
我有自知之明不敢招惹

如果和你发生瓜葛
怕伤害是自找的
明知不会有好结果
不能犯错连朋友都难做

不配我再爱你

袅袅婷婷你如约而至
眼神飘忽若有所思
你的心被他夺去
令我伤心悲苦焦虑

爱的感觉我没法抑制
就像沉溺情海的白痴
不死心低声下气
我再挽留无济于事

想遗忘却抗不过记忆
脑海闪过往事
多少温馨回忆
扰乱我内心很痛惜

执迷是和自己过不去
你被虚荣蒙蔽
不配我再爱你
我离去你好自为之

爱得太苦不如不爱

无视你弄巧成拙的掩盖
心中却是翻江倒海
挣脱你怀抱抽身走开
眼泪却止不住流下来

想要纯粹的没有羁绊的爱
看来是我异想天开
苦涩覆盖甜蜜的情爱
难舍难留无助地徘徊

争吵以至伤害你气急败坏
算计终变得俗不可耐
被逼到暂停鸡肋状态
我从噩梦中哭泣着醒来

爱得太苦不如不爱
梦想刚彩排就被破坏
你的许诺就像泥牛入海
看不到和你的幸福未来

爱得太苦不如不爱
没必要坚持徒劳的等待
痴心地走近伤心地离开
慢慢从痛苦阴影中走出来

忘掉前情旧恨

难以置信你薄幸
你怎能绝情残忍
投奔他利欲熏心
深深刺伤我的心

原本以为你纯真
对我好温柔可人
其实你城府颇深
我被利用太蠢笨

我会忘掉前情旧恨
走吧，成全你的贪心
你是不安分的人
失去你是幸运

我会忘掉前情旧恨
懂了，最难测的是人心
对于不懂爱的人
我不值得费心

相爱没有缘由

你的脸贴在我胸口
拥抱渴慕已久
释放深深迷恋的渴求
陶醉肌肤相亲的温柔

享受当前不顾以后
不想让爱溜走
掩藏在欢乐缠绵背后
是若隐若现的忧愁

相爱没有缘由
纵情在爱河畅游
却没有相守的以后
最终难逃分手

相爱没有缘由
心里在乞求别走
却怎么也开不了口
只有泪水奔流

相爱没有缘由
也许不能再聚首
你难过我也不好受
看你走出眼眸

单相恋

爱不够你娇羞笑颜
忍不住盯着看
眼神射出灼热火焰
你觉察到我异样情感

大声唱歌讨你喜欢
青苹果酸带甜
柔肠百转若隐若现
可你沉静又高不可攀

欲罢不能心已沦陷
沉入缥缈梦幻
夜夜想你成了习惯
但愿你感应我的呼唤

像地球围着太阳转
一往情深的单相恋
戒不掉思念
痴迷却有口难言

像月亮一样很孤单
多愁善感的单相恋
你把我魂牵
多会能两情相悦

没了爱也不再怕伤害

对视的眼神有些奇怪
你们交流暧昧的色彩
我恍然大悟你另有所爱
心被刺伤我疼痛难耐

美好顷刻就被破坏
爱不能分享我做不来
无法接受只得逃出苦海
很知趣不会对你妨碍

爱由精彩走到无奈
当泪水流尽我的悲哀
就没了对你残留的爱
我想得开不必忍耐

没了爱也不再怕伤害
对出轨见怪不怪
分手的对白没有失态
缘来缘去散得爽快

没了爱也不再怕伤害
将逝去的爱掩埋
不为痛苦的过去徘徊
应该好好设计未来

爱经不起世事变迁

情感世界随随便便
你三心二意左顾右盼
我心痛忠告你不以为然
对我敷衍仍猎艳不断

委屈失望到了极点
我喷发出心中的火焰
别把我当傻瓜戏耍欺骗
分手我不再优柔寡断

爱经不起世事变迁
在时光流年中改变
诺言就如昙花一现
泪水浇不灭对你的愤满

爱经不起世事变迁
情来去如过眼云烟
背道而驰越走越远
哪儿能找到不变的情缘

缘像花期般短促

谁在躲闪谁在追逐
心照不宣难言的情愫
谁的爱一点点渗入
谁抗拒很久还是卷入

谁偷偷哭谁很无助
只是逗留不可能长驻
强颜欢笑像不在乎
眼神却泄露忧伤感触

缘像清晨的露珠
太阳一照消失全无
泪眼相送忍着心碎结束
分离而去还是辜负

缘像花期般短促
花开很美花落凄楚
以为爱会在记忆中淡出
可却清晰深刻入骨

在爱的十字路口徘徊

热切的爱被岁月打败
发现你的情感开小差
让我受伤的心无奈
困惑不安席卷而来

挣扎过我还是放不开
痛苦不堪也痴心不改
坠入火海死去活来
只怕是无止尽的忍耐

在爱的十字路口徘徊
你眼神迷离思绪摇摆
人在眼前心在千里之外
我装不明白痛说不出来

在爱的十字路口徘徊
看着你心不在焉的神态
依偎太久你已然倦怠
而我还向往你甜蜜的爱

问你对我的爱还在不在
要不要继续珍惜这份爱

没有幸福的爱不该守候

谁害羞谁索求
甜蜜热吻如饮美酒
谁想长驻谁只逗留
谁落寞忧愁在谁的背影后

谁难受谁游走
倾尽温柔把爱拯救
谁在痴守谁无所谓
谁付出所有让谁贪婪享受

没有幸福的爱不该守候
因没有抵住追求
被引诱心伤透
可后悔药世上没有

没有幸福的爱不该守候
何苦自找罪受
不值得再泪流
分手送别情人飞走

我挨了虚情假意一刀

怕你爱得徒有其表
怕我鬼迷心窍
莫名其妙我乱了阵脚
出乎意料还是中招

梦里梦外傍晚清早
是不同女主角
眠花宿柳你左拥右抱
到处留情不打自招

我挨了虚情假意一刀
你不在乎我心痛如绞
我又何必泪水掉
分手比留下要好

我挨了虚情假意一刀
伤透心赶快逃之夭夭
你走你的阳关道
我过我的独木桥

爱不到的才觉得最好
得不到的才觉很重要
你不珍惜我的好
早就该分道扬镳

情 戏

你说爱太深想一刻不离
想相伴在一起
怕是你甜言蜜语的陷阱
我不知真假将信将疑

你信誓旦旦说非我不娶
打消我的顾虑
陶醉你柔情蜜意的演绎
我迷失身心喜极而泣

我越对你好越被你忽视
对我置之不理
承诺虚弱无力不再提起
我很忧虑挥不散愁绪

你滥情背信弃义
没出轨怎会心虚
揭穿谎言让你颜面扫地
你太虚伪我望尘莫及

有太多感情压力
忍受不了你不专一
在我的泪水中结束情戏
不会讨你嫌我很知趣

我走了离你而去
以后也不会有交集
别让阴影盘踞在我心里
不管怎样别伤害自己

爱不会永远等待

情到浓时缠绵欢爱
笑容如花盛开
紧紧搂在胸怀
心潮汹涌澎湃

感情的闸门一旦打开
就泛滥成灾
造化总在作怪
情海变成苦海

爱不会永远等待
预见到却避不开
要发生的总要来
红尘没有上锁的爱

爱不会永远等待
当心开了小差
没了关怀不断伤害
该怎么收拾残骸

爱不会永远等待
当冰冷了情怀
没了忍耐太多悲哀
流着泪不得不放开

想打动你如我所愿

又在想你彻夜难眠
心智被扰乱
我的爱你一眼看穿
你装不知情隐约躲闪

知道你看我不顺眼
对我没好感
被你奚落我也甘愿
只想你能体会我的情感

很想让你刮目相看
我雪中送炭
想打动你心变柔软
想打开你封闭的情感

想打动你如我所愿
红尘中情意随时转换
如此朝三暮四屡见不鲜
我只爱你一个无悔无怨

想打动你如我所愿
即使是苦涩的单相恋
也不能转移我关切视线
默默祝你幸福快乐美满

给爱画上句号

被你疼爱的感觉很美好
打情骂俏迷了心窍
欲火越想要灭掉
可越灼热地燃烧

糊涂动了心就中了圈套
还是着了你的道
你惯于拈花惹草
显露爱虚有其表

给爱画上句号
你冷热多变谁受得了
我感觉到情势不妙
泪水冲走悲伤苦恼

给爱画上句号
这世上没有后悔药
挣脱感情困扰的地牢
早断早了未尝不好

我已不是你最爱

从美梦中悠悠醒来
泪水泛滥成灾
流言中伤了情怀
孤寂寒夜忍受伤害

太久的牵挂直到倦怠
不再为你等待
我已不是你最爱
不再幻想你会回来

我已不是你最爱
你的温柔已不在
不再守候没结果的爱
岁月将它变改

我已不是你最爱
不再责怪不再悲哀
不该来的求也求不来
该来的总会来
也许还会遇到真爱

谁是和我相恋一生的人

望着夜空点点星辰
凄凉的情绪翻滚
谁是真爱我的人
像满天星光给我温馨

走在海边静听潮声
如心境沉郁苦闷
无处可归的游魂
到哪里栖身谁是知音

谁是和我相恋一生的人
能温暖我孤寂的心
谁是和我不离不弃的人
能携手同行意笃情深

谁是和我相恋一生的人
体贴疼惜像守护神
谁是和我相依为命的人
让恩爱在岁月中延伸

不是爱而是不肯认输

爱来得猛烈也去得迅速
从波峰到浪谷兴趣太短促
你纵情声色自我放逐
又忙着猎艳朝秦暮楚

我充耳不闻怕亲眼目睹
牵强的笑也掩饰不住酸楚
你口是心非演绎无辜
我不是对手相形见绌

怒气和屈辱幻化成浓雾
对你的情似有还无变模糊

当初被引诱没把持住
我头脑发热眼光有误

不是爱而是不肯认输
不堪你乱情的重负
掩面痛哭很无助
只怪一时糊涂走错路

不是爱而是不肯认输
终只能短暂留住
而且还像个情奴
何必作践自己白受苦

我不再固守错误
放弃你另寻归属

最后你还是走了

搂着你以为高枕无忧
哪想到伤痛尾随其后
似是而非的借口你又要走
想对你好都不能够

反正你总是来去自由
知道我日夜痴心守候
模棱两可你对我有所保留
别把爱搁浅的太久

最后你还是走了
我像被丢弃的木偶
再难舍也不哭着挽留
也不会反目成仇

最后你还是走了
分手后都没了问候
光阴似水悄悄地流走
也带走失恋的哀愁

眼前的你，心在千里之遥

五光十色的灯光闪耀
红酒醉人音乐很劲爆
随着你轻盈的步调
搂着你蛮腰相拥欢跳

暧昧情调来回萦绕
粲然一笑你绽放妖娆
弥漫着花香的味道
很风骚让我神魂颠倒

诱惑我钻进恋爱圈套
一旦动心就在劫难逃
两手相牵给你依靠
挖空心思投你所好

眼前的你，心在千里之遥
敷衍的吻太过潦草
再感受不到爱的心跳
我心痛地不得了

眼前的你，心在千里之遥
我已变得无关紧要
上瘾的情毒必须戒掉
我流着泪落荒而逃

爱太沉重我背负不起

你不再对我关爱宠溺
变得不耐烦敷衍了事
看着你表情淡漠的样子
难掩我失落的情绪

无事生非你抱怨挑剔
愤意升起我反唇相讥
气极之下引发激烈争执
互不相让矛盾升级

爱太沉重我背负不起
承受不了情伤的打击
我由最爱变得不值一提
是因你的新欢将我代替

爱太沉重我背负不起
你苦苦相逼我才远离
冷战无限期不再理你
这是不是你想要的结局

想好好爱该朝谁释放

一弯新月挂天上
思绪在月光里飞扬
曾经爱得缠绵疯狂
换来一生怀念神伤

尘封我心中渴望
一脸苍桑独来独往
难以忍受落寞凄凉
谁能陪我走出迷茫

想好好爱该朝谁释放
忧愁的心像在荒原流浪
很怕美好又是梦幻一场
谁能爱我到白发苍苍

想好好爱该朝谁释放
两心融合凝成爱的力量
谁能依恋经住人生无常
谁能珍惜我情感久长

情如浮光掠影飘散

美梦醒来这才发现
我被定义是客串
像从云端坠入到深渊
悲伤在夜色中蔓延

走入误区被情羁绊
心绪低落到冰点
我很痛苦你不以为然
怪我轻信看走了眼

情如浮光掠影飘散
妥协成就你的贪婪
泪水滴落我的心酸
还不赶快早做了断

情如浮光掠影飘散
不愿被你玩弄消遣
不愿浪费青春情感
抽身而退还不算晚

你不可能再回头

我等你等了很久
等来的却是分手
你无视我眼中悲愁
泪眼婆娑看你远走

情伤折磨难忍受
很痛苦我容颜消瘦
你狠心地没有歉疚
而我想你想得白了头

你不可能再回头
再相恋成了奢求
还放不下徒生忧愁
是和自己闹别扭

你不可能再回头
我向往事挥挥手
也该想想我的以后
新的爱恋还会有

还想你能留下来

不论多相爱终会倦怠
我情感走神开小差
忽视对你的伤害
让你忧虑真不该

你失望之极洒泪离开
我丢了与你的未来
才慌神心痛起来
是我的错真不该

还想你能留下来
本心不想破坏爱
习惯你的存在
习惯了依赖难忍受分开

还想你能留下来
怀着愧疚苦苦等待
还想挽回你的爱
放心我一定会知错就改

不拿自己开玩笑

你暧昧的眼神闪耀
是动了真情的先兆
还是在耍花招
红尘纷扰我看不明了

你挑逗着开怀大笑
这情调感觉微妙
欲望被我猜到
我有定力不被诱导

你不满足左拥右抱
妄想把我也捕捉到
真是不出我所料
退避三舍无招胜有招

不拿自己开玩笑
即使你对我好
也不做游戏的主角
以后谢绝打扰

不拿自己开玩笑
不拿感情玩闹
尚未有越界幸好
全身而退情终了

其实心未变

情感多变时浓时淡
由着我们随性转换
吵闹到分手边缘
泪水冲刷掉爱的新鲜

手足无措惆怅烦乱
悲苦不堪心照不宣
太多的不舍与留恋
在叹息声中若隐若现

回想往昔相处片段
情由甜美变成辛酸
无可奈何半路搁浅
伤心地流泪染红双眼

其实心未变
爱与痛纠缠
剪不断理还乱
还能不能热情复燃

其实心未变
怨与愁流连
进不得退不甘
一筹莫展该怎么办

无法赢回你的心

你说很爱我会收心
我太单纯信以为真
处处以你为中心
付出哪怕筋疲力尽

夜不归宿你陪情人
几度退让我在隐忍
装傻什么都不问
只因爱你一往情深

痛苦越深越难容忍
怨你做不到别应承
直让我泪水难禁
你竟对我不闻不问

无法赢回你的心
别再委屈自己百依百顺
我治不了你花心病根
对爱渐渐失去信心

无法赢回你的心
主要原因你心不诚爱不真
我别留恋别再伤自尊
缘尽就如雁过无痕

爱没防住遭劫

从夏到秋花开花谢
情感如这变幻的季节
被你冷落我大感不解
心慌意乱焦虑难排解

流逝岁月激情退却
心思飘摇你没了热烈
变成配角我如梦初觉
泪水狂流真伤心欲绝

爱没防住遭劫
被她迷惑将我抛却
你的冷酷决绝
将我的残情泯灭

爱没防住遭劫
没有料到横生枝节
恍若梦幻情节
我的痛无处发泄

时光如流水流走悲切
冬去春来又是艳阳天

我很后悔原谅我吧

独自站在星空下
望着弯月牙说出心里话
形单影只苦度冬夏
这是对我花心的惩罚

她露出狐狸尾巴
因我满足不了她要的奢华
才懂你爱我真挚无价
辜负了你原谅我吧

我很后悔原谅我吧
恨我昏头错在一念之差
伤了你的心真不该啊
恳求你能重新接纳

我很后悔原谅我吧
想念我们那个温暖的家
是我心中最大的牵挂
我想好好爱你想回家

止不住声泪俱下
别不要我好吗
我错了原谅我吧
我懂得珍惜了

你一再背叛葬送爱恋

以为你良心发现
不过是敷衍蓄意欺瞒
你及时行乐热衷猎艳
我愁眉紧锁以泪洗面

我很难过很心酸
被噩梦纠缠惶恐不安
找不到出路苦不堪言
不得不承认情已蜕变

你一再背叛葬送爱恋
不再纵容你的贪婪
伤已铸成不是一句抱歉
就能化解痛苦和幽怨

你一再背叛葬送爱恋
我退出自动弃权
关于你的一切扔给昨天
谈场新的恋爱治疗失恋

相爱过也欣慰

被浪漫气氛包围
柔情蜜意让我陶醉
卸掉防备不明白原委
也许是爱打开心扉

没缘分相依相随
你眼里映出我的伤悲
舍不得却还是放你飞
强忍着心碎的泪水

相爱过也欣慰
玫瑰花瓣片片飞
摇落我思念的泪
你一去不回却留有余味

相恋过也欣慰
往事在梦里放飞
勾出我痴情的泪
珍藏着纯美爱不会成灰

爱在心里忘不了

能感受到你对我很好
用心的爱你算回报
明知未来虚无缥缈
情缘真是莫名其妙

心落在你怀抱挣脱不了
相拥相抱紧密缠绕
迷醉眼波会心一笑
激情爆发绽放娇娆

谁能超脱尘世的纷扰
复杂思绪难以言表
眼含泪水面露微笑
放手爱给前程让道

爱在心里忘不了
虽短如烟花却很美妙
情丝缠绕乱梦颠倒
原来相思痛最煎熬

冬去春来花开早
时光荏苒爱却不曾少
幻想重回你温暖怀抱
如果像从前一样多好

落入情感怪圈

梨花带雨你泪水涟涟
淋得我好心疼好爱怜
明知你贪慕虚荣有隐患
还是一往情深沦陷

百般呵护满足你心愿
包容你的胡搅蛮缠
只希望你如我坚守诺言
你却妖冶不以为然

我落入情感怪圈
你对我的情真假难辨
乍冷乍热像四季变换
酸甜苦辣我喜忧参半

我落入情感怪圈
惴惴不安如坐针毡
怕你花枝招展肆无忌惮
我却不忍心一刀两断

爱不会被承诺锁定

过去是情意浓浓
现在却是水火不容
矛盾重重纠缠不清
隔阂陡然而生

在感情世界穿行
走到半路亮起红灯
身陷折磨的拉锯战中
情被消磨殆尽

伤心的泪水翻涌
激不起涟漪无动于衷
伤透心挽不回柔情
就此耗掉憧憬

爱不会被承诺锁定
冷眼相对无所适从
背对背同床异梦
很累了没劲再折腾

爱不会被承诺锁定
美梦与现实大相径庭
与其活在痛苦中
不如了断各奔前程

偷心贼

你搪塞我是为谁
我怎能被骗还无所谓
如风中凋零的玫瑰
被爱的感觉不翼而飞

喜新厌旧在作祟
你情感虚伪口是心非
太花心总想换口味
我流下痛苦后悔的泪水

你这个偷心贼
吹得天花乱坠
承诺转念间作废
我不该鬼迷心窍趟浑水

你这个偷心贼
把我伤得心碎
现实将美梦告吹
我只能中场撤退各自飞

余情难了

好不记得坏忘不掉
耿耿于怀没完没了
逼迫情感走向低潮
阴沉的脸色愁云笼罩

被倦怠的感情困扰
你的眼神空洞缥缈
我苦笑答案已猜到
分手的预兆没能逃掉

余情难了还在我心上缠绕
一弯残月爬上柳梢
漆黑的夜太寂寥
流星知道诺言没有信守到老

余情难了还在我心上缠绕
爱过怎会轻易忘掉
我们都如想象的好
也不至于最后无奈分道扬镳

爱或不爱出自你口中

意想不到你无情
刺破美丽的梦境
尽力挽回你不领情
像个局外人玩世不恭

曾对我倾注热情
只是为把我玩弄
怪我稀里糊涂被怂恿
忽视了你的爱言不由衷

泪在我脸上纵横
伤透心又有何用
怪我被假象蒙蔽眼睛
终于从荒诞梦中惊醒

爱或不爱出自你口中
半途分手未能善终
我的眼泪你不懂
不再痴人说梦

爱或不爱出自你口中
我摆脱悲伤阴影
失落之余暗自庆幸
谁离了谁也行

你不配我真心爱恋

恰巧撞见你很难堪
她紧靠着你的肩
得意的讪笑好戏上演
强忍愤怒泪水漫上我的眼

昨晚还和我缠绵
说爱我此生不变
今天谎言就被拆穿
我被戏耍佩服你演得精湛

你不配我真心爱恋
一眼看穿你神情不自然
多好的讽刺再难隐瞒
别指望我委曲求全

你不配我真心爱恋
随性散漫你到处寻欢
我学不会你的善变
一拍两散再不相见

爱的美梦幻灭

也许是因太熟悉了解
越来越醒目的缺点
不再容忍不肯妥协
都很倔强隔膜难化解

一次次痛苦泪水发泄
心伤透被冰冷冻结
那些美好甜蜜感觉
像升高的氢气球破灭

爱的美梦幻灭
矛盾重重怎么化解
破碎情感怎么拼接
没了体谅就难和解

爱的美梦幻灭
不想尽力弥补残缺
快乐开始分手终结
最后违背百年之约

早认识该多好

你说我太冷傲很少笑
是缺少爱的火烤
我的情思无处可逃
被你敏锐地捕捉到

你说你给我爱好不好
会让我开心大笑
不可否认你对我好
可瓜分的爱我不要

早认识该多好
如炽热中被雨浇
刚燃起爱的火苗
被理智扑灭了

早认识该多好
是天意缘分缥缈
幸亏知道地尚早
还是作朋友好

哀愁的迷情

你眨着魅惑的眼睛
投入我怀中点燃激情
反复无常你捉摸不定
我情绪波动时喜时痛

我惊呆伤心透顶
你水性杨花引蝶招蜂
如何解释你言不由衷
泪没止住我泣不成声

似真似幻像做梦
走进缥缈情雾中
我焦虑眼神夹杂心疼
你却事不关己的神情

走出哀愁的迷情
残月朦胧挂在夜空
照得我凄凄惶惶孤零零
冷意蹿上头顶渐渐清醒

走出哀愁的迷情
衰草枯黄落叶悲鸣
只当曾经是我自作多情
调整好心情独自远行

你像快车驶离停靠站

你天马行空的调侃
别有风趣的周旋
让我的心跳得欢
打开我单纯的情感

温柔缠绵笑容灿烂
沉醉鱼水之欢
我越来越浓的依恋
你却好似在敷衍

你一脸兴致索然
对我有意地疏远
冷漠是因你已厌倦
我伤心泪你看不见

你像夏季的天善变脸
我心绪烦乱忐忑不安
你爱过我是美丽戏言
我放行不让你为难

你像快车驶离停靠站
丢下我看你越走越远
我不悲泣不顾影自怜
怨痛会随时光淡然

再旧情重拾不可以

你冷酷的话终结了过去
我眼里的希望稍纵即逝
看清了你的薄情寡义
突然的变卦打我个措手不及

完美的借口合情合理
你理所当然把我遗弃
我狠狠地受伤才清晰
这竟是一场不欢而散的游戏

当悲苦的泪水流干时
我对你残留的情已死
幸好有他带给我惊喜
温暖我冰冷的心复活了爱意

你遭遇像我一样的境地
才想起我对你的好时
想回头重拾旧情不可以
同样的错误我绝不会犯两次

再旧情重拾不可以
不是我不曾珍惜
是你把机会丧失
他已取代你走进我的心里

再旧情重拾不可以
没有什么对不起
如果不是你的放弃
我怎会得到他的真心真意

我的爱夭折了

看见你和他好了
我忽然魂不守舍
才开始内疚悔过
伤了你错在我很自责

泪水滴落你哭了
就和我一样难过
却故意对我冷漠
心很痛怪我自作自受

我的爱夭折了
想挽回我有心改过
你却不原谅我
感情又不能强迫

我的爱夭折了
你有权选择想要的
风吹着我的落寞
泪猝不及防滚落

欲罢不能

太天真耐不住你软磨硬泡
回避不了还是中招
以为我是你今生主角
我们会快乐地牵手到老

你朝三暮四出乎我意料
竟没觉察一点征兆
让我出丑怒火中烧
吵吵闹闹前景很不妙

如何应对还没准备好
无所适从我痛苦难熬

欲罢不能余情难了
只怪我死心眼不开窍
虽然你不如想象的好
可我还是舍不得放掉

欲罢不能余情难了
误入情海想跑跑不掉
虽然你伤得我泪水掉
可爱又怎能一笔勾销

一半游戏一半情

孤寂的心灵互相吸引
我管不住萌发的感情
你暧昧追逐有恃无恐
我很矛盾犹豫不定

你的激情来势汹汹
望着你渴求的眼睛
我尽力压抑内心的躁动
不能投降让你得逞

你要的是寻欢的过程
我要的却是永恒
对于路过的美丽风景
只能欣赏不能走进

还好我有自知之明
不能像你天马行空
我若无其事故做淡定
对于诱惑不为所动

一半游戏一半情
不能失控沉迷幻境
不得不将想法落空
纷乱的心归于平静

一半游戏一半情
兜兜转转尘埃落定
看你淹没在人海中
落寞惋惜搅扰心中

当断不断反受其乱

当脸色变得难看
当眼神变得冷淡
当两心变得疏远
感情已发生改变

当相伴变成羁绊
当忍耐变成积怨
当漠视变成厌烦
越难以忍受缺点

当断不断反受其乱
无可奈何的演变
徒增悲伤难堪
莫如顺其自然

当断不断反受其乱
无须挑衅别开战
最后留点颜面
情事就此翻篇

缘如浮云相聚又别离

一颦一笑尽收眼底
微妙感觉因举动亲昵
烦闷一股脑都倒给你
萌生爱意不愿失之交臂

温热气息飘在耳际
真的希望每天都陪你
柔声呢喃满含热烈情意
久违的甜蜜引来无限遐思

预感到序曲也是结局
也宁愿沦陷投入地彻底
为了留下铭心的记忆
为了不留缺憾的分离

缘如浮云相聚又别离
不要把我惦记爱惜自己
伸出双臂抱紧你
含泪拥吻宣告了终局

缘如浮云相聚又别离
意犹未尽还是放开你
凄凉转身晨曦渐起
再相会也许遥遥无期

放手也是给自己机会

谁彻夜未归
让谁难以入睡
忧愁侵扰好累
爱由甜变苦味

谁移情出轨
让谁心事成灰
感情突然崩溃
泪如决堤洪水

谁口是心非
让谁心痛伤悲
爱已面目全非
付出再多枉费

放手也是给自己机会
变了心追也白追
不做爱的傀儡
愿意成人之美

放手也是给自己机会
情去如一次蝉蜕
破茧而出单飞
了断就要干脆

缘来缘去缘如风

爱难与时光抗衡
情感多变风起云涌
争争吵吵打回原形
弥漫着心酸疼痛

耗尽最后的热情
看倦围城内的风景
放纵将爱亲手葬送
誓言成黄粱一梦

缘来缘去缘如风
又像划过夜空的流星
莫不是前世今生的注定
情花散尽尘埃落定

缘来缘去缘如风
已找不回旧日的风情
似笑非笑情债已还清
分道扬镳各奔前程

梅花刚见春光就凋谢

满眼梅花将思绪拉远
往事一幕幕闪现
你锐利目光穿透我心间
我动了情脸羞红一片

任凭寒风吹打我的脸
若不是爱过早出现
没办法把握最真的情缘
又怎会让美好短暂

梅花刚见春光就凋谢
落英缤纷多么伤感
唯独馨香还在心中弥漫
爱如梅香飘飞永远

梅花刚见春光就凋谢
苦泪就如花瓣纷乱
来年梅花还会绽放灿烂
希望有缘能再见面

你知道我有多爱你

我在掌心写上你的名字
用力握紧
就像不曾把你失去
我们从未分离

深夜眼前晃动你的影子
飘来飘去
淡淡月光照进心里
心里永远有你

当时露出若隐若现情意
没说过爱你
可在每个难眠夜里
我一遍遍说很爱很爱你

你知道我有多爱你
很想大声对你说
可已来不及
一生的遗憾伤心不已
多想泪水化作天上的星星
告诉你我是多么爱你

你知道我有多爱你
很想亲口对你说

可你在哪里
一生的惋惜铭刻心里
多想时光倒流重新来相遇
对你说我是真心地爱你

不合适早断才好

你嘴角荡起温和的微笑
露骨的示好殷勤的语调
我被你的挑逗牵着跑
止不住脸红心跳

我不会嗲声嗲气地撒娇
你只想得到我不能中招
我不轻佻风骚像女妖
不做你虚荣的炫耀

受不了你的霸道
我不刻意讨好
当爱没感受到
保全自己很重要

早已情形不妙
终结如我所料
何必自寻烦恼
不合适早断才好

梦寐以求我在等待

自作聪明想留有底牌
却弄成逼你离开
怪我不懂珍惜爱
错上加错将结局变改

当我知道了怎么去爱
却错失最真的爱
懊悔愧疚难释怀
没有你我百无聊赖

梦寐以求我在等待
可望而不可即的爱
缘分千呼万唤也不来
悲泪像潮水涌出来

梦寐以求我在等待
怀里揣着对你的爱
还想一心一意好好爱
求你给我机会重来

忘不了温情

举手投足你风情万种
被你温柔美丽吸引
止不住怦然心动
意趣绵绵像满天星

护花使者来临
陪你旅程同行
眷恋如影随形
迷醉灿烂美景

情浓情淡你摇摆不定
牵扯我心时阴时晴
眼神冰冷你变心
我被击伤内心疼痛

你已忘记曾经
轻易粉碎美梦
我却记忆犹新
无奈泪眼相送

忘不了你给过温情
一直等你重拾旧情

没有可能别守候

你的谎言揭穿的时候
真是让我痛心疾首
泪水奔涌如洪流
我像被戏耍的玩偶

始料不及我无法接受
爱不是执着就能长久
纠缠不休更难受
我全部给予付东流

没有可能别守候
看穿你是玩情高手
不再听你牵强理由
不过是自欺欺人借口

没有可能别守候
当你变心就该罢手
你的誓言不会长久
最后我还是一无所有

没有可能别守候
自认不是你的对手
心中别留悲伤哀愁
还好我拥有爱的自由

痛心的爱离我远点

你陪我流连又和她寻欢
脚踩两只船左右周旋
悲伤泪水在我眼中打转
一筹莫展眷恋幽怨纠缠

原谅你希望情况扭转
只因心里还有不舍留恋
殊不知却是适得其反
一再挑衅我容忍的极限

痛心的爱离我远点
你朝秦暮楚我苦不堪言
理由不过是另一个谎言
我不再承受屈辱难堪

痛心的爱离我远点
这不是旅店我不做玩伴
宁可孤单也不再心酸
我咬紧牙关了断情缘

放你走人

你锐利目光穿透我心
喜欢你不知什么原因
作怪的是好奇心
或者是你微妙眼神

你不知不觉占据我心
习惯你的陪伴很亲近
可好景短如彩虹
你要分手惊醒梦中人

才知夸大的诺言不足信
你是反复无常的人
只想要短暂温存
让我为情所伤为爱所困

放你走人我将旧情封存
不能输得丢了心
别留下满脸泪痕
不再纠结想念负心的人

怎么还是不明了

抵不过你温柔的笑
我不再冷傲变得乖巧
话未出口已被你猜到
浓情滋生莫名其妙

背着我寻欢左拥右抱
让我陷入悲伤苦恼
华灯初上人流如潮
想再把你的心找到

怎么还是不明了
你爱不够深才用情潦草
理智告诉自己要放掉
却还留恋你的拥抱

怎么还是不明了
你不值得我再忍受煎熬
不配我再用心对你好
伤疤会随时光磨掉

斩断情丝未尝不好
天已大亮阳光普照

旧 梦

从背后将我紧紧地环拥
你急促呼吸离得好近
感受你蛰伏的激情萌动
我霎时困窘脸庞发烫涨红

心被突如其来的温暖填充
情思逃不过你的眼睛
挡不住奇妙的魔力吸引
不由地回应你的狂野冲动

你走时黎明还未苏醒
泪眼相送你凄凉背影
缘生无形缘灭无声
但牵挂的心如影随形

残月朦胧夜深露重
轻轻揽入怀中的是旧梦
耳边还回荡你的笑声
魂牵梦萦你灿烂笑容

爱还有没有明天

脸色变得难看
苦闷爆发如子弹
都没了耐心唇枪舌剑
难抑伤痛泪水涟涟

重复上演冷战
倔强地都不服软
莫非真应了日久生厌
情何以堪分合两难

爱还有没有明天
心里乱作一团
还能不能再亲密无间
怕美好憧憬搁浅

爱还有没有明天
情感模糊难辨
风雨冰霜在所难免
能否经得起考验

爱还有没有明天
暗自祈求上天
但愿还能峰回路转
能安全度过情关

知趣地退场

得不到时总朝思暮想
得到后松懈开始较量
火冒三丈不退让
爱渐渐地受了内伤

一场秋雨一场凉
情没了还能怎样
再纠缠徒添悲伤
别闹到翻脸收场

死灰复燃是痴心妄想
倒不如多为自己想想
窗外透射进曙光
照亮心境渐渐明朗

那就知趣地退场
不合适就别勉强
不用再冷若冰霜
也都不会再沮丧

你对我的爱还有没有

你的冷落让我忧愁
觉察你分神情感游走
心里抓狂酸溜溜
委屈的泪如决堤河流

你的心思捉摸不透
疑问憋在我心里好久
说不出口好难受
万种愁绪锁紧了眉头

我们曾勾过手指头
说爱到白头永不分手
对你好倾我所有
你却让我痛心疾首

你对我的爱还有没有
我像在迷雾中行走
还有没相守的以后
还能不能相伴到白头

你对我的爱还有没有
靠誓言牵绊的厮守
我知道不会好受
若不再爱我我会放手

谁还相信爱情

你的追求像狂风
毁了我心海的风平浪静
保守抵不过冲动
温情弥漫蒸腾

缘聚缘散像做梦
像不认识你变得陌生
你眼神游移不定
映出迷离心情

还怎么相信爱情
不过一场戏痴人说梦
来时波涛汹涌
去时杳无踪影

谁还相信爱情
美梦惊醒瞬间消失幻景
泪水奔涌酸楚我痛不欲生
纵死又有何用别跟自己较劲

谁还相信爱情
往昔种种就当空穴来风
承诺归零我不再心存侥幸
放弃不爱自己的人也是重生

糖衣炮弹

音乐劲爆彩光忽闪
暧昧的贴面舞忽明忽暗
你目光跳跃着烈焰
热情瞬间就如野火燎原

我被诱惑心智迷乱
沉醉你描述的美丽梦幻
承诺让我浮想联翩
情不自禁被你突破防线

当发现你淡出视线
让我从快乐幸福的峰巅
跌落到失望的泥潭
惶惶不可终日如秋蝉

你绝情地说识相点
转身就投向新鲜的玩伴
丢下我一个人落单
吞咽着苦果泪水涟涟

怨恨懊悔驱之不散
受伤才看清你骗我情感
你玩情善于变脸
恨我没经住糖衣炮弹

你没我爱得深切

含泪独守凄凉的夜
愁苦凝在眉睫
想不到你不辞而别
忧伤袭来想见你更迫切

萧瑟隆冬北风凛冽
冒着寒流的肆虐
寻找我心爱的主角
真的不想美好憧憬破灭

前尘往事细细翻阅
怀念美好岁月
朵朵雪花飘舞摇曳
我对你的真情纷飞如雪

你没我爱得深切
中途你犹疑退却
我心犹如空旷的荒野
风凄凄奏出悲乐

你没我爱得深切
真狠心音信断绝
如果分离能了断一切
为何梦里还纠结

承受不起爱太沉重

你风铃般清脆的笑声
袅袅飞进我心中
你清秀娇嫩的笑容
婀娜丽影尽收眼中

透过眼眸破译你心声
感到纯美的呼应
你脸庞羞得红彤彤
美丽花季春心萌动

爱恋不知不觉生根
发芽开花风景万种
情意浓浓乐在其中
哪管以后何去何从

承受不起爱太沉重
难舍难离情绪失控
我们抱头痛哭泣不成声
缘分无疾而终

承受不起爱太沉重
为你送行泪眼蒙眬
你不时回头远去的背影
令我心碎心痛

露水之缘

合欢花好月亮圆圆
眼神射出灼热的火焰
激情缠绵笑容灿烂
说好相伴到人生终点

花谢凋零月牙弯弯
兜兜转转风云多变
我在坚守你却躲闪
情缘脆弱经不起磨难

没想到是露水之缘
不愿意再痴缠也是枉然
勉强不会幸福不如成全
放手让你投向新欢

没想到是露水之缘
承诺被你轻而易举推翻
疼痛的泪水涌出我心坎
被辜负也无悔无怨

怎么追也追不回

变心的背叛的是谁
受伤的心碎的又是谁
孤枕难眠哀愁作陪
眼泪就如开闸洪水

谁偷情已毫不避讳
谁爱得卑微又爱得累
舍不得才拖泥带水
怎么忍心付出尽毁

怎么追也追不回
煎熬折磨意冷心灰
何必让自己伤痕累累
眼泪送别情花枯萎

怎么追也追不回
没有怨恨没有怪罪
放下不再让过往拖累
收起眼泪索性单飞

情变

陶醉浪漫的柔情
曾经热恋使心颤动
又想起相依打趣场景
翻来覆去像过电影

美好相守的憧憬
在现实中杳无踪影
承诺化为残花凋零
我情未尽缘却已空

心痛苦味在翻腾
泪流不停我泣不成声
爱来爱去以失败告终
陷入惶恐心灰意冷

一切都在变化包括爱情
沉迷的心被寒风吹醒
佩服你毫不留情
依靠忙碌忘记伤痛

一切都在变化包括爱情
落差悬殊真失望透顶
收拾起破碎心灵
谁能与我偕老终生

其实不愿把你放飞

花开绚丽芳菲
相爱感觉好美
月圆月光如水
温柔依偎心醉

花谢落英纷飞
最爱有去无回
月亏夜色昏黑
孤枕难寐伤悲

其实不愿把你放飞
一遍遍回味一次次流泪
度日如年望穿秋水
被思念折磨得心力交瘁

其实不愿把你放飞
真得不愿意美梦被荒废
百转千回盼你回归
情太深永远都不会消退

爱较量不过时间

何时体贴变成怠慢
多了明显的抵触厌烦
怒火往上蹿吵闹不断
积怨将心越推越远

噩梦醒来睁着泪眼
声声哀叹伤得心寒
悲苦难排遣愁云惨淡
还怎么将情调重弹

爱较量不过时间
危机没有丝毫回转
冷酷的话似利剑
彻底斩断情缘

爱较量不过时间
想要挽救无法复原
禁不住泪水泛滥
最后一拍两散

不想再折腾

你出轨迹象若现若隐
我种种疑问你都默认
你不再煞费苦心
掩盖你迷上别人

你见异思迁让我羞愤
一个人的爱无力支撑
纵然我泪雨纷纷
哭不回远去的心

我放手不想再折腾
再不管不问献出真心
回到从前也不可能
因为你已绝情转身

我放手不想再折腾
虽然还极度郁闷伤心
爱能安稳怎么可能
因为你是花心的人

你飞吧

你一句不再相会
美梦顷刻间破碎
你飞吧我无所谓
我不会露出伤悲

像海上落日余晖
让爱谢幕得绝美
我潇洒离开不后悔
却为何满脸泪水

浪花刚盛开即破碎
热恋刚开始就收尾
最真的情感崩溃
我痛得撕心裂肺

海鸥啊飞走又飞回
我却对你万念俱灰
眼泪如汹涌潮水
尝尽那苦涩滋味

爱说完就完

为何你态度大变
我越痴缠你越厌烦
从激情热烈到意兴阑珊
如冰火两重天
有种不祥预感
我心慌意乱愁眉不展

撞破你另结新欢
如遭雷击天旋地转
我悲愤泪水你装没看见
伤得我真凄惨
分手当机立断
我成全你好聚好散

爱说完就完
许诺被你全盘推翻
把我带向幸福的乐园
又抛入痛苦的深渊

爱说完就完
经不起色欲的挑战
我不再幻想死灰复燃
重新对未来打算

美梦与现实

隐秘的感情世界里
莫名动了心却又逃避
最后还是离席而去
这样才不会负疚焦虑

习惯了原有的轨迹
不愿弄到不可收拾
守住底线适可而止
一切才不会分崩离析

感性理性循环交替
是生活乏味情感空虚
是悄然唤醒久违的爱意
可能有缺憾才难以忘记

倾吐心声引为知己
是情之所至安慰而已
是承受不起有心无力
美梦与现实总是有距离

把你赶出我心房

随心所欲你花丛徜徉
玩乐想法让我了如指掌
爱你太深一次次原谅
不想深究却挡不住胡思乱想

阳光灼热却浑身冰凉
付出一切为你掏心肠
将生活打理妥妥当当
却得到你花天酒地沉醉欢场

不甘心就此散场
可我又能怎样
默认心里更受伤
不要想我会永远忍让

我眼里闪动泪光
你薄幸又轻狂
把你赶出我心房
不值当为你耗费时光

我失去最爱的宝贝

你如花似玉千娇百媚
微笑的酒窝使我甜醉
两心交流四目相对
激情奔涌像潮水

阵阵寒风吹雪飘雨飞
你头也不回走得干脆
丢下我风雪中流泪
才知你有多珍贵

我失去最爱的宝贝
相恋像在把玩翡翠
不小心就摔得粉碎
我擦不干后悔的泪水

我失去最爱的宝贝
午夜梦回思念包围
如果能让时光倒退
我一定对你好千万倍

我是恋旧的人

迷醉温柔眼神
和你滚烫的热吻
激情肆意弥漫身心
销魂温存刻骨铭心

正当意浓情深
却要无奈地离分
不敢看你忧郁眼神
五味杂陈一言难尽

孤影融入人群
悲哀翻滚泪纷纷
你不知我有多伤心
可惜不能偕老终身

我是恋旧的人
摆不脱思念的苦闷
快乐的片段重温
抚慰孤寂的心

我是恋旧的人
别人走不进我的心
再相聚有没可能
一直苦等有情人

爱进行不到永远

埋怨牢骚挂在嘴边
吵闹已成家常便饭
厌倦到可以视而不见
相对无言也许还好过点

热情消散渐渐冷淡
一目了然刻意疏远
耗没了激情只剩孤单
出轨的心开始移情别恋

爱进行不到永远
似水流年流走新鲜
情感发生改变
破碎了无法再复原

爱进行不到永远
缘分在天听凭聚散
解脱难免怅然
往事如烟随风飘远

情路该怎么走

多了冷落少了温柔
虽然你还听我说以后
两败俱伤的吵闹争斗
让心隔膜泪水哗哗流

苦恼折磨眼含忧愁
若即若离的心看不透
是分是合你不置可否
犹豫不决我欲走还留

情路该怎么走
爱真的化为乌有？
真想时光能倒流
再回到甜蜜快乐的时候

情路该怎么走
真愿走散在街头？
如果轻易就放手
那何必曾经付出了所有

如果你想分离

你的心里藏着秘密
冷漠的眼泛着寒意
我阻止不了你感情变异
你勾勒的美景消失

梦里的你飞来飞去
你已变心想要迁徙
酸楚涌上来我泪流不止
说服自己面对现实

如果你想分离
我不会纠缠你
要断就断得彻底
就当陌生人毫无关系

如果你想分离
我乐意成全你
不爱就各奔东西
转向才会发现新天地

不在暧昧中拖拉

对我疼爱呵护有加
再硬的心也会软化

但两心擦不出火花
不怨我我也没办法

情不对等差别太大
我不能被感动绑架
没有稀奇古怪想法
做朋友是最好回答

我很笨拙不善表达
对我的好我会报答
但心不允许说谎话
我的感情做不了假

不在暧昧中拖拉
不想让你窘迫尴尬
我只能一言不发
遏止你的浪漫想法

不在暧昧中拖拉
不想惹你羞愤交加
我只能装聋作哑
你也不再说俏皮话

不在暧昧中拖拉
会有比我合适的她
被你的爱情同化
那样才能共度年华

纠缠不清不如断得痛快

脚踩两船你左右摇摆
还在伪装对我很爱
真是说谎的天才
辜负我的信赖

痛苦难耐我终于失态
怒火腾地蹿了上来
被你深深地伤害
我才清醒过来

纠缠不清不如断得痛快
凄凄哀哀不应该
我强颜欢笑不想输了姿态
爱你不如不爱

纠缠不清不如断得痛快
从困扰中走出来

我明白旧的不去新的不来
总会遇见真爱

破镜难圆

没了新鲜感开始厌倦
你流露不满我颇有怨言
吵闹如离弦箭刺破依恋
两心由亲近渐变疏远

从热情缠绵到发火责难
到对冷战已习惯成自然
心情苦闷爱举步维艰
分手念头在脑中盘旋

覆水难收破镜难圆
当关心牵挂消失不见
当只剩算计重复上演
再相爱比登天还难

覆水难收破镜难圆
当情变质成了羁绊
摆脱掉负担注销诺言
会有新的爱恋出现

只能是朋友

你凝视目光带着探究
捕捉我心里的感受
有情却不能长相守
我只能无奈地摇头

情缘来得真不是时候
和你相恋前景堪忧
事已至此木已成舟
我不敢有任何贪求

只能是朋友
尽管你热情招手
尽管你追随左右
我也没法接受

只能是朋友
作个赏景人足够
才不至于到以后
伤心地更难受

很想得到真心

谁忽冷忽热忽远忽近
时常漫不经心
谁疯狂沉沦越陷越深
情不自禁倾心

谁绵绵情意若现若隐
爱恋似幻似真
谁焦虑的心时晴时阴
难消重重疑云

谁散漫放浪只想温存
享受缠绵销魂
谁想要永恒有缘有份
一生意笃情深

谁想放下又为何伤心
环绕暧昧气氛
欢乐忧郁并存
为情所困欲罢不能

谁很想情路走得安稳
很想得到真心
很想保持温馨
想有携手而行的信心
不做过客只做爱人

你在游戏情感

一会是寒冰一会是火焰
你冷淡妖冶随意变换
感觉你的暧昧真假参半
我仍对你付出真情爱怜

怎么做才符合你要的表演
即使你是有意在敷衍
我也宁愿相信你的留恋
因为我太痴心泥足深陷

你在游戏情感花枝招展
我只是你某个旅途玩伴
想笑泪水却湿了双眼
对爱的设想太虚幻

你在游戏情感花枝招展
卖弄风骚一次次偷欢
你不羞惭我痛苦不堪
是你给爱画上句点

心里有你的一席之地

爱有说不清的魔力
不然怎会目眩神迷
纵然不说也明白心意
却只能小心翼翼回避

相恋却不能相依
虽然心心念念惦记
可是却不能随你而去
止步于此是明智之举

抛不开太多顾虑
虽然有缘相知相聚
可是却无缘相守下去
这样的结果早已预知

心里有你的一席之地
逃不过残酷的现实
想抗衡是以卵击石
所以有情却只能分离

心里有你的一席之地
感谢你的真情真意
很可惜不能在一起
只能翻阅记忆重温甜蜜

爱怎能说忘就忘

觉察出你表情异样
我想要爱地久天长
你只喜欢几夜疯狂
随你意不勉强

折子戏结束于天亮
笑脸相送伪装坚强
眼神泄露心底忧伤
我不能抱幻想

爱怎能说忘就忘
你不知道我梦醒多凄凉
夜幕上一弯月亮
朦朦胧胧照出惆怅

爱怎能说忘就忘
苦涩泪水流过尘世风霜
思念如岁月漫长
怎么才能将你遗忘

不得不隐退

你和她耳语样子暧昧
看到我明显神色不对
低下头你不敢视线相对
我难以捉摸一头雾水

微笑面具在夜里破碎
我惶恐不安轻试眼泪
你的桃色新闻满天飞
只有我蒙在鼓里可悲

我不得不隐退
看你伪装爱我太累
不由得冒出泪水
是残留的念想在作祟

我不得不隐退
遇人不淑自认倒霉
靠繁忙忽略伤悲
只当我和你不曾交会

扪心自问还是爱的

经不住风雨打磨
热情渐淡黯然失色
架不住折腾撕扯
爱由欢喜变成酸涩

难摆脱纷扰纠葛
烦恼忧愁恩怨交错
很伤心泪流成河
无话可说故意冷落

扪心自问还是爱的
不是不可调和
分开时更难过
那为何要大动干戈

扪心自问还是爱的
相恋是美好的
磨合是艰难的
不该较真舍本逐末

多想与花仙再相恋

风吹过桃花飘散
淡淡花香弥漫

勾起无尽的思念
以为爱能走得更长远
阴差阳错还是走散
让我痛惜一直心怀挂牵

真希望时针倒转
爱像桃花鲜艳
亲吻你桃红的笑脸
我摘桃花插在你发间
摇身一变花仙下凡
怀抱花仙拍下甜美瞬间

多想与花仙再相恋
全心全意弥补缺憾
还有没有机会再见面
浪漫情景总在我脑海涌现

多想与花仙再相恋
泛起点点泪花的眼
望着凋零纷飞的花瓣
你是否也怀念那美好流年

压抑太久的伤感
纠结在心间
一次次梦回桃源
等花仙回还

别被束缚在情网里

你感情出轨不再掩饰
我悲从心起流下泪滴
一直对你深信不疑
忘了诺言作废太容易

你拥有了我就不珍惜
只喜欢玩乐寻求刺激
我迁就你反被轻视
事已至此无挽回余地

别被束缚在情网里
不再委屈自己
心门对你彻底关闭
断绝来往自动出局

别被束缚在情网里
不能活在过去
别让忧愁控制自己
久而久之终会忘记

爱越来越看不到希望

浪子流连欢场
丢下我苦熬夜的悠长
我用情深才抓狂
泪水流不尽心中忧伤

颠覆美丽梦想
我愁眉不展异常沮丧
忍气吞声更受伤
怎甘心退让默认现状

爱越来越看不到希望
我很难过孤影凄凉
看你玩情兴风作浪
再迷信诺言很荒唐

爱越来越看不到希望
我再眷恋不值当
挣脱难堪屈辱的罗网
分手让岁月来疗伤

爱就爱了

两颗心两团火
想要爱就爱了
难得动情管什么因果
即使像飞蛾投火

未来将会如何
想不了那么多
相依偎很甜蜜很快乐
因不想将爱错过

命运难以捉摸
是守是分模棱两可
不再一唱一和
不了了之散了

好的永远记得
那画面在心中定格
不好的都忘了
像没发生什么

爱走了哭不回来

你突然一反常态
心思看不明白
我很担心也很无奈
茫然混乱纷至沓来

也真是冤家路窄
滥情戏没避开
才明白我被新欢取代
眼泪唰地流了下来

爱走了哭不回来
你移情别恋我被甩
是你爱不够多在作怪
终于想开我不再期待

爱走了哭不回来
从虚幻梦境走出来
不是付出就能得到爱
我要寻求能相守的爱

太爱你才会心软

爱难预料遭遇突变
不想美丽情缘
只是昙花一现
只当你被引诱寻欢

晨起腮边泪痕未干
虽然忧愁不堪
我仍强装欢颜
因为眷恋已成习惯

太爱你才会心软
明知你无视我尊严
明知你悔改是敷衍
明知埋着不定时炸弹

太爱你才会心软
原谅你一次次欺瞒
不忍伤你不忍分散
纵然被痛苦心酸纠缠

对未来的打算搁浅
你的爱似真似幻
我不愿结束誓言
盼你心思有所转变

虽然离去却留下期许

你攻陷我轻而易举
如果不是因为爱你
欠你情总过意不去
我怎会失守内心举起降旗

像天上鸟和海中鱼
总感觉我配不上你
爱得卑微小心翼翼
终还是在泪雨狂飞中分离

虽然离去却留下期许
不管走到哪里
心里都有你
爱惜你始终如此

虽然离去却留下期许
真的舍不得你
我会等下去
等你重聚在一起

别再打扰我

怨你耐不住寂寞
恨你太不自爱了
不再听你的自圆其说
都是敷衍和搪塞

怨你太轻浮浅薄
恨你经不起诱惑
我不会傻到自吞苦果
情没了别再指望了

情缘有时也出错
是你逼得我割舍
爱的城堡就像纸糊的
风一吹就倒塌了

别再打扰我已无话可说
我的忍耐是有限度的
当你狠狠伤我那一刻
就再没关系各走各的

别再打扰我已无话可说
别再说爱我太假了
忏悔挽救不了什么
就此别过再无瓜葛

真的不爱了吗

当已腻烦到懒得说话
当有意忽视感受想法
当气急之下说出狠心话
执拗赌气使裂痕扩大

当眼里流下滚滚泪花
当悲伤愁苦肆意放大
当危机爆发担忧在积压
真难作罢还是舍不下

真的不爱了吗
真能将美好过往抹杀
真的能放手了无牵挂
真的愿意分开吗

真的不爱了吗
真能忍心拆散这个家
其实体谅能减少摩擦
示弱是疼惜的表达

宽容才能白头偕老
真想还能呵护有加

真爱不是你这样

美丽景象都是幻想
我很辛苦你何曾体谅
你只知索取自私嚣张
我爱得太累太悲凉

怪我没有搞清状况
感情不对等注定受伤
止不住泪水滑过脸庞
原来你的爱只是好像

真爱不是你这样
凌驾于我之上趾高气扬
好像我迁就是理所应当
挥霍我的爱终被弄光

真爱不是你这样
我不能再一步步退让
不来往是我最对的主张
尽早分手就此散场

懂我的人也是伤我的人

最懂我的人是你
最伤我的人也是你
数着日子等你的信息
没有等来只言片语

纠缠在往日美景里
探寻爱过的痕迹
还想夜夜在你怀里
在你臂弯里气息里……

回味一次痛一次
忧伤如落花堆积
如今落到这步田地
我们都难脱干系

懂我的人也是伤我的人
怕连作朋友都成奢侈
你的身影杳无踪迹
缘不能长久只是一时
漂泊的情感无处栖息
违背了初衷心痛无语

懂我的人也是伤我的人
哭红的眼流不尽泪滴
本来只想中场休息
最后却弄到不了了之
昙花一现的芬芳美丽
不能永久绽放在生命里

恋情无法预见

当你和他偷欢
感情就如风消散
当断不断受其乱
不想再听你狡辩

别再让我心烦
没兴趣追根溯源
宁为玉碎不为瓦全
爱过已了无遗憾

尊严不容冒犯
自认对你没亏欠
也许对你好太宠惯
反而放纵你贪婪

恋情无法预见
对我说过忠心不变
又是你自食其言
从此你与我无关

恋情无法预见
以为有生之年相伴
却没按设想进展
祝你和他能圆满

早分手早解脱

没空是搪塞
很忙很累是推脱
你越是敷衍越是闪躲
我心情越低落

我从没想过
半路杀出第三者
你对她火热对我冷落
我的泪水滑落

事实告诉我
没得选择别傻了
你和她享乐一唱一和
我成了多余的

早分手早解脱
你的心已出走
我还怎么把握
不甘心却无可奈何

早分手早解脱
我隐忍更难过
断得干脆利落
情伤会随时光愈合

爱不能分享

我知道她所思所想
正如她了解我一样
我不会出轨她不会出墙
是爱让我们忠于对方

你诱惑她直截了当
她不会就范别妄想
趁早收起你可恨的伎俩
不久我们就要拜花堂

爱不能分享
别枉费心机争抢
因为她的心在我身上
你的独角戏该收场

爱不能分享
脚踩两船会穿帮
都舍不得让对方受伤
因为爱充满我们心房

一时冲动留下悔恨

你火热追求让感情升温
体贴调情逗我开心
许下承诺让我信以为真
我沉浸在甜蜜快乐中

你突如其来霸道的狂吻
我想抗拒力不从心
真的不想太草率献身
却在迷乱混沌中发生

你变得薄情像换了个人
只想玩乐不负责任
如戒不掉毒瘾不收心
我很受伤泪湿衣襟

一时冲动留下悔恨
我涉世未深毫无戒心
轻信让你有机可乘
给我心上烙下伤痕

一时冲动留下悔恨
不是一类人就别靠近
和你分手铁定了心
不能沉沦葬送青春

爱过就足够

爱神在向我招手
喜悦美妙感受
没来得及尽情享受
就到了依依惜别时候

枫叶凋零的深秋
红雨飘飞忧愁
如我们在最爱的时候
好景不长无奈分手

爱过就足够
命里有时终须有
命里无时莫强求
拥有过见好就收

爱过就足够
千言万语凝于喉
泪眼蒙眬中挥手
送别意中人飞走

何时才是你乱恋的终点

谎言终有揭穿一天恨你欺瞒
历历往事依然近在眼前
你说只爱我一个一生不变
佩服你虚情假意逼真表演

撕开你的外表真相丑陋不堪
美丽的幻想都是天方夜谭
以泪洗面我痛苦到极点
你很冷酷很厌烦伪装不见

何时才是你乱恋的终点
恨我被骗陷入了泥潭
仰望苍天风云变幻
其实人更嬗变

何时才是你乱恋的终点
寻欢作乐你只是在玩
我赔上自己不划算
不再与你相见

还爱不爱我心里没底

在你的宠爱中迷失
纵情缠绵淋漓尽致
我付出越多越珍惜
你却越来越不在意

在你的眼里和心里
我由天使变为俗女
而我也不再信任你
就会撒谎老打诳语

还爱不爱我心里没底
其实已经明了结局
你散漫地忘乎所以
只能让我日渐疏离

还爱不爱我心里没底
控制不住忧愤情绪
演出分分合合闹剧
越熟悉越觉不合适
爱恋像流云消散而去

爱已名存实亡

月光依稀照脸庞
物欲横流中看到感情真相
苦酒压不住忧伤
恨你奔向浮华的罗网

心绪烦乱很沮丧
柔情感化不了你虚荣心肠
你贪婪红杏出墙
玷污了爱毁掉了期望

爱已名存实亡
我忍受刻骨情伤
泪水流痛断肠
不再伪装幸福的假象

爱已名存实亡
我不再沉迷幻想
不再忧愁悲伤
放下过往将心解放

为何相爱却不能相会

相爱因缘际会
两心紧贴缠绵沉醉
交织着喜悦和伤悲
露水鸳鸯迟早分飞

风吹枯叶乱飞
你笑若昙花美得心碎
我想笑却涌出泪水
心痛难耐看你隐退

为何相爱却不能相会
被漆黑夜色包围
自己喝得烂醉
思念化成两行清泪

为何相爱却不能相会
舍不掉真爱宝贵

可却心意难遂
缘来缘去如东流水

情缘错又奈何

爱得深怎能割舍
很痛苦很困惑
不想走散了
挖空心思却也没辙

爱的人没了下落
内心备受折磨
泪不停滑落
思念煎熬失魂落魄

这一切是为什么
望着昏黑夜色
狂吼出怒火
声音悲凉又落寞

情缘错又奈何
相爱的人却不适合
也许是上辈子欠的
还了情债又错过

情缘错又奈何
爱已蹉跎终是过客
往事被岁月淹没
却在记忆中鲜活

你想回头重来不可以

你在演出独角戏
我说还有兴趣演下去?
你兴奋眼光暗淡下去
郁郁寡欢满脸失意

当初不被你嫌弃
我又怎会和他相识相知
他给我温暖心灵慰藉
宠爱疼惜使我欢喜

你想回头重来不可以
我不花心不做苟且之事
经得起诱惑耐得住孤寂
要对得起他的爱意

你想回头重来不可以
我很专一不做危险游戏
不想趟浑水不情感扭曲
我犯不着得不偿失

爱到不爱有道理可讲

不敢触及你火辣辣的目光
你热烈情话让我脸红发烫
不知不觉中了你的迷魂香
动心的爱让我缴械投降

爱能否长久越来越渺茫
你冷淡表情让我忧愁心慌
大失所望才懂你承诺又怎样
随时光流逝都成了过往

爱到不爱有道理可讲
花开花落好景不长
不怨你善变的心肠
只怪爱敌不过岁月的漫长

爱到不爱有道理可讲
败在了你贪欲膨胀
不爱了再纠缠不放
只会更受伤不能够勉强

爱到不爱有道理可讲
洒泪分别利落收场
把你彻底忘精光
来日方长真爱还会遇上

你情感游离

你委婉诱惑彰显着魅力
不能投降我一直抗拒
怕只是寂寞的慰藉
怕会伤到自己

你主动出击我意乱情迷
鬼使神差我举了白旗
终究没把持住自己
还是冒险尝试

我对你一直是全心全意
你却对我三心二意
不断演出风流韵事
让我痛心忧虑

你情感游离
不顾及我的失意
也许得到即意味着失去
你没了想象的余地

你情感游离
我对你而言只是
蜻蜓点水过把瘾而已
归根结底要分离

爱被风化终结

繁星点点照耀静夜
想你心焦即使是暂别
为何你不似从前热烈
将我的心情忽略

忙碌奔波披星戴月
努力将未来命运改写
想让你生活安逸愉悦
想给你戴上婚戒

爱被风化终结
当看到他陪你过夜
欲骂又止一时气结
你不配我爱得真切

爱被风化终结
你的伪装土崩瓦解
恨你风骚玷污纯洁
强抑泪水去意已决

很可惜心愿难了

你的苦痛我明了
怎能不怜惜受伤小鸟
敞开我的宽大怀抱
让你把忧愁哭掉

机缘凑巧爱来到
日久生情眼神微妙
动了心却难以言表
压抑着爱火燃烧

很可惜心愿难了
爱放在心底藏好
只能是情意相投知交
却不能双宿双飞到老

很可惜心愿难了
有缘无分都知道
菊花扑向秋风的怀抱
我们也想要却做不到

放你去飞

像悲泣的蔷薇
你脸上爬满泪水
吻干你冰凉的泪
我和你一样难过心碎

最痛苦最伤悲
是摧毁爱的完美
我眼里涨满泪水
分手将缤纷梦幻击碎

放你去飞别在乎谁
别犹豫头也别回
不愿你陪我受罪
不得不让爱半途而废

放你去飞别在乎谁
跟上我吃苦受累
我不想让你狼狈
愿快乐幸福与你相随

我请求你的原谅

很想见你心驰神往
又怕见你冷若冰霜
心里似倒海翻江
爱岂能拱手相让

我很后悔真的不想
恋情被我猜疑搅黄
我真是羞愧难当
别伤心请你原谅

我请求你的原谅
别揪着我荒唐过错不放
太爱你才吃醋紧张
求复合我已经破天荒

我请求你的原谅
心难受抓狂想你想得慌
我会对你信任体谅
别破碎我们美好向往

迷途知返

真相浮出水面
你的色心填不满
爱由明媚转暗淡
不再提永生不变

苦泪往肚里咽
却隐藏不住幽怨
不想再看你表演
即使还心情哀惋

我该迷途知返
听够你的谎言
无非只想和我玩玩
没兴趣和你纠缠

我该迷途知返
恍然做梦一般
情已去也没了牵绊
尘埃落定都释然

你在爱的边界游离

看着沉睡的你
你的心如何解密
我拥有你会好好珍惜
很想体贴能够打动你

很在意你的情绪
因为我心里没底
怕这际遇是场折子戏
怕做白日梦自以为是

你在爱的边界游离
我有多伤感忧虑
心在打秋千飘来荡去
何时能踏实地落地

你在爱的边界游离
我心境时晴时雨
配合你演苦乐言情剧
怎样继续随你心意

很想爱还有希望

怕受伤所以避让
不期望也就不会失望
只因曾经我情路沧桑
不堪回首心里留下硬伤

真爱像美丽霞光
随时会遁形如梦一场
当初承诺演变成空想
从此后封闭寂寞心房

其实很想爱还有希望
很怕孤单晚景凄凉
如果你的心摇摇晃晃
只想玩我不上当

其实很想爱还有希望
很想情花永远绽放
谁适合做我的终身伴侣
能不能有幸遇上

就让你成为过去吧

想当初缠绵花前月下
如今很冷淡懒得说话
当觉察你的变化
我感到紧张害怕

你地下恋情大白天下
怨恨交加我泪如雨下
我给予不计代价
换来你负心变卦

分手了该结束了
就让你成为过去吧
你对我的爱是假
只是在玩过家家
可悲我这个痴心的傻瓜

分手了该结束了
就让你成为过去吧
跳出你迷惑魔爪
不再相信你的谎话
别想我再为你耗费年华

爱藏在心里留在梦乡里

透过你眼中的惊喜
破绎你掩藏的思绪
再相遇恍若隔世
但庆幸的是还有爱意

诉不尽离愁别绪
柔情蜜意蜂拥而至
真想让时间停止
就这样相伴相偎相依

告别是情非得已
心照不宣早已预知
望着你背影消失
终于忍不住失声哭泣

情写在手里飞在歌声里
不断地回味追忆
只怪爱不逢时
留下深深地挂念痛惜

爱藏在心里留在梦乡里
夜夜流着泪想你
没有你很无趣
情太深却没用武之地

求也求不回爱

怪我贪玩乐图自在
忽视了近在身边的爱
年轻气盛缺乏忍耐
有时对你态度很坏

你说你从不怕等待
怕的是没有希望的等待
而我却更张狂起来
亲手毁掉最真的爱

求也求不回爱
看你离开心疼起来
痛苦面对感情的失败
后悔的泪涌出来

求也求不回爱
怪我不懂怎么去爱
思念惋惜忘不掉旧爱
却没机会再变改

好景不长

围城外的念念不忘
围城内的没话可讲
各行其是冷若冰霜
情已没了分量

得不到的朝思暮想
屋子里的早已分床
你要出轨我就出墙
爱走向了灭亡

心疏离似当头棒
砸断缘分成殇
爱永久竟是弥天大谎
对你我都一样

怎奈何好景不长
秋风起叶泛黄
寻不见往日鲜花绽放
轻叹几许惆怅

爱过就够了

看你明亮的眼眨呀眨
就好似在说话
相视而笑擦出火花
我心中柔情一触即发

看你绯红脸颊羞答答
像鲜艳玫瑰花
青涩初吻轻轻印下
甜美滋味如蜜糖融化

互相挑逗嬉戏笑哈哈
爱盛开蔷薇花
两情相悦不负韶华
却又遭遇到阴错阳差

爱过就够了
看你离去我涌出泪花
却没开口将你留下
不属于我的强求也白搭

爱过就够了
想象与实际落差很大
欢喜快乐只是刹那
给心里留下思念牵挂

爱太累承受不起

你说我刁蛮爱发脾气
我说你自私只会索取
也许是日久生腻
感情变得麻痹

爱太累承受不起
你时常埋怨挑事
我有意责难挑剔
失控到无法收拾

你对我冷淡毫不顾忌
我对你漠视懒得搭理
赌气伤的是彼此
苦涩渗透心里

爱太累承受不起
越来越灰心丧气
不想再勉强维持
负气地甩手而去

别想我还会迁就

当你又去寻花问柳
我委屈的泪止不住流
怪我梦想你会回头
竟然演变成逆来顺受

还傻傻地把爱信守
沉沦你给的海市蜃楼
虚幻的美难以长久
怪我被你的誓言引诱

茫然望着喧嚣街头
掩饰不住我满面悲愁
矛盾思绪纠结心头
貌合神离倒不如分手

别想我还会迁就
火热感情被时光带走
你热衷于色欲的享受
不做任你玩弄的木偶

别想我还会迁就
不再被你随意牵着走
你的伤害我已经受够
我出走让心彻底自由

没了爱也不再恨

看着你哀求眼神
听着你忏悔话音
无动于衷我置若罔闻
再也不会落入陷阱

对惯于说谎的人
所说承诺不能信
对你只有不屑眼神
你快走开别再靠近

没了爱也不再恨
曾被你伤太深太寒心
爱恋早已荡然无存
我不会动恻隐之心

没了爱也不再恨
你对我已是陌生人
殷勤温暖不了我心
把你遗忘地一干二净

退避三舍

你眼神如电勾魂摄魄
绵绵情话迷醉着我
夏花灿烂骄阳似火
像这爱恋多炽热快乐

你双眼悲凄泪花闪烁
和我拥吻恋恋不舍
只要你能幸福快乐
退出是我无悔的选择

爱来了真心付出过
可最终你不属于我
分离你能有好结果
退避三舍我来背黑锅

相守像泡沫破碎了
情缘像飘落的花朵
但是留下记忆深刻
永不褪色藏在我心窝

不再徒劳地等下去

形只影单只为等你
好久都没有交集
我心里担忧焦虑
相聚似乎遥遥无期

年年岁岁花朵相似
四季更替人变矣
确信你情感转移
我的泪像河流决堤

那些美好相恋往事
都成过去难再续
再坚守有何意义
情断义绝拜你所赐

不再徒劳地等下去
谁叫你一直缺席
是你否定了不离不弃
对你的爱已死

不再徒劳地等下去
向往的美景消失
等来等去是无望结局
从此再没关系

难相守难相忘

你别怀疑别乱猜想
别把我无端冤枉
我没背叛没有撒谎
你离去真让我抓狂

痴痴地等等来失望
求你回来甘心投降
却感动不了你的倔强
还有没有复合的希望

你傲慢足使我受伤
我慌神没了主张
泪水滑过忧郁脸庞
真想只是虚惊一场

难相守难相忘
心比凛冽寒风还悲凉
你要我怎样
才能回到我身旁

难相守难相忘
思念如潮在脑海激荡
不管怎么样
愿你幸福一如既往

已经不值得去爱了
没有假设从此不联络
该忘的都忘了
就当没有爱过

爱的人已追不回
我受够痛苦的滋味
知道你不可能痛改前非
也没必要再相会

放下吧忘记吧

你故意挑剔找茬
怎么解释你的变化
你另结新欢东窗事发
我的泪水突然落下

我不是睁眼瞎
别再当我是傻瓜
揭穿你说谎虚伪狡猾
爱竟然是一场玩耍

放下吧忘记吧
我独自挣扎白搭
拖得越久伤害越大
该结束了快刀斩乱麻

放下吧忘记吧
不要被焦虑击垮
对负心人还留恋啥
我退出了你俩演戏吧

别被困住一辈子

总觉你有什么心事
为何热情渐渐流失
我很心酸泪水泛起
一切又该如何继续

天上云朵时散时聚
地上恋人时合时离
爱怨交加苦乐交织
美好许诺都成虚拟

如何忽略你风流韵事
委屈消散不去
很明显你感情变异
爱到最后各奔东西

因你而伤害自己不值
放不下悲伤忧思
就很难有解脱之日
别被困住一辈子

你也在想我吗

殷勤示好被你欣然笑纳
我说出深藏的话你爱我吗
你娇羞一笑灿若桃花
会意眼神是无声回答

打情骂俏我调皮你发嗲
一起对向往的未来做筹划
突来暴风骤雨难以招架
打落刚开的美丽情花

皱纹爬上我的脸颊
印证走过花样年华
往事为何割舍不下
在思念中泪水潸然落下

雨中恸哭的鲜花
让我心痛如被针扎
最亲爱的最美的花
你也在想我吗还爱我吗

已经不值得去爱了

谁想到夜长梦多
恋情被你花心打破
交往女友不止我一个
你在演绎情戏寻欢作乐

你说的美丽承诺
不过只是信口开河
怨只怨我被假象迷惑
傻傻相信你只爱我一个

你给的伤害太多
足以冷却我的炽热
我梦想的爱变成泡沫
如果放不下就别想解脱

已经不值得去爱了
别无选择该舍就要舍
卸下痛苦负荷
不再忍受折磨

爱的人已追不回

凋零花瓣如我心碎
你看不到我酸楚的泪水
爱的快乐爱的甜美
被你的谎言击碎

得到我就面目全非
你在花花世界惹是生非
左拥右抱放纵胡为
我没法招架应对

爱的人已追不回
华灯散发迷幻的美
引得飞蛾追着光亮乱飞
追来追去空伤悲

爱的人已追不回
我用体贴温柔以对
你也终会觉得厌倦乏味
我们原本不登对

从此不再联系

你说不必等你
我清楚你言外之意
想好好爱你却变成分离剧
走进蒙蒙细雨里
雨滴飘洒我的愁绪
苍天陪着我哭泣

变故如一场戏
不会责难不勉强你
许诺很美丽却变不成现实
花瓣雨飘在眼里
就像被撕碎的嫁衣
我再也捡拾不起

从此不再联系
爱让我伤心压抑
不如及早放弃
毅然挥剑斩断情丝

从此不再联系
没必要纠缠下去
爱像一阵风雨
来了又去不留痕迹

玩 偶

你暧昧眼神多情温柔
被你拥吻心跳乱了节奏
我涨红脸微笑含羞
你的诺言让我憧憬以后

你得到我的身心之后
又在猎艳寻欢和她牵手
很快把我抛在脑后
我伤透心像被遗弃玩偶

仰望苍天我泪水狂流
悲苦纠结心头满腹忧愁
像越升越高氢气球
爱破灭在最快乐的时候

怨我没有抵住引诱
怪我自作自受
爱不依赖承诺长久
痛哭过后淡忘爱恨情仇

情路上我栽了跟头
爬起来接着走
以后留神擦亮眼眸
相处越久才能把心看透

我丢失了最爱的

日暖风和绿叶拥抱花朵
婀娜摇曳轻舞快乐
一颦一笑你如花开魅惑
我搂紧你两心融合

阵阵秋风不解风情吹过
花瓣纷纷扬扬飘落
笑容掩饰我心痛如刀割
你的背影带走快乐

我丢失了最爱的
忍受思念折磨
风花雪月形同虚设
越想你越难过

我丢失了最爱的
唱悲歌泪洒落
你虽然是情路过客
仍据守我心窝

爱赶不出去

关注的视线泄露你的爱意
浪漫情话也缭绕不去
总能温暖我的心
情魔让我变得不可思议

明知不合适却管不住自己
不想人生中让你缺席
抛开世俗爱得彻底
珍惜当下即使终会分离

爱一旦走进心里
就让我抛开顾虑
只想完全拥有你
铭刻情缘的真实

爱一旦走进心里
就不容易赶出去
祝福你也谢谢你
给我最美的记忆

爱被争斗封杀

不如先前甜蜜热辣
不满爆发摔摔打打
重复上演吵架戏码
闹到最后骑虎难下

两心隔膜情感疲乏
任由危机一触即发
都被激怒发火气炸
当泪流下怨愤交加

每况愈下爱被争斗封杀
窝里斗互相倾轧
心里苦闷疙疙瘩瘩
弄成这样值得吗

每况愈下爱被争斗封杀
实际与想象有偏差
形同陌路沉默无话
这是对谁的惩罚

美好的爱不长久

深夜独自在街上游走
北风夹着雪花狂吼
为何你不再亲切温柔
我思索良久找不到根由

有种借口是无中生有
你提出分手转身就走
我却没有足够的理由
能让你在我生命里长留

美好的爱不长久
你一去不回头
毁灭我的恳求
我很伤心泪洒悲愁

美好的爱不长久
没有缘分不厮守
痛苦抛掷脑后
我再把真爱寻求

太爱了才舍不得对你狠心

你如花娇嫩芳香醉人
妖娆的笑勾魂眼神
让我意醉情迷心被牵引
作护花使者讨你欢心

你又在说谎让我难信
料想不到你已变心
面对故意挑衅一忍再忍
想用温情挽回你的心

太爱了才舍不得对你狠心
你这见异思迁的女人
毫不留情刺痛我心
但我不伤害爱的人

太爱了才舍不得对你狠心
你的爱如风过不留痕
我默认丢掉了缘分
不怨也不恨爱的人

太爱了才舍不得对你狠心
让你安心我不流泪伤心
能爱过也很庆幸
放你走各自转身

不合适趁早结束

中了魔很容易盲目
直叫我舍得下赌注
没有看出你有所企图
布下情网诱我陷入

我用心良苦再多付出
没得到期望的情愫
满足不了你索求无度
给我太多难堪屈辱

不合适趁早结束
泪如潮水涌出
情感悬殊注定相负
受伤之极我才大彻大悟

不合适趁早结束
拖着不想退出
是没完没了的痛苦
我不再做被利用的玩物

怪我遇人不淑
终于走出迷途

当你从我心上踩过去

你偷偷摸摸感情走私
欲盖弥彰将花心展示
不知悔改还振振有词
说管不住七情六欲

我在噩梦里放声哭泣
纠结刺心觉得很憋屈
狂妄放肆你得寸进尺
忍无可忍我难克制

温情已消失痛难抵御
错的是我对的都是你
你有理怎么说都由你
我很知趣不难为你

当你从我心上踩过去
只能死心塌地放弃
不想可怜兮兮
不再受苦受气

当你从我心上踩过去
只能死心塌地放弃
出走悄无声息
从此永无交集

烦恼忧愁只能伤自己
想再爱就抹除记忆
忘掉前尘往事
生活还要继续

错 爱

你的表白让我惊讶
以为你说的掏心的话
我笑得脸上乐开花
毫不迟疑接纳

你虚伪自私好可怕
对我表现的感情浮夸
我苦笑自己好傻
痴恋却放不下

凛冽的风夹杂雪花
肆意无情地把我抽打
就像你冷酷的话
击痛我的伤疤

太阳一照积雪融化
我付出所有代价
也不能将你感化
难忍泪珠落下

一场错爱我伤惨了
你背叛不要也罢
春天又盛开情花
会有爱我的他

爱不能乞求

看着你冷漠的眼眸
不再有心灵的交流
作祟的是喜新厌旧
我已挡不住你心的出走

看你们亲密地牵手
就到我离场的时候
我没那喜好做小丑
驾驭感情你更胜一筹

你说过相守到白头
竟虚幻如海市蜃楼
痛苦肆虐侵入我心头
你对我厌倦怎能拯救

爱不能乞求
若是我的就不会走
不是我的难强求
若不舍分手就伤得更久

爱不能乞求
不要悲愁不要泪流
回忆也都不要有
向昨天挥手情伤不带走

爱不能乞求
破镜难圆覆水难收
成全你顺水推舟
放手才能将未来拥有

止于欣赏不敢靠近

看得懂微妙眼神
听得懂浅唱低吟
心与心悄悄贴近
情像皎洁月光柔美纯净

但是不该动了情
但是不该交出心
不提爱字有原因
不能相伴虽有缘却无分

止于欣赏不敢靠近
尽管思念扰乱内心
却不能把热吻
送给亲切的梦中人

止于欣赏不敢靠近
只能祝你幸福开心
很忧伤缘起缘尽
爱只能在心中封存

爱来爱去不由我主宰

你当众向她示爱
真够狠击中我要害
我还怎么装不明白
心突地酸涩起来

从甜梦中醒过来
更加失落难过伤怀
泪不可遏制流下来
不想丢了你的爱

爱来爱去不由我主宰
如果你诺言不改
又怎会被横刀夺爱
我认输败下阵来

爱来爱去不由我主宰
无力留住你的爱
无力承受痛苦悲哀
分手就来个痛快

影子空气玩具

跃跃欲试你遍撒暧昧种子
眼泛泪光泄露我心事
已有觉察没揭破你
是不想难堪而已

我就像是你可有可无影子
爱恋陷入危险的境地
对你好还实心实意
只是延迟衰败期

你情感转移和她过从甚密
我隐忍被你当成默许
你轻视我视作空气
我痛心自找苦吃

被你当玩具仅是玩过而已
可笑我的爱无从提起
离开比留下更明智
不联系到此为止

感情淡了该放手

凄冷夜我独拥寒衾
你又去哪里眠花宿柳
丢下我苦苦守候
万种愁绪袭上心头

你总是找借口开溜
我良苦用心把爱挽救
你却不顾我感受
为何牵不牢你的手

感情淡了该放手
再苦再累我能承受
可心灵折磨能忍受多久
谁能无限制地迁就

感情淡了该放手
我在苦海挣扎太久
泪已干总有哭够的时候
不要悲伤我要自救

美好的爱是假象

以为对你了如指掌
却发现你花心真相
如惊雷在我心里炸响
泣不成声好景不长

让你专情我别指望
没得商量计划泡汤
你像彩蝶在花丛游荡
我越退让你越张狂

美好的爱是假象
你不再装模作样
让我受伤你趾高气扬
散漫放纵像理所应当

美好的爱是假象
越看透我越心凉
不愿争斗我撤离战场
付出所有却得到情伤

不再相爱就离分

你喜欢我我了然于心
对我很好不可否认
你越走越近我越陷越深
牢牢地抓住我的内心

你的眼神能看透我心
热烈狂吻来得迅猛
我坚守的堡垒溃不成军
被魔力吸引情难自禁

你的脸色总时晴时阴
我由主角变为陪衬
你漫不经心我忧心如焚
别指望我会百依百顺

不再相爱就离分
你花心风流成瘾
我无法容忍你分心
痛心太久情消磨殆尽

不再相爱就离分
不伤你没你狠心
不是一条路上的人
满面泪痕飞出你掌心

放爱一条生路

从快乐幸福到痛苦麻木
相处在岁月中变了态度
演化到熟视无睹
像身隔两个国度

从缠绵呵护到不管不顾
新欢胜过旧爱乘虚而入
出走的心牵不住
很清楚有了替补

放爱一条生路
谁愿被藤蔓缠住
藕断丝连才煎熬悲苦
从情感困扰中走出

放爱一条生路
谁也别把谁捆住
谁也不是谁的救世主
分手想撤就有后路

伤已铸成悔之莫及

你的追求一直持续
我顶不住浪漫攻势
直觉情魔太有杀伤力
跳荡的心还是入了迷

被打动踏上冒险之旅
不留余地献出自己
才知你玩风流游刃有余
你朝秦暮楚乐不可支

伤已铸成悔之莫及
我像从云端猛然掉下去
你的爱只是幌子
不过色欲引发的游戏

伤已铸成悔之莫及
你的绝情让我不寒而栗
让我心痛更加剧
爱终结于失望的袭击

爱我就别走

各持己见争斗
意气用事提分手
就像火上浇油
都把心伤透

不想半途分手
不想佳偶变怨偶
想起快乐的时候
止不住泪流

爱我就别走
如果都能体谅迁就
就不会吵闹不休
惹上烦恼暗自泪流

爱我就别走
你很痛苦我也难受
你发愁我也担忧
情深意厚何须探究

爱我就别走
点到为止别留伤口
说过要风雨同舟
其实还想相依相守

情花已枯萎

朵朵雪花飘舞洁白柔美
你的笑脸可爱妩媚
雪地里你跑我追
欢笑声多甜美

音乐悠扬你们喝着咖啡
一个亲吻笑得暧昧
惊得我魄散魂飞
突然伤心欲碎

情花已枯萎
我不再是你的绝对
执着的付出换来你的虚伪
我坠入苦海痛彻骨髓

情花已枯萎
再多眷恋也是白费
吞咽着泪水淹没过去的美
我跳出苦海走得干脆

翘首企盼等你回还

别人说你毫不起眼
而我看你如花鲜艳
暧昧的情调掩不住喜欢
你娇憨笑脸羞红一片

客船边亲吻你的脸
江面投影下甜美瞬间
心中的热爱像太阳灿烂
虽然要分开泪湿满眼

翘首企盼等你回还
魂牵梦萦深切眷恋
想看你目光跳动烈焰
想重温欢乐浪漫

翘首企盼等你回还
心贴心才感到温暖
止不住思念急切呼唤
盼你出现在眼前

你有更爱的我会放手

你们暧昧的眼神交流
你的吻在她脸上游走
这一幕映入我眼眸
痛心疾首疑问闪现心头

你的心已经悄悄溜走
说一时冲动昏了头
不过是牵强的借口
我不痴缠爱已无力拯救

你有更爱的我会放手
每个人都有选择的自由
别内疚你可以放心走
我装作洒脱不难受

你有更爱的我会放手
相恋容易却难长相守
留有余地还可做朋友
总好过反目成仇

怎舍得爱远去

凭蛛丝马迹就怀疑你
一时冲动做了傻事
以为你变心断然分离
很懊悔偏执自以为是

我慌乱情绪咎由自取
本该相信你的真挚
却让你生气受了委屈
爱被我推入痛苦境地

怎舍得爱远去
忘记你谈何容易
怀念你的柔情蜜意
还想相伴相依

怎舍得爱远去
对不起别再赌气
心里一直挂念着你
还想好好爱下去

想爱就爱不爱就结束

谁焦虑愁苦谁夜不归宿
怕揭开内幕爱被颠覆
隐忍越久越痛苦
等待不珍惜的人何苦

只见新人笑不闻旧人哭
变了心也就没了眷顾
不会再得到安抚
证明爱走到穷途末路

想爱就爱不爱就结束
不留恋也不幻想能如初
像个情奴被摆布受屈辱
那样怎会快乐幸福

想爱就爱不爱就结束
快乐地走入伤心地退出
成全替补挨这一刀刻骨
一场情戏落下帷幕

活就活得清楚
即使真相残酷

你是爱偷情的人

你流着泪求我原谅你
发誓说和她断了联系
再不做伤害我的事
好好爱我一心一意

我不忍心真和你离分
本以为你会收敛色心
却暗地里和她亲近
我很痛苦厌倦折腾

感情受损即使还残存
也不再完整有了裂痕
爱已失真积怨已深
回到从前再没可能

你是爱偷情的人
言而无信太花心
让我还怎么相信
太失望彻底死心

你是爱偷情的人
我已无法再容忍
难同行抽身走人
让冷风吹干泪痕

爱像风飘走

避而不见不是好兆头
物欲横流你自愿上钩
被他引诱喜新厌旧
痴缠难舍我不想放手

我给予所有你都忘脑后
你也能心安没有愧疚
我虽知道木已成舟
还想挽回像中了魔咒

你狠心地转头就走
冷酷背影无视我泪流
既然求你也不能留
那就让爱像风飘走

我被抛弃苦泪长流
爱不像你说的会长久
悲痛折磨终有尽头
慢慢愈合心中伤口

很想相依却不能留下你

听你讲伤心往事
勾起我痛苦回忆
惺惺相惜萌生爱意
却不能降落到现实

这份缘不合时宜
怕潜伏的杀伤力
虽动情却负担不起
做知己可能更合适

很想相依却不能留下你
听着你表露心意
只能说声对不起
不想埋下悲剧的种子

很想相依却不能留下你
不得不封存爱意
看着你凄然离去
我的泪水纷飞如雨

念 情

洒泪吻别后你杳无音信
我的最爱无迹可寻
日日年年苦等
等不来我爱的人

想起海誓山盟
不觉泪雨纷纷
美好想象编写的剧本
导演后更伤心

胸前红印是你爱的烙痕
怀念拥抱缠绵温存
我从来不相信
你对我的情已尽

为何造化弄人
竟然无力抗衡
走在人群流浪的孤魂
该向何处投奔

情路云遮雾罩

联系关心越来越少
你说忙得不可开交
是借口为免于打扰
还是真的默默辛劳

曾被爱火炽热烘烤
突然冷淡出乎意料
怕疏远是情变预兆
还爱不爱我不知道

情路云遮雾罩
怕被生活磨掉美好
怕你的爱虚无缥缈
怕没缘分相伴到老

情路云遮雾罩
很怕失去你的信号
承诺不能给爱打包票
从容潇洒面对才好

当你离开后

就在最爱的时候
我挣脱你紧抓的手
虽然和你一样很难受
我们止于欣赏足够

站在寂静的街头
你转过头看我很久
眼神泄露心中的忧愁
我想挽留欲说还休

情感虽美难接受
一时之欢难以长久
不能厮守是逃避的理由
无法给你期望的温柔

当你离开后
为何时常梦游
梦见你朝我挥手
而我伤心泪流

当你离开后
往昔侵扰心头
物是人非事事休
只有记忆长久

相爱谈何容易

并肩而行都不发一语
朵朵鲜花真不解人意
笑得芬芳艳丽
不懂我心里的悲凄

黯然走在夕阳余晖里
晚霞绚丽却匆匆散去
爱不得不隐匿
放你离去是不得已

目送你在视线中消失
怅然若失我泪飞如雨
宁可苦着自己
也不让你为难忧虑

相爱谈何容易
怪造化怪际遇
知道你身不由己
知道我无能为力

相爱谈何容易
动情却要退避
你背负不起压力
斩断我美好期许

相爱谈何容易
别说来生在一起
哪有什么下辈子
不过是幻想而已

从你的世界退出

就像蒙着迷雾
你爱的流露似有若无
我匆忙追逐
很容易盲目误入歧途

你轻慢不在乎
我原本自信底气十足
可现在糊涂
总心神不安掩饰不住

沉醉笙歌艳舞
你放纵取乐夜不归宿
我心里打鼓
想知道又怕知道痛苦

从你的世界退出
我劝阻而你很冷酷
越怕听你越说不
甘愿认输我偃旗息鼓

从你的世界退出
我不想做临时替补
心寒了渐渐醒悟
依靠忙碌淡忘了酸楚

牵手后又放手

为你当吃苦耐劳的憨牛
你却像狐狸精风流
被利诱轻浮贪图享受
我成了任你摆布的木偶

我心里翻江倒海般难受
夜夜醉酒排遣忧愁
怎么做都已无法挽救
痛心太久不得不分手

牵手后又放手
对于情场高手
我再把爱守候
是荒唐可笑念头

牵手后又放手
谁能一直将就
折磨难以承受
得到失去已足够

分手是迟早的事

从质疑及躲避
到主动地嬉戏
不知不觉心被你占据
沉迷此情不可遏制

由神秘到熟悉
由欢爱到疏离
被她染指你热恋中止
许诺就像泡沫消失

怪我自以为是
怨你出尔反尔
无法扭转这情感危机
我禁不住悲从心起

分手是迟早的事
被你弄哭很多次
我不像你随心所欲
但也不做爱的奴隶

分手是迟早的事
你可以安心离去
我来善后收拾残局
明天做全新的自己

平静地了断

谁埋怨而谁争辩
谁疏远而谁冷战
各怀心事步履维艰
要合要分悉听尊便

相爱时忽视缺点
相处时摩擦不断
何苦伤害何苦亏欠
以致食言以致离散

平静地了断好聚好散
不用再左右为难
不用再留下积怨
不用彻底翻脸

平静地了断好聚好散
不用再郁郁寡欢
可以有新的情缘
遗憾也都释然

想忘的人忘不了

不顾情分你冷漠如路人
泣不成声我不愿离分
哀求没用纠缠太蠢
可被抛弃又怎么甘心

退让求全挽不回你的心
我拼命支撑你还是走人
倾尽所有所托非人
我学不会你厌旧贪新

你是我最想忘记的人
也是忘不了的人
我爱的人伤我最深
痛苦万分泪水自己吞

你是我最想忘记的人
也是忘不了的人
心窝还残留你的温存
故步自封为旧情所困

不值得因为负心人
不再爱我的人伤心
放下包袱走出消沉
别担心还会有爱降临

爱已末路

有意地漠视疏忽
明显的冷淡不在乎
你的感情似有还无
我的心神混乱恍惚

真相终水落石出
我泪流成河止不住
满眼悲伤满心凄苦
你的情变对我残酷

抹去泪珠爱已末路
我越痴迷越盲目
误入歧途一味下注
你不爱了我全盘皆输

抹去泪珠爱已末路
用我放手的痛楚
换来你的移情他顾
我成全你想要的幸福

戒偷情

感情牢不可破毋庸置疑
想插一脚真是自不量力
不觉得你像是
跳梁小丑可笑滑稽

如果只是好奇玩耍而已
这样有意思吗值不值
玩来玩去其实
游戏了自己更空虚

如果是另有目的虚情假意
看你怎么能伪装到底
谎言终有戳穿的一日
真正倒霉的就是你自己

我和他情意深厚历经风雨
共同拥有的都是彼此
最珍视的不能舍弃
在心里最重要别人没法比

赶你走

独守空房我泪水流
你又去花花世界玩乐
忘了我陪你打拼的时候
你承诺要给我美好生活

当你才刚熬出头
就得意忘形花心风流
把我看作了残花败柳
你只能同患难不能同享受

心里空落落的很难受
困扰煎熬太久
期望浪子回头
不甘心如同被施魔咒

你却朝三暮四不收手
我还怎么将就
不再瞻前顾后
赶你走不再指望相守

原来爱是假欲是真

谁演得情戏逼真
百般讨好大献殷勤
谁单纯傻的当真
意醉情迷越陷越深

谁猎艳纵欲花心
本就是个大众情人
谁醒悟被伤太狠
愁苦痛心满脸泪痕

原来爱是假欲是真
被引诱迷惑掉以轻心
不设防轻易失身
留下深深的伤痕

原来爱是假欲是真
怀抱着悔恨拔腿走人
不要再徒劳地伤心
因为不是一类人

怎么搞的全变了

你眼神如电似火
绵绵情话勾魂摄魄
我一时头脑发热
不由得走火入魔

你狂吻滚烫炽热
灼烧着我迷醉着我
像幽灵紧缠着我
我的心被你俘获

怎么搞的全变了
你的热情短如星火
只想玩乐却不负责
得到后就想逃脱

怎么搞的全变了
你又勾引另外一个
没经受住你的诱惑
我受伤是迟早的

怎么搞的全变了
一时情动铸成大错
我的痛被沉默包裹
你走得心安理得

爱到不爱了为止

突如其来的吻是狂热驱使
充满野性霸气让我不能自持
尽管感到你太散漫放荡不羁
我还是沉迷你怀里

一旦动心不由得放纵自己
贪恋愉悦沦陷变得那么容易
即使深渊也义无反顾跳下去
姿势如舞蹈般美丽

爱到不爱了为止
你言行怪异有意闪避
我始料未及
突然遭遇泪的侵袭
心里涌起酸意
想问却未提及

爱到不爱了为止
你善变的心无须掩饰

我没在意的样子
只是不想拆穿而已
宁愿不明所以
何必累伤自己

爱到不爱了为止
你见异思迁我已多余
留下已没有意义
我做得到绝尘而去
不会悲伤哭泣
该放弃就放弃

对你怎么还不死心

你时而疏远时而亲近
感情真假难分
霸道强吻迷乱我心
在你暧昧里沉沦

我需要时你置若罔闻
忧伤侵扰我心
对于感情我很认真
而你好像不诚心

对你怎么还不死心
积压苦闷黯然伤神
怕最终有缘无分
怪我迷恋太深

对你怎么还不死心
走不出你布下的迷阵
纠结于梦醒时分
盼爱还有可能

真爱假不了，假爱真不了

说分手是为我好
亏你替我想得周到
朝我心上扎刀
还要让我感恩图报

说决不临阵脱逃
最后你却逃之夭夭
投奔他的怀抱
剩下我被痛苦侵扰

真爱假不了假爱真不了
见识了你虚伪的花招

真不想再领教
这样也对早断早好

真爱假不了假爱真不了
你被甩才想到我的好
不给你后悔药
老天比你会开玩笑

两情相悦变成一厢情愿

曾经你眼神释放出迷恋
让我心柔软到沦陷
现在你为何躲躲闪闪
什么原因你变冷淡

模糊了直觉我陷入谜团
请你照实说别隐瞒
虽然我忧虑心理慌乱
凄凄惶惶怕断情缘

两情相悦变成一厢情愿
也许亲密太久变厌倦
也许你另结新欢
放心我不会纠缠

两情相悦变成一厢情愿
果不其然印证了预感
我不会将你羁绊
要分手随你所愿

不快乐趁早开溜

我对你体贴温柔
你一点回应都没有
深藏的玄机不漏
感情迷离看不透

冰河在心底潜流
默默承受苦累忧愁
看着你像风来走
我还幻想长相守

爱长久成了奢求
夜幕降临的时候
你又被诱惑带走
丢下我伤心地眼泪流

不快乐趁早开溜
别再孤单地守候

别等心上留下伤口
犹豫很久我最终放手

爱到不爱

同床异梦不再抱紧
情感被岁月磨损
扯不清纠纷出现裂痕
心灰意冷形同陌生人

想远离又于心不忍
想靠近力不从心
白衣苍狗像变幻的流云
开始走神变得不安分

原先爱是真
现在不爱也是真
终敌不过现实弄人
美好激情消耗殆尽

原先爱是真
现在不爱也是真
疲惫两心五味杂陈
难逃离分投奔新人

原先爱是真
现在不爱也是真
滚滚红尘都是旅人
未来只能听凭缘分

走吧我成全你

你的谎话无懈可击
疑问憋在我心里
不再寻根究底
爱的余味慢慢散去

和你斗嘴吵闹预示
还有挽回的余地
懒得和你争执
意味挽回的心已死

忧伤难过浸入心底
表面像若无其事
苦衷只字不提
就连留恋都已多余

两个人的苦乐悲喜情事
断断续续写到最后一笔

是爱太过脆弱不堪风雨
还是嬗变的心不可理喻

存心隔开距离
有人已将我代替
说好作永久眷侣
却还是失之交臂

走吧我成全你
我刹车还来得及
你会把我忘记
正如我不再想你

雪中情思

大雪纷飞的长街
紧紧拥抱依依惜别
愁肠百结心痛欲裂
挤出笑笑得泪盈于睫

残冬枯萎的季节
寒风吟唱悲悲切切
有口难言声音哽咽
爱太深真的不想离别

美丽朦胧的世界
朵朵雪花盛开纯洁
堆俩雪人相依相携
如美好过去情真意切

泪水凝成相思雪
瑞雪曾与梅花相约
痴心等待再续前缘
这情节永远不会终结

柔情丢得一点不剩

相恋的人逃不掉怨愤
唇枪舌剑激化矛盾
都没耐心关系紧绷
隔阂越积越深

几番挣扎仍力不从心
脸上悲苦泪水纵横
频繁冷战形同路人
对爱失去信心

柔情丢得一点不剩
折磨得筋疲力尽
心头刺越扎越深
变得越来越不安分

柔情丢得一点不剩
誓言破碎成齑粉
都痛得留下伤痕
各走各的只能离分

爱还能走多远

相处日久热情渐淡
分歧难解变得不耐烦
反感以至沉默寡言
忧愁心酸在蔓延

一筹莫展恩怨纠缠
想要珍惜痛却难避免
爱本就是甜苦参半
怎么拆除掉炸弹

难道任由情感搁浅
要分手时才惶恐不安
谁先妥协打破冷战
谁就爱得深才留恋

爱还能走多远怎么续演
没完没了的吵闹抱怨
只能让浓情衰减
不要演变成终身遗憾

爱还能走多远怎么续演
心容易受伤复原难
千万别作对翻脸
体贴谅解能让酸变成甜

有你的记忆怎样抹除

投桃报李好感脱颖而出
我敞开心扉欢迎长驻
你眼含柔情光彩流露
不知不觉爱拉开序幕

一场深爱一个凄美错误
逗趣分开仍觉残酷
望着你的背影绝望地哭
情到浓时缘黯然落幕

有你的记忆怎样抹除
思念侵扰反反复复
心里溢满难言情愫
一旦陷入就无力走出

有你的记忆怎样抹除
明知这情没有出路
应该潇洒收放自如
可又怎么将心管住

放弃你是最好抉择

他比你更懂我爱我
虽不如你表现得火热
怕辜负他怕受情伤折磨
所以不和你扯不清瓜葛

他给我单调的生活
带来丰富多彩的快乐
使我麻木的心开始鲜活
我很感动他爱得很执着

放弃你是最好抉择
不会被你的承诺迷惑
不想听别再对我诉说
因为他疼惜我在我心窝

放弃你是最好抉择
对你的柔情报以冷漠
不会对爱犯致命过错
应该各走各的各得其所

宁可失去你

当裂痕无法消失
就是恋意退潮的开始
对你的偷欢外遇
做不到隐忍默许

禁不住怒从心起
吵闹规劝却无济于事
你依然随心所欲
爱消磨得所剩无几

一段恩怨情史
一场由乐到痛的经历
很伤心掩面而泣
知道没有回旋余地

与其纠缠下去
倒不如放过彼此
整理纷乱思绪
不会再自讨没趣

宁可失去你
也不愿被你轻视
或许不会忘记
但绝不会再拾起

爱上围城里的人

莫名其妙的命运
你的魅力将我吸引
百般殷勤深得我心
可你已不是单身

爱上你了不可能
尽管我很不想承认
可又怎能违背内心
思绪矛盾乱纷纷

你情如火烧我心
飞蛾投火我变愚笨
掩饰不住焦虑眼神
忧愁惊扰难安心

爱上围城里的人
你对我海誓山盟
难辨真假也愿相信
虽怕爱越久伤越深

爱上围城里的人
怎么这样不小心
陷入怪圈惹火烧身
怪我爱上不该爱的人

思念没有终点

惊喜于畅谈甚欢
怅然于相见恨晚
爱潜伏在眼前
没点破心照不宣

想象的美好画面
只能在梦里实现
答案显而易见
走散是情有可原

欲诉难言两心黯然
不忍相看落寞的脸
有缘相识却无缘相伴
在路口分别虽难舍留恋

事过境迁往事已搁浅
但是爱意有增无减
依然与回忆藕断丝连
梦萦魂牵思念没有终点

一旦有了裂痕就难修复

你喋喋不休抱怨挖苦
我忍无可忍赫然而怒
越吵越僵伤筋动骨
越来越格格不入

你的情淡了才会疏忽
我不再幻想同甘共苦
隔阂越深怎么弥补
爱不见了只剩厌恶

一旦有了裂痕就难修复
冷眼相对强压酸楚
刻骨的感悟缘有定数
任你决然走出我双目

一旦有了裂痕就难修复
你忙不及寻找替补
移情别恋乐不思蜀
我也该另谋情感出路

此情永在心窝

一阵阵秋风吹过
一片片黄叶飘落
该来的终究躲不过
逃不掉分开别无选择

你眼中柔情脉脉
很不舍泪珠坠落
我满脸泪水也很难过
漫长岁月该如何度过

此情永在心窝
能相爱很难得
幸好没有错过
留下美好记忆深刻

此情永在心窝
从不要求什么
因为爱是真的
曾经快乐过也值得

我不会永远等下去

我想让钟情延续下去
你却开始糊弄我演戏
沉迷欢场花天酒地
我哭不尽心酸委屈

痛得太久越来越无趣
揭穿你虚情假意的面具
难以弥合嫌隙和分歧
看不到你回心转意

我不会永远等下去
感情变淡已过期
我从爱巢搬离
悄悄销声匿迹

我不会永远等下去
你是不回头浪子
已经属于过去
我不想再有交集

让我难过你忍心

你绷着脸不理人
我怎么道歉你也不听
很着急我慌神
怎么打动你固执的心

都怪我一不留神
伤了你敏感脆弱的心
很后悔真愁闷
别和最爱你的人较劲

让我难过你忍心
怕看你幽怨眼神
我改正你放心
你懂我的心爱得真

让我难过你忍心
想想过去的我们
有多幸福开心
别闹了该珍惜缘分

长痛不如短痛决然分开

谁在情人间徘徊
让谁痛苦伤怀
纠结不清的胶着状态
如藤蔓缠绕透不过气来

谁放纵贪享欢爱
让谁泪流悲哀
以为付出能换来悔改
却怎么做专情也回不来

长痛不如短痛决然分开
看谁气急败坏
玩情戏就不是真爱
求也不再留下来

长痛不如短痛决然分开
与其耿耿于怀
不如放下才能自在
从魔障中走出来

想走悉听尊便

心存幻想深信你的爱恋
以为会长远其实不然
你经不住似水流年
爱被磨失掉光鲜

挡不住你变心见异思迁
我用情真你却在敷衍
施放出伤我的烟雾弹
爱走到了悬崖边

想走悉听尊便
我不会强人所难
也不喜欢讨人嫌
告诉自己不能再留恋

想走悉听尊便
爱不该一厢情愿
也不该顾影自怜
一场空梦会渐行渐远

怎么努力也爱不出奇迹

偶遇原来是你精心设计
是吸引我对你注意

你浪漫情话有穿透力
我不暧昧试图回避

你的霸道是因狂热驱使
体贴使我迷乱心智
情到浓时我以身相许
只因为爱没法控制

怎么努力也爱不出奇迹
发生这么多的伤心事
怨我爱上一个浪子
风流是你天性如此

怎么努力也爱不出奇迹
付出所有感动不了你
想笑遭遇泪的侵袭
是分是合随你意

看透你贪婪的色心

不堪场景触目惊心
昨天说爱我今天搂着别人
我的爱偏偏逃不掉恨
很愤怒忍无可忍

以为你爱我一样真
总是相信你犯不着留戒心
却让你伤得我很寒心
佩服你演戏逼真

看透你贪婪的色心
别想再和我亲近
对你已没了信任
你不会付出真心

看透你贪婪的色心
失落之余也庆幸
真的该痛下狠心
分手已没有情分

不作情人角色

当发现你还有另一个
我心酸地泪流成河
隐忍着不想发作
只会放任你偷情猎色

你不动声色逃避纠葛
朝秦暮楚不听劝说
竟无视我的难过
足以说明你不爱我了

是去是留难取舍
进退两难的选择
怪我被甜言蜜语诱惑
进入了牢笼怎么解脱

宁作忧郁旁观者
不作情人的角色
你另有所爱就别烦我
我飞出牢笼天高地阔

爱的心弦已被你扯断

你和他相拥走出酒店
撞见我你言语慌乱
欲盖弥彰表情极不自然
看来你水性杨花不是传言

我转身走泪水开始蔓延
悲痛就如飓风席卷
真挚情感被你抛到天边
你的背叛将爱黯然画上句点

爱的心弦已被你扯断
你曾经的誓言还萦绕耳畔
此时变得多么讽刺荒诞
我做不到容忍别指望我留恋

爱的心弦已被你扯断
以为能甜蜜相伴到永远
却只是我梦中自导自演
美梦已碎我该学你另寻情缘

不能越界

被火炙烤着火苗蹿起
在你身上看到爱的影子
目光游移躲避你的直视
怕泄露心中的秘密

好奇冲动按压心底
乱七八糟的思绪纠集
顾虑重重束缚着自己
不能越界留段距离

不能太过感情用事
没奈何不合乎道义
心里难受但婉拒不容置疑
起身而去不敢回头看你

怕丧失离开的勇气
不能走入情感误区
不能冲破底线让感情变质
不能不伦不类扯不清关系

不敢暧昧不合时宜
做朋友是明智之举

情花太娇嫩易枯萎

你回眸一笑灿烂娇媚
激荡我内心的柔美
全心全意好好爱一回
在幸福和快乐中甜醉

你感情多变由真变伪
宛如那行云流水
呵护不断我试图挽回
别让最爱你的人心碎

情花太娇嫩易枯萎
我对你问心无愧
却换来你轻狂出轨
我用情太深伤入骨髓

情花太娇嫩易枯萎
我做不到心如止水
很难过不停地流泪
怎样能冲破痛苦包围

要么不爱要爱就要长久

你的爱裹着迷雾我看不透
是真的还是海市蜃楼
你是不是我要的追求
是不是我此生的所有

怕你不专情只是短暂停留
那我倒不如及早收手
何必傻傻憧憬着以后
随你意我会放任自流

要么不爱要爱就要长久
给我真话让我找到出口
若真爱就别让我再等候
有缘相识靠真情长相守

要么不爱要爱就要长久
到处弥漫着如水的温柔
携手一起走互相分忧愁
风狂雨骤的折磨能承受

放下不再爱我的人

天微明雾沉沉
在这分手时分
你脸色难看像蒙上乌云
触痛我敏感受伤的心

泪水流昏沉沉
怎么摆脱苦闷
对迷失在花花世界的人
为何我还想念得揪心

放下不再爱我的人
别再纠结负我的人
自我折磨很蠢
真爱我才配我真心

放下不再爱我的人
我不如你薄幸狠心
不会埋下怨恨
爱来爱去风过无痕

情褪去美丽光环

我经得住时光的考验
你却心不在焉说变就变
翻了脸很难看
冷言冷语让我心寒

我不曾预见情势逆转
你去偷欢挑战我的底线
让我泪挂腮边
把我步步逼进深渊

情褪去美丽光环
终结了浮想联翩
我沉郁的脸神情黯然
不再痴心妄想死灰复燃

情褪去美丽光环
你像风来去随便
离愁别怨冲淡爱恋
情已残破不全早该了断

你的誓言已化成灰

埋怨牢骚你无事生非
为何莫名其妙地怪罪
我疑窦丛生你心中有鬼
不由地落泪被忧愁包围

很伤悲感情岌岌可危
我想挽回你不给机会
温柔换来你的冷冷相对
你只想收尾我心愿难遂

你的誓言已化成灰
我学不会处之泰然自如进退
我做不到洒脱无所谓
爱到最后几乎崩溃

你的誓言已化成灰
独自眷恋太痛苦终究枉费
不再交汇你往南我往北
黯然告吹把你放飞

爱到半途走投无路

感激你为我辛苦
敌不过你懂攻心术
中了你设得埋伏
被情网住一头坠入

管不住内心情愫
明知只是临时驻足
终究要各奔前途
鬼使神差还是迷住

爱到半途走投无路
真希望你绝情冷酷
也让我死心退出
省得掉泪珠纠缠地痛苦

爱到半途走投无路
没缘分相伴到垂暮
没法永享你眷顾
转身的一刻一切已结束

只能是朋友而已

你讨好无济于事
我像事不关己
有意回避是不得已
绝口不提爱你

你大胆表露心迹
温柔情意真实
千头万绪纠缠我心里
宁可一概不知

只能是朋友而已
我也没办法身不由己
你不要明知没戏
还要独自演绎

只能是朋友而已
我克制感情淡然处之
你不要浪费精力
别人比我合适

爱就爱了不分时候

爱就爱了没有理由
你眼眸含情笑脸娇羞
让我强烈地想拥有
贪恋你的温柔美妙的感受

你说我不走你走
其实希望被劝留
你生气我也难受
可相守终是奢求

纠结着不想放手
很想陪你到永久
可横着天堑鸿沟
只能被命运左右

爱就爱了不分时候
怕让你等太久芳华溜走
不能给你留下隐忧
怀着愧疚止不住泪流我走

我该爱的人

直视你的眼问
还有没有缘分

你回避我的追问
默不作声脸色阴沉

不怨你狠心
怪我满足不了你
露出的虚荣心
你太娇贵我爱不起

适合我的我该爱的人
是不轻浮不贪心
能互相扶持关心
陪我过平淡生活的人

适合我的我该爱的人
是很朴实很诚恳
最看重珍惜情分
安心过平稳日子的人

可悲爱有去无回

原来是幸福快乐的一对
现在是难以靠近的刺猬
不再柔情似水
多了埋怨怪罪

一天天依偎一年年相随
慢慢地情变淡索然无味
总是沉默相对
给个冷漠后背

可悲爱有去无回
只怪厌倦在作祟
争斗吵闹来来回回
就像魔鬼毁掉爱的美

可悲爱有去无回
都是一肚子苦水
伤心垂泪心里很累
情缘已尽分开各自飞

爱别想靠承诺保全

怎么无视你的厌烦
看你心不甘情不愿
我愁眉紧锁郁郁寡欢
心里打鼓爱能否长远

现实与想象相距甚远
你的疼爱消失不见
像暴躁狮子对我责难
忍着我反击只会吵散

爱别想靠承诺保全
你迷上新的情缘
有人接了我的班
我强抑满怀的幽怨

爱别想靠承诺保全
不想破裂地难看
顺从你的意愿
所有的苦我一身担

你要走了我放手吧

我的感情不善于表达
只能用无私行动说话
证明我宠爱你照顾有加
却在你眼里显得廉价

突发状况没办法招架
你和他偷欢东窗事发
我强忍着没让眼泪流下
揭穿你贪慕他的荣华

和你说我不得不作罢
不能太浅薄你知道吗
贪心的结果是鸡飞蛋打
我满足你成全你和他

你要走了我放手吧
可能我们真没缘法
还说什么呢即使舍不下
你能活得好我也省了牵挂

你要走了我放手吧
守候蒲公英结绒花
却被一阵风吹向了天涯
眼看你离去泪水决堤而下

你缺席太久

你依然美丽俊秀
梨花带雨不胜娇羞
好像时光从不曾流走
想起我们离别时候

月光下梧桐树后
我搂着你亲吻不够
泪雨滂沱还是松了手
送你远走给你自由

你缺席太久
我没资格接受
无能为力叹息摇头
怪我们的缘分不够

你缺席太久
已不能再牵手
作什么都无法补救
唯有情在心中残留

断情至此

你说别再联系
我知是你气急之语
并不是出于你的本意
可我还是自动从你眼前消失

闹到如此田地
怪你贪心只想自己
即使心里还残留爱意
我也不会妥协让你摆布轻视

这样也好断情至此
做朋友也是多余
省得伤得彻底
不至于反目为敌

这样也好断情至此
没有不散的筵席
只当不曾认识
慢慢地终会忘记

玫瑰花再美终要凋谢

你下了最后通牒
也许是想和解
我该不该拒绝
是走是留悬而未决

怎忽略心寒感觉
忧愁无处发泄
你的情难察觉
左思右想不得其解

玫瑰花再美终要凋谢
情伤又被你撕裂
万念俱灰心痛欲绝
失恋无法改写

玫瑰花再美终要凋谢
爱的余火被浇灭
对你冷淡婉言谢绝
就在冬天分别

爱没法预设

看你落泪心软了
一腔怒气不好发作
讨厌你抱怨指责
沉默是无声的反驳

打闹过头分手了
迁就也是有限度的
越吵感情越淡漠
也许是真的不适合

爱没法预设
源于感觉不依赖承诺
怎奈何都厌倦了
不想再过这样的生活

爱没法预设
不再多说一说都是错
了断纷扰纠葛
心平气和地散了走了

想要长久相伴就得收心

发现你有了情人
我痛如万箭穿心
发现你还和我亲近
我无所适从而苦闷

发现我难舍情分
对你更体贴关心
发现你还偷会情人
我夜夜哭泣很伤心

想要长久相伴就得收心
我爱得真才克制隐忍
可你喜新不厌旧玩情
辜负我良苦用心

想要长久相伴就得收心
忍无可忍我无法再忍
是你践踏我感情自尊
离开你恩断情尽

一切随缘

你拒人千里很冷淡
感情戛然叫停故意疏远
我很慌乱焦虑不安
委屈幽怨显而易见

曾闪亮双眸变黯淡
灿烂笑脸变得愁眉不展
我很伤心苦不堪言
以泪洗面彻夜难眠

顺其自然一切随缘
你扔下我不管
走得理所当然
我再留恋更难堪

顺其自然一切随缘
情变司空见惯
不要自伤自怜
我该笑迎明天

当情梦彻底破碎

争执错对感到越来越疲惫
彼此推诿都觉得满腹苦水
不再妥协任怨气发挥
心的疏远怪罪太久的依偎

物是人非无视伤心的泪水
介意原委裂痕怎么能补缀
不是可以谅解的误会
一句分手解脱就一去不回

当情梦彻底破碎
不再痛苦回味
不再伤悲不再累
付出过也不后悔

当情梦彻底破碎
不要意冷心灰
再去找寻爱的美
还有很多的机会

离开后才知真的爱你

你是迷我看不清
你是雾气捉摸不定
可感觉你亲切似曾相识
好像早已经拥有过彼此

思念如雨很悲戚
情绪如风无法抑制
始终逃不脱命运的藩篱
沾着泪水我写下道别诗

离开后才知真的爱你
以泪洗面茶饭不思
想要再次抓住你
却怕你不懂我的心

离开后才知真的爱你
想念吞噬破碎的心
想要再次追回你
却怕你的情薄像纸

放手也是给自己出路

街灯照着孤单的我冷清的路
满脸泪水躲进漆黑夜幕
拖得越久越伤心自取其辱
你有退路却让我陷入穷途

你走进我心里却走出我双目
我难割舍只因情到深处
被你关心被呵护有多幸福
被你冷落被轻视就多酸楚

再多付出也回不到美好当初
我别沉迷幻想终是虚无
你的心太嬗变另有所属
口说的爱靠不住我才醒悟

放手也是给自己出路
放不下过往的包袱
就是为难自己作茧自缚
为不爱我的人何苦搭进幸福

放手也是给自己出路
要走出情伤的痛苦
才能重新踏上爱的旅途
会有爱我的人就在那不远处

白鹤企鹅

你像端庄美丽的白鹤
温柔待我情投意合
她像乖巧可爱的企鹅
善解人意给我快乐

我想拥有你这只白鹤
相依相守很适合我
可又迷恋她这只企鹅
扰乱心窝诱惑着我

既不想伤了白鹤
也不想伤了企鹅
两个只能选一个
让我怎么做选择

我该选哪一个
左右摇摆如何取舍
两个都想占有
结果全都会失去的

那留下最爱的
只能放手另外一个

变心的人没必要挽回

月亮淡淡的清辉
照着我凄凉的泪
你到处留情暧昧
却对我冷淡心如止水

让我心痛多少回
可是你却无所谓
幻想被击得粉碎
我只能放手将爱告吹

变心的人没必要挽回
给你失信的机会
扔掉我这个累赘
还好我能全身而退

变心的人没必要挽回
分手也不会后悔
虽然我心很伤悲
红肿双眼溢满泪水

想问老天为什么不成全

曾让我快乐的浪漫
曾让我心安的臂弯
曾让我沉醉的爱恋
却被现实羁绊

感受得到你的泪眼
投向我久久的留恋
相爱却不得不离散
诺言没有实现

想问老天为什么不成全
不能是相伴一生的情缘
为什么抑制不住想念
心已沦陷却难见一面

想问老天为什么不成全
纵天涯相隔还梦萦魂牵
为什么不能如心所愿
忧郁怅然任泪水泛滥

一场戏没必要演下去

我想一生奉陪到底
你避而不答是什么意思
是另有隐情难以启齿
还是对我三心二意

怎么解开困扰的难题
我久久徘徊在爱的原地
想走想放弃谈何容易
怕看到自己孤单影子

一场戏没必要演下去
留恋是多余只会更悲戚
别留下硬伤痕迹
我不作傻事就此停止

一场戏没必要演下去
虚构再美丽也不是事实
认清你虚伪本质
不再提过去不再理你

劳燕分飞

同床异梦背对背而睡
冷淡了都变得腻味
激情渐褪一去不回
由美酒变成了白开水

可能太过熟悉是罪魁
厌倦侵蚀掉爱的美
扯不清恩怨是非
你责备我怪罪都伤悲

一直纠结着拖泥带水
是鸡肋感觉在作祟
没法忍受冷眼相对
折磨得都身心太疲惫

好聚好散劳燕分飞
爱像沙子堆成的堡垒
脆弱得一击即溃
争斗吵闹将诺言打碎

好聚好散劳燕分飞
都不愿再为此情所累
悄悄地拭去泪水
爱到最后黯然收尾

激情只活了一夜

伴着狂放的音乐
相拥欢跳摇曳
笑容满面两情相悦
心飞起来的感觉

只是过客在邀约
抗拒动心直觉
爱火越想猛然浇灭
可越燃烧得热烈

激情只活了一夜
夜空闪耀一弯新月
亲吻淋漓尽致宣泄
身心交融爱得狂野

激情只活了一夜
强抑泪水忍痛离别
缘如片片火红枫叶
在最美的时候凋谢

早该悬崖勒马

动听的是浪漫情话
我却不知是真是假
你施展恋爱兵法
神魂颠倒我是爱上了吧

同样的情也给了她
你在上演风流戏码
推翻说过的筹划
让我等待只等来你变卦

早该悬崖勒马
我压抑的愤怒爆发
吵闹不过是无助的挣扎
你要肯给安稳早给了

早该悬崖勒马
恨你装假怨我犯傻
流泪数着心上的伤疤
这就是我爱你的代价

爱完了无话可说

你又糊弄玩花活
我气得难压怒火
你演得假一眼识破
从没要诚心改过

越相处我越难过
你太贪要得太多
即使我曾犯傻爱过
也不想再有瓜葛

爱完了无话可说
不迁就不得过且过
我宁可孤单地活
总好过忍受痛苦折磨

爱完了无话可说
除了悲伤一无所获
我应该好好地活
忘记你我会快乐很多

我别一条道走到黑

你拈花惹草胡作非为
我兴师问罪却铩羽而归

心伤得支离破碎
可爱怎忍心告吹

我忧虑不安步步后退
流不尽眼泪抹不去伤悲
很狼狈日渐憔悴
感情濒临崩溃

我别一条道走到黑
你改不了花心出轨
给不了我爱的纯美
我也别让苦泪伴随

我别一条道走到黑
别留下伤痛一大堆
别叫我宝贝很虚伪
我舍弃你不再理会

没有谁不可或缺

从好奇到了解
笑容像春光灿烂
由火热到冷却
泪水如夏雨倾泻

从相悦到破裂
爱情如秋花凋谢
由相依到分别
伤痛像冬风凛冽

没有谁不可或缺
当激情退却
当亲密被争吵瓦解
也许离别是最好的终结

没有谁不可或缺
当美梦破灭
别再放任情伤流血
应该忘却没必要再纠结

去意已决

和你在一起我没少受气
说爱我的人薄幸又自私
我由受宠公主变怨女
很烦恼萌生退意

真爱我就不会对决到底
没了快乐只有争吵泪滴
一场注定会输的博弈
我承认情场失利

去意已决没商量余地
纠缠其实难为自己
不堪束缚选择逃离
我不想活得憋屈

去意已决没商量余地
蔑视你虚伪的骗局
就连痛苦都已多余
和你断绝关系

你将情逼上绝路

一直隐忍装糊涂
是我在自取其辱
你乐此不疲追逐猎物
而对我熟视无睹

苦泪像江河涌出
可惜我用心良苦
不想爱走入穷途末路
但你已毫不在乎

你将情逼上绝路
爱再回不到原处
我不能作茧自缚
不想沦为无助的怨妇

你将情逼上绝路
对我已弃而不顾
我不哭恍然大悟
也有另寻真爱的好处

不想再挨刀

搞不懂你似笑非笑
看不透你眼神缥缈
曾经热情一浪更比一浪高
现在忽然对我冷如冰雕

感觉你变心吓一跳
冷眼相对你的讥诮
你唱反调伤心刺骨的争吵
挑剔抹杀所有爱的美好

你掩饰不了我难逃纷扰
对你好却得到
你出轨的回报
我心痛如毒蛇噬咬

我怒火中烧再生气吵闹
都太可悲可笑
不如转身跑掉
我离开不想再挨刀

爱的是你还是想象的幻影

你欲言又止似有隐情
我如坠云里雾中
你说在一起困难重重
让爱似过眼云烟一场空

你明知不能为何多情
我受伤泪水奔涌
谁能想到你言不由衷
空许过长相伴一言九鼎

爱的是你还是想象的幻影
虚伪才是你真实面容
见异思迁是你本性
我蒙在鼓里被骗感情

爱的是你还是想象的幻影
别活在自己编织的梦中
坚决走出你的陷阱
情路上会有真爱美景

被引诱又遭抛弃

对她呵护备至
对我敷衍了事
你背叛我改旗易帜
恨你薄情寡义

对她疼爱宠溺
对我厌烦漠视
对你死心一走了之
何必让你嫌弃

怪我自不量力
受了莫大打击
哭不尽伤痛憋屈
醒悟过来太迟

我被引诱又遭抛弃
就别想我原谅你
真爱过我吗未必
你是为满足情欲

我被引诱又遭抛弃
你的承诺不过是
美丽的气泡而已
我被戏耍地彻底

自欺欺人

残月下孤单的我
自问自答自唱自和
怎么会泪珠滑落
对唱的人不知下落

你当游戏当娱乐
我却当真情深难舍
说忘了说不爱了
自欺欺人是假的

冷风吟唱凄厉的歌
片片枯叶飞舞飘落
眼中一丝悲凉闪烁
我还剩什么只有苦涩

还在等着盼你回头
我还爱着还想复合
朝思暮想魂不守舍
想爱不能爱无可奈何

爱的终结

热望被你无言拒绝
你怪异表情令我费解
最后知道你有了新欢
原来我被蒙在鼓里浑然不觉

又是一个难眠长夜
悲苦的心像荒芜旷野
许久的折磨忧愁纠结
打击得我痛哭流泪伤心欲绝

明知你有更爱的
还是不愿分别
情缘怎忍抛却
做不到速战速决

既然你有更爱的
我的爱该终结
含泪挥手送别
不来往彻底断绝

谁离开谁都可以

早已貌合神离
时光流逝流走欢喜
那些美好已成过去
现在只剩痛惜

当没了快乐甜蜜
少了迁就多了分歧
怎么变得不可理喻
两心渐渐疏离

何必再勉强维持
缘分已尽烦恼丢弃
顺其自然随缘而已
淡然面对结局

谁离开谁都可以
往事不想再提
相伴永久是传奇
谁还有耐心演绎

谁离开谁都可以
何必洒下泪滴
曾经相爱也足矣
道珍重各自飞去

太阳照常升起
又是新的开始

很爱却不能说爱

轻描淡写的对白
刻意的距离笼罩无奈
眼神交流忧郁悲哀
感情不说也明白

很想痴狂地恋爱
心动的感觉翻江倒海
很想相伴却被阻碍
暗自垂泪苦难耐

很爱却不能说爱
情缘被造化主宰
像冥冥注定天意作怪
无福让爱放光彩

很爱却不能说爱
只怕放纵带来伤害
不想走开还得走开
魂牵梦萦最真情怀

很爱却不能说爱
沉沦相思落寞袭来
明知不该还在期待
峰回路转喜出望外

真心的爱却没有明天

秋风声里幽幽长叹
花飘落蜜蜂很伤感
日思夜梦多少年
想重拾旧情却为时已晚

流云来去时聚时散
孤雁飞在原地盘旋
哀鸣呼唤很凄婉
怎奈何与想象相去甚远

夕阳余晖染红天边
快乐片段晃在眼前
如果挂念能长眠
就不会如蒲公英到处飘散

真心的爱却没有明天
你离我越来越远
包括许下的誓言
爱过不必说抱歉

真心的爱却没有明天
手难牵一目了然
你已与我无关
像日月很难碰面

真心的爱却没有明天
看我们依偎的相片
眼里潮湿一片
这成了最后纪念

爱前景未卜

你争我吵锋芒毕露
折射出缺点和不足
谁爱得多谁先认输
让步也是一种呵护

感情时而明媚夺目
时而模糊萦绕迷雾
天长日久朝夕相处
也许变得平淡麻木

满眼忧郁爱前景未卜
因为在乎才会吃醋
和则俱好斗则皆输
别闹到不可收拾的地步

满眼忧郁爱前景未卜
如果非要占据全部
那是逼着恋人逃出
别将相伴的答卷烤煳

解 脱

过去我是你最爱的
现在却成了不爱的
情事不由我把握
你绝情让我痛如刀割

伤过怨过愁过哭过
爱如残花凄然凋落
回忆牢牢困住我
水深火热中煎熬难过

你和她打得火热
无非也是一时的快乐
得不到的是最好的
你会丢掉她像丢掉我

若还被情伤折磨
放不下你是错上加错
爱你这种人不值得
彻底解脱开始新生活

放过你也就是放过自己

你突然变脸我始料不及
原来你早就准备逃离
躲避我竟暗藏玄机
又迷上他让我自动出局

不哭泣哀求别可怜兮兮
感情再也回不到过去
藏起我心中的悲凄
缘来缘去只能顺其意

放过你也就是放过自己
你绝情地不留余地
足以泯灭我残存情意
是你让爱陷入死局

放过你也就是放过自己
不联系别多此一举
既然分手就断得彻底
心如止水淡忘过去

怎忍心半路分飞

和好分手来来回回
激情消退索然无味
谁哭天抹泪谁大倒苦水
伤痛到撕心裂肺

原说好的生死相随
曾经很高兴有依归
可是当树绿了七个轮回
怎么变得冷漠相对

怎忍心半路分飞
怎么做才不后悔
别去追究孰是孰非
互不相让都不对

怎忍心半路分飞
谁又能全身而退
为何心痛地掉眼泪
还想把依恋找回

不能说爱却很爱

平常的对白显见的无奈
不是表演的天才

忧郁眼神比话语坦白
最苦涩不得所爱

感觉很奇怪想念地厉害
却还是委屈了爱
纵然不舍却渐渐走开
最伤心痛失所爱

不能说爱却很爱
过往难忘难以释怀
寂静难眠的夜里
心里的爱时常跳出来

不能说爱却很爱
不需等待却在等待
泪水无声落下来
相思却没相守的未来

忧思情结

合影一张张翻阅
我们笑得很傻很愉悦
怀念逝去的温馨岁月
那时相恋纯真热烈

不曾想倔强误解
将亲切紧密情感撕裂
爱的烈焰尚未熄灭
你却走了都没道别

我的情如瑞雪纯洁
纷扬着忧思情结
你不回头将爱终结
我却望眼欲穿难了结

我的泪将留恋宣泄
爱得深想念更切
我懂得了忍让谅解
你却沉默无声的拒绝

爱到最后惨淡收场

真是意外居然碰上
你和他手拉手游逛
我张大嘴惊讶万状
怒火掩饰着悲伤

如果不是背叛穿帮
你怎会心虚慌张
原来专情只是假象
我竟没察觉反常

爱到最后惨淡收场
不可原谅不必多讲
我不会安于现状
被虚情假意捆绑

爱到最后惨淡收场
就此分开断了来往
我不再胡思乱想
伤心的全都遗忘

分崩离析

依偎久了情也麻痹
少了忍让多了争执
好感磨灭反感开始
越熟悉越多分歧

吵闹斗气逐步升级
少了沟通多了排斥
出现裂痕生出嫌隙
同床异梦各怀心事

又节外生枝
互相猜疑打击
僵持着心无顾忌
只能是分崩离析

当感情走私
也别反目为敌
友好地分手离去
恩怨都一笑了之

舍不得也要舍

你的情怀火热
我的眼神羞涩
本该逃得远远的
怎奈何已走火入魔

你很风趣幽默
给我沉郁生活
带来温暖很快乐
最高兴是心灵契合

不管结局如何
好好爱过知足了
你的剪影在我心中定格
虽不能修成正果

只要你能好过
再舍不得也要舍
掩藏伤心故作神情自若
送别你无可奈何

给我个重爱的机会

明亮满月洒下清辉
照在脸上夜不能寐
历历往事久久回味
忘不掉你的美

还想陪你再舞一回
窈窕秀美翩翩欲飞
你的笑容温柔娇媚
似在怀中依偎

给我个重爱的机会
你看不到我的伤悲
眼角滑下凄凉泪水
还在痴心等你回归

给我个重爱的机会
我做不到潇洒进退
对真爱怎能无所谓
还想挽回陪你心醉

谁能做到全心全意

你和她调情我很介意
激起我浓烈醋意
你极力伪装掩饰
我没有揭穿肚明心知

我一直在自欺装傻子
宁愿不明就里
希望你下不为例
舍不得才留回旋余地

谁能做到全心全意
专爱之余也有感情游离
总会冒出点小插曲
不要较真过于偏执

谁能做到全心全意
你不过寻开心一时刺激
不玩真的就没关系
谁叫我真的很爱你

还你自由

你迷人的眼眸
仿佛在说很爱很爱我
真心愿意付出所有
我终于丢弃害羞
义无返顾地给出温柔
深爱你在心头

你是快行的舟
我只是你路过的风景
你又迷上新的追求
悲凉忧伤袭上我心头
我不再是你唯一的守候
泪不知该怎样流

很明白你不再爱我了
我会还你自由
不再徒劳地忧愁
痛痛快快的分手
我一个人默默地走

很清楚你不再爱我了
我会还你自由
不再期盼你回头
只怪爱还没参透
我们依然是朋友

音信断绝

密急的雨下了一夜
我的泪水如雨发泄
你说的美好情节破灭
我又该怎样演绎书写

你们私会风花雪月
如梦初醒我才惊觉
你就像翩然来去蝴蝶
戏耍我将我情思泯灭

不再来往音信断绝
花开花谢在风中呜咽

忧伤失落的感觉
痛苦像凛冽寒风肆虐

不再来往音信断绝
自我告诫对玩情杜绝
火热的心已冷却
对你已毫无任何感觉

你的妩媚有毒

眉飞色舞被光照出
玲珑身姿狂热劲舞
火辣眼神兴味十足
猛然你靠在我的胸脯

忽然僵住我像泥塑
你脸贴脸挑逗轻抚
花容失笑浓香飘浮
我不敢迎合冷淡应付

你的妩媚有毒
很妖艳很轻浮
偶尔对我光顾
我不为所动安之若素

你的妩媚有毒
很虚荣很世故
我不敢犯错误
自认为享不起这艳福

缘浅却很爱

不忍看你泪流满腮
心疼地拥你入怀
清香气息扑面而来
激荡的爱却说不出来

不敢表白却又青睐
温暖从指间传来
热烈亲吻快乐袭来
多想沉醉不要再醒来

缘浅却很爱
眼神交流心的悲哀
很想要你留下来
却被现实逼着分开

缘浅却很爱
思念如海泛滥成灾
深情厚谊都明白
过了很久还在缅怀

自作多情要不得

你的心神秘莫测
吸引我很想探究
爱上你紧追不舍
像被施了魔法不由我

想用真情将你俘获
想你迟早爱上我
想和你一起生活
我的心意都被你看破

可你像冰山难攻克
我想爱却没着落
让我很失望闷闷不乐
眼中忧伤无处闪躲

你有意推托在搪塞
我的爱求之不得
你做了选择我还说什么
我自作多情要不得

走吧，一了百了

怎么会宝变成草
我越来越微不足道
虽然近在一步之遥
你躲避着明显想逃

眼看你恋情动摇
我也不想刻意讨好
卑微的爱不如不要
我可不想变得渺小

走吧，一了百了
犯不着再忍受煎熬
总比被你嫌弃要好
纷纷扰扰一笔勾销

走吧，一了百了
不告而别搬离爱巢
省去最痛一幕也好
云淡风轻阳光照耀

只能是知己

你温柔一笑带着丝丝暖意
欲掩还露表白心迹
我敏感的心接收到异样讯息
装糊涂没点破你的用意

我眼神躲闪你的直白注视
贪心的结果只能是
把拥有的也失去不可收拾
所以我发乎情而止于礼

感情有压力让我不敢触及
窗外一夜雨声淅沥
像忧伤的你对我窃窃私语
我不是不期待是赌不起

也许我不可思议会爱上你
也许想过忘乎所以
也许也许只能停留在也许
只徘徊在美丽的想象里

既然不可能在一个轨迹
何必放纵感情变质
只能是知己足够理智
这样才不会弄伤两颗心

唯有做朋友才自在随意
才能保持恒久的友谊
你对我的好记在心里
能给予慰藉有情有义

爱已形同虚设

情感起起落落
从相恋缠绵快乐
到争执吵闹发火
加剧怨愤隔阂

几度分分合合
纷扰着恩怨纠葛
到伤痛化作冷漠
裂痕难以弥合

爱已形同虚设
与其互相折磨
不如分开好过
何必都厌烦焦灼

爱已形同虚设
分手也算解脱
各过各的生活
像路人互不干涉

被 甩

最爱看你温柔一笑
乐意给予为你效劳
你说我是憨厚的熊猫
让你能放心地依靠

长发飘飘你很俊俏
顾盼含情娇媚微笑
我说你是可爱的小鸟
让我想紧搂在怀抱

嫁给我好不好
还没回应我的宣告
没想到你就逃跑
怎么会分手毫无预兆

回味追忆凭吊
我很痛惜心愿未了
为什么被你甩掉
午夜梦回还想着你的好

爱应该平等

若不是你的执着让我感动
若不是沉溺宠爱中
又怎会落入美丽陷阱
寸步难行被困住身心

我不是情奴不懂唯命是从
不怕你专横的挑衅
情让我窒息让你发疯
终于认清爱成了幻影

爱应该平等
应该温暖高兴
不该诚惶诚恐
不该受伤心痛

爱应该平等
应该信任包容
不该心情沉重
不该漠然冰冷

迎着阵阵寒风
留给你凄凉背影
走向天寒地冻
春天终会来临

无力回天

自信情花结果香甜
高兴地有点飘飘然
却忽视了你心存不满
抱怨掩盖你蓄意欺瞒

凌乱场景晃动眼前
残忍事实戳破谎言
一目了然你的心已变
突然袭击得我如坠深渊

我没有误解你不是贪玩
这不是偶然事件
无法接受欺骗
我怎能毫无怨言

我心烦意乱你意兴阑珊
既然已无力回天
那就聚散随缘
泪水淹没掉眷恋

路过的美景止于欣赏

你后背有我追随目光
我动了情黯然神伤
犹疑不定心摇摇晃晃
不敢触及又念念不忘

爱你需要太多的能量
而我怕不能够担当
我不能仅奉爱情至上
太多顾虑不得不思量

路过的美景止于欣赏
哪怕我独自忍受凄凉
哪怕想你想断肠
也无缘像蝶影成双

路过的美景止于欣赏
只能做朋友平常交往
我不敢有非分之想
爱只能在心中隐藏

缘很美却到头了

你说要走了忘了吧
微笑掩饰着你的泪花
我知道你故意说反话
可除了伤心我别无它法

你的情意真没变啊
我也从没当作戏耍
了然于心你的想法
可是我不能求你留下

缘很美却到头了
也曾反反复复挣扎
可这样让我害怕
我不能和你一样装傻

缘很美却到头了
只能放你走吧走吧
虽难舍黯然泪下
虽然断不了思念牵挂

痴痴地等能否再聚首

悲伤往事沉沉压心头
苦度长夜满怀的忧愁
走进迷宫找不到出口
凄凉的泪在心底奔流

爱已飞走为何不长久
有缘相识却无缘相守
形单影只烈酒烧心口
万丈红尘知音最难求

痴痴地等能否再聚首
多想亲爱的你能回头
多想看到你含笑眼眸
多想触动你心底的温柔

痴痴地等能否再聚首
其实你知我情深意厚
梦里总和你相依相守
我的真爱恳请你能接受

分开吗

望着你倔强的眼神
感觉气势咄咄逼人
更是让我心气不顺
你哄哄我都不肯

闹出难以调和矛盾
怎样无视幽怨伤痕
过去有多幸福开心
现在就多苦恼伤心

分开吗一次次自问
为何心揪得更紧
真的舍不下情分
做不到转身走人

分开吗一次次自问
悲泣于梦醒时分
真的狠不下心
别让美好变残忍

但求心灵长相知

爱没来由地跳跃在心底
可我们之间有太多不可能
寂静深夜想着你
脸上滑下无助的泪滴

我不是无动于衷石头人
你一天天流露的狂热激情
早已俘获我的心
可我只能假装冷漠无情

沉浸在绚丽的想象里
犹豫纠结我不能忘乎所以
甜蜜可望不可及
不是我狠心是身不由己

很想在一起亲近
但我不能随心所欲
不能只想自己对不起
痛彻心底却无能为力

不能长相守相依
但求心灵长相知
默默无声地爱着你
真情就像纯粹的水晶

眼不见心不烦

你偷情会新欢
逃不过我的法眼
别再佯装笑脸敷衍
我会放手不会羁绊

讨厌你胡搅蛮缠
别较劲你放松点
不要动不动就翻脸
从此两清各不相欠

抱歉打碎你如意算盘
激情被岁月冲刷到冷淡
你给的快乐一去不复返
我不想再冒傻奉献

事过境迁爱衰减到完
无所谓留恋一切都随缘
以后眼不见也就心不烦
能相爱过也不算冤

怎能如此荒唐

发现你们暗地里交往
像针扎在我心上
泪水涌出眼眶
浇不灭心中悲伤

爱你降低我的智商
我一直忍耐避让
不想和你较量
怕揭穿没法收场

怎能如此荒唐
别像迷途羔羊
没了主张没了方向
用情太深不值当

怎能如此荒唐
分手断绝来往
没有什么好商量
没你爱还有希望

很相爱却是迟到的爱

谁眼含柔情流光溢彩
明显狂热示爱
谁没有表白却有关怀
想爱又怕伤害

谁情如潮水泛滥成灾
灼热气息扑来
谁慌张闪躲却没躲开
沉沦温暖情海

很相爱却是迟到的爱
说该走了该洒脱走开
又为何流下泪来
都不好受痛彻心怀

很相爱却是迟到的爱
咽着泪水违心地离开
以为能淡出心海
分开很久仍在挂怀

亲爱的别让我忧心

难道你是铁石心肠的人
怎么无视我渴求爱的眼神
为你上刀山下火海都肯
却等不来爱的回音

你的一颦一笑牵动我的心
贪恋你娇嫩柔滑的红嘴唇
给我刻骨铭心的亲吻
深深地爱你上了瘾

最难打开的是你的心门
对我总不冷不热不远不近
因你是能说心里话的人
才会让我情深意真

亲爱的别让我忧心
爱是包容是信任
是扶持也是责任
我会给你幸福安稳

亲爱的别让我忧心
你的情若现若隐
给我个爱恋眼神
我就是最快乐的人

磨 合

相处久了成习惯
不再用心关照情感
不以为意的平淡
继而引发争吵不满

别闹到不欢而散
你别责难我别反感
谁没有毛病缺点
无妨大碍学会释然

你没有见异思迁
我也没有另觅新欢
要惜缘不计前嫌
别让柔情半路搁浅

郁闷消散和好言欢
虽谈不上很喜欢
至少不讨厌
不然怎么一生相伴

郁闷消散和好言欢
你别任性别刁蛮
我也别逆反
磨合是为相依长远

不为旧情所累

生气转身给个后背
眼中泪花摇摇欲坠
很冷漠当激情消退
彼此厌倦感觉乏味

打扮光鲜要取悦谁
又在和谁偷偷约会
不将就当感情疲惫
才会对谁媚眼乱飞

不为旧情所累
不登对趁早撤退
对旧爱已心如止水
只当误会已无所谓

不为旧情所累
祝好运各自高飞
与适合的对的人相会
很甜美何乐而不为

因祸得福

你的谎言破绽百出
别想掩人耳目
揭穿你虚假面目
你的负心把我激怒

我可不想自取其辱
别想我会让步
对于你我已麻木
不再伤心没有泪珠

我也对你可有可无
你别装作无辜
洞察你清清楚楚
我该给自己找条出路

他安慰我默默关注
对我尽心呵护
真让我因祸得福
他给我温情幸福归宿

你好自为之我走了

总觉你世故圆滑
让我放心不下
有意试探一下
印证了你说谎话

说得太美会很假
别演感动戏码
你的心太复杂
我不拿感情玩耍

别以为我是傻瓜
在我心里的话
也没必要说了
一场戏该结束啦

你好自为之我走了
心头乌云散了
还好及时刹车啦
没有跌落悬崖

你好自为之我走了
谁是有缘的他
迟早总会来到吧
转向我再出发

就此分别

问你情是否真切
分辨出细微感觉
你不安眼神作了注解
我又何必犹疑不决

爱瞬间土崩瓦解
放走你这戏花彩蝶
我心灰意冷主动退却
怎么淡化伤痛感觉

你走了就此分别
这样也好终于了却
一直困扰我的心结
你虚情假意迟早幻灭

你走了就此分别
我受情伤引以为戒
忧虑愁苦都忘却
微笑着迎接每个昼夜

不再勉为其难维持

你的辩解苍白无力
印证乱情确有其事
我耿耿于怀愤怒生气
是用你的过错惩罚自己

你不安分貌合神离
她们比我妖娆艳丽
你寻欢沉醉花天酒地
爱还在吗又该从何说起

不再勉为其难维持
介意你感情变质
你变得我不认识
还在一起又有什么意思

不再勉为其难维持
转移自己的思绪
我要活得更欢愉
朝阳升起又是新的开始

玩完就散

调戏的蜜语甜言
明知是夸张表演
还配合着媚笑娇艳
掩盖各取所需的估算

一时的冲动消遣
仅是玩乐的床伴
拈花惹草与情无关
露水之缘放纵狂欢

随随便便玩完就散
只是贪色猎艳
只是想卖好价钱
本来都有收手打算

随随便便玩完就散
一场交易短暂
一场戏缥缈虚幻
空空如也过眼云烟

我情愿被你遗弃

如果你没感情变异
她骚扰我又怎么解释
感觉我变得多余
我怎么能不介意

褪去你美好的外衣
露出真实的薄情的你
爱是你耍的道具
为满足内心贪欲

我情愿被你遗弃
可苦涩的泪滴
怎么洗不去往事
过去闪现在眼里

我情愿被你遗弃
被你伤了一次
别被你伤一辈子
你的承诺是骗局

还怎么一起过

从争吵指责到冷淡沉默
越来越不和大动干戈
从欢喜快乐到忧伤苦涩
心起起落落泪雨滂沱

从无话不谈到无话可说
为何会闹到势如水火
从视为依托到失望落寞
不想要弥合只想逃脱

还怎么一起过
当纠结分歧对错
话不投机半句多
爱也就到头了

还怎么一起过
当明白无法磨合
走了拖着更难过
忽然泪水飘落

不做弃妇

只有我没觉察出
真相很恐怖
你还有一个情妇
让我流下悲伤泪珠
爱化为了虚无
说不出我内心的痛苦

你走到背叛地步
就断了退路
对爱犯了致命错误
我不能忍受三人共处
情伤惨不忍睹
裂痕醒目已无法弥补

扔了你我不做弃妇
看清你本来面目
玩情左盼右顾
玩不过前因后果的劫数

扔了你我不作弃妇
当不快乐不幸福
谁甘愿被束缚
爱落幕不会对你宽恕

从情海解脱出来

知道你对我衷爱
知道没有将来
知道会带来伤害
所以爱你却不能表白

我内心翻江倒海
有意躲开很无奈
不能够谈情说爱
虽然两心相知很合拍

从情海解脱出来
不需要等待
你像蝴蝶翩翩而来
又酸楚无望地离开

从情海解脱出来
可是难忘怀
泪忍不住滑落下来
只留下惋惜感慨

卸下忧愁

握住你双手脸红心跳
搂着你的小蛮腰一起跳
你娇娆妩媚我不由倾倒
我激情燃烧冲昏头脑

撞见你幽会真是凑巧
你和他挑逗嬉笑很招摇
像个交际花香艳风骚
我被你弄伤逃之夭夭

本想喜结秦晋之好
本想爱到垂暮终老
你水性杨花我不曾料到
让我心痛难熬

争争吵吵已没必要
卸下无谓的忧愁烦恼
我挤出一丝淡淡的苦笑
只能分道扬镳

雪精灵

雪花纷飞遇上你是奇迹
你像白雪精灵

送来深情厚谊
使我的心惊喜

寒冷季节认识你是运气
你像仙女飘逸
带来纯洁美丽
让我的心甜蜜

雪精灵……雪精灵
可爱的雪精灵

为何你这般柔弱
转眼就融化了
让我多伤心难过
泪珠纷纷滚落
没有你我很落寞
思念能向谁说

我是水

在黑夜里你来找我
浓浓酒气裹着忧伤失落
她无情弃你而去你诉说
我不会给你安慰只有淡漠

你离我而去那一刻
可曾想到会有今天的结果
这滋味你曾让我体会过
我们之间的游戏早已结束

我是水她是酒你曾对我说
你无法抵挡美酒的诱惑
酒没了你又想要水来解渴
你悔恨伤悲我只当泡沫

我是水把痛苦愁绪都淹没
我是水只要情投意合
我是水只要相依相守执着
我是水只要相爱到永久

爱上不该爱的人

你的话语亲切又风趣
竟然洞穿我的心底
虽然知道你身有所系
依然迷失在你的柔情里
毫无保留把心交给你
从不贪求你任何的给予

我在萧瑟寒风中等你
你抱紧我心贴着心
说对不起我深厚情意
我委屈的泪像河水决堤
地下情暴露在阳光里
鄙视压力让我喘不过气

爱上不该爱的人
注定结出苦涩果实
一切都是镜中花空欢喜
我只能伤心地逃离

爱上不该爱的人
注定是伤痛的结局
虚幻就像水中月般消失
等醒悟我追悔莫及

告别昨日

相识在秋风秋雨的清早
我柔软的心被你牵跑
以为幸运女神在冲我微笑
被你的甜言蜜语浸泡

你的目光如烈火闪耀
你的吻让我心涌起海潮
不由倾倒在你热情的怀抱
你的体贴让我睡梦中笑

以为找到永久安乐巢
直到你有新欢把我抛掉
痛苦的我泪水如雨飘
才知在爱中我多渺小

纠结过往心难受飘摇
无法挽回爱像吹泡泡
告别昨日的情伤煎熬
我该活得快乐活得好

相思扣

默默地看你上了火车
心里真是依依不舍
我说要想你了该如何？
其实不想表现得软弱

你扯下胸前纽扣塞给我
天涯游子的相思扣

不论走多远心有所托
说这是你心底的承诺

火车载着你模糊了眼窝
酸楚的泪悄悄洒落
紧攥纽扣我手心发热
像你的心不曾离开过

雪花纷飞像我一样寂寞
独守着漫长的寒夜
怀念往日的幸福欢乐
牵挂着你承受着苦涩

多少夜晚
胸前的相思扣伴我入眠
多少思念
抚摸着相思扣给我温暖
痴等着你回来
你还认得这相思扣吗？
痴等着你归来
你还爱我这痴心人吗？

爱的真谛

你口口声声抹了蜜
迷惑得我云里雾里
一往情深地陷进去
一点点迷失了自己

你的情来来去去
让我高兴又忧郁
一颗心大落大起
你像雾捉摸不定

你说不爱了很容易
随手把我丢进风里
我苦笑自己的无知
爱对你只是儿戏

爱只是你诱惑的道具
美丽谎言被揭示
我得到教训的痕迹
在爱的路上成长

什么是爱的真谛
谁会为爱付出真心
爱不要虚荣只要珍惜
爱的种子需要真诚来培植

残 花

你细心关怀温柔眼波
让我深深迷恋忘了自我
坠入情网对你毫无保留
以为找到了今生的归宿

你是蝴蝶在花丛穿梭
满世界寻找刺激和快乐
我失望地躲避在角落
情花一点点枯萎残破

你的心思变幻莫测
拿我炫耀你从不自责
爱真的在你心里抹杀了
我陷入欲罢不能的旋涡

我恨你薄情恨你冷漠
相信你的承诺是愚蠢的
我想离开却痛如刀割
恨自己懦弱失魂落魄

又是一个寂寞忧愁的夜
发狂的爱恨像魔鬼纠缠我
心已支离破碎地伤透了
就让这漆黑的夜把我吞没

为什么尝尽痛苦如此难过
难道是一厢情愿痴心的错
情花凋落我却难以解脱
全心地付出成了心酸泡沫

怎样走出泥潭把握生活？
爱已成残花早就该丢掉了
天亮凄苦的梦终于醒了
我也该振作开始崭新生活

来生我要嫁给你

你像太阳般光彩照人
而我只是渺小的星星
你的炽热融化我冰封的心
我悄然坠入你的一往情深

浪漫遭受世俗无情的打击
爱得太累我已承受不起
来生吧我要嫁给你
我心痛地黯然离去

因为爱你所以忍痛放弃
你送我的海棠被雨打落
星星点点落红在哭泣
像一袭失掉的嫁衣

情意深缘已尽匆匆去
任由泪水纷落如雨
来生吧我要嫁给你
相依相守永不分离

风声如泣撕扯我的心
天地作证我最爱是你
来生吧我要嫁给你
珍惜相伴的每寸光阴

来生吧我要嫁给你
这是我和你的约定

解 毒

高速时代相拥也快速
如胶似漆缠绵相处
转眼冷若冰霜形同陌路
就好像清晨的露珠

感情从没好好想清楚
一点风浪袭来就认输
转身大步离去漠然退出
像树还没长成已干枯

像蝴蝶在花丛里飞舞
朝朝暮暮满不在乎
享受激情新鲜从不知足
受伤也挡不住纷乱脚步

张扬的个性轻狂自负
谁也不愿全心付出
谁也不想把责任担负
谁也只尝甘甜不尝苦

大好的时光挥霍无度
爱情变得可笑虚无
闹剧演了一出又一出
游戏人生好像中了毒

空虚孤寂的心需要救赎
拨开浓雾有了太多感触
不堪回首的一段段旅途
玩弄了自我变麻木

从没有体味过快乐情愫
走出乌云有了太多醒悟
对爱的渴望一点点复苏
真心真意为爱投入

不是不懂你

不是不懂你，不是不疼你
只是有太多太多的不得已
想要说却说不出千言万语
所有的苦就让我独自扛起

不是不爱你，不是不想你
只是不得不去正视现实
想要让你不痛心怕伤害你
默默承受忧伤我暗洒泪滴

我知道你最明了最知我心
深感你最令我动真情
我明白你在乎我一言一行
痛感暧昧只会令我更伤心

我心酸今生只能错过你
想说太多对不起安慰你
若即若离我们只能是知己
也许不完美才会心中铭记

爱不在祝福还在

在浮躁开放的时代
率真张扬的男孩女孩
渴望一见钟情的恋爱
很容易就坠入爱情海

能相识相知乐开怀
心如大海般汹涌澎湃
美妙感觉流光溢彩
那浪漫情怀蜂拥而来

太多梦想在眼前展开
憧憬美好灿烂的未来
也会因小事互相责怪
生气了也会不理不睬

都很倔强谁也不愿改
心浮气躁还没学会忍耐
谁也不再对谁青睐
爱翩翩而来又黯然离开

爱不在祝福还在
都有不对都不该
有温馨也有悲哀
放弃才不会带来伤害

爱不在祝福还在
留下太多的感慨
有精彩也有无奈
依然是朋友祝福还在

你是夜莺

夜色已深黑沉沉
湖水多么宁静
我的泪如泉涌
这里是真爱的见证

你曾说你是夜莺
夜夜给我唱歌
我守在湖边等
梦想着奇迹的发生

恍惚中你翩翩而来
你是水中仙子乘着风
亲吻我的头发嘴唇
你依然是灿烂的笑容

我还听到你的歌声
多么温柔又多么深沉
将我的忧伤抚平
你的眼依然脉脉含情

多想把你牢牢抱紧
多想与你热切相拥
不再放你走不再放你走

为什么会这样?

丁香花开的时候
春风吹拂着我们的欢笑
湖水倒映着我们的拥抱
阳光在我心中温暖照耀

雪花纷飞的时候
争吵冰冷了我们的微笑
隔膜加深了我们的苦恼
爱情在我心中凄然冷藏

为什么会这样？
想爱却爱不到
恨你又恨不了
爱变来变去像雾一样缥缈

为什么会这样？
想好却不能好
想忘又忘不掉
情难舍难留像起伏的海潮

情窦初开

好奇怪猛地看见你
一颗心就狂跳不已
我满面羞红不能言语
呆呆地好像遭了雷击

傻傻地想你等着你
偷偷看你的忧伤欢喜
可是你却对我不在意
情窦初开的我陷入忧郁

悄悄地悄悄地喜欢你
又怕你看透我的心思
不由自主关注着你
多少次你出现在我梦里

你像玫瑰花可爱美丽
静静地绽放在我心里
很小心地珍藏着你
这一生一世都不会忘记

走 开

你说我是你心中的宝
要一生一世对我好
我陶醉在你的怀抱
红着脸幸福地撒娇

渐渐我成你心中的草
你看我哪里都不好
我流着泪不想和你吵
换来你轻视的嘲笑

你变心让我受不了
我像被困在孤岛
走不出爱你的牢
承受着伤痛的煎熬

你的爱其实已死掉
推我坠入冰窖
我难过也是徒劳
还不如走开笑一笑

痛彻心底醉一回

烛光里我们都有点醉
你红扑扑的脸很妩媚
艳丽的样子像风中的玫瑰
喃喃地说一生把我追
我幸福地陶醉
吻了你千百回

深夜我喝得酩酊大醉
你又在谁的怀抱沉睡
你灿烂笑脸像天使般可爱
忽然变成伤人的妖魅
我痛苦地流泪
爱像花瓶易碎

痛彻心底醉一回
忘了你给的狼狈
忘了我是谁
哭了笑了直到疲惫

痛彻心底醉一回
泪水流不尽伤悲
诱人的玫瑰
开了谢了直到粉碎

为什么还要爱你

白茫茫的雪地里
你给我披上你的大衣
轻轻抱住我满怀热情
瞬间播下爱的火种

听从你一意孤行
处处都是以你为中心
看到你快乐的笑容
我也感到心情放晴

好几次碰见你们
亲密的样子让我觉醒
不争气的泪水奔涌
周身冰冷心伤心痛

为什么还要爱你
你辜负我的情意
我像你穿旧的大衣
迟早会被你抛弃

为什么还要爱你
再也骗不了自己
痛心的爱丢在风中
我早该离你而去

爱在痛苦中成长

我们都自负轻狂
都想做爱的国王
认为自己是最好榜样
经常打仗互不相让

我们都无助失望
都做了爱的败将
敏感的心很容易受伤
都埋怨对方太倔强

爱在痛苦中成长
爱很脆弱经不起较量
流着泪大声唱
凄凉的心走过迷茫

爱在痛苦中成长
爱也需要包容和体谅
泪水洗涤过往
走过忧伤走向敞亮

我只是你丢弃的猎物

梦里你的背影反反复复
我想喊喊不出
你真的薄情麻木
离去时对我不管不顾

我像坐海盗船晕晕乎乎
酒一杯杯下肚
醉眼蒙眬像漂浮
就让烈酒燃烧掉痛苦

我只是你丢弃的猎物
一醉方休可以痛快地大哭
你断绝联系狠心冷酷
我却无法挣脱爱的酸楚

我只是你丢弃的猎物
醉了醒了我要解掉你的毒
你不配我真心的付出
我要自己跳曲动人的舞

背　叛

酒吧门前你亲吻他的脸
美好忽得烟消云散
我的怒火换来你的责难
你爱我的心已变
给我深深地挫败感
心酸的泪水打湿我的脸

以为爱恋纯洁地如雪莲
原来是你刻意表演
亏我为你辛劳不知疲倦
你违背许下的心愿
难道就没一丝不安
你的背叛让我肝肠寸断

为什么要背叛？
因为他能给你新鲜感
短暂的浪漫
而我却在埋头苦干
只为让你生活幸福美满
却得到你的移情别恋

为什么要背叛？
你对我假装痴情一片
脚踩两只船
不露声色地隐瞒
蒙在鼓里我一直被欺骗
我不再爱你离我远点

你到底爱不爱我

蓝天上的流云
像你的面容变来变去
我时而开心如阳光绚丽
时而陷入昏天黑地

我耳边的风声
像你的情意飘忽不定
你一会追逐如蝴蝶嬉戏
一会又如夕阳隐去

飞舞着的鸟儿
像你的身影来去随意

我时而流露出激动欣喜
时而心绪伤感忧郁

你到底爱不爱我
不要让我水中望月空欢喜
我一次次对你袒露心迹
你却总是隐约其词

你到底爱不爱我
不要让我镜中望花空叹息
我对你的深情日月可知
期待你心曲的共鸣

你对我爱还是不爱

你像美丽的百灵鸟
又唱又跳又温柔又可爱
这就是爱你掉入我心海
夜里梦见你会笑出声来

看到你就心跳加快
给我个微笑就觉很愉快
欣喜若狂我像中了头彩
快乐还是伤感由你主宰

你对我爱还是不爱
不要让我苦苦地猜
我的心意你最明白
给我一个可信的未来

你对我爱还是不爱
把心里的话说出来
我一直一直在等待
炫出我们美好浪漫的爱

爱的结果是什么？

缘是什么为什么
你的举手投足都吸引我
像个美丽的谜团充满诱惑
情不自禁我陷入痴迷旋涡

忐忑不安我诉说
揭开神秘面纱激情闪烁
爱得如火如荼光彩四射
时光流逝爱却在逐渐褪色

爱的结果是什么？
为什么只剩下厌倦和冷漠

人在眼前心却难以捉摸
熟悉地可以视若无睹

爱的结果是什么？
为什么只留下麻木的空壳
人在身旁心却远在天边
如何能找回逝去的欢乐

比恋人远比朋友近

你的泪让我心生不忍
即使我不是你爱的人
也全力以赴暗暗帮衬
让你喜笑颜开光彩照人

望着斜阳我沉思出神
默默将深沉爱意封存
不敢去表白守口如瓶
我懂你的心只爱他很真

比恋人远比朋友近
交往得体有分寸
你的苦水我倾听
是你信赖的人

比恋人远比朋友近
熟悉脾气和秉性
一直相处很开心
见证生命旅程

不爱了就分手吧

狂风刮暴雨下
将我的忧伤狠狠敲打
脸上的雨水混合着泪花
一遍又一遍地冲刷

风雨中哭泣的花
红花瓣纷纷飘落下
像鲜艳的爱转瞬不见了
怎么会脆弱地可怕

不爱了就分手吧
把泪水狠狠地擦
我不再留恋挣扎
给爱出路好聚好散

不爱了就分手吧
天长地久是童话

挥手说最后一句话
今后的路多保重啊

我不再爱你

虽然难舍可分手时
还要倔强地说我不爱你
至少留份尊严给自己
可转身时流下伤心泪滴

不该着了魔地爱你
你却忽冷忽热三心二意
深夜里我想起过去
又挣扎于无望的单相思

我不再爱你
把所有爱的日记
点燃在烈焰中随伤痛
一起化为了灰烬

我不再爱你
埋葬悲伤的记忆
怀着轻松安宁的心灵
迎接第一缕晨曦

爱充满了迷惑

去年的元旦很温馨
你说年年岁岁一起过
今年的元旦很伤心
我们已挥泪分了手

你主宰情感的王国
我误入才发现是错的
不想爱得没了自我
不想放弃尊严太脆弱

爱充满了迷惑
全心地投入陷落
没想到会是这苦果
宽容化解不了隔阂

爱充满了迷惑
爱的尽头是什么
回味过去酸楚地泪流
有口难言心中的苦涩

为什么我丢了爱

你生硬的表情
像千年不化的寒冰
连一句话都懒得说
我成了你厌烦的人

你冷漠的眼神
像利箭刺痛我的心
我忍让受尽委屈
还要假装很开心

承受你的绝情
连哭都不能哭出声
我努力想挽回你的心
你的脸却越来越阴沉

为什么我丢了爱
冷若冰霜代替了甜言蜜语
那颗追求我的心
早早地狠心地关上了门

为什么我丢了爱
进退两难代替了满怀憧憬
我的心已给了你
该如何面对你有始无终

如果有奇迹能再相遇

仰望着闪烁的星星
多像你纯真迷人的眼睛
风似吹来你甜美声音
我一遍遍问你在哪里

失去了才知多爱你
请原谅我真的对不起
若有心灵深处的感应
你会听到我忏悔心声

如果有奇迹能再相遇
我会一心一意来爱你
只有你能使我幸福开心
但愿星星善解人意告诉你

如果有奇迹能再相遇
我会千百倍地呵护你
手牵着手走过一生一世
渴望能找到你好好地珍惜

多想时光停留在刹那

那夜的雨不停地下
那夜的风猛烈地刮
吹乱了我们的心啊
美好的缘也被吹散了

紧紧相拥不想走啊
凄楚的泪飘飘洒洒
怎么能把过往抛下
千言万语却说不出话

无情的风无情的雨
无情地吹落娇嫩情花
多想时光停留在刹那
日积月累的爱怎能割舍下

我们的爱深深的情
是盛开在心中的奇葩
珍藏着走向海角天涯
无论何地总有深深的牵挂

觅知音

一个人流浪漂泊
忙碌地像个陀螺
为了生活辛苦奔波
收获了沧桑磨难几多

我陷入忧郁的旋涡
苍凉的心很落寞
心爱的人在梦中摇曳
醒来只有月光陪着我

觅知音呀觅知音
多想有个知己一起跋涉
觅知音呀觅知音
多想有个滚烫的心牵着我

觅知音呀觅知音
多想有个伴侣一起拼搏
觅知音呀觅知音
多想有个胸怀点燃起爱火

其实明白

一见钟情飞入爱情海
爱得澎湃不想未来

其实有太多的阻碍
是场注定没结果的恋爱

这份爱像暴雨来得太快
聚散匆匆太多无奈
一次次承受失落悲哀
情缘先天不足迟早要分开

有时会不由地感慨
世事变幻往事不再来
其实谁的心里也明白
分手后谁也不会为谁等待

其实明白其实明白
却依然要敞开心怀
爱在烈焰中灿烂盛开
又被匆匆的岁月悄悄掩埋

勿忘我忘不了

清秀的你飘进我眼窝
点燃我心中熊熊的爱火
我的追逐打动你的芳心
在你的柔情中陶醉了

你送我一束勿忘我
却唤不回我放纵的洒脱
我越来越不在乎的神色
深深地将你刺伤了

你悄悄地离开了我
我突然感到失魂落魄
才知道我有多么爱你
我清醒过来太迟了

你倔强地在我眼中隐没
勿忘我开得灿烂却寂寞
我对花说你会回来的
碎花儿无语沉默

看着蓝色花瓣的勿忘我
见不到你我心里很苦涩
都是我贪心狂妄的错
没有你我很落寞

勿忘我啊勿忘我勿忘我
你刻在我心上难以割舍

我不会再让你难过
回来吧, 我一直在等着…

你还想我吗

望着天边的晚霞
你还想我吗
走在轻柔月光下
你会想我吗

当你浪迹到天涯
当你过得自在潇洒
当你听着别人的情话
你还想我吗

当你漂泊地疲乏
当你经受风吹雨打
当你流逝了青春年华
你会想我吗

当你心里还有牵挂
有一点点会为我吗
当你孤单地心乱如麻
还会想起我吗

你还想我吗
我一直在记忆的边缘挣扎
刚把你在心头放下
眼前又飘来你熟悉面颊

你还想我吗
我听着凄美音乐喝着苦茶
快乐过往一幕幕闪现
眼里又奔涌出泪花

为什么要让我难过

你说过要好好爱我
给我温暖快乐可为什么
让我忍受你善变的脸色
为什么你的冷漠
让我不知所措

你说过要永远爱我
给我幸福生活可为什么
让我饱受你冷酷的折磨
为什么是你让我
伤心地泪流成河

为什么要让我难过
爱真的如此脆弱
经不住朝夕的耳鬓厮磨
经不起一点点的风波
像随风飘移的云朵
聚散随意从不坚守

为什么要让我难过
经历了感情的挫折
我醒悟你是浪子的角色
你在演戏从不想有结果
你甜言蜜语的承诺
只是你美丽的诱惑

你的抛弃让我开始新生活
我需要的是个能专一对我
相伴一生的人真爱的执着

我是不是还该爱着你

不知道你到底好在哪里
莫名其妙的就爱上了你
依恋你一发不可收拾
深深陷入了爱的沼泽地

你的随心所欲若即若离
让我魂不守舍偷偷哭泣
你的眼神空洞迷离
已看不到我在你心中位置

我是不是还该爱着你
对着月亮一次次问自己
要我如何忘记
那些过去的酸甜往事

我是不是还该爱着你
对着苍天反复问自己
又该怎样放弃
才能不留下伤痛的痕迹

爱的颜色

当倾慕像初开的花朵
怦然心动喜形于色
魂牵梦萦情投意合
爱就是美轮美奂的粉红色

当爱得像燃烧的烈火
情深意浓美妙时刻
如胶似漆卿卿我我
爱就是炽热耀眼的火红色

当爱陷入矛盾的旋涡
时而亲密时而隔膜
时而厌倦时而自责
爱就是不冷不热的浅黄色

当爱进退两难很冷漠
独对明月尝尽苦涩
泪眼迷蒙失魂落魄
爱就是痛彻心扉的深灰色

爱是五颜六色的
谁知爱的尽头是什么
爱就爱了谁知道结果
爱从来没有潜规则

爱是五颜六色的
谁能将爱牢牢把握
什么是爱想说的太多
最后只能是沉默

别让爱溜走

你负气地说走就走
我左想右想猜不透
为什么相爱不能长久
痴痴地我盼你回头

难道说分手就分手
真情也无法将你挽留
强忍泪水我很难受
别让我伤心内疚

分分秒秒我在等候
还记得我们拉过勾
像双宿双飞的海鸥
相亲相爱到白头

别让爱溜走……
爱应快乐不该忧愁
我是否还在你心头
你忍心让一切随风飘走

别让爱溜走……

爱应包容不该追究
既然爱就好好珍惜
我始终还想再牵你的手

爱是不爱

夜雨还在敲打我的无眠
思绪被搅得一片零乱
看不透世事沧桑的变幻
看不懂你变化无常的脸

你的心是无法猜测的谜团
时而像阳光照在眼前
时而又在遥不可及的对岸
我怎样才能找到渡船

望着流星问了一遍又一遍
苦苦徘徊在爱不爱之间
举棋不定的心有口难言
感情的事又怎能随便

你对我这是爱还是喜欢
谁能给我确定的答案
不安的心一直在打秋千
谁能够将自己的心欺骗

其实不想松手

走在洒满阳光的街头
我们紧紧拉着手
哼唱着缠绵的情歌
心里涌动快乐的暖流

站在灯光昏暗的路口
我紧靠在你胸口
多想时间就此停留
就这样抱着直到永久

不想听你敷衍的借口
不看你复杂的眼眸
一切变化地太急骤
受伤的心酸痛地发抖

其实不想松手
我给你的爱够不够
我倾注的情厚不厚
付出所有的温柔
也换不回你心的出走

其实不想松手
可你心里已没了我
又何必苦苦挽留
忍痛含笑放你走
不让你看到我泪流

爱已沉睡

打动我心扉是你的娇美
不能自拔品尝单恋的苦味
忘我地执着追求
才换来你的柔情似水

你的嘴甜说得天花乱坠
我中了魔一往情深地沉醉
不计得失的付出
也换不回你真心以对

你的倩影像彩蝶翩翩飞
我目眩神迷追逐你的娇媚
尽人皆知的痴情
只换回你的口是心非

真情错了位爱已沉睡
不要暧昧不要心碎
不要眼泪不要憔悴
爱过就是美也无须去怨谁

真情错了位爱已沉睡
不要虚伪不要怪罪
不要负累不要颓废
已难收覆水我要走得干脆

爱的烟火

夜空绽放绚丽的烟火
火树银花光芒四射
照亮多情的你温柔的我
你的目光如火花在闪烁

夜空花团锦簇的烟火
璀璨斑斓五光十色
照醒沉睡的鸟静静的河
照亮我们的心爱得火热

爱像烟火一样消散没了
黑黑的夜空让我不知所措

昙花一现后是心碎的寂寞
怎样使爱的烟火永久闪烁

繁华过后是灰烬的落寞
瞬间的光彩夺目激荡心魄
快乐过后是失落的苦涩
怎样能永开不败情花朵朵

爱已枯萎

你说你是晶莹的雪花飘飞
来自九天为我沉醉
羞涩地给我红豆一枚
恩恩爱爱一辈子相依相随

你说你是浓烈的辛香咖啡
又苦又涩还很娇贵
你嬗变虚荣我心力交瘁
让我受伤一次次心碎狼狈

爱变了味爱已枯萎
为什么你不能像雪花纯粹
变成了不可理喻的咖啡
我已泥足深陷如何进退

爱变了味爱已枯萎
为什么你不能相恋地绝对
我只剩刻骨铭心的泪水
执着不能将你的心挽回

爱从开始就出了错

开朗的你伤心地哭泣
泪滴在我心里
触动柔软的心
瞬间我爱上了你

全心付出幻想得美丽
忘了看得清晰
其实你只爱他
从没把我放心里

爱从开始就出了错
我一直在单相思
盲目地自作多情
把自己的心遗失

爱从开始就出了错
再努力也没意义
爱是两个人的共鸣
重新寻找我的伴侣

来生再聚首

一次偶然的邂逅
因善解人意眼眸
心相印情意相投
爱比酒香更浓厚

你深深的吻温柔
我娇羞心儿颤抖
但其实隔着鸿沟
难逾越难诉忧愁

虚幻的美难长久
又何必苦苦强求
千般浓情藏心头
泪像决堤河水流

夏日寂静的午后
还没爱够就分手
忍痛微笑放你走
相约来生再聚首

青青河畔依依杨柳
容颜易改此情依旧
今生无缘分来生再聚首
相依相偎不离左右

独坐小楼满天星斗
晚风送来你的问候
今生难相守来生再聚首
彼此拥有不再放手

我的心怀为你等待

就这样不声不响地分开
还没把爱说出来
思念成灾才明白
我真的动了情真该好好爱

就这样沉默不语地走开
没给你更多关怀
失去你了才明白
你没人能替代我欠了情债

相处时不懂珍爱
离开了才觉得你最可爱
曾经忽视你的存在
如今多想多想追你回来

我的心怀为你等待
还想好好爱
很想一切从头再来
以后的日子相伴不分开

我的心怀为你等待
只和你合拍
相守一生幸福自在
我会用生命珍惜你的爱

其实我还爱你

是天意让我们相识
你带给我太多欣喜忧郁
两心荡起爱的涟漪
以为你是我今生的唯一

是情缘让我们相知
生活中有太多不尽人意
只让我们身不由己
你只是过客陪我走一程

其实我还爱你
想要把你寻觅
时光流逝一切都太迟
只能悄悄把你珍藏在心里

其实我还爱你
想要重拾过去
斗转星移一切来不及
匆匆错过只留下美好回忆

情关难渡

你是湖泊我就是雨珠
即使淹没了自我
依然执迷不悟
心甘情愿地投入

你是鸟儿我就是大树
即使你留情短促
依然温柔呵护
亲密依偎地相处

情关难渡我中了你的毒
沉醉在迷雾不想走出
如飞蛾扑火不管不顾
爱得执着盲目

情关难渡我中了你的毒
虚幻的情路不愿结束
像燃烧蜡烛忘我付出
深爱化成泪珠

我不是他的影子

你呆呆地看着我沉思
关心的眼神扑朔迷离
以为你和我一样痴迷
我坠入情网爱得彻底

其实他依然在你心里
你把我看成他的影子
他的替身供你温习
我爱得深更痛彻心底

不再听你的甜言蜜语
不看你脸上荡起的笑意
你一直竭力伪装掩饰
心中埋藏着的秘密

我不是他的影子
只是我自己别把我和他比
如果你还不能把他放弃
我会选择退避不再坚持

我不是他的影子
爱不能代替不要骗自己
如果你还对他等待期许
那我只能独行不再爱你

我是爱的赌徒

偶然相遇便一见如故
陶醉于你的温柔倾注
细细微微的感触
若即若离的相处

与你相识我更加孤独
梦里你影子反反复复
真挚不渝的情愫
愁云满面的酸楚

你游移的目光如何解读
我不是你的唯一爱慕
你放纵的脚步如何追逐
我偷偷地哭痛苦说不出

我是爱的赌徒
明知道注定会输
依然假装熟视无睹
不愿让爱落幕

我是爱的赌徒
明知道不是归宿
依然沉迷不愿结束
谁能将我救赎

你愿意吗?

你总说我是小精灵
好像我永远长不大
我已为你留起了长发
让你看到最美的花

知道你心上有伤疤
我要用爱抚平它
别笑我痴别笑我傻
因为爱你不可自拔

与你对视飞红了面颊
爱得大胆纯洁无瑕
我拆掉阻碍的篱笆
陪着你到海角天涯

你在我眼里成熟潇洒
小精灵想要出嫁
嫁给最爱的你
一起看夕阳朝霞你愿意?

你在我心里宽容豁达
小精灵想有个家
一个你给的家
一起诉说知心话你愿意?

最后的吻

淡淡月光映着我的身影
心慌地守望忧伤穿透夜空
我爱的人陪着别的女人
流星划过难以抓住柔情

花花世界过客穿过风景
前方的艳丽迷惑你的眼睛
我悲泣这一场荒唐游戏
狂放红尘埋没爱的真诚

我最后的吻
滚烫热烈又悲情
我分别的泪滴
怨恨无奈又痛心

你最后的吻
轻薄敷衍又冰冷
我诀别的眼神
酸楚决绝又坚定

此情不灭

凉风习习的深夜
天幕上挂着一弯新月
轻柔的月光下与你分别
依依不舍的心飘忽摇曳

多少回忆在重叠
匆匆的行人熟悉的街
泪光在闪烁心痛地碎裂
紧紧拥抱的吻滚烫热烈

相恋时不知不觉
许多细节都被忽略
红肿的泪眼深深一瞥
惊觉你的情意洁白如雪

总会有阴晴圆缺
浓情厚意任意宣泄
我给你的心千真万确
不论身在何处此情不灭

爱的出路

感谢老天的眷顾
让我们一见钟情真心相处
一对对相依脚步
深沉浓烈的爱倾注
拥有你是我最大的幸福
我很快乐满足

痛恨人生的残酷
让我们劳燕分飞形同陌路

曾经的一草一木
恍然如昨的倾诉
失去你是我最大的痛苦
心灵变得荒芜

哪里是爱的出路
如何才能找回最初
有情人难成眷属
泪流无数伤痛刻骨

哪里是爱的出路
如何才能使缘牢固
有情人只能辜负
相思很苦尝尽孤独

是否会偶尔想起我

看着小河潺潺流过
往事悄然在眼前复活
郊外我骑着单车带着你
撒一路笑语欢歌

窗外猛烈秋风吹过
突然感到失魂落魄
漆黑的夜色将我吞没
回忆中泪水飘落

如今你在哪个角落停泊
是否会偶尔想起我
美好难留终致错过
只留下深深的记忆长河

如今你在哪个角落停泊
是否会偶尔想起我
就让风把祝福传送
祝福你年年都安康快乐

最后一次说爱你

似有不可抗拒的魔力
我被你深深吸引
甘心为你傻为你痴
追随着你死心塌地

我的感情你从不珍惜
轻视我百般挑剔
让我愁闷心灰意冷
不能再被梦幻蒙蔽

最后一次说爱你
你处处留情毫不在意
我只是你的调味剂
一颗心承受伤痛打击

最后一次说爱你
我的心扉已对你关闭
你不是我要找的人
挥挥手从此各奔东西

爱变了味

我们并坐喝咖啡
你炽热眼神让我迷醉
热吻染红你的脸俏丽妩媚
你说爱像咖啡有浓香味

你们笑着喝咖啡
他搂抱着你神情暧昧
怒火烧红我的脸多么狼狈
痛感爱像咖啡有苦涩味

爱变了味这不是误会
你惊慌地无言以对
闪躲的目光真可悲
我看清你的善变虚伪

爱变了味强抑着泪水
我微笑着和你道别
转身的背影是心碎
你不再是我追求的美

我中你的毒太深

昏黑沉寂的深夜
你绝情离去的背影
像一只飞远的蝴蝶
我的泪洒在凄凉的街

片片飞舞的枫叶
曾见证我们的誓约
如今在风中呜咽
悲泣着送别情缘终结

我中你的毒太深
不能像你一样决绝
曾经爱的轰轰烈烈
如今成了镜花水月

我中你的毒太深
成了解不开的心结
不忍看凋零的枫叶
忧伤侵袭得我猛烈

永别了我的爱

望着窗外飘泼大雨
我流着泪想你
你处处玩花心
却没办法不爱你

迷恋短暂的欢愉
一次次伤害自己
泪水浸泡的爱情
戒不了的毒瘾

我只是你的玩偶
你炫耀的笑资
爱与恨纠缠交织
痛得彻底我离去

永别了我的爱
我的泪水你无动于衷
我孤寂悲苦的心
就要被绝望吞噬

永别了我的爱
我的真情你从不珍惜
我带着自尊走
把你留给过去

偷偷地爱你

想说很爱很爱你
鼓足勇气却张不开口
只怕你眉头一皱
拒绝我伸出的手

想忘也忘不掉你
你的身影牵着我眼眸
夜夜梦里来聚首
醒来是满眼的愁

偷偷地爱你
悄悄守护你在心头
何时能牵你的手
人生快乐无忧

偷偷地爱你
真想大胆去追求
我痴痴地在等候
等你也爱上我

永远的朋友

飘飞的雪花迷蒙了路径
你的狠心离去让我伤心
我装作不在乎你的绝情
心上却结了厚厚的冰凌

天地万物披上了厚棉絮
你身在哪里可曾享受温馨
如果你得到想要的深情
冰凌会化成清泉为你欢吟

永远的朋友
可知道我无言的挂心
你是一道美丽风景
藏在我悠长迷幻的梦境

可爱的朋友
可听到我心海的汹涌
默默地真心祝福你
祝你永远是开心的笑容

请别怪罪

又是一夜无眠为了谁
心里的伤悲化作泪水
滴在苦酒里难麻醉
你游移不定我该如何面对

不想错过相爱的机会
难得投入我从不后悔
做不到分寸拿捏到位
即使不对请你不要怪罪

你搪塞我的话耐人寻味
在你眼里读出无所谓
我很心酸满腹的苦水
执着等不来爱的甜美

假使难以幸免心意难遂
只要良苦用心你能领会
纵然你的冷漠让我心碎
我也祝你生活幸福甜美

爱情就是这样没道理

曾经梦寐以求的爱情
就这样姗姗来迟
想一生在一起
却已没了爱你的权利

多想和你永远在一起
想找你有心无力
也曾徘徊犹豫
可是我拿什么去爱你

爱情就是这样没道理
不去想时却不期而至
只能无奈远离
默默踏上苦旅难言的结局

爱情就是这样没道理
不该来时却意外降临
有太多不得已
独自伤心哭泣难圆的美梦

八 思念情歌词

你从未离开

时静时怒时笑时哭的大海
映着我伫立身影满眼期待
望穿大海一直在等待
等着最亲爱的你回来

独自迎着或浓或淡的暮霭
天天在等待就像你刚离开
寒来暑往春去春又来
隐隐感觉你不再回来

我还在等待望着大海发呆
等到容颜变老头发花白
也改不了思念牵挂的情怀
只因你是我的最爱

我渐渐明白等不到你回来
可我还是守着大海等待
只因相信你一直与我同在
就像你从未曾离开

静静地想你

夜色里静静地想你
想你亮闪闪的眼睛
想你温柔的话语
想你甜美的笑容

夜色里静静地想你
想拉着你的手心
想拥你在我怀里
想亲吻你的嘴唇

夜色里静静地想你
想你细心的举动
想你亲切的样子
想你知心的默契

想你却爱不到你
怅然若失的心绪
风轻轻地吹过窗棂
像我一声声幽怨的叹息

你是否也在想我
很想很想问问你
向黑沉沉的天发问
茫茫的苍天沉默无语

忘记你比登天还难

一次次夜半时分
一声声无奈叹息
泪水流不尽伤痛
你不会看见不会动情

一次次痛下狠心
一回回告诫自己
数落你许多的不是
一定不再想你忘了你

可你的影子时时
盘踞在我脑海里
思念折磨着我的情绪
惊扰一个个忧伤的梦

忘记你比登天还难
人离去心也离不开你
你的笑容你的承诺你的多情
像做不完的梦无法苏醒

忘记你比登天还难
你已牢牢扎根在我心
伴随心跳我的生命我的呼吸
直到慢慢老去还是爱你

让我在你心海停泊

夜里你的脸在眼前闪烁
我反复练习和你诉说
白天见到你还是举止失措
阵脚大乱没了对策

梦里你将我的心撕扯
我像烈火炙烤的沙漠
为了赢得你的心不怕受挫
期盼春雨滋润干涸

让我在你心海停泊
一不留神就被你带走魂魄
你的漫不经心折磨着我
我想和你唱首情歌

让我在你心海停泊
轻而易举就被你牢牢捕获
你的若即若离折磨着我
我会给你带来快乐

月圆人未圆

今夜的月亮大又圆
怎奈月圆人未圆
风儿是我轻柔地呼唤
你在何方可曾听见
月亮是我渴盼的双眼
年复一年望眼欲穿

深深一眼爱镌刻成永远
怀念那时的快乐甘甜
你可知我满腹挂念心酸
情思化作泪滴洒胸前
只愿你还爱我还能鱼水相欢

今夜的月亮明又圆
为何月圆人未圆
花香是我温柔的缠绵
万里飘送深深眷恋
清泉是我奔涌的情感
世事变迁此情不变

花开花落转眼又到冬天
你远去我想找找不见
多想见你哪怕最后一面
倾诉衷肠了却了前缘
但愿情如风能拨动你的心弦

我心爱的人

夜雨敲打窗棂
惊醒飘忽梦境
泛起浓浓思绪
想念心爱的人

想你含笑不语
楚楚动人样子
想你脉脉含情
温柔如水眼睛

滴滴答答雨声
好似伤感乐曲
勾起一丝忧郁
想念心爱的人

想你在我怀里
娇羞深情的吻
想你燕语莺声
妩媚亲切笑容

我心爱的人你是否感知
我的爱日益深沉
愿为你尽心尽力
此情不移坚如磐石

我心爱的人你是否感应
我的情更纯更真
疼惜你温暖着你
熠熠生辉灿若恒星

我的最爱回来吧

潮湿的海风吹拂我秀发
像你在和我亲密对话
海潮戏弄我逗趣嬉耍
像你调皮的身影乐哈哈

朵朵的浪花轻抚我脚丫
咸涩海水亲吻我脸颊

像被施魔法你去哪了
湿润我双眼盈满了泪花

曾一起追逐翻滚的浪花
心潮激荡说不够情话
曾一起畅游沐浴彩霞
和海天披上美丽的红纱

手指划过柔软的白沙
将你我名字包在一颗心里了
又被潮水冲刷卷走缘的刹那
我潸然泪下但卷不走牵挂

一串脚印将思绪撩拨
少了另一串脚印在哪里啊
对着大海喊我的最爱回来吧
只有涛声吟唱悲歌哗啦啦

多少风云变化几度冬夏
对你的爱如海无际无涯

永远的爱恋

我的手温柔抚过你的脸
在心底刻下你的容颜
亲吻你的红唇你的眼
将你的气息永留心间

我忍着心海翻起的狂澜
目送忧伤的你越走越远
泪眼盈盈模糊了视线
你的身影我已看不见

爱上你只因凝视的一眼
就在生命中镌刻成永远
你是否和我还像从前
心灵默契地依恋期盼

晚风轻拂的夜晚
请北斗星捎去我的思念
过往在眼前闪现
爱的心弦为你轻轻弹

黎明褪去了夜色
拜托红日带去我的眷恋
像珍藏的玫瑰花瓣
岁月悠悠清香依然

求观音菩萨显灵

看着你的照片问了一遍遍
亲爱的你就是我的一切
你走出了我的视野
我怎么度过今后的岁月

我坚守着等你日日月月
从春暖花开到漫天飞雪
还是看不到你的脸
忧伤充满了无眠的深夜

泪在我心里冻成厚厚冰雪
渴望你灿烂的笑将它融解
人情冷暖变化无常
我的心不会变你最了解

我们微笑的大头贴
记录着幸福缠绵的情节
找遍每条小巷大街
风吹落叶像我的心在呜咽

踏进山顶的观音庙
这里曾许下百年誓约
求观音菩萨显灵
让我再走进你的心灵世界

雪花飞扬我的相思

走在风雪弥漫里
灵魂漂泊无依
白茫茫厚厚的积雪里
印着深深的落寞足迹

迷迷蒙蒙飞雪里
似乎又看到了你
清纯秀美的模糊影子
眼中涌现出陈年往事

那时的雪景好美丽
堆俩雪人相偎相依
像我们亲密在一起
情难自禁抱着吻你

你又羞又急面红耳赤
打起雪仗笑声响起
你像纯洁的雪花仙女
吸引着我心醉神迷

突然双眼泛起潮湿
溢满泪水悲从心起
朵朵雪花飞扬我的相思
熠熠发光铺天盖地漫无边际

你看雪花是我在寻觅
找到你静静地陪着你
轻轻吻你即使融化那也是
我悄悄洒下喜极而泣的泪滴

相思情

记忆的长河流淌沉寂夜色
往昔种种在眼前复活
温柔抚慰求之不得
泪盈于睫心底有凉意拂过

学你的样子学你说笑动作
就像你从不曾离开我
很逼真符合你的神色
如果你看到也会惊讶的

还记得临别时缠绵悱恻
眼中溢满爱恋和不舍
情不自禁抱着都哭了
太多话想说又不知如何说

与心仪的人无奈错过
情深缘浅修不成正果
命运变幻莫测无法把握
躲不开世事捉弄又能奈何

爱我所爱不管结果如何
哪怕承受相思苦也值得

梅雪起舞

片片雪花漫天飞舞
凝望着梅树些许恍惚
似乎闪过你的笑容红扑扑
如鲜艳红梅花灿烂夺目

白茫茫中孤影彳亍
雪花和梅花亲吻爱抚
流光溢彩绽放美妙的情愫
如我们过去爱得如火如荼

为何我羡慕的眼里泛起水雾

只因不见熟悉眉目深情专注
没有你其实不快乐
没有你真的不幸福

雪陪梅凌风傲然起舞
一景一物触动情愫
泪像开闸的水涌出
真希望爱恋能甜美如初

雪地上徘徊落寞脚步
幽香盈怀徐徐飘浮
怀念你的温柔流露
多想你回来真情永驻

等我归来

一抹夕阳在天边徘徊
夜幕正缓缓拉开
街灯像你的眼闪亮起来
想起你傻得可爱
想笑泪却掉下来
多少期望在寂寞中盛开

我知道相思日子难挨
渴盼不由得冒出来
严冬过去就是春暖花开
坚信我情深似海
一定要安心等待
等我荣归故里拥你入怀

等我归来
看你脸上笑逐颜开
喜不自胜苦尽甘来

等我归来
给你永久深沉的爱
给你幸福快乐美好未来

忘不了

一次次地凝视你玉照
可爱影子在眼前闪耀
是你给予那么多的美好
可我却丢掉你怀抱

莫名其妙还是忘不了
深情对视点燃爱的火苗
喜悦蔓延我们会心一笑
热切如烈火在燃烧

亲爱的你过得好不好
亲爱的你知道不知道

我真的忘不了
哼唱着你喜欢的歌谣
对歌的人哪去了
唯有凄凉冷风呼啸

我真的忘不了
亲吻着你美丽的玉照
其实你不知道
在我心里你有多好

天地知道我的心愿未了
但求能再续情缘爱到老

怀念初恋

独望明月凝神沉思
往事即遥远又清晰
几次话到嘴边又咽回去
留下遗憾追悔莫及

沉湎昨日相思堆积
心里默念你的名字
走到哪里都有你的影子
鬼使神差地想你想你

是否还记得那个大孩子
对你有好感又很好奇
情窦初开喜悦与迷惑交织
经常腼腆地注视着你

刚有个序曲就不了了之
思念的琴弦弹响恋曲
把旧梦翻出来温暖自己
如果有缘还会再相聚

花样年华动过的纯真情意
留下永生难忘的美好记忆

相思到老

窗外枫叶火红地燃烧
摇曳着最美的舞蹈
窗内我们缠绵欢好
贪恋着最后火热的拥抱

片片枫叶飘舞往下掉
树枝在冷风中乱摇
吟唱悲歌凄楚曲调
挽不回旧日风情的美好

阵阵北风狂野呼啸
没有你生活都乱了套
已经忘了怎么笑
暗夜里悲泣着泪水掉

朵朵雪花纷扬飞飘
现实的困扰回避不了
虽分隔千里之遥
心依然挂念着忘不掉

枫树又是枝繁叶茂
双燕在枝间欢叫筑巢
我们虽情思未了
却不能相伴到老
唯有相思到老

曾拥有过爱情

夜空闪烁点点繁星
相拥着坐在山顶吹风
袒露思绪感受呼应
柔情蜜意如日初升

多想与你结伴同行
却没有逃过天意捉弄
凄惶无助泪光盈盈
长相守却只在梦中

太阳射出我炽热的感情
露珠就是我思念的泪滴
夜莺唱出我牵挂的心声
月亮就是我期盼的眼睛

曾拥有过爱情
美梦醒怀中空空
听凄厉秋风吹落枯叶声
黄叶堆积追不回往日风情

曾拥有过爱情
回想起往昔种种
你说过爱我盘旋在脑中
但求如影随形不是痴人说梦

天不遂人愿

熟悉的歌声再次回旋
情不自禁心神震颤
泪顷刻如洪水泛滥
将思绪拉回到从前

热恋的情景回放眼前
想起你的情话绵绵
孤单的我多么伤感
那依偎身影已不见

年复一年光阴似箭
幽幽轻叹神情黯然
爱燃烧过炽热火焰
如今只能在心里怀念

天不遂人愿
风云突变鸳鸯梦断
一再痴缠还是分散
怪只怪我无福相伴

天不遂人愿
扯断缘扯不断挂牵
当生命走到终点
你会知道我的爱不变

真想爱能起死回生

美好回忆夜色里浮动
你轻轻地潜入梦中
笑脸染上一抹嫣红
眼波流转出柔情

发现爱已生根在心中
却不见了你的踪影
后悔愁闷忧心忡忡
惹上一身相思病

沉浸绚丽的美梦
温暖苍凉的心境

真想爱能起死回生
将心事寄托于风
送给梦中人
多想还能再激情相拥

真想爱能起死回生
对月落泪孤零零

最痛莫过于情
你可听到我呼唤悲恸

真想爱能起死回生
了却夙愿无憾此生

愧对心里的夙愿

依然是阴雨绵绵
一草一木一景一物如从前
驻足回眸过往的离合悲欢
一串足迹捡不起旧日情缘

漫天飞洒的雨线
淋漓倾泻就像泪水流不完
梦萦魂牵陷入对你的痴恋
别人就再走不进我的心间

随身携带你相片
就好像你一直陪在我身边
学你说话对答情意绵绵
逼真表演你看到也会感叹

愧对心里的夙愿
天地听见我的深情呼唤
你却听不见我很伤感
为何真爱的人不能相伴

愧对心里的夙愿
多想再看到你含情双眼
能再相依偎多温暖
求地求天但愿还能相恋

愧对心里的夙愿
从美好年华到垂老暮年
改变的是我的容颜
变不了的是对你的眷念

一旦爱上就不能忘

秋雨淋漓秋风狂
满眼花败叶枯的凄凉
叹不尽心中惆怅
想念叶茂花艳的芬芳

黯然神伤泪水淌
穿过熟悉记忆的回廊
贴心话想对你讲
睹景思人弄疼了忧伤

一旦爱上就不能忘
挂念如潮在脑海激荡
往日时光重叠地回放
坚守承诺哪怕是幻想

一旦爱上就不能忘
很想能再快乐地交往
你知道吗我爱你痴狂
等你我还徘徊在老地方

怀旧

阵阵秋风凉飕飕
缤纷花瓣落满肩头
在岁月里频频回眸
一个旧梦做了太久

午夜梦回思悠悠
回想花样年华的时候
爱在心中深藏已久
很后悔没有说出口

只有我还在怀旧
悲伤忧郁侵入心头
孑然一身苦度春秋
你却不知我在守候

想握紧你的手
想要亲吻你额头
想说爱为你留
却是我的奢求

是知交是朋友
却没能相爱相守
挣扎过到最后
终是无路可走

没变的是爱恋

闯进情网并不是偶然
即使无缘相守更久远
也要像流星绽放那绚烂
情到深处欢爱缠绵

回头深深凝望我一眼
晶亮刺目是泪光闪闪
尽管我眼里有疼痛留恋
你还是走出我的视线

你常在我梦中流连
昔日情景一幕幕重演
拥你在怀里笑作一团
梦醒泪珠挂在腮边

时光飞逝往事如烟
从青春到壮年
没改变的是爱恋
和随身带你相片的习惯

夜空北极星亮闪闪
是我牵挂的眼
夜莺飞舞很孤单
吟唱着我的思念和伤感

思念无止无休

望着窗外弯月如钩
痛悔笼罩心头
眼里含着愧疚泪水流
一饮而尽自酿的苦酒

给我体贴入微温柔
你不在乎低就
我却不知足一味索求
辜负你的情深意厚

痛惜失去有你的以后
怪我贪心被引诱
一时的放纵把你伤透
不告而别你离我远走

思念无止无休
你走后给我心里留下缺口
我还在原地留守
难忘你含情的双眸

思念无止无休
心缠绕忧愁怨我自作自受
求你原谅若你回头
就看到我期盼眼眸

想念恋人

仰望厚厚云层
渴望出太阳灿烂温馨
想念曾经爱过的人
至今没有音信

你的体贴热忱
曾唤醒我麻木的心
慢慢身心越贴越近
甜醉肌肤相亲

天有不测风云
一往情深却被离分
不告而别你无处寻
我心冷如冰封

爱意不敢触碰
只怕流泪疼痛难忍
放在心里隐藏封存
却难排遣愁闷

默默牵挂苦等
别人不会让我动心
梦中抱紧你热切亲吻
对你的爱永恒

梦幻怎么实现

端详我们的合影照片
又搂又抱脸贴脸
往日美好情景重现
恍然如昨清晰可见

如此眷念却相隔遥远
擦肩而过的遗憾
月圆月缺缘聚缘散
却舍不下心中爱恋

月牙弯弯是我期盼的眼
多想你的笑容绽放眼前
默默流泪苦涩不堪
缥缈梦幻怎么实现

孤燕单飞鸣叫凄凉伤感
多想顷刻飞到你的身边
心心相印快乐如前
求地求天如我所愿

求你再度回归

花瓣雨飞呀飞
点点是伤悲片片是凄美
你忽然不翼而飞
留给我伤痛和泪水

相思泪飞呀飞
还有没有机会把你找回
我不想美梦破碎
真不愿深情被荒废

求你再度回归
我被愁苦寂寞包围
牵挂煎熬千百回
你真忍心让我心碎

求你再度回归
我焦灼的思绪飘飞
爱你一生不违背
怎么追你才能追回

情花已凋谢

独自游走到深夜
仰面望月思念强烈
怀念过去两情相悦
更觉惆怅苦闷难排解

明知爱火已熄灭
明知激情已然冷却
明知无法相守相携
可是美好岂能忘却

梦已破情花已凋谢
你冷酷的话决绝
我倔强地去意已决
将我们的爱情终结

梦已破情花已凋谢
难忘曾盛开热烈
难忘缠绵风花雪月
能相爱过真的感谢

只想拥你在我怀里

落寞身影藏着心事
写了很多话给你
袒露我的绵绵情思
却没法发出去

不能相见却最亲密
相思却不能相依
一遍遍叫你的名字
痛心地像窒息

想着你的温柔样子
我只能自言自语
只要爱是真心实意
别的不是问题

只想拥你在我怀里
才不用含泪追忆
幻想可望而不可即
你看不到我流下泪滴

只想拥你在我怀里
一次次求天求地
让有情人在一起
追根究底是因太爱你

爱意真切

铺天盖地纷飞瑞雪
千树梨花开冰清玉洁
望着树上孤单麻雀
就像我一样忧伤茫然

忘不了爱得美好热烈
你在我怀里温暖感觉
为何你只在梦里赴约
枉我一腔爱意真切

回味最后见面情节
你说只是短暂的离别
以为是中场暂歇
却没了下文音信断绝

如果能将时空穿越
回到从前情节会改写
我会陪你一起走
让你舍不得我的体贴

错过最爱的你

泛黄相片美丽花季
藏着情窦初开的秘密
点滴的往事每句话语
都定格在记忆里

想要忘记却更沉溺
很想重温浓浓爱意
多少回梦里相偎相依
压抑的心在哭泣

错过最爱的你
默念你的名字
想着你的样子
忧思困扰在心底

错过最爱的你
成了一生的憾事
其实你从未远离
一直在我的心里

错过最爱的你
成了一生的憾事
还有没有或许
等来相见的佳期

怎么做才能补救

海水亲吻海岸恒久
地老天荒的厮守
亲爱的你在哪里停留
我痛悔不该放手

明月就像你的眼眸
流泻如水的温柔
想再听你调皮的问候
失去你我很难受

怎么做才能补救
千言万语化成泪水流
才懂只要有爱照单全收
在乎你是唯一理由

怎么做才能补救
在人海中孤单游走
你能弥补我情感的缺口
但愿你懂我的悲愁

望着天默默祈求
但求能和你再牵手
一起走相依相伴度春秋
偕老终生爱到永久

其实很爱虽只字未提

来到你所在的城市
簇簇桐花盛开地绚丽
似乎闻到你的气息
却不知你身在哪里

走在街巷的人群里
茫然无措我百感交集
真希望哪扇窗户里
会出现你秀美影子

其实很爱虽只字未提
又翻开前尘往事
怕配不上心存顾虑
不曾争取坐失良机

其实很爱虽只字未提
我没把握住际遇
怪我犹豫缺乏勇气
让我一生后悔不已

勿忘我

可爱的你纯真活泼
一举一动迷住我
花样年华初开情窦
真爱如暖阳照耀着心窝

你送我一束勿忘我
望着蓝色小花朵
泪水滴答分离的苦涩
你说别忘了一定要等着

勿忘我勿忘我
想念不曾停过
等待只因爱在心窝
为你甘守寂寞

勿忘我勿忘我
想念不曾停过
还好有回忆陪伴我
爱如从前鲜活

勿忘我勿忘我
情意深的承诺
花像满天星不褪色
我等你等的执着

你不知道我爱你一如往昔

走在漫天风雪里
朵朵雪花飘飞很美丽
扬起我忧郁的思绪
没有你怎么过以后日子

我在厚厚雪地里
写下小傻瓜我很爱你
风声如风笛如哨子
吹出我愁苦懊悔的心事

你不知道我爱你一如往昔
我沉重脚印孤单影子
不想回空荡荡没你的房子
告诉我如何能不想你

你不知道我爱你一如往昔
当找不到你断了联系
才知拥有的珍贵失去的痛惜
忽然间眼睛蒙上雾气

等你走向我

冰天雪地寒冷萧瑟
雪花朵朵晶莹闪烁
我唱着爱你的歌
只有狂风悲凄应和

身影被暴风雪吞没
孤单走着漫无目的
我在等你走向我
没你宁可独自生活

从初春到了冬末
爱由甜蜜变苦涩
不相信你不爱我
为何又要离开我

不知你近况如何
过着怎样的生活
哪里有你的下落
我越想你越寂寞

往事像电影闪过
回眸缠绵的快乐
禁不住潸然泪落
爱还能不能如昨

亲爱的妹子我想你

月牙勾起回忆
回放童年往事
雄鸡啼鸣露出晨曦
和妹子打猪草嬉戏

望着月牙想你
清纯可爱妹子
依稀你的歌声响起
像画眉欢鸣般悦耳

月光充盈天地
想你火热鼓励
你的爱是最大动力
令我感激充满斗志

亲爱的妹子我想你
你的情影摇曳在梦里
摇落我的泪滴
不想苦度离别的日子

亲爱的妹子我想你
想你水灵灵的眼睛里
柔情深不见底
想抱抱你该有多欢喜

亲爱的妹子我想你
真想把你揣在我怀里
一刻也不分离
好妹子等着我去接你

谁能驱散我的心魔

傍晚又起风了
月亮升夕阳落
和你的情景一幕幕回播
像一幅幅油彩画定格

原来是相伴的
如今是分开的
月光点燃思念的星火
越是想你心里越焦灼

你像流星划过
找不到你下落
怨你怎么可以舍下我
你看不到我泪流成河

谁能驱散我的心魔
你说的一起好好生活
却又转身成过客
带走快乐留下苦涩

谁能驱散我的心魔
你忍心看我悲伤难过
我说要抛开为什么
还在一直想着爱着

怎样才能彻底解脱
柔情蜜意都清楚记得
悲痛失落全都忘了
如能这样也许会好过

很想见面

熟悉的感触萦绕心湖
心湖中你的身影漂浮
时常想你不由自主
我的怀抱还留恋你的温度

梦中相依偎朝朝暮暮
梦醒泪水飞泻如瀑布
很想你却没法倾诉
想爱爱不到心底潜伏酸楚

很想见面以解相思苦
过去多甜蜜现在就多痛苦
轻柔的爱抚铭心刻骨
你不知道思念多顽固

很想见面以解相思苦
我爱你如初从没打退堂鼓
即使等待到行将就木
也不改我对你的情愫

情感列车

忽然很想你原来从不曾忘记
那些缠绵悲喜那些柔情蜜意
早已刻在心里一遍一遍回忆
情花初绽是因爱上了你

脑海浮现你扬长而去的影子
而你的背影后是我绝望悲泣
在我失恋日子纷乱凄苦心绪
真想遁入空门远离尘世

情感列车向前驶去
你在中途下车而去
恩怨伤痛随岁月消失
却留下真心爱过的痕迹

情感列车向前驶去
你像美丽风景退去
留下我和谁相随相依
谁会陪我一辈子爱下去

因心有所属

梧桐叶滑下点点雨珠
心情也被淋得湿漉漉
曾经和你在树下吻过笑过
如今只剩我影只形孤

我们的故事集结成书
反复阅读仍感动如初
续写对你的深爱向你倾诉
可你却不知去了何处

相爱时欢乐收尾悲苦
如果你像我一样回顾
就会看到我还等你在原处
全身心等着为你付出

不会爱别人因心有所属
爱在心底根深蒂固
灭不掉拔不出
纵然再等也是音信全无

不会爱别人因心有所属
没你不开心不幸福
两行清泪流出
即使陌路真切思恋永驻

既然真爱就别放弃

垂柳依依双燕飞起
勾起以前种种情事
唱起你最爱的歌曲
很奇怪念念不忘你

下定决心不再想你
为何梦里心里还是你
无法逃避真实心意
谁又能欺骗自己

既然真爱就别放弃
失恋后才反思
原来爱无可代替
可找寻没任何信息

既然真爱就别放弃
愁苦深埋我心底
你真能一走了之
真能放下了无痕迹

求你回头旧情重拾
什么我都不介意
我该怎样找到你
回来吧我真的爱你

想念压抑不住

一篇篇情书爱的记录
如果没有心动感触
怎会沦陷于你温柔倾诉
拥吻在林荫深处

一次次耽误引来变故
如果把爱主动抓住
给你安全感让你托付
就不会悔不当初

想念压抑不住
回首往事思绪飘忽
想再看到你眼含倾慕
可爱笑容亲切如初

想念压抑不住
缠绵欢乐反复回顾
其实我心早被你俘虏
不知不觉眼泛水雾

曾经很爱如今更爱

波澜壮阔的大海
朝我敞开浩瀚的胸怀
曾经陪你拥抱大海
如今只剩我泪洒大海

往日情景难忘怀
陪着美人鱼游弋大海
追逐欢笑荡漾开来
而此时涛声悲泣起来

曾经很爱如今更爱
日思夜想你让我挂怀
波涛起伏的心海
情花永开不败

曾经很爱如今更爱
千呼万唤请求你回来
别让爱在心里徘徊
不要违心离开

你在哪里谁知道

秋雨阵阵飘黄叶片片掉
望着两只低飞的鸟
落单的我真是心痛如绞
亲爱的你该去哪里找

还能勇敢爱那该有多好
没你的日子很难熬
你别在意外界热讽冷嘲
一切阻碍终究会让道

你在哪里谁知道
贴身藏着我们大头照
吻你千遍你也不知道
真不想这样遗憾终老

你在哪里谁知道
不敢回到曾经的爱巢
怕闻到你留下的味道
让我孤枕难眠睡不着

心里装满思念

为何你音信杳然
怎会食言怎会离散
我竟然毫无预感
留给我伤痛心酸

你走了消失不见
我还想念转不过弯
不相信看走了眼
也许你有苦难言

心里装满思念
从没有打探不指望答案
不论什么情有可原
因为爱你无憾

心里装满思念
从旭日东升到月挂中天
不是因为寂寞落单
而是真的爱恋

美好过往

来到经常约会的老地方
槐树已然挺拔苗壮
朵朵雪白色槐花绽放
闻着花香却天各一方

相爱片段在脑中回放
泪水滴落在泥土上
不是对你还有幻想
而是留恋那美好过往

祝你幸福安康
本以为来日方长
却成了中途散场
你是否也会怀想

祝你幸福安康
谢谢你能相爱一场
给我的美好时光
珍藏在心如佳酿

惜 情

一年年形单影只
想念着你怅然若失
送走夜色迎来晨曦
为何赴约只能在梦里

我不断缅怀过去
你给我最温馨记忆
又像路过的美景远去
怎能不让我伤怀忧郁

沉入思绪梦幻美丽
用以抚慰内心孤寂
眼里滑下凄凉泪滴
快乐的爱稍纵即逝

缘像流云变来变去
匆匆消散始料未及
纵然隔着遥远距离
你却走不出我心里

亲爱的你在哪里? 我在寻找

至情至爱怎能忘掉
轻盈欢跳芳姿窈窕

含羞一笑花容俊俏
你像小鹿可爱地撒娇

情意迸射眼神缠绕
别样的美让我倾倒
陶醉你的一颦一笑
心一直迷恋你的怀抱

亲爱的你在哪里？我在寻找
要下雨了真好
我已闻到雨的味道
你说过陪我看细雨吻花草

亲爱的你在哪里？我在寻找
心痛地想死掉
怎会走散夙愿未了
没有你我失落似灵魂出窍

你在何方？

明媚春光熟悉的地方
绿草如茵的小路上
柳条随风飞扬
你却不在身旁

花儿怒放蜜蜂采蜜忙
鸟儿在树枝上欢唱
大雁对对双双
此时你在何方

湖水碧波荡漾
曾经一起泛舟湖上
如何再寻找到
那深情的目光

水中忧伤脸庞
思念的泪悄悄流淌
你是否也一样
像我孤单守望

我心中的花

好像认识几千年
一直苦等的缘
你使我的生活五彩斑斓
却再也回不到我身边

孤独寂寞的心间
藏着你的笑脸
拥抱你亲吻只在梦里面
忧伤的泪水溢满双眼

小黄鹂飞天涯
为什么一去不回头啊
夜幕上弯月牙
想念心中的花

小黄鹂飞天涯
我们来生再续前缘
夜幕上弯月牙
祝你幸福到永远

想你已成习惯

从没想到会爱上你
不知什么时候起
你走入我心里抹不去
每个辗转难眠的夜里想你

花儿倾听忧思低语
风儿也轻声叹息
心乱了再也无法平静
天天盼你出现在我的眼里

想你已成习惯
你的身影时远时近
像云彩飘来飘去
喜欢你却抓不住你

想你已成习惯
虽是难圆的美梦
却是绚丽的风景
一辈子也不会忘记

生日烛光

亲爱的在你的生日
我们却天各一方
孤单的心像田野空旷
深深地思念让我很忧伤

亲爱的在你的生日
一轮圆月很明亮
走在湖边的小路上
在熟悉记忆里寻找过往

想念共度的美好时光
很想陪你在湖畔徜徉
很想看你神采飞扬
很想展翅飞到你身旁
很想为你点燃生日烛光
很想你的笑脸温暖我心房

我的思念随星河流淌
任心绪像翻涌的花浪
任眷恋像飘荡的花香
感谢你陪我走过寒霜
不论你走多远身在何方
总是伴随着我牵挂的目光

透过月亮我与你遥望
轻柔风声是我在为你吟唱
那充盈天地淡淡的月光
就是我为你点燃的生日烛光

祝愿心爱的你幸福安康
年年快乐如意岁岁吉祥
在这个宁静寂寞的晚上
你悄悄温柔地走进我梦乡

想 你

想你想你想你
每时每刻都在想你
时钟记录着我的忧思
心跳感受着我的焦虑
远方的游子
可知道我此情不渝

你还好吗？我想你
想紧紧依偎多美好甜蜜
若晚风送来你的消息
思念也不会这么悲凄

念你念你念你
日日夜夜都在念你
月亮聆听着我的心语
岁月铭记着我的回忆
漂泊的游子
可感到我对你痴迷

你还好吗？我想你
恨不得插翅飞到你怀里
温柔地倾诉我的心事
任你吻去我的泪滴

九 敞开心怀对唱情歌

你让我变得更好

女：你眼里跳跃炽热火苗
调侃逗笑暗中示好
我感应到爱的信号
怎么乱了心跳

男：你眉目传情眼波含笑
像可爱小鸟对我好
被你的温柔击倒
感动得不得了

女：爱你的吃苦耐劳
男：爱你的率真乖巧
女：爱你的勤奋厚道
男：爱你的善良心好

合：你让我变得更好
被爱的阳光笼罩
疼惜体贴很周到
情意绵绵将心缠绕

合：你让我变得更好
被爱的气场环绕
眉梢眼角溢满笑
两心契合真是美妙

和你在一起最快乐幸福

女：透过你的眼看得清楚
你的痴恋发自肺腑
男：对我的柔情心中有数
让我迷醉爱你入骨

女：坚贞不渝追随你脚步
尽情释放甜蜜感触
男：对你的要求乐意满足
为你再苦情愿背负

合：和你在一起最快乐幸福
男：你的体贴照顾
女：你的温柔呵护
合：让心里热乎乎

合：和你在一起最快乐幸福
男：是我心的归宿
女：让我心有所属
合：拥有你很满足

你的爱我懂得

男：窈窕倩影像摇曳花朵
吸引痴心汉唱出情歌
女：歌声很缠绵勾魂摄魄
浓浓的爱意涨满心河

男：会心的笑你和颜悦色
含情的眼波闪烁羞涩
女：亲吻灼热你像团烈火
燃烧我怎能不喜欢呢

合：我爱你是命中注定的
休戚与共从不分你我
感谢缘分修成了正果
我和你是分不开的

合：你的爱我懂得
男：拥抱着你找到情感寄托
合：听心欢跳快乐
女：心灵契合也是我想要的

合：你的爱我懂得
男：在我生命里你不可分割
合：恋歌一唱一和
女：和你简单生活也是美的

一旦爱上就爱一世

男：像有无形引力
你让我心荡神怡
聊得兴起奏出情感序曲
看你羞红脸扬起笑意

女：和你心有灵犀
很幸运相识相知
情意交融感觉快乐甜蜜
爱近在咫尺触手可及

合：一旦爱上就爱一世
男：所有责任担当得起
愿为你出生入死
全心付出不计得失

合：一旦爱上就爱一世
女：迷醉在你温暖怀里
互相能疼惜扶持
狂风暴雨又有何惧

合：一旦爱上就爱一世
很高兴能守在一起

太爱你才会痴狂

女：靠着你宽厚肩膀
任泪水尽情流淌
把心底的悲痛释放

男：别担心你别惆怅
我守护在你身旁
所有重担有我来扛

女：看着你疼惜目光
心里闪出爱的光芒
给我战胜磨难的力量

男：太爱你才会痴狂
两颗心抱团抵抗
就能冲破一切阻挡

女：太爱你才会痴狂
你亲吻我的脸庞
浓浓柔情溢满心房

男：太爱你才会痴狂
你笑得像花绽放
抱着你共入温柔乡

爱你的心坚决

女：眉眼含笑你温柔一瞥
炽热火苗在眼中跳跃
情不自禁我心旌摇曳
感到从未有过的喜悦

男：拥吻缠绵任激情宣泄
享受浪漫美妙的感觉
对月盟誓将姻缘缔结
相依相守用一生践约

合：爱你的心坚决
习惯有你陪伴度长夜

生出眷恋不知不觉
你对我不可或缺

合：爱你的心坚决
经年累月疼惜体贴
爱如陈酿醇香浓烈
因两心紧紧连接

纵情山水

女：和你游山玩水
柔情像清澈绵延溪水
爱意像竹林常青葱翠
我们像鸳鸯出双入对

男：和你甜蜜依偎
你美如花蕾绽放娇媚
笑声像叮咚叮咚流水
缠绵如蜜蜂亲吻花蕊

女：和你纵情山水
享受呵护让我心醉
被大大的幸福包围
狂喜得想要落泪

男：和你纵情山水
享受体贴如痴如醉
有心爱的女人相陪
快乐得尽兴而归

合：有你人生才更美更美

真爱才不较真

女：我犯倔脾气你爱理不理
虽然知道自己理屈
男：我沉默不是有意忽视你
而是在疗伤想问题

女：你不许和她眉来眼去
男：你话里带着浓浓醋意
女：我在乎你让你很得意
男：我绝无二心你别多疑

女：我一时气话你不要介意
只是为引起你注意
男：那些过去的都已经过去
真爱你才不会较真

女：从现在起我要做乖乖女
温柔贤惠通情达理
男：真是高兴我会更心疼你
身心相依更珍惜你

合：依恋稳固坚实
我们甜甜蜜蜜
快快乐乐在一起

飞吧爱吧比翼鸟

男：动心的是柔美歌声飘
你清纯秀丽莞尔一笑
边唱边跳舞姿曼妙
啊，我最爱的百灵鸟

女：动情的是浑厚歌声飘
你脸上洋溢灿烂的笑
就像温暖阳光照耀
啊，愿做一对比翼鸟

合：飞吧飞吧比翼鸟
眼神如电交汇缠绕
感动浪漫情调
默契相知乐逍遥

合：爱吧爱吧比翼鸟
甜醉在你的怀抱
心飘飞入九霄
激动缠绵乐陶陶

只爱你心无旁骛

男：你的泪珠落在我心湖
激起情绪波澜起伏
你别怀疑我很无辜
我的怀抱非你莫属

女：你抚慰我如药到病除
享受被呵护的幸福
转忧为喜眉飞色舞
你是我的爱情专属

合：只爱你心无旁骛
如果没动情怎会被征服

女：心疼你掩饰不住
怎舍得你为我辛苦
男：只要你快乐幸福

再多的劳碌不觉苦

合：只爱你心无旁骛
如影相随情曲激扬同步

女：如沐浴阳光雨露
给我前所未有幸福
男：有你就温馨满屋
我还有什么不知足

天造地设的一对

男：偷吻你满嘴香味
爱要来得干脆
惹得你巧笑颦眉
像盛开的红玫瑰

女：偷袭我趁我不备
罚你给我捶背
谁叫你图谋不轨
捶得好算是赔罪

男：感谢你体贴入微
爱恋坚不可摧
是冤家又是宝贝
对你好舍我其谁

女：你帮我亲力亲为
爱的感觉到位
激情夜色里放飞
在你怀抱里安睡

合：天造地设的一对
朝夕相对嬉笑斗嘴
吵闹和好多少回
情愿一生奉陪

合：天造地设的一对
抛个眼神就能意会
一生纠缠和依偎
情愿如影相随

憨老公爱笨老婆

男：憨老公是孙悟空
笨老婆就像如来佛
小把戏再怎么变幻莫测
也逃不过五指山的掌握

女：憨老公是榆木疙瘩
笨老婆就是一团火
玫瑰花从没有送过一朵
笨嘴拙舌也不会哄哄我

男：刁蛮任性的笨老婆
无理取闹让我哭笑不得
温柔如水的笨老婆
情意绵绵陪我暖被窝

女：心地善良的憨老公
处处忍让舍不得我难过
努力肯干的憨老公
奔波打拼营造舒适的窝

合：亲爱的憨老公笨老婆
油盐酱醋酒调和了
一大锅浓香醇厚的生活
酿造甜蜜卿卿我我

合：亲爱的憨老公笨老婆
酸甜苦辣咸演出了
一家子幸福快乐的生活
精心哺育甜美的果

最爱就是你

男：喜欢逗你笑乐不可支
你就是我的梦中天使
女：乐意陪着你一生一世
你就是我的真命天子

男：愿意为你献出我所有
呵护你对你负责到底
女：信任你毫无保留给予
对你很体贴无微不至

合：最爱就是你
女：两情相悦两心相知
男：善解人意配合默契
合：我们是幸福快乐的伴侣

合：最爱就是你
女：如影相随步调一致
男：习惯有你不离不弃
合：我心里知道不能没有你

合：最爱就是你

女：感谢造化缘分恩赐
男：一生相守相伴相依
合：抱紧你热烈吻你多甜蜜

除了你不会再爱谁

男：你笑起来很美
红酒窝溢出娇媚
香甜女人味萦绕我心迷醉

女：你就像个刺猬
断不了抬杠斗嘴
有笑也有泪你走进我心扉

男：我不会巧言恭维
最怕你兴师问罪
女：我可以真心相对
最怕你呀无所谓

男：我可以爱得无畏
就怕你临阵撤退
女：我一直爱的纯粹
就怕你不翼而飞

合：除了你不会再爱谁
有你相伴相随
生活才有滋有味

合：除了你不会再爱谁
和你成双配对
幸福感在心里飞

只想一心对你好

女：你生气地说别风骚
就像头发怒的猎豹
真是炮仗脾气点火就着
看你阴阳怪气我心生懊恼

男：谁叫你调笑媚眼乱抛
别故意气我好不好
我是火眼金睛明察秋毫
别玩炸药包随时可能引爆

合：怎么又闹得不可开交
斗气使性子犯不着
刚才还像一对刺猬争吵
现在又像水中鸳鸯欢好

男：只想一心对你好
牢牢将你圈入怀抱
你是我的淘气包
真的真的怕你跑掉

女：只想一心对你好
你的火热亲吻霸道
你是我的大活宝
陶醉你的贴心拥抱

真爱就是一辈子

男：你的关心让我惬意
女：你疼惜我呵护备至
合：眉目传情不言而喻
挚爱潜移默化走进心里

男：甘心为你掏空自己
女：真心给予以身相许
合：卿卿我我如胶似漆
陶醉在温情里让我着迷

合：真爱就是一辈子
经得起岁月磨砺
受苦受累也乐意
患难与共不离不弃

合：真爱就是一辈子
心与心联系紧密
相伴到老的伴侣
也是情投意合知己

幸福爱巢一同筑就

男：亲自下厨大显身手
照顾你就是享受
女：有点奇怪别耍滑头
醉翁之意不在酒

男：作我老婆能否屈就
就爱你冤家对头
女：爱的欢欣前所未有
你不娶我我就走

男：献出所有一点不留
再苦再累无怨尤
女：不论穷富甘愿领受
情到深处无怨尤

合：幸福爱巢一同筑就
伴随着心灵相守
眉目传情溢满温柔
拥吻你甜醉心头

合：幸福爱巢一同筑就
很在乎彼此感受
眷恋体贴不离左右
我们是良缘佳偶

爱没完没了

女：阳光下你一脸坏坏的笑
目光碰撞擦出爱的火苗
一不小心就着了你的道
迷了心窍乱了阵脚

男：你一嗔一怒一颦一笑
扰乱我的思绪被牵着跑
你听心激动地怦怦乱跳
迷恋缠绕神魂颠倒

合：我的大活宝一起疯闹
比试高下过过招
争得不可开交
谁赢扔枚硬币见分晓

女：你要心高气傲拈花惹草
我就不给你贴心拥抱
男：你要不对我好媚眼乱抛
我就出逃让你找不到

合：真爱很难找赶紧抓牢
对你的爱没完没了
不让幸福溜掉
纠缠一辈子甜蜜到老

天地知道我的爱意

男：像小鸟翩然而至
你很秀丽天然去雕饰
我爱的人横空出世
想你念你心里只有你

女：你很会制造惊喜
直率豪爽很有吸引力
奇妙感觉不可思议
眼里梦里心里都是你

合：天地知道我的爱意
女：体贴入微 男：怜香惜玉
合：爱你的心始终如一
亲吻你缠绵在一起

合：天地知道我的爱意
女：非你不嫁 男：非你不娶
合：爱你的心始终如一
我们是最好的眷侣

敞开心扉把真爱迎接

男：想见你的心很迫切
不敢表白怕被拒绝
处处示好情真意切
你的一切都想领略

女：你眼神微妙很特别
泄露柔情和胆怯
给我感觉踏实亲切
心高气傲被你瓦解

合：敞开心扉把真爱迎接

女：像被你的痴情点穴
互相走近不知不觉
虽没有轰轰烈烈
但始终温柔体贴

男：亲密无间两情相悦
紧紧拥抱两心相贴
感觉心欢快跳跃
任激情来得猛烈

真情最珍贵

男：不怕苦不怕受累
为你无怨无悔
对你好真心相对
一直痴情追随

女：你总能给我安慰
真情弥足珍贵
信赖你卸下防备
对你敞开心扉

男：我冲破坚固堡垒
爱你爱得干脆
很般配如鱼得水
拥抱亲吻甜美

合：玫瑰花盛开浓情柔美
相视一笑心领神会
交杯酒飘出爱恋香味
如影相随双宿双飞

称心如意

男：我是最善良豪爽的猎人
穷追不舍狂献殷勤
想捕获你的心
作你世上最亲的恋人

女：你火热情感冲击我内心
我摄住要出窍心神
不能束手就擒
因为对感情认真谨慎

男：真诚给予尽力尽心
让你依靠得安心
女：潜移默化好感倍增
迷恋越来越深

男：你温柔眼神勾走我心魂
望着你鲜红的嘴唇
不由分说亲吻
你娇羞脸上涨满红晕

女：你急促呼吸离得我好近
我心激动狂跳欢欣
沉醉缠绵相亲
你疼爱眼神弥漫温馨

合：你是给我温暖快乐的人
是心有灵犀一点通的人
相伴晨昏爱意无尽
百年好合如意称心

爱是坚持的理由

男：情深意浓的时候
缠绵温柔美不胜收
甜醉在我心头

女：总觉你爱我不够
呆头呆脑像个木头
常忽视我的感受

男：其实是情意相投
关心体贴是真爱知否
和你相伴相守

女：每次争吵闹别扭
让我生气眼泪直流
不想善罢甘休

男：最怕你河东狮吼
说我花心是子虚乌有
你真是难侍候

男：爱是坚持的理由
芝麻小事无须追究
每次都是我抚慰善后
谁叫我宠你习惯了迁就

女：爱是坚持的理由
长相厮守感情笃厚
你是我所有放在心头
一起走快乐幸福到永久

痴心狼爱小绵羊

男：看你睫毛上闪动着泪光
眼里隐含着忧伤
无助悲凄的模样
就像受伤的小绵羊

男：不要惊慌我在你身旁
我会负起担当
抚慰你给你疗伤
我是爱你的痴心狼

女：你深情目光将我心照亮
为我赶走了惆怅
心境豁然开朗
日久生情的痴心狼

男：痴心狼爱小绵羊
亲吻着你热情激荡
一直把你放在我心上
让你天天笑容绽放

女：小绵羊爱痴心狼
跟随你浪迹四方
用一世情换你一生爱
一起缠绵红尘徜徉

真爱的人总会相聚

女：很想你日月可知
隔着千山万水的距离
只能通过发送的信息
抚慰着两颗相爱的心

男：很想你天地可知
感动于你痴情的话语
虽然无奈分隔两地
隔不断两颗牵念的心

女：多想靠在你温暖怀里
多想倾听你眷恋心声
一天没有你的消息
相思泪滴在寂寞心里

男：多想感受你绵绵情意
多想沉醉你芬芳香气
一天没有你的消息
我急得就如魂魄丢失

合：真爱的人总会相聚
分别只是暂时
我们会迎来欢聚的日子

哥哥爱丫头

男：你还好吗？丫头
想念你如水的温柔
沉寂的夜我心已飞走
飞呀飞到你心里头

女：我很好！哥哥
谢谢你亲切的问候
心里涌过甜蜜的暖流
流呀流到你心里头

男：望着满天星斗
有太多的话想说
你点燃我心中的火
鼓励我让我精神抖擞

女：我在痴心等候
对你爱也爱不够
你帮我抹去了忧愁
温暖我让我坚持追求

男：哥哥爱丫头
女：丫头爱哥哥
合：不论美丑贫穷或富有
今生今世相依相守

男：哥哥爱丫头
女：丫头爱哥哥
合：甘苦与共携手一起走
天长日久情意深厚

爱的继续信任是基石

男：蛮不讲理的猜忌
任凭我怎么解释
也毫不理会生闷气
不想想我有多委屈

女：冲你发火发脾气
哭泣的却是自己
因为在乎才耍性子
控制不住复杂情绪

男：渐渐感觉差强人意
迁就你的倔脾气
知道是想引起我注意
为了让我更爱你

男：善意撒谎应付了事
本想消除你的疑虑
没想到弄巧成拙
相处变得怪异滑稽
不能闹僵要留点余地
用沉默抵御不满的袭击

女：不是我胡乱猜疑
不是对细枝末节在意
而是对这份情珍惜
悲戚藏在我的眼里
情势危机我自动消失
给你机会看清谁在心里

男：自信能够把握你
出走让我始料未及
怎样才能说服你

放下倔强固执
我绝对没有二心
取悦你挖空心思

女：满脑子想的都是你
兜兜转转回心转意
就不用依靠回忆
来温暖自己
一场误会尽释
又如从前愉悦甜蜜

合：爱的继续信任是基石
争吵是难免的别在意
让幸福快乐的日子
陪伴我们走到夕阳红

你是上天恩赐最好礼物

女：一直对我很照顾
不计较我的错误
对我宽容大度
你让我打心里折服

男：只要不是名花有主
只要不是芳心有属
追求义无反顾
钟情让我底气十足

女：爱发自内心深处
我甘愿被你俘虏
男：怀有最真情愫
能相依相随很知足

合：你是上天恩赐最好礼物
男：给你弹琴柔情奏出
女：给你唱歌恋意倾注
合：心里全是欢喜幸福

珍惜爱

男：你不要疑心重重
伺候不起你的骄纵
女：只是不想忍气吞声
心疼是真却不领情

女：与从前渐渐不同
热火朝天的美妙爱情
变得沉闷阴晴不定

莫名伤感心尖疼痛

男：别把爱逼入死胡同
收敛脾气自我反省
放松紧张的神经
难免纷争避免较劲

合：忍一时风平浪静
退一步海阔天空
爱的世界没有输赢
都不要任性不要争强好胜

合：口说无凭重在行动
恭身倾听分享心情
既然已经互许终身
就要把爱打造地炉火纯青

爱上怎能随意割舍

女：你变得敷衍搪塞
说的好却不做
花言巧语糊弄我
我很窝火真想发作

男：受不了你的奚落
闹的大动干戈
说谎是被你逼的
我很生气故意冷落

合：越闹越僵的纠葛
泪水流淌苦涩
这日子该怎么过
该走该留该分该合

合：眼神透射着焦灼
留下不快乐又难离难舍
其实还是爱的
怕了你了有意示弱

合：如果我做错什么
请你原谅我难免有风波
心思不谋而合
爱上怎能随意割舍

合：岁月如梭相磨合
我体谅着你你包容着我
烦恼轻轻绕过
幸福生活温馨快乐

爱你的心一如往昔

男：笨嘴拙舌不会取悦你
但我对你实心实意
女：你的疼爱尽收我心底
很信任你心无芥蒂

男：比较般配感觉很合适
良辰吉时喜结连理
女：恩爱夫妻相伴一辈子
卿卿我我身心合一

男：心心相印执着爱到底
几经沉浮不曾分离
女：合力抵御磨难和风雨
这就是爱的真谛

合：爱你的心一如往昔
酸甜苦辣分享参与
油盐酱醋锅碗柴米
含有爱而温馨甜蜜

合：爱你的心一如往昔
忧乐悲喜一起经历
春夏秋冬相守相依
情深才对缘分珍惜

重新来过

男：只怪造化开了玩笑
心里一直后悔苦恼
失去才懂得你真的好
你才是医我的灵丹妙药

女：再次重逢意想不到
不动声色淡淡一笑
掩藏心海的汹涌浪涛
我不再身陷多情的泥沼

男：你能陪在身边就很好
除了你我谁也不想要
重新来过好不好
我愿意和你幸福到老

女：只怕诺言像晨雾轻飘
如果能共度风雨飘摇
就说明情缘未了
我还有什么理由执拗

合：这份爱是不是可靠
随时光能够见分晓
紧紧地贴心拥抱
抱住失而复得珍宝

相信爱能永恒

男：不由得追逐你美丽身影
费尽了心思讨好却不领情
女：是真是假还没搞清
深锁心门不敢触碰爱情

男：不是你不懂爱是不想懂
不是你不解风情而是无情
女：我只想要一份真情
怕你只想玩乐言不由衷

男：三心二意不是我的作风
不怕你忽热忽冷
我会越挫越勇
爱你的心铁打不动

女：透过眼睛读懂你的心灵
被你的执着感动
情感产生共鸣
心里坚冰已然消融

男：多想生命能交融
是不是痴人说梦由你决定
女：甘愿厮守一生
情深意浓尽在不言中

男：相信爱能永恒
愿做守护你一辈子的恒星
女：相信爱能永恒
美好良缘水到渠成

爱是需要对手的

女：小摩擦不断容易走火
傲慢倔强如出一辙
旗鼓相当平分秋色
谁也不肯先示弱

男：负气面对难堪的沉默
其实我们都有错
太多的情怎能割舍
谁离开谁都不好过

女：冲你发火哭泣的是我
吃醋使性子也是太爱的过
撒娇发脾气想你哄哄我
是希望在你心里的一直是我

男：爱上刁蛮的你没辙
除了怜惜还能责怪你什么
也许是上辈子欠你的
放弃抵抗主动让步熄灭战火

合：爱是需要对手的
没有谁比你更适合我
相爱是机缘巧合相处要磨合
一起分享悲喜苦乐

合：爱是需要对手的
眼神交汇就能洞悉心窝
信守指环的承诺互为依托
善始善终只爱你一个

和你在一起就是天堂

男：你的丽影在我眼前摇晃
惹人怜爱的模样
女：你的眼神如和煦阳光
温柔拂过我脸庞

男：一抹嫣红浮现在你脸上
你的笑容藏着忧伤
心逃不过我痴狂目光
懂你是我的强项

女：心已封闭拒绝登门造访
怕受伤故意捉迷藏
真情还是假意细考量
心事如风飘飘荡荡

女：你鼓励抚慰击碎伪装
男：趴在我肩膀痛快哭一场
女：沉积的哀怨一扫而光
男：你嫣然一笑是我的渴望

合：和你在一起就是天堂
男：你注定在我生命里绽放
亲爱的不会让你失望
情感呼应给未来注满希望

合：和你在一起就是天堂
女：你走进心房多么欢畅
眼波含笑爱从天而降
相恋相知相惜相依在心上

亲爱的我们在一起就是祥瑞

女：你双眼清澈如两泓泉水
我深陷进去被温柔包围
男：如小鸟在我怀里依偎
你莞尔一笑绽放娇艳妩媚

女：两心共鸣奏出乐曲飘飞
热吻点燃心中熊熊火堆
男：秀眉像蝶翼跃跃欲飞
你软玉温香让我深深迷醉

合：一声问候就荡涤疲惫
细心呵护就感觉安慰
一个眼神就心领神会
打情骂俏就笑弯双眉

合：
亲爱的我们在一起就是祥瑞
感谢造化恩惠让我们交汇
春花秋月雨雪霏霏
有你相陪是别样的最美
合：
亲爱的我们在一起就是祥瑞
疼惜有加谁叫我爱你翻倍
从始至终痴心追随
让浓情淋漓尽致地发挥

爱的光芒

女：靠着你宽厚的胸膛
泪水肆意地流淌
痛快淋漓哭尽所有悲伤
隐忍的苦痛彻底释放

男：搂紧你轻轻地抚慰
泪水砸痛我心房
你的笑容就是我的希望
守护你走出坎坷惆怅

女：你眼里闪烁爱的光芒
点亮我心豁然开朗
你的温柔抚平我的创伤
驱散了无情的风霜

男：执着的爱用时间丈量
细心呵护一如既往
你的笑容多明媚芬芳
我比你更欢喜舒畅

合：苦难只当噩梦一场
全都埋葬不再去想
真爱在心间流淌
寒来暑往相伴美好时光

合：对你从来不设防
天天亲吻你的脸庞
等老了靠着你肩膀
一起在幸福回忆里徜徉

爱的讯号

女：别心高气傲别来这一套
男：别无理取闹别刁蛮撒娇
合：未曾料到不打不成交
会心一笑爱的预兆好奇妙

女：你花心胡搞就不对你好
男：你媚眼乱抛我就会逃跑
合：还算可靠牵手牵得牢
如果你走掉我会伤心难熬

男：你是淘气包耍小花招
捉弄我如何是好
女：喜欢开玩笑乖乖讨饶
你憨笑得像熊猫

男：编个花环戴你头上
摇身变成花仙美丽娇娆
女：花草丛中打情骂俏
笑声随花香飘甜蜜的味道

合：一个香吻脸红心跳
目光闪耀投来爱的讯号
一对黄莺飞旋鸣叫
两颗心依恋信赖溢于言表

真爱不可多得

男：当我走近你你很羞涩
慌乱地手足无措
我霸道地说你是我的
你的脸唰地红了

窘得什么也没说
回避再清晰不过

女：当你远离我我很疑惑
你不是真心的
我的影子孤单落寞
染着忧伤的月色
谁叫你招惹我
芳心怎能死守不动呢

男：对感情从不玩虚的
掩饰不住憔悴神色
你说我该怎么做
才能不被思念折磨

女：你一席话解开困惑
爱上你的含情脉脉
感到心灵的契合
笑声洒满喜悦快乐

女：你伸出双臂拥抱我
男：我的胸怀是安乐窝
合：真爱对我不可多得
如影随形心有所托

最后一次抱紧你

男：即使有天离去
我也是迫不得已
你不要生气

女：思量你的话语
怕是你预留伏笔
我深感忧虑

合：在温馨的夜里
情意交融痛快淋漓
欢爱在一起

男：望着身边安睡的你
怎么开口说出别离
最后一次抱紧你
脸贴脸心相依

女：望着你眼中的悲凄
举起降旗放你远去
也是因为很爱你
但我会很想你

合：真心的爱怎么能忘记
吸引着我一直挂念你
当路走完从世上消失
但愿阴魂相聚在一起

十 婉约唯美古韵流长

知音赋

看鸳鸯戏水欢鸣
恋知音倾吐心声
眼波飞飘出柔情
比酒醇醉意更浓
浓浓浓妙趣横生
可惜缘如风匆匆

晚霞红即将燃尽
梦境美更易落空
听风声狂而悲恸
花娇艳转瞬凋零
痛痛痛难留幻影
痴迷深心更哀痛

情种已扎根心中
不相信命中注定
想抗衡天意捉弄
却无奈抱憾葬送
疼疼疼忧心忡忡
鸟分飞一去无踪

夜深沉露水更重
心贴心梦里相拥
情更坚铁打不动
绽笑容携手前行
梦梦梦下落不明
泪水如涨潮奔涌

漫长的岁月见证
世事变爱却永恒
千里遥隔不断情
万般情魂牵梦萦
终终终得相思病
到来生还会钟情

一曲相思寄山水

青山静幽夜深邃
月中嫦娥可曾睡
寺院钟声惊鸟飞
芳草青青香沉醉

月光轻柔照溪水
微波粼粼荡清辉
古筝悠扬轻风吹
花草闻听生百媚

茫茫天际曲萦回
（悠悠荡心扉）
罗带同心柔情美
（如花笑微微）
蝴蝶翩翩环绕琴音飞
疑似梦中知己姗姗归
彩蝶成双相依偎

幻梦惊觉空伤悲
（蝴蝶失伴飞）
一曲相思寄山水
（但愿传心扉）
奈何惆怅满怀洒珠泪
多想化作明月长相随
不枉钟情这一回

天地日月知否

男：为你痴为你傻为你忧
你已把我的心带走
只等喜结良缘的时候
你把我的心带回相伴永久

女：泪盈盈粉面愁锁眉头
心相知又何须开口
年深日久情意更深厚
怎能不感怀只盼共度春秋

女：痴心不渝日月知否
但愿日月成全不再心揪
合：夜深风柔弯月如钩
但愿月老系紧两人的手

男：至情至爱天地知否
但愿天意周全结成佳偶
合：情思悠悠莫付水流
只想永结同心生死相守

落　叶

凄凉狂风呼啸
在宣告深秋来到
昨天还是满树黄叶
今天就成落寞枝条

看叶在风中挣扎
听叶忧伤的悲号
叶在大树的怀抱
留下惜别的舞蹈

片片落叶飘飞
是大树的泪在掉
想留却留不住树叶
敌不过秋风的凶暴

叶爱树却不见了
树爱叶可救不了
怀念哀痛地凭吊
只求来世再拥抱

雌雄树

两棵雌雄树搂抱紧贴
树杈交错枝叶相连
树冠如伞盘根交结
两心缠绕爱融热血

柔风轻奏乐花枝摇曳
舞动风情对唱喜悦
日日夜夜春秋更迭
果实满枝芳香浓烈

寒冷冬夜北风凛冽
昂然挺立凌霜傲雪
依恋温情宛如月光皎洁
取之不尽用之不竭

相濡以沫情深意切
偕老终生无须誓约
道道年轮铭刻美丽情节
生要同寝死要同穴

神韵永存

红梅朵朵鲜艳缤纷
没有绿叶陪衬
没有蝴蝶追捧
也自芳菲笑迎春

红梅俏丽盛开清纯
只有雪花亲近
历经霜冻冰封
凌寒吐蕊志坚贞

红梅秀雅光彩照人
气节傲骨丹心
自强自信热忱
严冬绽放出温馨

红梅凋谢飘零红尘
即使香消玉殒
但那高洁灵魂
美好神韵永长存

待到来年寒冬雪纷纷
红梅依然飘香花容新

情缘轮回

艳阳高照花红叶翠
花朵恋绿叶盛开娇媚
绿叶爱花朵呵护相陪
花叶在缠绵中迷醉

秋风狂吹秋雨霏霏
花朵儿凋谢零落飘飞
绿叶很伤悲洒下泪水
花香永在心中回味

怀念花叶朝夕相对
绿叶很寂寞变黄枯萎
期待下辈子与花重会
来生相守情缘轮回

春暖叶绿花开好美
花依旧恋叶轻舞芳菲
叶痴心爱花相依相偎
浓情蜜意飘出香味

一枝独秀

萧瑟严冬到来后
梅花盛开一枝独秀
凛冽风中泰然昂首
凌寒绽放俏立枝头

雪花飘落来相守
深情拥抱意趣相投
梅花娇羞芳容红透
相映生辉美不胜收

梅花艳香悠悠
迎春花魁丽影舞风流
傲骨坚心温柔
气度优雅有追求

夜深沉月如钩
梅花凋零飘飞无怨尤
生命走到尽头
满地缤纷香依旧

但求爱能重生

断线的风筝丢了的梦
埋葬的落花已成荒冢
听风吹落叶哀吟声声
一如我此刻悲伤心境

痴情的夜莺唱出歌声
缠绕在心中往事纷涌
心贴心憧憬美妙幻景
会意的感应妙趣横生

洒泪别最终无法同行
苍天也动容细雨蒙蒙
眷恋无穷尽缘却已空
徒然地荒废海誓山盟

但求爱能重生
在你怀中醺然入梦
即使不能相拥
心魂与你同行

但求爱能重生
重燃激情幸福圆梦
冰河期盼春风
月光点亮夜空

绿叶与花朵

春风吹绿叶婆娑
美丽娇艳花开朵朵
为叶欢跳轻舞婀娜
绿叶欣喜拥抱花朵
缠绵交织多快乐
飘出幽香爱意闪烁

秋雨落凋零花朵
绿叶不舍低吟悲歌
怎奈宿命不能把握
怀念花朵绿叶落寞
一天天枯萎残破
黄叶飘落魂系花朵

春光明媚叶绿花开
依恋如初活力四射
情缘轮回相伴相守
永远不变相爱执着

雪

雪像一个个神秘小精灵
纷纷扬扬无声无息
亲吻着世界你灵秀清纯
使大地白净

雪像一只只可爱白蝴蝶
翩翩起舞姿态飘逸
爱抚着世界你浪漫多情
把大地唤醒

雪像一朵朵优雅白梅花
洁白无瑕美妙神奇
装点着世界你质朴纯真
扮亮了心情

雪……我眼中的美景
雪……我心中的爱意
静静地飘呀飘……

梅 花

枝杈遒劲横斜霜挂
满是朵朵柔美的花
晶莹剔透盛开幽雅
鹅黄嫩蕊丹心吐露芳华

数九严冬万木肃杀
凌寒独放秀丽梅花
红似火粉若彩霞
白如玉纯洁无瑕

雪花纷飞朔风猛刮
仙姿傲骨摇曳潇洒
天寒地冻坚韧不拔
馨香飘荡哪怕风欺雪压

搏斗冰霜共舞雪花
神采飘逸风骨尽发
日月照冰雪裹花
笑迎春绽放奇葩

即使香消玉殒缤纷飘洒
依然情满天下闪耀光华

落 花

一朵鲜花芳姿飘逸
在阳光下绽放美丽
昂首枝头亭亭玉立
蝴蝶围绕飞来飞去

突然一阵狂风暴雨
花儿呜呜咽咽飘零
落入江中无声无息
随着激流翻滚漂去

落花啊落花
绽开笑颜痛在心底
历经险恶茫茫无期
两岸青松传递爱意
想飞过去有心无力

落花啊落花
浊浪淹没伤心悲痛
凄惨无助花容尽失
只把花香浸满江水
孤苦无依从此消失

结同心

一见倾心奏瑶琴
一曲音韵飘温馨
一笑百媚飞红云
一袭彩裙舞欢欣

凝望喜不自禁
意醉情迷了然于心
赠香囊定终身
海誓山盟永不负心

一对红烛照新人
一拜天地结同心
一刻春宵值千金
一床锦被共销魂

月老系紧缘分
凤凰于飞依恋无尽
天地成全知音
夫唱妇随一往情深

长相思

大河边青石街
一路送心儿裂
欢聚少匆离别
爱意浓相思结
泪水在心里宣泄

孤零零度日月
心凄凉中秋节
难见面独赏月
桂香飘桂花艳
却不见赏花蝴蝶

离人泪残月夜
思绪飘重叠叠
风凛冽不知觉
悲声泣心力竭
问月牙把相会借

思悠悠情切切
何时聚守见喜鹊
流逝阴晴圆缺
只盼望信守盟约

风徐徐雨歇歇
怀念着两情相悦
佳偶琴瑟和谐
共守着烛光摇曳

孤影悲春

秋风阵阵不忍听悲鸣声声
繁花落尽不忍看满地落英
长亭送别君难舍难分
痛难忍欲言又止泪纷纷

意切情真敌不过无奈命运
真不甘心是过客不是归人
抚琴诉心声解囊相赠
等春来鸳鸯重聚情永存

草绿花开柳叶新孤影悲春
情深似海无穷尽日日苦等
离别到如今杳无音信
盼知音奈何思君不见君

错过花期

美好的相遇伴随着忧虑
快乐的日子掺杂着泪滴
似近在咫尺又遥不可及
情深爱意浓无言的叹息

相隔千万里两心长相依
风急雨声泣难见又难离
脸庞挂笑意悲伤在梦里
天不遂人意已错过花期

痴痴迷迷的情意
真真切切的痛惜
爱你不能伴朝夕
谁能化解这愁绪

天意弄人有缘相识
错过花期无缘相聚
传递信息倾诉心曲
无尽相思泪洒如雨

依依惜别

叶欲静风却不停歇
秋风狂野吹落枫叶
心随红叶飘零呜咽
绝唱一曲悲悲切切

执手行看瀑布飞泻
溅起水花洁白如雪

浮起落下花开花谢
怎忍离别缘起缘灭

层层石阶铺满红叶
曲径通幽溪流跳跃
琴声如飞瀑倾泻
情思凄婉激越

八角长亭依依惜别
千言万语心中凝结
感情随岁月不灭
即使从此永诀

朱元璋

烈日炙烤着大地
微风吹拂着军旗
骏马上大元帅威风凛凛
他就是朱元璋大名鼎鼎

自幼无靠是个孤儿
去做和尚化缘念经
颠沛流离沿街行乞
蒙元统治涂炭生灵
民怨沸腾狼烟四起
热血奔涌投了义军

骁勇善战胸怀大志
娶了大脚新娘马氏
大鹏展翅如虎添翼
披星戴月凄风苦雨
相扶相携同舟共济
夫唱妇随深明大义

善运奇兵深谋远虑
马蹄声声刀枪并举
南征北战英勇无敌
战船相交火光四起
东讨西伐节节胜利
平定海内开国皇帝

走过崎岖开天辟地
堂堂男儿终成大器
龙盘虎踞建立大明
甘苦与共夫妻情深
洪武之治江山秀丽
真命天子名垂青史

儿女英雄

你美艳如花温柔善良
我赤胆忠心侠骨柔肠
我们浪迹天涯勇敢闯
披荆斩棘把正义扬

江湖凶险暗箭难防
风花雪月儿女情长
血雨腥风不能阻挡
儿女英雄豪情万丈

你是我一生一世的娇娘
我是你前世今生的情郎
我们把酒言欢饮尽风霜
刀光剑影如梦一场

英雄情坦坦荡荡
英雄泪痛断肝肠
英雄笑磊落豪放
英雄路苍凉痴狂

雪中红梅开

轻盈雪花飞满天
朵朵红梅花初绽
层层叠叠嫩花瓣
风姿万千笑开颜

纤蕊丹心经历练
朔风越狂志越坚
霜雪冰冻越酷寒
昂首朝天越鲜艳

傲骨凌风舞出浪漫
情真质洁清香飘散
雪纷飞白茫茫一片
秀雅红梅生机盎然

丽影挺立气度非凡
云蒸霞蔚光华流转
红似火绽放出灿烂
只为迎来明媚春天

痴魂飞天际

冷冷清清惨淡微光中
恍惚惊闻鼓乐齐鸣
痛断肝肠声声催命
命若悬丝悲凄难言泪纷纷

火苗闪烁旧诗稿被焚
情缘在烟灰中散尽
气息奄奄泪眼昏蒙
情天恨海木石前盟成虚空

灵秀痴魂飞入了天际
葬花人怀纯洁而去
绝世芳华世外仙株
了却尘缘不再为情而伤神

一朝春尽花落时
忧思泪水才流尽
心事若梦梦幻空
恩情已了香魂去

忧 思

坐在葡萄架下
淡淡幽香飘洒
青石桌上一杯酽茶
在七夕夜看星星眨

似看见鹊桥搭
牛郎织女相会
似乎听见说悄悄话
许愿祈求早见到他

簪花斜插云发
粉嫩如花面颊
轻锁秀眉眼含泪花
纤纤玉指轻弹琵琶

独对日月从冬到夏
望眼欲穿望不到他
只怕老去年华
莫叫岁月空虚化

琴声婉转飘过篱笆
忧思切切飞向天涯
但求传送情话
鸾凤和鸣弹琵琶

柳 丝

山花岁岁开芳草年年绿
唯恐镜中人不像花草新
旧日两心同紫燕双飞鸣
欢好醉笙歌花丛共销魂

花前月下何时聚
三杯浓酒意朦胧
愿作柳丝惹春风
奈何春风却薄情

魂飞梦断泪纷纷
一曲怨歌不忍听
无限月光却多情
柔拂闺中断肠人

夜色深深楼空空
孤影对君说春心
苦守前盟到如今
情思如海无穷尽

细雨霏霏风凄凄
红笺小字何处寄
一场愁梦酒醒时
侧耳倾听盼归人

难遂愿

鼓乐吹打痴男结良缘
声声催命敲心肝
焚烧诗稿怨女泪涟涟
悠悠情痴如烟散

可惜思虑忧心多少年
情深似海终枉然
纵然心有不甘难遂愿
万念俱灰柔肠断

气若游丝悲声叹
去意已决心黯淡
双眼一闭泪始干
怨女香魂飞云天

木石前盟成虚幻
世态炎凉何以堪
降姝仙草消愁怨
心纯质洁断尘念

恩爱已成空

电闪雷声鸣惊觉昏沉梦
漆黑的夜空转瞬雨纷纷
美好的憧憬忽然被雨冲
暴雨打梧桐风情去匆匆

风狂雨声声树摇花影动
零乱的花丛落几多残红
恩爱已成空任泪水翻涌
徒留下伤痕心痛如枯井

花好月圆美妙又朦胧
花谢月隐情尽去无踪
笑过痛过恍若一场梦
缘来缘去终究是孤鸿

白鸽传情

荷花池中飘荡一叶小舟
舟中丽人纤纤素手
轻弹琵琶芳姿清秀
音飞云天情意深郎君知否

琴音袅袅飘荡情思悠悠
亭亭玉立荷花朵朵
为情所动微笑额首
碧绿湖水也泛起阵阵清波

白鸽飞来停在小舟
传来书信上鸳鸯水中游
看着痴心温柔
转忧为喜笑容娇羞

鸳鸯信笺写满等候
日思夜想长相守度春秋
白鸽送信飞走
只盼鸳鸯早日聚首

迎春花魁

迎雪吐艳凌寒幽香飘飞
鲜艳欲滴俏丽红梅
晶莹似玉幽雅白梅
凛冽风中盛开朵朵花蕾

花瓣层层叠叠飘逸妩媚
吐露柔嫩鹅黄花蕊

芬芳满枝云蒸霞蔚
流光溢彩绽放风骨可贵

不慕蜂飞蝶舞包围
傲然于世绰约芳菲
雪花梅花共舞痴心相陪
冰天雪地含笑迎春的花魁

静谧寒夜冰冻风吹
唯有月光温柔抚慰
来去淡然纯洁花雨纷飞
彩蝶一样盈落最后的秀美

浸润厚土馨香仍然陶醉
至情至真至性花魂飘飞

二泉映月

茫茫夜色中
琴声啊如诉如泣
飘荡在沉寂小巷里
倾诉生活艰辛

冷冷的风吹着他瘦削的身影
灰暗的面容受尽歧视和欺凌
跌跌撞撞往前行
一路沧桑一路悲吟

颠沛流离饱经风霜经磨砺
二泉明月懂得他那一片心
仙风道骨痴守着
坦坦荡荡一份真

琴声响彻不屈的呐喊声
震撼心魄惊天动地
反抗命运的捉弄
控诉屈辱和愤恨

双眼憧憬着光明
火种燃烧在心中
血液奔流激情涌

尝尽辛酸撕心断肠忍苦痛
流水声月光照孤影
匆匆岁月了无痕
依心曲啊诉心声

松涛阵阵为之动情

灵魂多顽强神情亦冷峻
蔑视尘世的不平
凄烈奋力抗争盼尘埃落定
家家幸福享太平

饱经风雨乱世叹无情
驾鹤去默默无闻苦一生
只留下一缕香魂流传万世

琴声悲伤苍劲
处处都有你的知音
斗志生生不息
心灵如泉水清清
一轮明月闪烁在泉水中

情意浓浓

你持扇仗剑风度翩翩
爱你侠骨柔肠义薄云天
做你柔情似水红颜
一片真心真意日月可鉴

你像太阳般温暖灿烂
我会紧紧追随围着你转
甘愿为你把心儿献
呢喃多少情话缠缠绵绵

纵情狂饮把酒言欢
看尽世间风云变幻
随你在江湖闯荡
历经艰险也无怨

梅花开春意

雪花纷扬洁白晶莹
梅花盛开一片绯红
云蒸霞蔚灿烂美景
花朵欣欣向荣

天寒地冻萧瑟严冬
飞雪中梅花开春意
花瓣清逸虬枝苍劲
凛然挺立冷风中

丹心高洁至真至性
气韵幽雅笑意盈盈
鲜妍明媚喜报新春
释放浓浓柔情

凌霜独秀婀娜丽影
香幽幽飘溢着温馨
仙姿傲骨芳华灵动
哪怕雪压裹寒冰

直到芳菲尽落英缤纷
满地残红但香魂永存

十一　风景如画

竹筏情

青山披着绚丽的朝霞
江面飘来一只小小竹筏
竹筏上的阿妹唱醉了山花
阿哥也听得痴迷笑红脸颊

一对鸳鸯拍打着水花
相亲相爱欢叫着叽叽喳喳
不知不觉吸引两心乐开花
阿哥唱起来歌声飘上竹筏

江面倒映阿妹的倩影
阿哥一个猛子往水里扎
捉了条大鲈鱼扔上了竹筏
惊得阿妹羞红脸赛山茶花

阿妹把阿哥拉上了竹筏
拿着绣花的手帕
将阿哥脸上的水轻轻擦
阿哥高兴地笑哈哈

阿哥欢快地撑起竹筏
山歌唱出心里话
请阿妹来看看阿哥的家
尝尝爸妈烧的鱼虾

大　海

月夜下的海安详静默
魅力无限浩渺柔和
波光粼粼深不可测
孕育多少生命海是智者

海上红日出光芒四射
海天浑然融成一色
海鸥从浪尖飞掠过
鸣叫着对海的依恋执着

海浪冲天波澜壮阔
排山倒海恢宏磅礴
涛声如雷如咆哮怒吼
欢腾呐喊释放喜怒哀乐

容纳百川博大气魄
大海豪迈激越唱歌
七彩贝壳和大海对歌
将大海的沧桑岁月雕刻

海风呼啸掀起浪花朵朵
传出大海经久不息的歌
惊天动地震撼心魄

春天好美

春光灿烂明媚
坚冰融化成春水
闪动粼粼光辉
水鸟在水面翻飞

春雨滴答柔美
草长花开竞芳菲
散发浓郁香味
蜂蝶在花丛中飞

春风和煦轻吹
吹得柳絮漫天飞
林木茂盛葱翠
燕雀筑巢双双飞

春天来了好美
大好时光很珍贵
都在田间忙碌
劳动人民才最美

春　雨

滴答滴…霏霏细雨从天到地
似烟似雾点点滴滴
好一场及时雨
滋润出生机活力

滴答滴…飘洒春雨千丝万缕
流动美景迷蒙含蓄
弥漫清新气息
怎能不心旷神怡

滴答滴…轻柔春雨酣畅淋漓
似琴弦飞奏出乐曲
缠绵温暖飘逸
带来了欣喜情趣

滴答滴…花草迎来和风春雨
绽放绿意缤纷绚丽
处处忙碌身影
播撒希望的种子

花叶情

春光温暖和煦
花朵盛开艳丽
绿叶青翠茂密
花叶欢喜缠绵交织

秋风秋雨来袭
残花随风而去
绿叶吟唱悲曲
深深怀念花的情意

少了花的偎依
绿叶孤寂凋零而逝
但求在下辈子
花叶又相守在一起

来年花叶重聚
痴恋如昔绽放笑意
陶醉芬芳香气
相拥共享甜蜜情趣

青青翠竹

潇洒临风竹影婆娑
飘散清香光彩迸射
顶天立地风霜雨雪算什么
寒来暑往舒展盎然绿色

枝杆修长正直风格
傲骨挺拔坚韧强者
宁折不弯艰辛苦难算什么
气节高雅不改贞洁本色

青青翠竹生机勃勃
虚心质朴君子俊秀
天高地厚情怀超脱
魅力摄人心魄

青青翠竹顽强执着
宁静淡泊泰然自若
不染污浊光明磊落
活得坦荡快乐

水乡情

依着水廊美人靠赏景
条条小河道绿波粼粼
倒映石拱桥柳丝屋影
水阁露出甜美笑容
飘飞丝竹声声
萦绕柔情万种

油纸花伞下玲珑倩影
走在青石板如踏歌行
裙角摇摆芳姿轻盈
婀娜秀丽袅袅婷婷
吸引我的眼睛
走进我的梦中

串串红灯笼点亮夜景
映红水乡美妙朦胧
乌篷船在灯河中穿行
渔歌唱晚陶醉我心

品茶听评弹说唱古今
情思激荡弦琶琮铮
我的心被古韵所牵引
住进古屋奇景入梦

熊熊爱火

太阳落山了点燃起篝火
我们手拉手跳舞唱山歌

红红的脸庞笑盈盈
五彩的野花插上发梢
目光如火焰般闪烁
心里燃起熊熊爱火

月牙弯如钩溪水石上流
花草舞婆娑鸟叫得欢乐

嘹亮的歌声震心魄
纯真的情像溪水清澈
让我在你心中扎根
结出最甜最美的果

大海我爱你

海上日出霞光万道
海天一色彤红金光闪耀
大海涌起滚滚浪涛
肆意高歌激昂澎湃曲调

畅游大海广阔怀抱
浪花朵朵是海绽放微笑
像条鱼游玩乐陶陶
涛声萦绕是海欢唱歌谣

大海我爱你浩瀚奇妙
有时柔和恬静缥缈
有时雄浑磅礴自豪
风情无限蕴藏珍宝

大海我爱你自由美好
不惧雷电狂风呼啸
不怕雪雨严寒酷暑
容纳百川博大深奥

雨

乌云密布似泼墨
天地昏暗成一色
电闪雷鸣震心魄
噼噼啪啪雨珠洒落

倾盆大雨纷纷落
犹如敲锣如鼓瑟
滋润干涸的大地
高奏一曲酣畅快乐

雨势变小轻飘落
滴滴答答似唱歌
悠扬美妙舒缓地
撩拨心弦激动应和

雨停阳光多柔和
碧空如洗风吹过
清新气息弥漫着
草绿花开清爽心窝

十二
苗山苗水有苗人苗歌

欢迎朋友来苗寨

青山环抱云彩
河流就如玉带翠绿竹海
绚丽美景无处不在
欢迎朋友来苗寨

苗妹如花盛开
花裙飞银花闪流光溢彩
敬牛角酒欢唱起来
飞歌声激荡心海

欢迎朋友来苗寨
芦笙舞多欢快
如鸟翩翩飞自由自在
苗家情怀热诚爽快

欢迎朋友来苗寨
长饭桌摆出来
腊肉辣椒骨吃个痛快
畅饮米酒甜醉心怀

欢迎朋友来苗寨
把木鼓敲起来
跳舞对山歌笑逐颜开
浓烈风情释放真爱

苗家恋歌

哥跳芦笙舞飞呀飞
跳跃旋转有趣味
热情飞扬笙歌为媒
打动了谁笑容芳菲

哥的意中人美呀美
妹的心上人追呀追
目光交汇温情包围
花带结缘成双配对

哥是太阳光华明媚
妹是金灿灿的向日葵
葵花向日痴心相随

妹含木叶片吹呀吹
彩裙如云蒸霞蔚
俏丽柔美风情妩媚
牵引了谁深深沉醉

妹是鲜花绽放嫩蕊
哥是蜜蜂在花上飞
采蜜香甜年年岁岁
花儿蜜蜂永远相随

哥是青山葱翠壮伟
妹是清凌凌水在迂回
纵情山水缠绵依偎

月中情

弯月牙快瞧一瞧
心上人到哪里去了
木叶声声随风飘呀飘
哥能否听到柔情在缭绕
阿妹吹得泪珠掉呀掉
何时燕成双甜醉着欢好

银花冠彩裙飘飘
去跳坡欢乐又热闹
芦笙阵阵起舞跳呀跳
阿妹唱山歌传情千里飘
阿哥听得开怀笑呀笑
相约做一对幸福比翼鸟

阿哥呀阿哥说好的别忘了
哥妹情意深眷恋着多美妙
盼着被阿哥拥入怀抱
圆月的光华将我们照耀

跳花坡

苗妹秀丽美过娇艳花朵朵
和爽朗小伙欢聚在花坡
对唱甜蜜山歌飘个眼波
震荡着心魄情怀多炽热

畅饮甘醇米酒迷醉心窝窝
点燃了篝火爱火在闪烁
飞歌飘荡夜色情深意厚
风裹香吹过月光多柔和

酒酣耳热兴致勃勃
舞出快乐跳出洒脱
醉了山林醉了溪流
醉了飞鸟醉了花果
醉了有情人心窝窝

阿哥阿妹喜结缘

银花冠银披风银项圈
俏丽身姿笑容灿烂
花腰带百褶裙迷花阿哥双眼
阿妹粉面含羞赛红莲

苗乡人穿盛装踩花山
吹起芦笙玩倒爬杆
俊阿哥俏阿妹牵手舞姿翩翩
飞歌响亮爱荡漾心间

阿哥扯阿妹的花衣袖
眉目传情火花闪闪
知心话诉说着如醉如痴爱恋
心心相印花带结情缘

吊脚楼月光照帅阿哥
情歌声如溪水潺潺
俊阿哥俏阿妹楼上楼下对歌
引来鸟儿也鸣唱飞旋

鞭炮声震天喜结美好良缘
阿哥娶阿妹年年幸福美满
喝了交杯酒吃过糯米糍粑
就像并蒂莲一生快乐缠绵

哥情妹意

欢腾热烈敲得木鼓咚咚响
哥吹芦笙起舞绯红阿妹笑脸
眼神交流碰撞出火光
裙裾翻飞环佩叮当闪银光

哥妹对歌引得黄鹂欢舞唱
情深意长在这星夜里飞扬
畅饮醇香米酒甜醉心滚烫
皎洁月光好似柔情洒身上

灵动舞姿映得花苞竟绽放
哥情妹意犹如花香轻轻飘荡
纯美灼热比那篝火亮
琴声悠扬山歌唱得水荡漾

阿妹有着水的神韵美绵长
阿哥有着山的气魄和雄壮
山环水绕夜夜相依入梦乡
眷恋日久天长吉祥又兴旺

今生和你有约

今生和你有约
去领略苗家特有跳坡节
听芦笙吹出袅袅仙乐
感受鼓声激荡热血
腊肉辣椒骨尝尝鲜
小伙惊险爬坡杆真叫绝

今生和你有约
去观赏芦笙舞欢跳摇曳
热情的苗家妹风姿绰约
彩裙翻飞银冠闪闪
学着弹月琴吹木叶
畅饮米酒陶醉情真意切

今生和你有约
去看那篝火点亮了月夜
花香飘飞鸟鸣溪水清洌
对山歌情飞美妙世界
唱啊跳啊将尘俗忘却
两颗心像火焰跳动热烈

有情人多么欢欣喜悦
邀请月老将花带联结
与心上人柔情蜜意宣泄
感谢月老见证缘分永结

笙歌为媒

青山绿水溪流低回
黄莺啼燕儿鸣竹林滴翠
鼓声响亮竹笛清脆
芬芳幽香飘荡清新明媚

歌声飞扬深长意味
芦笙舞奔放翩翩欲飞
浪漫情怀如痴如醉
心领神会阿哥眼放光辉

银镯叮当彩裙翻飞
好似竹影婆娑袅娜柔美

率真阿妹花容芳菲
笑弯秀眉双眼顾盼生辉

哥很爱妹笙歌为媒
妹妹依恋哥如鱼得水
天造地设比翼双飞
一生相陪年年岁岁祥瑞

醉 情

阿哥吹芦笙响彻青山绿水间
悠悠荡荡撩拨纯真心弦
桃腮飞红银花闪闪
彩裙舞翩跹飘飘似天仙

是什么迷醉芳心
顾盼生辉阿妹笑开颜
是鲜花浓郁的馨香蔓延
还是芦笙调飘飞的浪漫

阿哥跳起舞惹得圆月笑开脸
旋旋转转带出真挚情感
花带牵着阿妹共舞
欢喜对山歌柔情多缠绵

是什么迷醉阿哥
情深意浓把那心儿牵
是米酒太芳香醇美甘甜
还是花腰带系住的爱恋

对山歌喝米酒

木鼓声震醒欲睡的月夜
山坡飘来柔美仙乐
芦笙舞伴着花朵摇曳
彩裙翩飞像蝴蝶

对山歌……飞歌婉转
如河水欢唱愉悦
陶醉于那含情双眼
打动内心甜蜜感觉

欢乐的心像明亮的满月
温情流泻绵长皎洁
都婆娑起舞跳动热烈
兴致盎然来跳月

喝米酒……情真意切
如花香弥漫山野
迷醉于那俏皮笑脸
直把魂牵沸腾热血

苗家美

山清水秀景中游
繁花锦绣山坡坡
鼓声大作月琴奏
奔放笙歌荡悠悠

起舞婆娑手牵手
花容红透娇羞羞
阿妹阿哥对山歌
光彩四射乐呵呵

最美好的是什么
是浪漫风情多柔和
在跳花坡互相追求
花带定情结成佳偶

最真诚的好朋友
敬上米酒喝喝喝
酣畅享受多快活
祝愿生活红火火

依山傍水吊脚楼
满饮米酒香悠悠
情深意厚心中留
温暖心头长久久

最感动的是什么
是热情甜醉心窝窝
神灵保佑安康福寿
友谊浓厚长长久久

情飞苗岭

水清清倒映俏丽身影
轻盈盈彩裙舞出风情
水灵灵明亮秀美眼睛
眼波流转出柔情

红彤彤娇羞妩媚花容
甜蜜蜜唱出绵长歌声
笑盈盈阿哥对唱回应
陶醉纯真的心灵

热烘烘燃烧爱火熊熊
情浓浓芦笙吹出心声
水清清倒映共舞身影
翩翩欲飞多欢腾

亮晶晶美丽月光溶溶
风轻轻吹来花香浮动
喜盈盈恋人亲切相拥
浪漫温馨鸟欢鸣

鼓声声回荡青翠山林
乐融融美好良缘天成
情深深就如苗岭永恒
心心相印爱一生

醉在苗乡

水流玉青山滴翠
风光旖旎秀美
芦笙舞翩翩飞
口弦轻轻吹
洋溢着独特韵味

吊脚楼俏丽阿妹
花冠闪烁银辉
裙如花开香蕊
芳姿多妩媚
粉嫩的笑容纯美

无辣不成菜油茶飘香味
米酒斟满牛角杯
畅饮一杯杯不被醇酒醉
也被热情陶醉

围成圈欢跳绕着篝火堆
情如火闪耀光辉
山歌一阵阵月亮也听醉
情深意长飘飞

苗家风情

那是谁走在竹林边
好似天仙落到凡间
巧手绣得花裙绚烂
银饰闪亮光眼花缭乱

是苗家女绽放美艳
花坡场上纵情狂欢
坡杆儿郎英姿矫健
你追我赶争奇斗妍

牛角杯盛满苞谷酒
醇香入口温情款款
飞歌声声对唱浪漫
情浓酒正酣兴趣盎然

那是谁飘出吊脚楼
好似百灵歌唱苗山
袅袅清韵飘荡爱恋
柔美情感萦绕心间

是飞歌声撩拨心弦
苗家日日展开笑颜
芦笙舞啊轻盈飞旋
飘飘欲仙情飞云天

欢迎好朋友来苗山
山清水秀美景灿烂
一起唱啊跳啊游玩
怎能不陶醉流连忘返

赶圩喽

合：日暖风和赶圩喽
山妹挎着花布兜
装着彩衣百褶裙
是妹蜡染巧手绣
阿哥背着竹篓篓
装着山货和腊肉

男：姹紫嫣红花朵朵
含情脉脉牵手走
哥唱妹和情悠悠
最爱婀娜花一朵
就是俏丽山妹呦
山妹脸红娇羞羞

女：郁郁葱葱山坡坡
栽着竹子一棵棵
青翠挺拔绿油油
最恋潇洒竹一棵
就是爽朗情哥哥
阿哥乐得笑呵呵

合：飞歌甜蜜赶圩喽
紫燕双飞忙搭窝
温暖两颗心窝窝
就像哥妹长相守
情深意厚到永久
就像江河水长流

情飞苗寨

什么如山花妩媚鲜艳
什么如月光温柔皎洁
花衣斑斓眼前惊艳
银花璀璨照着粉嫩笑脸

什么如清澈溪水潺潺
什么如莺啼燕鸣婉转
哥吹芦笙妹吹口弦
风情万种回旋缠缠绵绵

什么如篝火闪动烈焰
什么如鼓声响彻青山
目光碰撞一触即燃
欣然对歌唱出真挚情感

什么如米酒芳醇悠远
什么如群山环抱连绵
爱意无限甜蜜相伴
两心相悦相欢幸福圆满

苗族情

苗寨拦门酒清香甘醇
苗女彩裙飘曼妙率真
苗岭飞歌声意浓情深
苗语是亲切乡音
苗乡人善良可亲
世代蚩尤血脉苗族的根

苗人跳花坡飞扬热忱
跳舞吹芦笙鼓声阵阵
苗家小伙子舞动欢欣
苗族人淳朴勤奋
苗族魂勇敢坚韧
挚爱苗族深沉真情永存

苗岭吊脚楼暖意融融
苗家长饭桌溢满温馨
苗歌婉转如流水行云
苗族心豁达自信

苗族情神圣忠贞
心和苗疆亲近眷恋无尽

苗歌唱出美好心声
祝福苗家丰衣足食
康乐安宁财源滚滚
吉祥兴旺前程似锦

跳月喽

满眼金黄地里头
玉米秆子一棵棵
中间盛开花一朵
是妹在把苞谷收

苞谷放进竹篓篓
兴高采烈唱山歌
歌声飞到山坡坡
听醉赶圩哥心窝

走到地头对山歌
阿哥爱上花一朵
妹子喊声好哥哥
哥就飞到妹心窝

妹子笑容娇羞羞
娇滴叫声好哥哥
阿哥乐得唱起歌
喜不自禁笑呵呵

月光轻柔跳月喽
哥送妹子银手镯
情投意合到永久
妹给阿哥花腰带喽
结成佳偶长相守
彩蝶双飞圆月笑喽

苗乡恋情

银花冠银项圈银围帕
阿妹眼睛眨呀眨
花腰带百褶裙似彩霞
阿哥看花眼阿妹羞答答

苗家人热闹的踩花山
阿哥阿妹笑哈哈
弹响篾倒爬杆踢脚架
跳起芦笙舞飞歌声飘洒

阿哥将阿妹的衣袖拉
眼神相触热辣辣
哥接过花腰带乐开花
欢喜结情缘诉说贴心话

阿哥唱情歌在吊脚楼下
唱醉月牙小狗摇尾巴
楼上俏阿妹喜滋滋对歌
情深爱意浓笑红脸赛桃花

铜鼓声宣天吹起了唢呐
喝交杯酒吃过糯米粑
哥妹成双对组成一个家
比翼双双飞相依恋闪光华

芦笙是红娘

溪水流过青翠竹林
清香缭绕悠扬的乐声
就像黄鹂飞旋欢鸣
阿哥边跳舞边吹芦笙

袅袅飘来甜美风情
就像阳光照耀着心灵
妹的心被深深打动
灼热眼神传情亮晶晶

清韵醉芳心爱火在升腾
嫣然一笑阿妹情不自禁
跳锦鸡舞多曼妙轻盈
像清秀美丽婆娑竹影

芦笙是红娘花带结同心
哥妹成双配对相伴一生
称心如意情深爱意浓
像翠竹纯洁坚贞常青

爱永驻

春风轻柔地吹拂
巍巍青山云缭绕漂浮
阿哥栽苗阿妹浇水
对唱山歌情种破土而出
山坡上互相调逗嬉笑追逐
春心萌动兴味十足

夏花灿烂一簇簇
就像阿妹笑脸红扑扑

风姿婀娜彩裙飞舞
意醉情迷阿哥赏心悦目
跳月中花带定下情感归宿
相依相偎心跳加速

秋果甜香味飘出
阿哥跳起美妙芦笙舞
轻快就像风舞翠竹
心生爱慕阿妹柔情流露
赶天街歌声悠扬情飞一路
热恋充满心灵深处

冬雪轻飘飘飞舞
鼓声阵阵燃放着炮竹
吊脚楼里喜结良缘
喝交杯酒新人洋溢幸福
爱永驻两心相惜同甘共苦
双飞双宿情深意笃

苗家游

青山缠绕玉带般河流
美景中游花果满山坡
银饰叮当光彩闪烁
舞婆娑柔美婀娜
笑盈盈温柔眼波
苗妹如盛开花朵

跳芦笙舞激荡着心魄
浪漫风情趣味很独特
舞姿洒脱情怀火热
飞飘着音韵浑厚
喜盈盈魅力四射
是苗家俊朗小伙

敬牛角酒痛痛快快喝
欢畅开怀温情醉心窝
吃糯米粑美味腊肉
辣椒骨香辣可口
乐融融兴致勃勃
风柔和月升日落

手牵手绕着篝火
欢跳着对唱山歌
唱呀跳呀多快乐
陶醉美丽的夜色
陶醉山林飞鸟溪流
陶醉明月下的你我

十三
傣家风情多美丽可爱

欢迎您到来

花枝轻摇摆欢迎您到来
阳光灿烂明媚清水荡竹排
遍地花开如海芬芳春常在
孔雀展翅开屏生活放光彩

山歌唱起来欢迎您到来
姑娘俊俏可爱小伙棒又帅
篝火照亮夜晚竹笛吹起来
兴致勃勃跳舞敞开真情怀

美景处处在欢迎您到来
瀑布飞泻下来碧水绕山脉
江上有龙舟赛人们多欢快
到处都飘着爱情谊在胸怀

傣家恋歌

竹楼依山傍江
江心映出月亮
柔美的乐声飘荡
浓情在月光中飞扬
哥在楼下吹葫芦丝
妹在楼上心似江水荡漾

妹的椰子甜香
哥的红豆情长
熊熊的火塘闪亮
爱似火燃烧心滚烫
两心相许倾诉衷肠
飞歌声声似风吹椰林响

奇花异草芬芳
古树参天遮阳
孔雀舞跳得欢畅
象脚鼓打得多奔放
两情相悦共骑野象
漫游美景陶醉在佛塔旁

傣家风情

山清水秀旖旎风景
参天古木郁郁葱葱
幽静茂密的树林掩映
美丽的竹楼和佛塔佛寺

奇花异草竹海青青
善良淳朴情谊热忱
瓜果飘清香甘甜似蜜
竹筒饭美味普洱茶香浓

骑着野象游逛森林
长臂猿跳跃野鹿飞奔
百鸟四处飞自在欢鸣
不远处传来隆隆的鼓声

葫芦丝乐声柔美动听
轻盈跳跃舞姿典雅灵动
美丽就如孔雀开屏
张张笑容陶醉风情

泼水节喜庆热闹欢腾
水花泼洒带来吉祥洁净
酣畅淋漓笑语声声
洋溢幸福灿烂柔情

泼水节恋情

椰树林里竹楼下
艳丽筒裙摇摆似彩霞
妹跳得柔美哥唱得豪放
目光传情热辣辣

哥妹互泼洒
纯净洁白的水花
追逐着嬉戏笑哈哈
爱香甜如木瓜

发髻上插红茶花
是花朵美还是红脸颊
清香在飘洒哥喜滋滋夸
笑容比花更优雅

阿妹丢花包
传递妹的深情啊
哥接住心里乐开花
爱甜蜜如枇杷

幽会

阿妹像凤尾竹秀美
轻盈起舞像孔雀翩飞
绯红的笑脸比茶花娇媚
让哥意乱情迷如痴如醉

妹看哥赛龙舟
锣鼓咚咚助威
水花飞溅如游龙戏水
阿哥奋勇划进妹心扉

夜恬静明月光柔美
风轻轻吹瓜果熟欲坠
哥妹在竹林笑吟吟幽会
歌声阵阵情意绵绵飘飞

花果飘浓香味
很恩爱相依偎
甜蜜的吻似蜻蜓点水
约定一生相随比翼飞

孔雀成双

风吹竹楼清凉
皎洁如水的月光
照着阿妹的俏模样
水汪汪大眼睛望呀望
怎么不见阿哥来身旁
想得阿妹心里好惆怅

凤凰树下阿哥
吹葫芦丝多悠扬
柔情飘到那竹楼上
喜笑颜开阿妹心欢畅
知心话语诉不尽衷肠
痴迷爱恋如百合绽放

孔雀成双幸福又吉祥
阿哥如高山雄壮
阿妹似绿水柔美
青山秀水依偎醉心房

孔雀成双幸福又吉祥
热恋比瓜果甜香
爱意如天地久长
山歌传情像河水流淌

花包定情

花容俏丽妩媚眼神温柔
阿妹窈窕清秀
欢跳起来像金孔雀
让哥心驰神往亮开歌喉

阿哥婉转唱出情深意厚
如淙淙的溪流
流到妹心里乐悠悠
如痴如醉就像畅饮甜酒

鲜艳筒裙飘荡柔美婀娜
阿妹丢花包笑容娇羞
阿哥一把接在手
心心相印情意相投

一起骑着野象耍逗猕猴
穿过翠竹林走到江边
打起鼓来敲响锣
兴趣盎然比赛龙舟

十四
草原情怀多绵长奔放

一代天骄

马蹄阵阵漫天尘土
喊杀声声刀枪乱舞
一代天骄啊成吉思汗
率领金戈铁骑势如破竹

运筹帷幄高超战术
披坚执锐身先士卒
驰骋疆场一副铮铮铁骨
兵锋所指无不战败降服

横扫千军所向披靡
戎马一生拓展疆土
盖世英雄创建伟业宏图
厚厚黄土掩埋旷世傲骨

纷乱铁蹄踏着鲜血和泪水
萧萧冷风吹着沧桑和痛苦
野蛮交织文明踏向征途
一次次敲响胜利的战鼓

马奶酒燃烧着勇气和斗志
草原苍狼不惧风霜和险阻
成吉思汗作为千秋霸主
功与过是与非流传千古

敖包会情郎

万道金光亲吻着草场
星星点点散落洁白毡房
飘出奶茶淡淡的清香
走出英姿飒爽俏丽的姑娘

野花争奇斗艳地怒放
姑娘骑在亮鬃银合马上
风驰电掣翻滚起绿浪
好像百灵鸟自由地飞翔

河水清澈缓缓地流淌
姑娘来到敖包相会情郎
琴声雄浑倾诉着衷肠
心灵交融火辣辣的目光

长生天保佑爱永放光芒
姑娘如白鹿小伙似苍狼
跳起舞奔放牧歌飘荡
至情至爱在草原飞扬

长生天见证爱永放光芒
在敖包相会两颗心痴狂
祈祷有情人幸福吉祥
欢喜溢满甜醉的脸庞

牧马人之恋

牧马人飞驰雄姿矫健
挥舞套马竿勇猛强悍
牵引意中人秀美双眼
万马奔腾蹄声裹香弥漫

姑娘舞翩跹摇曳美艳
目光闪烁着痴心爱恋
盛开在辽阔碧绿草原
多么妩媚与花争奇斗妍

是牧歌是琴声萦绕心间
星空下荡漾情意绵绵
是篝火是酒酣洋溢温暖
草原上陶醉热烈狂欢

花容笑得绚烂
荷包定情结下良缘
豪放俊朗欢喜笑脸
赢得芳心兴致盎然

夜空低垂帐幔
皎洁满月照耀草原
躺在松软芬芳草毯
亲切依偎相拥而眠

草原苍狼

奔跑如飞无拘无束
仰天长啸不屈的狂呼
强悍刚毅的傲骨
为理想风雨无阻

驰骋高原我行我素
桀骜不逊不听从摆布
高昂睿智的头颅
将茫茫路途征服

草原苍狼草原的霸主
向往美好执着地追逐
自由咆哮喜乐悲苦
捍卫领地哪怕生命付出

草原苍狼草原的霸主
机敏骁勇守护着沃土
火热豪情呼之即出
侠肝义胆激扬浩然气度

美丽的草原

薄雾散尽艳阳高照
微风吹过花草摇
骑枣骝马扬蹄奔跑
蓝天高飞百灵鸟

一阵蹄声一阵鸟叫
伴随淡淡清香飘
一路牧歌深情萦绕
水草丰茂多美好

彩霞映红爽朗的笑
晚风习习飞扬长调
一轮明亮圆月照耀
篝火燃烧尽情欢跳

劲舞烈酒爱意缠绕
小伙豪放姑娘娇娆
浪漫风情自在逍遥
琴声悠扬天将破晓

盖世英雄

长生天护佑着成吉思汗
率领勇猛铁骑跃马扬鞭
飞驰在辽阔大草原
挥刀射箭统一蒙古高原

时常披星戴月露宿风餐
历经艰险磨难斗志冲天
攻城略地厮杀震天
闪电战包围战神机妙算

铁蹄踏到之处硝烟弥漫
横扫千军犹如飓风席卷
无坚不摧攻无不克
马头琴声飞扬胜利凯旋

拥有疆土最多的人
东方战神成吉思汗
雄伟壮观的帝王陵园
供后人瞻仰祭奠

写下宏大历史画卷
盖世英雄成吉思汗
经过野蛮的杀伐征战
推进文明播散流传

一代天骄成吉思汗
千秋功过留待后人评断

与狼共舞

一双双犀利机敏的眼睛
一副副桀骜不逊的神情
草原苍狼勇敢刚毅
是草原的神灵不屈的天性

一声声悠远深邃的嗥叫
一颗颗强悍勇猛的心灵
草原苍狼守卫领地
在草原的怀抱纵情地驰骋

用坚忍顽强搏击风雨
用团结智慧克服艰辛
用侠肝义胆诠释生命
用真心爱护营造温馨

与狼共舞舞出草原的壮丽
与狼共舞舞出灿烂的风景
与狼共舞舞出自由的天地
与狼共舞舞出快乐的生命

美丽家园

旭日升起金光闪闪
霞光染红空旷草原
纵马奔跑一溜烟
飞驰蓝天芳草间

风儿裹香呼啸耳畔
豪情就像太阳灿烂
草海荡漾起波澜
天鹅流连在河面

长调浑厚婉转
飘荡深沉情感
野鹿飞奔黄羊嬉戏悠闲
最爱美丽的家园

牧歌飞扬云天
情如草香弥漫
信马由缰尽兴浪漫游玩
最爱心灵的乐园

爱 恋

草原的春天微风轻吹
吹出嫩草芳香味
吹开有情人心扉
真心爱恋像姣美的花蕾

草原的夏天水草丰美
一起放牧歌声飞
爱如银河放光辉
浓情蜜意如鲜花吐芳菲

草原的秋天马壮羊肥
纵马疾驰紧追随
笑声如鸟鸣清脆
心心相印如百灵相伴飞

草原的冬天白毛风吹
毡包温馨相依偎
爱如奶酒暖心扉
两张笑脸在琴声中陶醉

牧马人

生长在很辽阔的草原
毡包里有敬仰的祖先
威震世界的成吉思汗
神奇的故事流传岁岁年年

猎狗是我忠实的朋友
骏马是我亲密的伙伴
练就摔跤和骑马射箭
拉起马头琴长调响彻云天

吃手扒肉强壮剽悍
喝马奶酒豪气冲天
老练地挥起套马竿
万马奔腾气势万千

篝火点亮草原的夜晚
彩带飘飘舞翩翩歌欢酒酣
你嫣然一笑含情的双眼
像夜空的星星一闪一闪

唱起迎亲歌策马扬鞭
迎娶美丽的姑娘恩爱百年
像星星和夜空一样缠绵
像白云和蓝天一样眷恋

成吉思汗

有苍狼的血性胆识
有雄鹰的勇猛斗志
率领铁骑疾如狂风
长驱万里所向披靡

驰骋疆场攻城略地
成吉思汗用兵如神
攻无不克战无不胜
势不可当节节胜利

戎马一生开国之君
踏破万里山河的铁蹄
所到之处扩张成为领地
旷古绝伦的战神

一生写下神奇历史
一代叱咤风云的枭雄
雄才伟略成就王者霸气
缔造盖世的奇功

千里马

北风狂吹雪花漫天
经得住严寒
一路酸甜一路欢歌
心燃烧火焰

风雪中兴致盎然
马蹄翻飞志高远
奔驰如电热情洒草原
总有那峰回路转
不怕艰辛和磨难
自由地飞就像那鸿雁

白雪茫茫苍凉一片
仍追求不断
胸怀理想不怕路远
心勇往直前

豪气冲向云天
在草原上蔓延
延续到美丽的明天
擦亮一双慧眼
向着理想飞驰
云开雾散阳光多灿烂

最美的新娘

漂亮甜美的姑娘
萨日朗花般清丽芬芳
像燃烧的火炬闪烁着光芒
禁不住让我心驰神往

长调悠扬地回荡
我唱醉骏马成群牛羊
姑娘的笑声清脆又欢畅
听懂了我的痴心柔肠

我拉马头琴奔放
姑娘跳起舞轻盈飞扬
真情在琴声舞姿间流淌
爱意两相知春心荡漾

夕阳像娇羞的新娘
在西天边徜徉
晚霞如飘逸的红纱
映红山峦草场

你是我最美的新娘
同骑在骏马上
沐浴着火红的霞光
去向河边毡房

甜 蜜

翠绿芳草凝露
各骑红黑两匹马追逐
扬起绿浪起伏
笑语声飘荡甜蜜情愫

两只受惊的白鹭
扑棱棱从草丛飞出
多像我们双飞双宿
日夜呵护依恋永驻

月亮高挂夜幕
琴声袅袅随草香飘浮
篝火闪烁夺目
我们喝奶酒欢唱共舞

如鲜花赏心悦目
你艳丽投影我心湖
柔情流露兴味十足
如醉如痴爱意倾注

最亲爱的父亲

望着满天星斗你唱着歌
歌声苍凉飘向遥远的天际
寄托对妻子深深的哀思
无尽的怀念藏在你心里

年复一年你赶着勒勒车
带着我们走遍每一处草地
挥起套马竿放牧着羊群
辛苦的劳作养大了儿女

蒙古包里飘荡欢声笑语
吃手扒肉感受暖暖的温情
你无私的爱刚毅的灵魂
带给了我们快乐的人生

历经风雪苍老你的身影
培养我们就像百灵和雄鹰
飞向更广阔高远的天地
你露出皱纹堆垒的笑容

阿爸我最亲爱的父亲
多少次梦见你慈爱的眼神
你眺望远方白发飘在风中
而我却没能多陪陪您

阿爸我最亲爱的父亲
耳边似响起你沧桑的歌声
我会带你到外面去看风景
更好地更好地报答您

情思绵长

记得风和日暖
同骑白马上游玩
草浪起伏连绵不断
牧歌豪放飘荡热恋

河水清澈蜿蜒
蜂飞蝶舞在身边
鲜花娇艳幽香弥漫
在草毯上依偎缠绵

没有你的陪伴
马头琴声多凄婉
你在哪里可曾听见
我的思念千回百转

痛饮奶酒醉倒草原
似看见眼波流转
萨日朗花般笑脸
甜蜜温存眨眼不见

只有夕阳映红草原
雄鹰孤独地盘旋
祈求长生天成全
与心上人能再相恋

亲爱的可知道我的挂牵
光阴荏苒深情永远
像草原浩瀚像蓝天无边

草原男人和女人

草原男人骑烈马飞奔
风驰电掣强悍又坚毅
草原女人像萨日朗花
风姿飘逸顽强又率真

草原男人比雄鹰勇猛
搏击风雪翅膀更坚硬
草原女人比百灵美丽
唱出情意绵绵的歌声

草原男人比苍狼骁勇
放牧牛羊爱护着亲人
草原女人比白鹿朴实
辛勤劳作照顾着亲人

月光轻抚辽阔的草原
篝火映红欢乐的笑容
劲舞释放火焰般激情
狂热的爱在心中升腾

清香四溢牧草多茂盛
长调飞扬伴随着琴声
奶酒迷醉深情的眼神
恩爱的心在一起交融

草原，我眷恋的家

春光明媚草发芽
柔风吹开朵朵花
跨上骏马意气风发
奔跑如飞蹄声轻快嗒嗒嗒

夏夜月亮放光华
银河悬挂似哈达
篝火照耀劲舞潇洒
心旌摇曳眼波传情眨呀眨

秋风渐凉秋雨下
肥羊壮牛映彩霞
缤纷草原美景如画
呼麦回荡伴着流水哗啦啦

冬季雪花轻飘洒
温暖房里和爸妈
吃肉喝酒说贴心话
围坐一起笑语欢歌乐哈哈

广袤草原是我眷恋的家
奔放琴声是我爱的表达
辛勤劳作是我真诚报答
让天更蓝水草更丰美
幸福的笑脸灿烂如花

爱草原

喜爱春光明媚草长莺飞
热爱夏花芳菲水草丰美
敬爱豪爽的阿爸勤劳的阿妈
我像雄鹰守护草原蓝天上飞

喜爱秋雨霏霏牛壮羊肥
经过冬雪茫茫白毛风吹
我爱率真的女孩俏丽又妩媚
像百灵鸟踏歌起舞浓情飘飞

我爱草原爱我的爸妈
四季轮回幸福地相守相陪
祈祷爸妈安康长寿
一家人和和美美
感受着甜蜜温馨的滋味

我爱草原爱草原的女孩
四季轮回眷恋着情意相随
双双纵马疾驰如飞
飘荡的笑声清脆
她让我深深地迷醉迷醉

草原情思

遥望寂寥长天
夜幕低垂繁星点点
像你的眼闪烁却那么遥远
酒醉加深惆怅惦念

回荡空旷草原
马头琴声深沉舒缓
缭绕情思绵长夜色中蔓延
亲爱的我像又看见

绿油油牧草一望无边
羊群如流云游荡散漫
红白两匹马飞奔追赶
马背上笑语飘荡眷恋

同样的繁星朦胧草原
和你饮奶酒牧歌唱晚
舞翩翩甜醉火热情感
真想如以前相依相伴

夜莺在欢唱花香扑面
草丛中亲密缠绵
多想再如痴如醉狂欢

你是否像我时事变迁
此情永远在心间
就像草根深扎在草原

草原恋歌

一望无垠的绿色草场
飘散淡淡的沁人幽香
牛羊马群自在游荡
河流一路蜿蜒奔向远方

雄姿英发的剽悍骑手
妩媚艳丽的漂亮姑娘
策马飞驰追逐嬉笑
浓情蜜意犹如河水流淌

绵绵细雨纷纷扬扬
草原经洗礼更茂盛芬芳
倾诉不尽柔情信马由缰
在绚丽丰美的草海徜徉

雨后彩虹挂在天上
照亮欢笑脸庞深情目光
一阵长调伴着琴声飞扬
爱深沉热烈在草原飘荡

沉沉夜幕缓缓拉上
草原像柔软芳香的大床
明月如灯照亮两颗心房
有情人长相伴如意吉祥

千秋霸业

沉寂深夜一弯冷月
枕戈待旦北风凛冽
成吉思汗率领强大铁骑
饱经风霜雨雪

长驱千里坚韧穿越
高山江河茫茫荒野
豪饮马奶酒燃烧着热血
涌动刚毅狂野

催马抡枪厮杀喋血
炮火猛烈好似天崩地裂
成吉思汗用兵如神
攻城略地如秋风扫落叶

征战杀伐野蛮暴虐
势不可挡屡战大捷
长调悠远飘过岁月
一场浩劫将世界连接

一代枭雄叱咤风云
骁勇善战雄韬伟略
戎马一生功过书写
历史铭刻着千秋霸业

情缘那达慕

广袤的草原花团锦簇
浓香四溢微风轻拂
羊肥马壮最美的季节
举办热闹欢腾的那达慕

骑手们跃马扬鞭勇武
飞驰而去绿浪起伏
眨眼消失在草原深处
惊得布谷鸟从草丛飞出

姑娘们妩媚率真纯朴
长袍飘飘踏歌起舞
歌唱丰收的喜悦幸福
舞姿翩翩可爱艳丽夺目

一对对有情人兴味足
漫步草海敞开心扉倾诉
眼波传情流泻着爱慕
心里涌动快乐的感触

绿茵如毯夜空为帐幕
恋人依偎彩蝶环绕曼舞
圆月挥洒温馨的祝福
相爱一生美好的眷属

茂盛的青草

壮牛打着响鼻乐陶陶
绵羊悠闲地吃草咩咩叫
抱抱亲亲小羊羔
骑上枣骝马奔跑马萧萧

躺在柔软的芳草
心像白云在蓝天上飘
微风亲吻花草摇
蜂飞蝶舞浓香缭绕

暖暖阳光照耀似睡着
传来激昂的琴声飞长调
飞入梦乡飘啊飘
多么高兴笑呀笑梦见到

我是茂盛的青草
扮绿草原丰美又广袤
我是威猛的大雕
守护草原飞呀飞更高

情醉草原

一碧千里阳光明媚
百花争艳吐露花蕊
小河弯弯潺潺流水
草长莺飞鸟鸣清脆

姑娘小伙出双入对
骑马放牧牛壮羊肥
猎狗奔跑时而犬吠
牧歌豪放浓情飘飞

姑娘像百灵鸟顾盼生辉
小伙好像雄鹰笑弯双眉
渴了饮奶茶浓香滋味
饿了吃羊肉精力充沛

姑娘跳舞洋溢婀娜妩媚
小伙拉琴情意温暖心扉
乐了喝奶酒畅快沉醉
困了卧芳草相拥入睡

夕阳西下牵马相随而回
晚霞映红草原辽阔深邃
映红甜蜜的笑容好美
幸福相依偎年年岁岁

眷恋情怀

女：骑白马快跑蹄声轻快
笑容和花朵竞相绽开
牧歌飘出我痴迷的爱
心上人可听懂真挚告白

男：在河边饮马喜出望外
看你像鸿雁飞奔而来
琴声飞出我深情豪迈
亲爱的搂紧你在我胸怀

合：牵马同游碧绿草海
鸟儿对对飞自由自在
长调声回荡浓烈的爱
就像鸟儿幸福畅快

合：清风吹拂花草摇摆
意醉情迷心贴心信赖
长生天看到流光溢彩
在美景中跳起舞来

亲爱的这份眷恋情怀
坚固如连绵大青山脉

草原情

草场似荡着绿波的湖水
毡包就像星星点点白莲花
羊群似时聚时散的云朵
河流就像闪着亮光的哈达

恋人骑马说知心话
纵马飞奔追逐豪情迸发
掀起层层绿浪展翅欲飞
酣畅的笑声回荡在蓝天下

夕阳似姑娘羞红的脸庞
晚霞就像飘满西天的红纱
小伙似勇猛矫健的雄鹰
姑娘就像火红俏丽山丹花

并坐草毯喝着奶茶
呼麦飞扬对视眼神火辣
点燃炽热爱火绯红面颊
痴迷的柔情就像草原博大

美丽的草原之夜

美丽安详的草原之夜
高悬着一轮明亮的圆月
淡淡的月光柔和皎洁
亲吻着深邃幽香的草野

篝火点亮了草原之夜
豪放的牧歌溢满了喜悦
酣畅的舞姿风情流泻
迷醉了花草飞舞着彩蝶

真爱飘荡在草原之夜
姑娘眉开眼笑的深深一瞥
小伙心旌摇曳沸腾了热血
两颗火热狂跳的心紧贴

美丽深沉的草原之夜
恋人相亲相爱得痴狂热烈
牧羊犬围绕着撒欢跳跃
不时传来羊儿的叫声咩咩咩

眷恋草原

勒勒车缓缓碾过
漫长岁月的沧桑和艰辛
严寒霜雪暴风骤雨
孕育了勇敢强悍的牧民

旭日为草原抹上一层胭脂
温馨毡包其乐融融
豪饮马奶酒热血在奔涌
苍劲琴声激荡眷恋的心曲

依草而牧傍水而栖
牧歌飞扬着绵绵的情意
一碧千里芳香怡人
马蹄声打破草原的静谧

策马扬鞭在草原纵情狂奔
好似矫健飞翔的雄鹰
思绪如绿浪冲击着灵魂
热爱茂盛草原牧人的命根

我愿作一粒草籽落地生根
带来生机盎然的一片碧绿

陪你骑马游草原

你喜欢美丽辽阔的草原
渴望跃马飞驰天地间
我也迷上芳草连天
只因为对你深深的爱恋

看红日升起你依偎身边
金光亲吻茂盛的草原
温柔浪漫真诚心愿
天意成全结一生的情缘

陪你骑马游草原
在五彩缤纷中流连
牛羊在草海游荡好悠闲
静静的河水迂回着蜿蜒

陪你骑马游草原
追野鹿奔跑一溜烟
马蹄声伴着笑声一串串
爱如花草香陶醉了笑脸

陪你骑马游草原
浓情如酒酣醉心间
在牧歌声中飘荡很悠远
幸福地欢唱一年又一年

像草原和大地爱意缠绵
像太阳和天空永远依恋

壮美的草原

春风吹暖冰冻荒原
春雨滋润小草生长
春光照耀花苞绽放
骏马奔跑牛羊游荡

夏风吹拂美丽草场
夏雨涨满河水流淌
夏夜牧歌劲舞豪放
篝火燃烧尽情欢畅

秋风吹黄辽阔草场
秋雨淋漓牛羊肥壮
夕阳染红金色海洋
琴声悠长随风荡漾

寒风吹过草原枯黄
冬雪纷飞一片苍凉

毡包里面奶茶飘香
相亲相爱温暖心房

春夏秋冬满载着希望
茂盛草原牧人的天堂
雄鹰飞翔呼麦声高亢
年年岁岁都安康吉祥

一骑飞来

牧马人挥动套马竿
马群奔腾疾如闪电
一路马嘶一路牧歌悠远
响彻清香缭绕广袤的草原

仰躺在厚厚绿草毯
白云陪伴寂寥蓝天
好想变成飞鹰俯瞰草原
看到心爱姑娘红润的笑脸

芬芳草原是牧人命根
可爱姑娘给心灵温暖
悠悠深情随琴声蔓延
美丽姑娘你是否听见

一骑飞来姑娘到跟前
跳下枣骝马花容美艳
捧上手扒肉和马奶酒
牧马人乐得笑容灿烂
相爱的人相依相伴
缠缠绵绵甜醉心间

牧马人恋情

疾如旋风马群奔跑迅速
一片草海绿浪起伏
牧马人矫健勇武
挥舞套马竿将野马套住

姑娘注视的眼流露倾慕
情不自禁心被迷住
欢笑声洒下一路
纵马两个人飞奔着追逐

呼麦声在飞扬飘浮
牧马人将依恋倾诉
激荡姑娘心灵深处
柔情蜜意呼之即出

像百灵鸟翩飞曼舞
姑娘秀美俏丽夺目
牧马人爱姑娘专注
情投意合火热感触

彩霞散尽落下夜幕
蜜蜂在花朵上飞舞
如清风将芳草爱抚
两心交融尽情投入

两心贴近

草原上游荡羊群
像朵朵洁白流云
牧羊女嘹亮歌声
引来远处的牧马人

一阵阵绿浪翻滚
牧马人驱赶马群
像阵风扬尘飞奔
牧羊女跑过去迎恋人

爱意浓浓两心贴近
牧马人拉响马头琴
悠扬琴声迷醉芳心
牧羊女起舞俏丽动人

爱意浓浓两心贴近
亲切缠绵火热眼神
欢乐甜蜜冲击灵魂
歌声伴琴声飘飞温馨

十五
雪域高原的藏家风情

游逛拉萨

身披洁白的哈达
游逛日照最长的拉萨
远方雪山耸立在蓝天下
五彩经幡呼啦啦

见过念经的喇嘛
游逛千年古刹布达拉
佛前祈福观赏精美壁画
大转经筒转啊

跟随美丽的卓玛
走进碉房热情的藏家
尝尝牦牛肉还有酥油茶
喝青稞酒吃糌粑

闪闪烁烁星空下
篝火燃烧放光华
嘹亮歌声将爱表达
奔放舞姿激情飞洒

幸福祥和的藏家
曝晒风雪都不怕
像格桑花坚韧不拔
像金鹏鸟飞翔奋发

藏家祥和康乐

神鹰展翅飞翔
太阳灼热直射
雪山高耸巍峨
雪莲花花开朵朵

五彩经幡翻卷
草原苍凉辽阔
盛开格桑梅朵
如卓玛轻舞婀娜

倒映雪域风光
湖泊湛蓝清澈
转湖诵经如歌
转经筒祈福转着

嗡嘛呢叭咪吽……
藏家祥和康乐
青稞酒醉心窝
飘荡豪迈藏歌
锅庄舞欢跳婆娑

有你是最美的天堂

我们身穿着盛装
跳起欢快的锅庄
你那热切的目光
激荡我的心房

酥油茶裹着芬芳
青稞酒飘着蜜香

我们燃烧的情哟
像熊熊的火塘

我们骑在骏马上
奔驰在绿色草场
笑声在风中飘荡
爱绽放出光芒

你善良啊你豪爽
是我深爱的天堂
情歌唱出梦想

雪莲花正在怒放
浓情蜜意比天长
经幡猎猎作响

洁白哈达情意长
有你是最美天堂
有情人心滚烫

双飞双宿

微风徐徐地吹拂
并辔而行在草原放牧
嘹亮的牧歌声飘飞一路
甜醉灿烂美妙的情愫

祥云似哈达飘浮
彩裙翩飞轻盈盈起舞
你就如格桑花绚丽夺目
嫣然一笑俏脸红扑扑

惊艳我热切双目
不由自主我心被迷住
就好似阳光温柔地爱抚
依偎缠绵感情很投入

火热激情流露
紧紧拥抱心跳如鼓
五彩的经幡随风翻卷飞舞
神灵也感应两心的爱慕

也在保佑祝福
吉祥安康深情永驻
像两只雪山狮子共度朝暮
像一对金鹏鸟双飞双宿

藏家恋情

长袖飘舞率真
艳丽长裙飞旋欢欣
苗条情影柔美可亲
像雪莲花绽放清纯

牵引痴迷心魂
灼热眼神一往情深
矫健雄姿情歌阵阵
像金鹏鸟豪放勇猛

亲爱的人缠绵温馨
如藏羚羊自在地飞奔
如青稞酒甜醉了两心
美好光阴恩爱永存

不惧寒冷挺拔坚韧
如格桑花在雪域生根
如藏牦牛辛劳又勤奋
相伴晨昏相守终身

吉祥藏家

雪域高原吉祥藏家
雪山似披着洁白哈达
风吹经幡哗啦啦
金碧辉煌千年古刹
梵音悠长灵魂净化
酥油灯供神佛闪耀光华

喜笑颜开秀美脸颊
好似雪莲花芳香幽雅
飞出歌声热辣辣
灵动舞姿激情挥洒
汉子欢跳豪爽潇洒
抱姑娘上骏马如鸟飞啊

芳草连天一望无涯
盛开幸福的格桑花
蓝天纯净真情无瑕
骄阳暴雪风雨都不怕
喝醇香酥油茶吃糌粑
暖意融融温馨的藏家

你何时啊回家乡

一轮火红的夕阳
落在了高耸雪山上
绚丽五彩的霞光
辉映着我的忧伤

皎洁安详的月亮
洒下了轻柔的月光
日夜想念的人啊
深藏在我的心房

湖上翻飞的燕鸥
寂寞地拍打起波浪
像我苦苦地守望
心爱的人回家乡

你何时啊回家乡
一起再把情歌唱
雪莲花纯美绽放
期待相守的地久天长

你何时啊回家乡
喝青稞酒诉衷肠
骑马奔驰在草场
两颗心幸福快乐飞翔

为谁而歌为谁而舞

青草闪烁晶莹露珠
蹄声划破空旷草原的静穆
一阵嘶鸣声骏马跑得飞速
翩然而至骑手勇武
高唱牧歌奔放豪情飘出
飘进谁的心灵深处

巍峨雪山连绵起伏
拥抱草原依偎雪山的圣湖
倒映姑娘的笑容眉飞色舞
妩媚秀丽头戴巴珠
如雪莲花吸引谁的双目
舞姿绰约将谁迷住

骑手为谁而歌将爱倾诉
姑娘为谁而舞用情专注
热恋从两心中溢出
欢歌劲舞甜蜜流露

夕阳染红草原灿烂夺目
两人同骑马上紧紧抱住
情到深处快乐幸福
就像霞光如火如荼

美好夜色

月亮张开眼瞧呀瞧
篝火熊熊地烧呀烧
畅饮青稞酒快乐萦绕
陶醉在雪域高原的怀抱

弦子舞奔放跳呀跳
敦厚红脸庞笑呀笑
藏袍翩翩飞手舞足蹈
激情如火烧灿烂地闪耀

嘹亮欢歌声飞呀飞
姑娘舞长袖飘呀飘
美如格桑花莞尔一笑
歌声传浓情喜悦的味道

湖水美雪山高
经筒飞转经幡飘
藏家风情洋溢奇妙
佛光普照美好良宵

明月光吻花草
爱意如花草香飘
情缘天成两心缠绕
飞歌劲舞到天破晓

神鹰比翼飞翔

皓月当空明晃晃
起舞飞扬跳锅庄
是什么甜醉哥的心房
是青稞酒多醇香
还是妹子欢笑的脸庞
美艳如格桑花绽放

情如篝火亮堂堂
歌声飘荡多高亢
是什么甜醉妹喜洋洋
是情歌声诉衷肠
还是哥哥热辣的目光
心中浓厚爱意释放

扎西德勒幸福安康
缘分周全哥妹成双
两心迷恋情深意长
就如神鹰比翼飞翔

西藏风光

神奇雪山亮晶晶
湛蓝的天透彻清灵
云似哈达洁白纯净
猎鹰翱翔雄健威猛

芳草连天水清清
经幡飘飞感应神灵
经筒飞转虔诚诵经
祈祷众生吉祥安宁

听低沉又浑厚梵音
灵光闪动内心清明
酥油茶飘醇香浓浓
喝青稞酒陶醉美景

格桑花像姑娘丽影
雪莲花盛开在雪岭
金鹏鸟如小伙骁勇
藏羚羊是雪域精灵

牛角琴声悠扬动听
围成圈欢跳出热情
缭绕的是缠绵歌声
灿烂风情甜蜜心中

扎西德勒地久天长

男：碧湖倒映雪山草场
水鸟翻飞拍打波浪
你和我问答对唱
歌声悠扬绵长
让我动情心花怒放
欢笑溢满脸庞

女：草场辽阔清香飘荡
风吹经幡祈福飞扬
你和我欢跳锅庄
轻快热烈豪放
让我爱慕心旌摇荡
闪耀痴迷目光

男：我爱你美丽的姑娘
长驻在我心房
我要娶你做我的新娘
扎西德勒如意吉祥

女：我爱你最好的情郎
依恋在我心上
我要嫁你做我的新郎
扎西德勒地久天长

格桑花

五颜六色的格桑花
雪域高原是美丽的家
耐得住风雪暴雨打
柔弱却坚韧不拔

姹紫嫣红的幸福花
温馨明媚又淳朴无华
天湛蓝烈日暴晒下
仰起笑盈盈面颊

圣洁神奇的吉祥花
高耸雪山下绽放清雅
荡扬起飞沙寒风刮
舞翩翩与风戏耍

格桑花是幸福花
风姿绰约幽香飞洒
感受灵魂的净化
很想轻轻吻一下

格桑花是吉祥花
生命勃发纯美无瑕
就是心中的奇葩
灵光闪动绽芳华

雪莲花之恋

清澈的湖水亮晶晶
纯美雪莲花倒映水中
秀丽的芳容笑盈盈
雪域姑娘啊窈窕清灵

妩媚的面颊红彤彤
边唱边跳舞浪漫风情
双眼会说话水灵灵
灿烂美景啊似梦非梦

激荡着胸怀暖烘烘
小伙高唱出甜蜜心声
眉目传柔情意浓浓
爱慕升腾啊热切相拥

茂盛的牧场草青青
骑马芳香中追逐驰骋
两人的笑声乐融融
相伴去飞啊眷恋一生

锅庄情

蓝天下雪山白雪皑皑
祥云飘浮像哈达洁白
似伸手可采摘
神鹰飞翔自由自在

经幡如彩虹释放神采
江水流淌像黄色飘带
锅庄舞动欢快
高亢歌声飞向云海

跳锅庄眷恋长在
花裙飘飞长袖轻甩
姑娘像雪莲花摇摆
绽放亮丽千姿百态

跳锅庄眷恋长在
目光火热喜笑颜开
小伙像黑骏马豪迈
浓情蜜意甜醉心怀

跳锅庄眷恋长在
不怕风雨冰雪日晒
真爱像格桑花盛开
一生一世痴心不改

美丽的西藏

勇猛的神鹰
飞翔在冰封雪岭
飘荡的经幡
祈福着康乐安宁

盏盏酥油灯
照耀出智慧光明
浑厚诵经声
启迪着心灵纯净

女人是精灵
辛勤地养育儿女
男人是金鹏
放牧着牦牛羊群

祥云漂浮在湛蓝天空
湖水清清倒映美景
纵马在草原驰骋
笑声飘飞爱意浓浓

跳起锅庄舞欢歌声声
饮青稞酒笑意盈盈
甜醉这奇妙风情
洋溢幸福乐在其中

神奇美丽的雪域高原

巍峨高耸连绵起伏的雪山
白雪皑皑千年不化的冰川
白云轻盈洁净美轮美奂
仿佛伸手就可采摘一片

长流直下飞花溅玉的清泉
千里辽阔苍茫幽香的草原
牛羊马群徜徉厚厚绿毯
野花艳丽芬芳五彩绚烂

随风飘扬呼呼作响的经幡
波光粼粼一池湛蓝的湖面
好像翡翠玉盘碧波连天
水天融为一体光影流转

神奇美丽的雪域高原
献上洁白的哈达舞姿翩翩
畅饮青稞酒醉红了笑脸
品着酥油茶浓香甘甜

神奇美丽的雪域高原
雄鹰自由翱翔在深远蓝天
歌声高亢唱出美丽情感
仿佛人间仙境迷醉心间

雪域恋情

神奇雪山巍峨高耸
湛蓝圣洁湖泊平滑如镜
清澈湖水倒映雪峰
山水日夜相伴依恋永恒

彩虹飘飞藏家屋顶
五彩经幡护佑康乐安宁
飞落祥云紧贴胸襟
洁白哈达带来吉祥真诚

长袖飘飞跳出欢腾
拉手扶肩唱出雪域风情
雪莲花般亮丽笑容
秀美映在眼里甜醉心中

一触即燃火热眼神
歌飞云天回荡情深意浓
良辰美景佳缘天成
就像比翼齐飞一对神鹰

幸福温馨爱意永存
就像蓝天白云纯净清灵
两心眷恋相守一生
就像格桑梅朵坚韧神圣

十六　壮家绣球情

抛绣球

女：飞针走线缝出红绣球
红绣球红绣球
藏着妹妹的喜和愁
哥哥是否把妹妹放心头

男：想你想你一直在等候
红绣球红绣球
一定抛到哥哥怀里头
拴住我俩的幸福到白头

合：抛绣球抛绣球
女：哥哥快点伸出手
男：一把接住红绣球
合：相伴人生路乐悠悠

合：抛绣球抛绣球
一起干了交杯酒
结成如意的佳偶
鸳鸯比翼飞长相守

十七
美好的维吾尔族风情

大漠侠狼

静静的夜晚没有月光
天山的雪峰将戈壁滩照亮
我独自穿行在沙枣林
遇到一只狼崽给它疗伤

母狼的狂嚎引来许多狼
绿莹莹的眼光让我惊慌
雪白的狼王要把我灭亡
我闭上眼腰刀掉在地上

狼王扑过来却停在身旁
趴在地上发出阵阵凄嚎
恍惚之间想起了以往
难道它是我养过的雪狼

哦这就是我的雪狼
陪我度过那些快乐的时光
我的雪狼我的雪狼
曾经多少次在睡梦里相望

我的雪狼我的雪狼
想不到你救了过去的伙伴
我的雪狼我的雪狼
你的侠肝义胆在人间飘荡

天山脚下家越来越好

庭院里挂满葡萄
葡萄架下摇床摇呀摇
摇得一代代会走会跑
长成了翱翔的飞鸟

欢跳起豪迈舞蹈
高亢激越歌声飘呀飘
唱起一首首古老歌谣
从傍晚唱到天破晓

天山脚下家越来越好
男人种麦种瓜桃
女人织毯晒葡萄
都很热情善良勤劳

天山脚下家越来越好
送你戴顶绣花帽
请你吃馕手抓饭
相亲相爱真是美好

爱的歌在天山回响

男：掀起头纱多美丽脸庞
跳起舞像雪莲花绽放
含情的眼睛像月亮
温柔照在我的心上

女：弹冬不拉小伙多俊朗
唱起歌像雪狼奔放
灿烂的笑脸像太阳
温暖照耀我的心房

男：我爱你像胡杨顽强
像天鹅一样漂亮
女：我爱你像骏马善良
像雄鹰一样豪爽

合：爱的歌在天山回响
配对成双如意吉祥
相依相伴多欢畅
甜蜜如哈密瓜一样

合：爱的歌在天山回响
爱像馕将两心滋养
日子越过越兴旺
幸福如天地万年长

我心里你贵过珍宝

你的红唇像诱人樱桃
妩媚笑容赛过水蜜桃
大眼睛像水灵灵葡萄
被你迷住爱真是奇妙

我打手鼓你婀娜欢跳
红裙飞舞条条发辫飘
飘得我心里爱意萦绕
为你唱起深情的歌谣

我心里你贵过珍宝
喜欢你心灵手巧
戴着你绣的花帽
拥你入怀抱

我心里你贵过珍宝
雪莲花没你娇娆
我的爱你也知道
相伴开怀笑

我心里你贵过珍宝
同样的善良勤劳
家被努力地打造
更温馨美好

十八
朝鲜族温柔情怀

美丽的金达莱

花丛中谁粉面桃腮
妩媚的笑脸如花盛开
啊我心中的最爱
多娇艳的金达莱

荡秋千谁飘飞起来
欢歌声飘出浪漫情怀
啊也唱出我的爱
多美丽的金达莱

啊美丽的金达莱
幽雅的神态很可爱
绽放迷人风采
搂紧你温馨盈怀

啊美丽的金达莱
伽倻琴为你弹起来
琴声悠扬轻快
对你的眷恋永在

仙鹤飞

白裙飘飘飞呀飞清纯
笑声缭绕杏眼含春
似仙鹤在飞牵引我的眼神
荡秋千花容含羞粉嫩
如金达莱绽放柔情
娇媚窈窕是我的梦中人

饶有情趣奏起伽倻琴
飞出轻快流畅音韵
似莺啼燕鸣打动你的芳心
秋千上飞出歌声阵阵
悠悠飘荡美妙温馨
情有独钟迷醉了心上人

青青树林花香阵阵
浅唱低吟多么欢欣
日月星辰美好光阴
相伴晨昏两心亲近
甜蜜香吻缠绵温存
相依相守意笃情深

十九
可爱的童心童趣

童 趣

老院里老房子住着姥姥
种着枣树年年吃蜜枣
大黑狗摇尾巴总爱欢叫
围绕着我撒欢边跑边跳

羞答答的月亮爬上树梢
水牛静听稚嫩的欢笑
溪石下翻螃蟹又蹦又跳
嘴吹树叶哨声响亮地飘

亮闪闪的太阳灿烂照耀
头顶荷叶荷塘边垂钓
五彩的美丽的荷花娇娆
绿荷叶上青蛙呱呱地叫

鱼儿调皮翻出水花舞蹈
快点上钩把你们钓到
钓线动快拉竿鱼又溜了
不行再来阵阵荷香缭绕

红彤彤霞光里倦鸟归巢
扛着鱼竿高唱着歌谣
晚风中有饭菜香味在飘
姥姥在院门口朝我微笑

小宝贝

汪汪汪…可爱的小宝贝
雪白的毛又漂亮又美
亮眼睛大耳朵结实的腿
欢蹦乱跳快快乐乐将我围

小宝贝，我忠实的勤务兵
眼睛尖鼻子灵感觉敏锐
谁敢侵犯就扑上去狂吠
淘气勇猛真是个好护卫

汪汪汪…可爱的小宝贝
我前头跑你在后面追
你跑得飞快就像飞毛腿
善解人意陪我欢喜陪我悲

小宝贝，我亲密的小伙伴
一见我高兴得摇头摆尾
白天陪我玩夜晚陪我睡
我很开心有你相伴相随

三只幸福的老虎

三只顽皮的老虎
都会攻伐防御之术
争执起来谁也不认输
打闹逗趣演一出酸甜辣苦

三只聪明的老虎
朝夕相处也会吃醋
鸡毛蒜皮难免会冲突
难得糊涂过后又和好如初

三只幸福的老虎
拍张温馨的全家福
忙忙碌碌彼此牵肠挂肚
爱意倾注陪宝宝慢慢成熟

三只可爱的老虎
互相照顾互相呵护
三颗相爱的心紧紧系住
同甘共苦就是最感动情愫

三只幸福的老虎
嘘寒问暖情深意笃
三颗信赖的心互相扶助
相依相伴走过快乐人生路

孩子：虎爸爸虎妈妈
父母：哎！可爱的小老虎
孩子：这是我给你们的礼物
父母：是什么啊？
孩子：我画的三只幸福的
老虎
我永远爱你们

种花喽栽树喽

很想大森林里走一走
走一走走一走
松鼠猴子是好朋友
参天大树下野果尝不够

很想在大海里游一游
游一游游一游
想飞高高地飞像海鸥
世界很大很奇妙看不够

种花喽栽树喽
陪我一起长大喽
扮靓最美的地球
友爱在心头谁都有

清水流清水流
流到心里水长流
建成干净的地球
欢乐在心头福长有

春姑娘来了

春姑娘来了
闪着轻柔的翅膀
亲吻着我的脸庞
到处是明媚阳光

春姑娘来了
嫩芽钻出了土壤
散发花草的清香
鸟儿自由地飞翔

春姑娘来了
河水哗哗地流淌
泛起层层的波浪
鱼儿游得很欢畅

春姑娘来了
人们充满了希望
忙碌在田间地头
都在珍惜好时光

音乐猫

音乐猫喵喵喵
十八般武艺很高超
吹拉弹唱样样奇妙
谁要不服过过招

音乐猫喵喵喵
人间的妙曲心头绕
真情流泻余音袅袅
引来欢唱的飞鸟

音乐猫喵喵喵
日月陶醉听曲调
感天动地雪花轻飘
有谁解得其奥妙

音乐猫喵喵喵
谱出心声多美好
踏着歌声手舞足蹈
乐曲常新情不老

我的好爸爸好妈妈

我的好爸爸好妈妈
过简单生活穿朴素衣褂
忙进忙出不顾疲乏
说为了家再劳累不算啥

我的好爸爸好妈妈
教我学做人做事不虚假
时常陪我出去玩耍
一家人玩笑逗趣乐哈哈

我的好爸爸好妈妈
我生活的难题你们来解答
在你们精心照顾下
一天天我快乐健康长大

我的好爸爸好妈妈
你们的肩共同扛起这个家
从美丽的大好年华
到细小皱纹爬上了脸颊

我的好爸爸好妈妈
想对你们说太多太多的话
你们教会我爱的伟大
我长大一定会好好报答

十二属相歌

老鼠天生爱钻洞
牛儿勤劳又憨厚
老虎厉害很凶猛
兔子胆小又爱蹦

蛟龙入海又飞天
长蛇蜿蜒会爬行
马儿奔跑快如风
羊儿吃草很温顺

猴子活泼又机灵
公鸡准时来打鸣
狗儿嗅觉最灵敏
猪儿贪睡又贪吃

十二属相都到齐
个个都来记年历
年年快乐风调雨顺
国泰民安繁荣昌盛

十二属相都到齐
个个都来记年历
年年有余丰衣足食
国富民强欣欣向荣

猪宝宝

摇头摆尾憨态可掬
肥头大耳满身的膘
态度温和脾气好
来抱一抱财神到

心宽量大老实厚道
不爱吵闹不怕嘲笑
能吃能睡身体好
来抱一抱好运到

诚实守信也很自豪
不爱撒娇也不霸道
理想远大心情好
来抱一抱幸福到

笑眯眯的猪宝宝
有情有义乐逍遥
高兴地边唱边跳
一天更比一天好

乐呵呵的猪宝宝
添福添寿喜庆到
快乐地手舞足蹈
美好生活节节高

泥娃娃和小白马

五颜六色的彩泥巴
我用它捏个泥娃娃
小脑袋大眼睛小嘴巴
它是个漂亮的泥娃娃

五颜六色的彩泥巴
我用它捏匹小白马
小身体大长腿长尾巴
它是匹可爱的小白马

泥娃娃骑上小白马
驾驾驾……快点带我闯天下

摇篮曲

妈妈把你轻轻地摇呀摇
我的亲宝宝
乖乖地安心睡觉
鸟儿已经归巢
四周静悄悄
只有月光轻柔地照耀

妈妈把你轻轻地摇呀摇
我的亲宝宝
乖乖地安心睡觉
小狗和小花猫
也都睡着了
妈妈的爱将你围绕

爱看你睡梦中
露出甜甜的笑
多可亲可爱多美好

过家家

一个女娃娃一个男娃娃
一起过家家过家家

女娃娃蒙红纱
男娃娃戴红花
欢欢喜喜拜天地啦啦……
组成一个幸福的家

男娃娃是爸爸
女娃娃是妈妈
还抱着个布娃娃啦啦……
我们有个可爱的家

钓 鱼

阳光普照大地
我和爸爸去钓鱼
河里鱼儿游来游去
呵呵看我捉到你

把鱼钩甩下去
坐着静静地等
鱼儿鱼儿快点上钩
一会儿钓线微微动

我赶忙提鱼竿
哎呀呀我太着急
一条大鱼逃跑了
看来我得沉住气

小画家

我是小画家小画家
画个太阳照耀大红花
画个房子就是我的家
绿房子里住着我和爸妈

我在给爸妈讲笑话
逗得他们笑哈哈 哈……
爸妈竖起拇指把我夸
可爱宝贝真是顶呱呱

啦……我有一个幸福的家

我是小画家小画家
画上星星就像眼睛眨

画个蛋糕蜡烛闪光华
我过生日高兴地笑开花

我许愿要当大画家
报答爸妈乐哈哈 哈……
爸爸拉琴我在吹唢呐
妈妈唱歌像鸟叫喳喳

啦……我有一个幸福的家

小白兔

毛茸茸雪白的毛
长耳朵短尾巴向上翘
前腿短后腿长很能跑
小白兔机灵又胆小

兴致高欢蹦乱跳
月宫玉兔围绕在撒娇
调皮又可爱和我玩闹
逗得我哈哈地大笑

一会不见了让我到处找
咕咕叫是不满生气了
快吃萝卜别烦躁
我会把你精心照料

我的好朋友陪着我嬉笑
搂着你温柔入怀抱
舔我手心很乖巧
小白兔在说谢谢了

只想有个家（写给孤儿）

风雨中哪里是我的家
双眼闪烁着恐惧害怕
谁是我的爸爸和妈妈
为什么狠心将我抛下

我不要富贵和荣华
只要一个温暖的家
有亲爱的爸爸和妈妈
这就是我要的幸福啊

爸爸妈妈你们在哪里啊
可听到我声声呼唤

一个稚嫩的小娃娃
只想有个家
仅仅一句关切的话
爱就会在心里发芽

一个稚嫩的小娃娃
只想有个家
仅仅一个快乐拥抱
我的脸就会笑开花

二十 三省吾身

长寿歌

发常梳腹常揉
肤常浴脚常搓
风寒暑湿燥火都不能过头
严禁吸烟适量饮酒

活到老学到老
勤动脑多动手
喜怒忧思悲恐惊不能过极
娱乐有度劳逸结合

起居有常饮食有节
老有所为老有所乐
心要常静身要常动
心善者长寿

少年夫妻老来相守
家庭和睦幸福多
知足常乐心胸开阔
乐观者长寿

拒绝突破防线

你目光火热肆无忌惮
迷幻暧昧地调侃
打着爱慕的旗号力劝
你言外之意却很明显

你只想偶尔鱼水之欢
迎合诱惑陪你玩
好像我还该露出笑脸
你真是打错如意算盘

这是注定受伤的冒险
足以想见不容乐观

拒绝突破防线
我要一个家很温暖
而不是暂停的驿站
索求只会将我推远

拒绝突破防线
如果尊严用来交换
那是人性的卑贱
我可不会堕落沦陷

面 具

红的黑的白的青的黄的
千奇百怪的面具
粉墨登场百态千姿
演绎着装腔作势的把戏

哭的笑的恼的怒的媚的
瞬息万变的表情
装模作样自欺欺人
隐藏着追名逐利的贪欲

戴着五颜六色厚重的面具
虚情假意笨拙地演戏
自以为很逼真得意忘形
殊不知只是场荒唐戏

演着虚伪夸张做作的表情
践踏真诚出卖了良知
一旦揭去面具遭受鄙视
可悲的只是场小丑剧

洁身自好

面对你轮番火热的攻势
冷漠是最好的拒绝方式
分得清是真心还是假意
不被诱惑就伤不了自己

寻欢作乐是你最终目的
不会迎合你坚守住阵地
这是原则问题别枉费心机
陪你卖弄风情我没兴趣

仰仗他人鼻息
招之即来挥之即去
最后还不是始乱终弃
我不会傻到出卖自己

留份纯洁在心里
不轻浮地逢场作戏
自甘堕落沉沦不可以
维护自尊就是爱自己

背上良心债拿什么去赔

善变的脸巧舌如簧的油嘴
察言观色奸诈虚伪
欺软怕硬狐假虎威
溜须拍马专会阿谀谄媚
唯利是图投机取巧
哗众取宠自吹自擂

金迷纸醉道貌岸然的鬼魅
追名逐利阳奉阴违
贪婪无度胡作非为
堂而皇之惯会作福作威
横行霸道心底太黑
不配掌有这个权位

百姓眼睛雪亮明辨是非
那些贪官污吏只会
燃起穷奢极欲的火堆
终究招致灾祸自我焚毁
流再多忏悔的泪水
也洗不清可恶的罪

机关算尽蒙蔽不了真相
悲上良心债拿什么去赔
不管是谁与公理作对
只能把自己往深渊里推

不做亏心事不怕鬼叫门
心灵的安宁比金钱宝贵
政通人和才能带来祥瑞
正气平等回归步入正轨

世间才温馨和谐才更美

唤醒泯灭的良知

挖空心思追名逐利
放纵沉溺花天酒地
上演纸醉金迷的故事
颓废堕落醉生梦死

醒醒吧唤醒泯灭的良知
明知是错还做错事
竹篮打水枉费心机
自惹其祸悔之莫及

打扮妖艳搔首弄姿
献媚邀宠挑逗嬉戏
亵渎感情掺杂了交易
算来算去算计了自己

醒醒吧唤醒泯灭的良知
招蜂引蝶虚情假意
卖弄风骚逢场作戏
玩来玩去玩弄了自己

是对是错

无情流走岁月的长河
没变的是辛酸落寞
想要逃离沉闷的生活
可人生之舟无法掌舵

世事变得越来越混浊
纷乱茫然情绪低落
找不到心灵的寄托
为何尘世变成了灰色

这是对是错难道假装是对的
非要像个小丑般活着
不去想太多貌似也快乐
笑比哭更苦涩

这是对是错难道就该做错的
为什么只剩沉默和惶惑
静静地看着昏黑的夜色
留下的是什么

不和你谈情说爱

抢过麦唱得调皮欢快
尽情绽放花儿的可爱
再唱首悲歌泪水流下来
发泄隐藏的苦闷无奈

灼热的目光投射过来
朵朵红玫瑰暧昧的色彩
你说着别出心裁开场白
弦外之音我听得出来

不和你谈情说爱
你玩花招我看得出来
我不是轻佻浅薄的女孩
你看错人了请走开

不和你谈情说爱
你在诱惑我心里明白
我不是玩偶从不会学坏
你知趣点儿请走开

美丽花季

金色年华的花季
在最美好的时光里
走路蹦跳洋溢着活力
脸上还有未脱的稚气

许多的梦想开启
扇动着希望的羽翼
开始思索人生的真谛
任性倔强带点叛逆

多愁善感的情绪
遮蔽春心萌动的秘密
情窦初开的心很忧郁
羞涩冒失做点儿傻事

光阴易逝满脸沧桑痕迹
美丽的梦想所剩无几
单纯蓬勃朝气离我而去
变得老练有很深的阅历

当我风烛残年日渐老去
多想再重回快乐花季
当我气若游丝弥留之际
请让我闻到鲜花的香气
就像又回到灿烂的花季

对苟且之事说不

你调戏挑逗变换招数
只为色欲的征服
追求片刻激情热度
我不是傻乎乎的猎物

你情感泛滥不可托付
心灵不通很清楚
激不起我真爱的感触
抗拒引诱我不被卷入

对苟且之事说不
看透你所谓爱的倾诉
像浪花瞬间花开花落
其实这是对爱的亵渎

对苟且之事说不
游戏感情不会有出路
别走投无路才悔悟
不暧昧取乐就此打住

该怎么活

谁趋炎附势活像小丑
谁贪赃枉法恃强凌弱
谁穷奢极欲寻欢作乐
谁作威作福荒淫堕落

谁不甘平庸寻找突破
谁特立独行活出自我
谁惩恶扬善刚正不阿
谁死了魂却永远活着

谁苟且偷生得过且过
谁懒惰幻想不劳而获
谁好逸恶劳出卖自我
谁暴殄天物奢侈挥霍

谁追求真知默默劳作
谁勤奋实干走出困厄
谁宽厚仁慈行善积德
谁抨击丑恶经受折磨

人生怎么书写该怎么活
问问良知还有没有
欠债终要还的
心安理得才快乐

人生怎么书写该怎么活
利欲熏心自食恶果
正义战胜贪魔
朗朗乾坤才祥和

叹风尘

戴着欢笑的面具
掩藏着受伤的心
在扑朔迷离的夜色中
浓妆艳抹卖弄妖媚的风姿

灯红酒绿纸醉金迷
花枝乱颤引蝶招蜂
打情骂俏甜言蜜语
演绎虚情假意荒诞卖笑剧

摘掉伪装的面具
坦露出空虚的心
在花花世界的红尘中
像残花般落寞无助地叹息

阳光刺眼心境苦闷
憔悴面容颓废身影
郁郁寡欢孤单飘零
轻狂后的躯壳里心无所依

叹风尘虚度了大好光阴
男欢女爱来去匆匆
欢笑谁的面容麻木谁的心
满地黄花堆积还有谁怜惜

叹风尘游戏了短暂人生
花开花落是一场空
记起谁的回忆老去谁的心
像一阵风吹过还有谁惦记

对诱惑坚决说不

明显的暗示别有所图
抵不住引诱太轻浮
不过是作了欢场玩物
不能犯迷糊小心中毒

坚守防卫绝不屈服
冷对你的花样百出
有良好的自制力约束
不为所动招架得住

对诱惑坚决说不
你想进退自如我很清楚
想得到就捧作夜明珠
得到后抛弃如尘土

对诱惑坚决说不
谁甘愿作别人囊中之物
无论怎样不能做俘虏
才不会伤得体无完肤

这世道怎么了

谁谋财弄虚作假
谁腐败贪赃枉法
谁也不是睁眼瞎
东窗事发入狱受罚

谁不讲诚信欺诈
谁恃强凌弱称霸
谁会甘愿被欺压
为非作歹终遭惩罚

谁表面粉饰美化
谁伪善实则人渣
谁没良知人品差
总会露出狐狸尾巴

这世道怎么了
歪风到处刮
害来害去害自己
犯错犯罪不怕受惩罚?

这世道怎么了
污浊赶紧擦
正义将邪恶鞭挞
让真善美驱逐丑恶假

不做被玩弄的人

你说对我感情深
我知道是假不是真
看透你别有用心
为难我步步逼近

自投罗网不可能
不贪心就没有悔恨
我不被引诱失身
绝不会玩火自焚

不做被玩弄的人
不出卖感情自尊
面对利诱我不动心
没有沦陷暗自庆幸

不做被玩弄的人
不堕落独善其身
对得起真爱我的人
值得信赖最对的人

别犯罪别犯错

谁放纵贪婪恶魔
丢失善良魂魄
奢靡荒淫堕落
玩火自焚终食恶果

欠债终要还的
别犯罪犯罪必被捉
有因必有果
正义迟早会到的

谁损害别人享乐
明知是错还做
像寄生虫活着
遭人唾弃行为丑恶

不要知错犯错
别浅薄不要被蛊惑
贪心的结果
是痛苦多于快乐

玩不起太有杀伤力

你是花心浪子
有太多风流韵事
熟知情感秘籍
稳坐钓鱼台撒饵

我是平凡女子
还没有恋爱经历
别动心对你抗拒
我不能陪你做戏

玩不起太有杀伤力
爱只是你的道具
别想把我变成是
一场刺激的艳遇

玩不起太有杀伤力
别陷入你编的骗局
那快乐只是一时
后悔却是一辈子

自 省

眼泪若现若隐
历经磨难艰辛
教会我内心强大坚韧
超脱的过程就是苦痛

扔掉怨天尤人
不再忧伤消沉
追求理想永不放弃
跌倒爬起来继续前进

哭泣愁闷无用
要让心情放晴
人生不可能一帆风顺
激发潜能改变命运

辛勤忙碌有恒心
淘尽黄沙始见金

被我伤过的人
因我而痛的心
深深忏悔对不起你们
原谅我的愚蠢贪心

必当三省吾身
心性变得纯净
睁大慧眼去伪存真
真知灼见受用不尽

要行得正走得稳
对得起天地良心

别堕落在花花世界

你表演得像情真意切
内心看待我轻描淡写
你眼神做了最好注解
泄露你只是色欲强烈

对你的谎言只有不屑
你花心不只是有一些
我只想要爱纯洁无邪
原则问题决不会妥协

别堕落在花花世界
对风流的花蝴蝶
不动心立马拒绝
就不会受伤而后悔不迭

别堕落在花花世界
若真爱就不会要挟
我走开态度坚决
不能和你纠缠痛快了结

岂容捣鬼

原本是白却说成黑
还振振有词颠倒是非
把没理说成有理全靠嘴
不是眼拙不是误会而是心黑

明知不对还要说对
是贪婪作祟妄作胡为
在其位不谋其政的是谁
信口雌黄混淆真伪是因心黑

岂容捣鬼岂容捣鬼
公道公理面前谁有罪
白就是白黑就是黑
事实自会护真去伪

岂容捣鬼岂容捣鬼
公平公正面前谁有罪
错就是错对就是对
天理会将正义捍卫

感情是不能被出卖的

天性就是奔放洒脱
对感情却是很认真的
不会被你俘获别做梦了
我懂得玩情如玩火

花花世界抵挡诱惑
不为所动神情自若
虚与委蛇假戏真做
这不是我惯有的风格

不会浪费情感寻欢作乐
不会傻到品味糖衣苦果
贪婪只会失去更多
不愿受伤就别自惹其祸

感情是不能被出卖的
不能放纵自己走向堕落
忍受冷落是我的选择
只为活出有尊严的自我

彷 徨

我曾徘徊在生死边际
以为爱我胜过生命的你
那样善变伤害我如此彻底
绝情地没有一丝怜惜

我被虚假的爱耍了
它只留下痛苦的种子
爱是诱惑人的速食游戏
情从此是虚无缥缈雾气

幻想的幸福和美丽
只是一个空洞的诱饵
心已被折磨地破碎支离
长满荒草辛酸地老去

一次次放纵狂欢来逃避
一个蹩脚的演员在演戏
上演一幕幕荒诞剧
脸上在笑难掩心里的悲戚

心彷徨为什么逢场作戏
带给我的是迷茫和空虚
苦苦挣扎在暗夜里
好想大哭一场却没了泪滴

不做被玩弄的角色

谁穷追不舍谁诧异闪躲
谁势在必得谁不动声色
谁不迎合不敢招惹
不愿陪着消遣寂寞

谁戏言轻薄谁报以冷漠
谁及时行乐谁退避三舍
谁在坚守不被蛊惑
不犯后悔终身的错

不做被玩弄的角色
再华丽的诱惑
也是没有爱的空壳
不会被捕获

不做被玩弄的角色
否则成了什么
是没尊严的寄生者
堕落要不得

我的明天在哪里

无助的心在哭泣
像漫天的雨
我的明天在哪里
天空为什么这样阴沉

雨水流过发丝
我像落汤鸡
木然行走在雨中
花瓣飘落刺痛我的心

树枝上的鸟儿
浑身已经被淋湿
东张西望茫然若失
不知何时才能起飞

湖面上红蜻蜓
上下翻飞形单影只
雨珠溅起无数水圈
在我眼前转来转去

拒绝诱惑

你的追求兴冲冲
好像我很受宠
看着你得意洋洋的笑容
我坚决说绝不投入你怀中

虽不是亭亭玉立出水芙蓉
也没闭月羞花姣好面容
但我也不会乖乖顺从
不会被你暧昧的眼神打动

你太张狂太放纵
爱猎奇游花丛
你的游戏别以为我不懂
不会陷入花天酒地诱惑中

我只对知心的人情有独钟
能够相亲相爱患难与共
感情不褪色携手一生
春夏秋冬相处地其乐融融

玩游戏也会被游戏玩弄
我不轻浮懂得自重
抗拒你甜言蜜语的进攻
擦肩而过你往西我往东

玩游戏也会被游戏玩弄
我不浅薄不慕虚荣
自尊又自爱自立很真诚
生活会过得愉快轻松

哪里是我的天堂

穿过雨线茫茫
远处峰峦叠嶂
一片静穆苍凉
看不到未来的方向

老鹰盘旋飞翔
叫声凄厉惆怅
撕裂我的忧伤
一颗心在雨中飘荡

哪里是我的天堂
我该走向何方
似水流年匆匆的时光
如何抓住梦的希望

哪里是我的天堂
努力寻找阳光
扔掉彷徨坚持去闯
生命从不相信泪光

不想再过空虚的生活

贪恋着如花美色
释放亢奋的欲火
像彩蝶戏弄着花朵
总在追逐下一个

找刺激寻欢作乐
莺莺燕燕很媚惑
像美酒寂寞时想喝
喝完心里更落寞

不想再过空虚的生活
喜好渔猎美色
可那快乐短如星火
醉生梦死心无所托

不想再过空虚的生活
扮演风流角色
逢场作戏都是假的
不过都是欢场过客

不想再过空虚的生活
一天天浑浑噩噩
行尸走肉般只剩躯壳
其实我该好好生活

不陪你玩世不恭

你火辣辣地调情
我摄住快要出窍的心神
暧昧气氛有危险性
别一时冲动悔恨终生

装不懂你的殷勤
面对诱惑我毫无反应
波澜不惊不为所动
我不玩游戏你别想得逞

把你的豪言当真
忘乎所以放纵逢迎
会被拖入漫长痛苦中
我逃避以免后患无穷

不陪你玩世不恭
不会掉进温柔陷阱
像天花乱坠荒诞的梦
太虚荣的幻想必然落空

大不了继续飘零
也不做你床上用品
不能让身心无足轻重
不能荒废留下受伤阴影

第三者条约很清楚

你要想做第三者
就得守规矩
处处安分守己
不要想鸠占鹊巢本末倒置

你要想做第三者
就要懂道理
夜色中抱着你
阳光下从未谋面素不相识

你要想做第三者
就要识大体
烟花般的情意
情不在潇洒分手各奔东西

第三者条约很清楚
伤别人也在伤自己
情人不会长期守着你
想玩就要玩得起

第三者条约很清楚
感情游戏只为刺激
排遣寂寞暂时的欢聚
和幸福从没关系

没有真爱宁缺毋滥

你跃跃欲试我意兴阑珊
只因没拥有你想缠绵
我冷眼旁观你虚假表演
暗示与我毫不相关

你不是真爱我一目了然
只是想得到显而易见
你再多诱惑我不以为然
别梦想我乖乖就范

没有真爱宁缺毋滥
尽管活得艰难
时常会孤立无援
我也不游戏情感

没有真爱宁缺毋滥
心境安宁坦然
只为遇到永世的缘
能情投意合相恋

要豁达要快乐

劳累太劳累你总是说
一天到晚辛苦奔波
脚步匆匆老牛拉磨
麻木地活着时光空消磨

忧愁太忧愁你又在说
人生太多变幻莫测
总被烦恼的事折磨
无奈的生活觉得很落魄

孤单太孤单你总是说
寂寞地在尘世穿梭
人情冷暖承受鄙薄
心无处寄托越来越困惑

失败太失败你又在说
努力后仍一无所获
希望总被波折阻隔
美梦成泡沫泪水流成河

别发愁别难过
谁不曾有过艰难的生活
狠狠地独自面对痛苦失落
尝尽辛酸终会走出困厄

要豁达要快乐
只要心里有团不灭的火
即使人生有再多的坎坷
道路也会越走越广阔

真诚在哪里

戴着好看的面具
演着蹩脚的戏
不知道从哪里来
又往哪里去

笨拙地伪装自己
在红尘争来争去
填不满逐利的心
贪欲的奴隶

半夜猛然惊醒时
摘掉虚假面具
心慌张地跳动
害怕面对真实

真诚在哪里
变来变去的面具
演着荒唐的现实
可笑又可悲的人世

真诚在哪里
粉墨登场的把戏
出卖灵魂和良知
正直的心在哭泣

别想入非非

你打着爱的旗号献媚
甜言蜜语天花乱坠
表演的很到位
但我不陪你玩暧昧

早看穿你图谋不轨
欲望作祟感情虚伪
不是我要的那位
你敲不开我的心扉

你别做梦想入非非
我可不想后悔
不虚荣不玩出位
就不留下伤痕累累

你别做梦想入非非
我要提高戒备
不做你乱情的炮灰
会有真爱与我相会

无桨孤舟

深重无奈比夜色还稠
别人眼中我一直出丑
悲苦如山压在心头
苦难无法克服只能忍受

尝不尽的辛酸与哀愁
走不完的坎坎沟沟
禁不住地大声怒吼
无情的风雨多少才是够

一次次的冰冷发抖
失落的心空洞的眼眸
一头囚在笼中的困兽
用尽力气也无法争斗
何时承受的折磨一笔勾
重新还我应该的自由

一次次的无望等候
疲惫的身无助的双手
一只飘荡的无桨孤舟
茫茫大海随波逐流
还有没有未来看不透
何时才能将自己拯救

迷魂汤

你很会耍花腔
毫不掩饰热望
你想玩乐我心中雪亮
我不抛洒媚俗花香

你别装模作样
没兴趣陪你说谎
爱只是你虚构的假象
决不像你这样张狂

不喝你的迷魂汤
就不会空欢喜一场
诱惑再有分量
也不举白旗投降

不喝你的迷魂汤
承诺太过轻飘渺茫
好像对我犒赏
我不轻浮别妄想

不喝你的迷魂汤
游戏感情很荒唐
我不自投罗网
不会让身心受伤

你只想玩乐情不真

我不会被引诱动心
你只想要亲近温存
却忽视照顾我灵魂
直觉你热情是假的不真

对恋情不能不当心
别让感性淹没理性
对诺言我充耳不闻
无功不受禄不劳你费心

你只想玩乐情不真
游戏红尘不安分
想要我投怀送抱不可能
我可不想被弄伤身心

你只想玩乐情不真
眠花宿柳太花心
别想我做你的战利品
请你自重我及早逃遁

这世界还有没有真爱

灯光闪烁着亮丽色彩
劲爆的舞曲很欢快
花天酒地尽情狂欢摇摆
放肆大笑掩盖深藏的悲哀

烈酒麻醉沉沦的灵魂
飘散着放浪的姿态
挑逗嬉闹堕入情波欲海
诉说的爱不过是欲望告白

烦闷的心在红尘漂流
像个没有家的乞丐
漆黑无眠的夜独自发呆
不想麻木地活落寞地徘徊

这世界还有没有真爱
掉进浮光迷幻的海如何出来
变换着面具逢场作戏
空虚苍白的心没了色彩

这世界还有没有真爱
不再对虚情假意发泄感慨
我要和荒诞生活说拜拜
活得真实坦然明明白白

没兴趣陪你演戏

你狂献殷勤花言巧语
我知你不怀好意
睁大慧眼不被蒙蔽
不会陷入诱惑的骗局

不喜欢情场风流浪子
抗拒勾引有定力
无言漠视刻意闪避
回敬你狂妄的调戏

没兴趣陪你演戏
不是风月女子
我守身如玉不越雷池
决不上当不迎合你

没兴趣陪你演戏
你别枉费心机
又故弄玄虚撒饵钓鱼
我不上钩保全自己

你是我永远的朋友

你走了连句话都没留
像个隐形人突然消失了
把我丢入悲伤的沼泽
为何丢了情趣相投的朋友

想起你款款细语的温柔
彻夜长谈的默契和快乐
泪水汹涌将我淹没
你太决绝不会看见我的落寞

不论你在何处漂泊
我都是你真心的朋友
美好的情感轻轻触摸
心中升腾起彩霞五光十色

你是我永远的朋友
驱散我心中的悲苦脆弱
燃起一堆炽热闪烁的烈火
谢谢你给予的情深意厚
永远伴随我

你是我永远的朋友
虽然无法再见到你了
不知道你还会不会想起我
但那美丽留存记忆长河
一直陪着我

陪你演戏我没天分

我暗自告诫飞动的心
你暧昧调情的异样眼神
讨我欢心的殷勤
不过因一时的好奇心

任你情火咄咄逼人
我也不做飞蛾惹火烧身
你的诺言不能信
不过是想拥有我身心

陪你演戏我没天分
你是只想寻欢作乐的人
感情就如缥缈浮云
我要远离赶快闪人

陪你演戏我没天分
你是朝三暮四花心的人

只会带来伤痕悔恨
不被迷惑我不愚笨

这样不该我要改

万丈红尘中谈情说爱
表演虚情假意的对白
眉开眼笑花枝摇摆
隐藏着空虚懈怠

假面舞会千姿百态
挑逗欲望泛滥成灾
激荡的音乐舞姿欢快
放纵着荒诞古怪

为什么心里不痛快
这样不该我要改
把清风揽入胸怀
吹走心底的烦闷阴霾

为什么看不到未来
这样不该我要改
把希望的树苗重栽
让梦想的花灿烂盛开

纯洁的情

在虚拟的世界相遇
从未谋面却如此熟悉
两颗心深深地吸引
从此进入一个新天地

你温柔鼓励的话语
像一把燃烧的火炬
暖暖地照亮我心底
将我的忧郁愁苦抹去

款款温情如春风细雨
滋润干涸孤寂的心灵
放飞尘封已久的思绪
浪漫的蜜意弥漫心底

在这喧嚣浮躁的尘世
我们已不再天真幼稚
依然保持生活的轨迹
不在意相伴每个朝夕

纯洁的情如晶莹美玉
可遇不可求的知己
默契感应激起了共鸣
志趣相投真心实意

纯洁的情是上天恩赐
两颗心如摇曳在云里
共享灿烂奇妙的美丽
返璞归真超越现实

不爱我的我不要

看似漫不经心调笑
你释放暧昧的味道
听得懂你的挑逗暗号
别来这一套我不会中招

不苟言笑一脸冷傲
我不迎合不轻佻
识破你演得所谓倾倒
和你唱反调不会被洗脑

不爱我的我不要
变着戏法你耍花招
没必要陪你过招
惹不起落荒而逃

不爱我的我不要
不做玩物投怀送抱
虚情假意不可靠
别找我谢绝打扰

罂粟花

罂粟花罂粟花
阳光下妖艳美丽的花
有毒啊有毒啊
吸上它就难以自拔

它的魔力就是大
陷入了它的魔爪
轻而易举把你意志击垮
死去活来迷恋它
行尸走肉般颓丧地活
离不开它苦苦挣扎

罂粟花罂粟花
微风中摇曳多姿的花

别碰它别碰它
它的毒实在太可怕

抵制诱惑远离它
不要随便地玩耍
即使把它天花乱坠地夸
也绝不要相信它
珍惜短暂的大好年华
活得真诚才幸福啊

不陪你玩情消受不起

对我好你殷勤备至
许诺像海市蜃楼美丽
让我摸不着边际
只能对你敬而远之

只是雾里看花的情意
我不能冲动感情用事
别沉沦弄伤自己
拒绝诱惑我有定力

不陪你玩情消受不起
一场艳遇你跃跃欲试
不过是为满足好奇
我来者不拒必遭始乱终弃

不陪你玩情消受不起
你是生就的多情种子
我可玩不起折子戏
贪心只会把拥有的也失去

二十一
一方水土养一方人

美丽的长治

一代代走过上党门
从远古走到如今
有过多少历史风云
这方水土这方的人感情很深

登上古朴雄伟的门楼
繁华景色映入眼睛
一辈辈辛勤打拼
努力奋进焕然一新

一代代穿过大峡谷
从山间一路穿行
有过多少神奇故事
清水长流大峡谷将文化传承

穿峡而过河流像条龙
山峦叠翠异石奇峰
一处处旖旎风景
悬瀑飞泄山泉叮咚

长治久安美丽的长治
这里夏不热冬不冷
一颗颗真诚的心
怀有勇敢开创精神
一个个坚实脚印
走向昌盛欣欣向荣

一代代穿过大峡谷
从山间一路穿行
有过多少神奇故事
清水长流大峡谷将文化传承